La reine violée

Le duel des dames

Tome 2

Chantal Touzet

La reine violée

Le duel des dames

Tome 2

ÉDITIONS FRANCE LOISIRS

Édition du Club France Loisirs,
avec l'autorisation des Éditions Anne Carrière

Éditions France Loisirs,
123, boulevard de Grenelle, Paris.
www.franceloisirs.com

ISBN : 978-2-298-03288-8

À mon mari, Patrick Labadi,
qui nous a quittés trop tôt
pour s'en aller réjouir les anges
de ses éternelles facéties

I

Les enfants de Sappho

1

À l'enseigne de la Fleur de lys

> Je parle à toi, sot fanatique,
> Qui te dis et nommes en pratique
> Alchimiste et bon philosophe :
> Et tu n'as savoir ni étoffe,
> Ni théorique, ni science
> De l'art, ni de la connaissance.
> Pauvre homme tu t'abuses bien,
> Par ce chemin ne feras rien.
>
> *Roman de la Rose : complainte de Nature à l'alchimiste errant*, Jean de Meung[1]

Le Trou Punais, le Four d'Enfer, la Vallée-de-Misère, la rue Merderet, de la Triperie, Trop-va-qui-dure, de la Tuerie, de l'Écorcherie, de la Truie-qui-file, ruelles étroites, fétides, hépatiques, corrompues du sang des bestiaux, où la pestilence n'abandonne jamais, même en cette aube froide de février 1390, quatrième jour du mois, jour de la Sainte-Agathe. Quartier des

1. Le *Roman de la Rose* est une œuvre poétique du XIIIe siècle de 22 000 vers sous la forme d'un rêve allégorique. Il a été écrit en deux temps : Guillaume de Lorris écrivit la première partie (4 058 vers) en 1237, puis l'ouvrage fut complété par Jean de Meung (18 000 vers) entre 1275 et 1280.

bouchers, des Lombards, de l'argent, des lupanars et de la violence.

La Grande Boucherie, à l'ombre septentrionale du Grand Châtelet.

Des yeux observent, surprenants de jeunesse et d'intelligence dans un visage mafflu, dévoré par une barbe exubérante, givrée à l'hiver des ans.

Ils observent l'apparition d'un homme et d'une femme qui viennent de déboucher à l'angle de la rue des Arcis pour emprunter la rue des Écrivains. Elle est juchée en amazone sur une mule, embronchée d'une vaste houppelande de laine qui l'enveloppe jusqu'à la croupe de sa monture. L'homme, de même, porte un manteau qui le dissimule, il est à pied, tient la mule au mors, comme Joseph conduisant Marie en Judée, à Bethléem.

Les fers de l'animal tintent singulièrement dans le silence étale d'une aurore aigrelette ; l'ombre se fait laiteuse, la nuit cède le pas ; le clocher de l'église Saint-Jacques sonne haute prime dans l'air glacé.

Les paupières fripées se plissent en un rire muet, rien n'échappe à l'acuité du voyeur. En cet équipage, point de couple biblique, sous la pèlerine se devine une épée qui bat le flanc de l'écuyer, trahissant le chevalier. Puis la femme détourne brièvement la tête en direction d'un calvaire accolé à l'église, la lanterne y est encore vive et accroche son regard à travers le foisonnement de petit vair qui borde sa capuche. Il surprend alors une étincelle fugace, violette. Il connaît ce regard-là qui recèle le feu de l'améthyste frappée par un éclat de soleil.

Au même moment, une dizaine de mendiants s'agglutinèrent autour du couple, piaillant à l'aumône, s'agrippant aux harnais et aux vêtements comme griffes d'un roncier. La réaction du chevalier fut fulgurante et redoutable, il les repoussa tour à tour avec une violence inouïe, les gueux roulèrent sur le pavé, torchonnés dans leurs loques pouilleuses. Mais la misère fut promptement debout, braquemart au poing. Rejetant son manteau, l'homme tira l'épée de son fourreau en hurlant :

— Montjoie Isabelle !

Aussitôt, sortie de nulle part, se matérialisa une horde armée, menée par un diable rugissant, à l'allure de colosse, au visage carré grêlé par la petite vérole. Il faisait tournoyer au-dessus de sa tête le redoutable fléau d'arme qui vous décervelait la tête comme une noix. Surprise, la ribaudaille se retourna, les attaquants étaient déjà sur eux ; un gueux poussa un hurlement rauque, embroché en pleine poitrine, une dague enfoncée jusqu'à la garde, il tomba et se convulsa sur le carreau, vomissant le sang. Les autres jetèrent aussitôt leur couteau en signe de soumission, et furent quittes à se laisser rosser tout en cherchant à fuir. Cris et tumulte affolèrent la mule qui se mit à ruer, queue dressée, bouche retroussée sur des braiments aux dents jaunes. La femme s'y cramponnait comme elle pouvait, son capuchon glissa, découvrant un admirable visage mangé d'immenses yeux sombres, un visage de madone d'une grande jeunesse. Comme elle allait choir, son compagnon l'enleva à bras-le-corps, laissant filer la monture rétive. Au passage, la mule atteignit d'une dernière ruade le dos d'un ruffian qui s'affala sur le pavé, les reins brisés. Les autres s'égaillaient dans les ruelles, poursuivis par leurs assaillants.

Dès le début de la rixe, l'observateur s'était prudemment rencogné dans la pénombre du portail de la Pierre-au-Lait de l'église de Saint-Jacques-de-la-Boucherie, d'où il ne perdait rien du spectacle. Ce n'était pas la violence qui l'intéressait, trop familière aux paroissiens du quartier, mais le couple qui paraissait ne plus vouloir finir de s'étreindre.

« Je crois que je vais avoir noble visite, songea-t-il, fourrageant sa barbe du bout de ses doigts à mitaine. Allons ! »

Il traversa prestement la rue à petits pas serrés, dandinant sa courte silhouette replète, et s'engouffra dans une maison étroite, enluminée d'images et d'inscriptions, à l'enseigne de la Fleur de lys.

*

Bois-Bourdon, seigneur de Graville, sénéchal du Berry, portait encore dans ses bras Isabelle Wittelsbach Visconti d'Ingolstad, princesse de Bavière, reine de France. Elle levait vers le capitaine de sa garde des prunelles noyées de larmes, plus apeurée de l'air terrible de son protecteur que du péril auquel elle venait d'échapper. Malgré sa fureur, le cœur du sire de Graville fondit, une pulsation se mit à sourdre dans son bas-ventre tandis qu'il la laissait glisser lentement contre lui, sans la quitter des yeux, jusqu'à ce que ses pieds touchassent le sol. Une flambée de désir le vida de sa force alors qu'il la gardait serrée contre lui.

— Vous aviez raison, mon ami, chuchota-t-elle, ce n'était point raisonnable. Retournons !

— Nous sommes rendus, il n'est plus temps de faire demi-tour, répondit-il en la lâchant. Allons, madame, vous irez à pied puisque votre monture est perdue.

Le ton âpre du sénéchal du Berry fit revenir les larmes aux yeux de la princesse de Bavière. Elle craignait les humeurs sombres du seigneur de Graville. Elle avait besoin de son amour comme la fleur se nourrit de la sève de l'arbre. Son haut rang s'y dissolvait, laissant à nu la petite fille affamée de tendresse et de protection. Pourtant, c'était en reine de France qu'elle avait repoussé les avertissements de prudence du capitaine de sa garde personnelle. Elle avait exigé cette sortie dont le but était la boutique de ce mystérieux écrivain public dont on parlait tant à la Cour comme dans Paris, celui que l'on soupçonnait d'être un faiseur d'or, un alchimiste : Nicolas Flamel.

Elle l'avait fait quérir à plusieurs reprises, lui accordant audience en son hôtel de la résidence royale du Marais. Mais l'étrange personnage avait décliné toutes ses invitations. Qui était-il pour ne point répondre en sujet empressé aux sollicitations de la reine de France ? Obstinée, elle avait décidé de le surprendre chez lui, de s'y rendre elle-même, incognito.

Bois-Bourdon s'était incliné, mais à ses propres conditions. Une douzaine de ses hommes les suivraient discrètement, conduits par son premier lieutenant, le redoutable Pascal le Peineux. Et la sortie ne se ferait qu'au petit jour, à cet instant intangible où la ville s'apaise, quand la gueuserie de la nuit déguerpit pour s'ensommeiller dans sa pouille, alors que celle du jour est encore engourdie.

Le seigneur de Graville vivait dans la perpétuelle anxiété de la sécurité d'Isabelle. Charles VI avait quitté Paris pour Avignon et le Languedoc en grand équipage. Depuis bientôt six mois, l'absence royale laissait la reine à découvert. Elle avait été l'égérie du complot

« Montjoie Isabelle » qui avait rendu au roi sa souveraineté, et exclu les princes des Fleurs de lys du pouvoir, les ducs Berry et Bourgogne, oncles de Charles VI qui avaient la rancune tenace. Ces derniers n'ayant certainement pas négligé leurs oreilles dans l'entourage de la reine, des gens à leur solde, calculaient leur revanche.

Leurs espions avaient-ils eu vent de cette secrète sortie de la reine ? Que faisaient en ces lieux la larronaille, passé les heures suspectes, entre chiennerie et louverie qui rend les rues à leur innocence ? Bois-Bourdon ne s'égarait-il pas à flairer sans cesse des chausse-trapes ainsi qu'un féroce chien de garde hurle à la lune ?

Isabelle de Bavière et le capitaine de sa garde longèrent le mur extérieur de l'église Saint-Jacques-de-la-Boucherie, flanqué des petites logettes à écrivains qui avaient donné leur nom à la rue. La reine faisait claquer résolument ses hauts patins de bois sur les pavés, ces protections de pieds contre la boue qu'elle avait mises à la mode des atours de chambre comme de ville. Ils lui donnaient de la taille et de l'assurance.

Comme ils passaient devant le portail de la Pierre-au-Lait, elle s'arrêta, et contempla le tympan sculpté en demi-relief. Il représentait un homme et une femme agenouillés aux pieds de la Vierge en majesté, qui tenait dans son bras droit l'Enfant Jésus et, dans sa main gauche, une grappe de raisin. Le couple était sous la protection de saint Jacques et de saint Jean-Baptiste ; en voussure, une farandole d'anges musiciens. Le tout était peint de couleurs délicates rehaussées de filets d'or. L'ouvrage était récent, d'une grande fraîcheur.

— Voilà ce à quoi il ressemble, murmura Isabelle en fixant l'homme à genoux, celui que l'on dit alchimiste.

Bois-Bourdon la saisit par le coude et l'entraîna, Paris s'éveillait.

Les coqs s'ébrouaient et chantaient l'aube, se répondant des quatre coins de Paris, les bestiaux rassemblés la veille dans les ventres de la Grande Boucherie s'agitaient et meuglaient, sentant le sang dont ce quartier était gorgé, pressentant leur mort imminente avec le lever du jour.

Au loin, près de l'intersection de la rue des Arcy, les deux corps, victimes de l'échauffourée, gisaient sur le pavé comme des paquets de chiffes oubliées. Le guet les ramasserait, comme ils ramassaient, chaque matin, et pêchaient en rivière de Seine les assassinés de la nuit, les suicidés, les enfançons morts de froid, abandonnés au parvis d'une église ou sur un tas de fumier. Ils seraient jetés dans une charrette et conduits au charnier de l'Hôtel-Dieu.

La rue des Écrivains était encore déserte de chalands, les vantaux relevés. Faisant face, à l'angle de la rue de Marivaux, seul un étal à l'enseigne de la Fleur de lys était abaissé, l'huis ouvert, comme si on les attendait.

Ils traversèrent la rue.

Les yeux pétillants dans le visage mafflu les accueillirent, dans la pénombre d'un atelier de calligraphes et d'enlumineurs.

— Que la protection divine soit sur vous en ce jour nouveau, salua le vieil homme avec affabilité.

— Et de même qu'il vous protège, répondit Isabelle. Sieur et dame Graville, bourgeois de notre état, ajouta-t-elle, se présentant avec son compagnon.

Bois-Bourdon se contenta d'incliner la tête. Leur hôte lui rendit son salut, accrochant brièvement son attention à l'homme cuirassé de heuses[1], à la chevelure aile de corbeau. Il se dégageait de lui la force d'un félin sur le qui-vive, et l'intensité de son regard exprimait une vigilance de tous les instants.

— Pouvez-vous nous mener à votre maître s'il est ici céans ? demanda la princesse de Bavière.

— Je n'ai que Dieu pour maître, et pour vous conduire à Lui je ne saurais que vous recommander la prière, répondit leur hôte qui semblait fort s'amuser.

Cette réponse laissa Isabelle déconcertée. Ce qui irrita le sire de Graville.

— Êtes-vous maître Nicolas Flamel ? lui lança-t-il tout de go.

— Celui-là même, pour vous servir. Mais ne restez pas dans cette entrée où souffle le froid de la mort, dit-il en les entraînant à travers l'atelier aux multiples tâches abandonnées à la sonnerie du couvre-feu.

Il souleva une épaisse tenture et les introduisit dans une pièce où il faisait chaud. Le mobilier en était rudimentaire, une longue table flanquée de bancs et d'une cathèdre en composait l'essentiel. Contre un mur, un dressoir ne contenait que pots et assiettes en terre cuite. Dans une grande cheminée pétillait un feu vif qu'attisait une servante boudinée dans une robe de bure et un surplis bleu. Elle maniait le soufflet avec force, et ne prit pas la peine d'accorder un instant de son attention aux visiteurs. L'âtre était encombré de chaudrons, d'écuelles et autres instruments de cuisine. Un renfoncement sombre servait de cellier, et un étroit escalier à vis desservait les étages supérieurs.

1. Bottes qui montaient jusqu'à mi-cuisses.

Flamel invita sa visiteuse à prendre place dans la cathèdre, le siège du maître de la mesnie[1] au haut bout de la table. Bois-Bourdon s'assit à l'écart sur un escabeau, une de ses longues jambes repliée sur la plus haute marche.

— Que me vaut visite si matinale dans l'humble demeure de votre serviteur ? s'enquit Nicolas.

— J'ai en tête un livre d'heures[2] que mon époux songe à m'offrir, répondit négligemment la reine, distraite par l'examen des lieux qui semblaient la surprendre. L'on m'a recommandé pour cet ouvrage maître Flamel, reprit Isabelle qui fixait à présent son hôte d'un air incrédule. Pardonnez-moi, mais êtes-vous assurément celui que je demande ?

— Je n'en connais pas d'autres, madame.

Elle parut contrariée.

— Vous ne ressemblez guère à l'image du tympan au portail de la Pierre-au-Lait que je viens de voir !

— N'est-il pas admirable ? jubila Nicolas. Je l'ai fait réaliser voilà une année, au bénéfice de l'église de Saint-Jacques-de-la-Boucherie. Il me représente avec ma dame Pernelle, de part et d'autre de la Vierge. Mon épouse y figure honnêtement, mais je reconnais y être fort enjolivé. Sans doute ma barbe me change et me vieillit.

Il eut un bref éclat de rire, bouche ouverte, révélant le vide d'un trou noir. Isabelle ne put réprimer une grimace de dégoût qui n'échappa pas à Nicolas.

1. Ensemble de la maisonnée, serviteurs compris.

2. Livre des prières des heures carillonnées de la journée, souvent richement enluminé. Le plus célèbre qui est parvenu jusqu'à nos jours : *Les Très Riches Heures du duc de Berry.*

— Un arracheur de dents du parvis de Notre-Dame m'a récemment soulagé de tous mes chicots qui m'empoisonnaient le sang et me faisaient l'haleine fétide. Il m'a laissé brèche-dent, les gencives nues comme nouveau-né. Ma nouvelle pilosité en masque un peu le désagrément, ajouta-t-il en se passant la main sur le bas du visage.

Ses prunelles pétillèrent de malice. La reine, désemparée, se tourna vers Bois-Bourdon qui n'exprimait qu'une parfaite impassibilité. Ce n'était pas le copiste que la reine cherchait céans, mais l'alchimiste. Les misères physiques de Nicolas Flamel et la modestie de son logement infirmaient qu'il fût le détenteur du grand Œuvre qui donne fortune et jeunesse. Il était communément concédé aux alchimistes les pouvoirs les plus fous. La possession de la Pierre philosophale, outre la fabrication de l'or, donnait également accès à la « Médecine de l'Ordre supérieur », sa liquéfaction en faisait « l'Élixir parfait », un élixir de jouvence qui donnait santé et vie éternelle par ses vertus régénératrices.

L'écrivain public était chenu, édenté, son logis confinait à la pauvreté. Mais les apparences sont souvent trompeuses, et l'homme était intelligent.

Agacée, Isabelle lança son premier trait.

— Un arracheur de dents public ? Une personne de votre qualité n'a-t-elle point attaché à son service le meilleur chirurgien ?

— Mon épouse Pernelle et moi n'en aurions guère besoin. Nous ne sommes jamais malades.

— Jamais malades, dites-vous ? releva-t-elle aussitôt. Avez-vous quelques panacées qui vous en préservent ?

— Une vie simple et frugale, et la grâce de Dieu nous ont tenus en bonne santé jusqu'à ce jour d'hui, répondit le maître avec onction.

— Tempérance et dévotion, voilà grande sagesse. Mais cela suffit-il ? Je vous crois plus savant que vous ne voulez le paraître, répondit Isabelle sans désarmer.

— J'ai, certes, bonne réputation de mon art, madame, se déroba encore Flamel.

— Et quel est donc cet art qui vous rend si fameux ?

— Maître copiste, n'est-ce pas ce que vous cherchez ? Mais aussi relieur-enlumineur, comme chacun sait.

— L'on vous dit pourtant fort riche, la sculpture du porche de l'église Saint-Jacques en atteste.

— J'ai bon commerce, il en est peu pour savoir lire et écrire, et j'ai grande besogne. Ajoutez quelques commandes d'ouvrages précieux dont on m'honore, et il m'en reste assez pour faire des aumônes et dons à l'Église pour le salut de mon âme et celle de dame Pernelle.

« Il connaît l'artifice de l'esquive », observa Bourdon, qui soupçonnait Nicolas Flamel d'avoir percé les véritables raisons de la présence d'Isabelle et de jouer avec elle au chat et à la souris. Un homme de sa réputation devait avoir de fréquentes visites de cette nature, la *vox populi* lui attribuait une opulence inépuisable qui devait fasciner et attirer les solliciteurs, prêts à vendre leur âme au Diable pour un peu d'or.

La reine, en dépit de son apparente insouciance, craignait l'avenir, et avec justes raisons. Depuis l'éviction de ses oncles, Charles VI se conduisait comme un étalon sauvage à qui l'on a lâché la bride. Il jetait l'argent à pleines mains, dans un tourbillon de fêtes. Les plus folles gardaient le nom des « Fêtes de Saint-Denis », où s'étaient vus, de longs jours durant, les pires excès et débauches indignes du saint lieu. Charles VI s'y était exténué comme il avait épuisé le Trésor royal. Et pour financer l'apparat de son actuel voyage dans le sud du royaume, il avait multiplié les emprunts, malgré les conseils avisés des Marmousets[1]. Oui, Isabelle avait peur. Elle cherchait à compenser la prodigalité excessive de son époux ; elle convoitait, elle aussi, l'or de l'alchimiste.

— Je viens de faire mes dévotions à l'église Saint-Jacques et ne me suis encore point restauré. Voulez-vous partager avec moi matinel ? proposa Nicolas Flamel, tandis que le sire de Graville ressassait ses appréhensions. Marguerite ! intima-t-il à la servante sans attendre de réponse. Mon gruau, et en suffisance pour mes invités ! Et fais diligence à allumer l'âtre de l'atelier, il y fait un froid à engourdir le corps et surtout les doigts.

Marguerite la Questel se débarrassa de son soufflet et essuya ses joues luisantes dans son tablier. Elle se tourna enfin vers les visiteurs, jeta sur Isabelle un regard de biais, le visage plus fermé qu'une moule. Elle avait le faciès d'une femme qu'il n'est pas aise de faire parler. Elle se détourna et se saisit du chaudron de gruau posé sur un trépied, qu'elle suspendit sur le feu au crochet de la crémaillère. Puis elle prit un fagot du bois entassé au côté de la cheminée, et se rendit dans l'atelier.

Le maître s'installa sur un banc, près d'Isabelle :

— Et si nous parlions enfin de l'affaire qui vous amène.

---

1. Surnom des conseillers de Charles V, bourgeois d'une grande intelligence politique, que son fils Charles VI avait repris dans son gouvernement.

La reine sursauta, elle n'avait cure d'un livre d'heures, avait en horreur le gruau et les choses n'allaient pas leur train à sa convenance.

— Je me suis laissé dire grand bien de vous, maître Flamel, commença-t-elle en maîtrisant son exaspération, puis elle attaqua franc. D'ailleurs n'avez-vous pas les faveurs de Mgr le duc de Berry ? Il faut que vos talents d'écrivain-juré soient exceptionnels pour avoir attiré l'attention d'un tel prince. On parle aussi de Jean de Nevers, le fils héritier de la puissante maison de Bourgogne, il ne manque pourtant point d'enlumineurs fameux dans leur riche Flandre. Même le duc d'Orléans, monseigneur frère du roi, aurait eu, paraît-il, commerce avec vous.

— Ces bruits de la ville sont fort exagérés. Il est vrai que messeigneurs m'ont passé commande, mais ce ne sont que modestes travaux, sourit l'écrivain public, plus patelin que jamais.

La reine eut un geste d'impatience qui faillit la trahir mais qui échappa à Nicolas, distrait soudain par un tumulte de voix en provenance de l'atelier, tranché par un rire clair, un rire de femme.

— Je vous demande le pardon, mes apprentis arrivent, et, à ce qu'il me semble, j'ai autre gracieuse visite.

Il les quitta. Une fois seuls, la reine et Bois-Bourdon restèrent silencieux. Isabelle, maussade, était perdue dans ses pensées.

— Qu'espérais-tu ? murmura enfin le capitaine. S'il est bien ce que l'on dit, crois-tu qu'un tel homme se livrerait, ou se trahirait si facilement ?

— Je ne sais, mais il n'est pas naturel que Bourgogne et Berry s'intéressent à un homme à l'apparence si commune. Il faut bien qu'il soit alchimiste. Je devais voir par moi-même, je ne peux laisser mes bel-oncles s'approprier un pouvoir aussi grand.

— L'alchimie n'est qu'un conte à berner ! gronda-t-il en descendant de son escabeau. Maître Flamel joue admirablement d'une réputation frelatée qu'il a peut-être lui-même édifiée. Il s'en sert, les princes le courtisent, lui passent flatteuses commandes et font sa fortune à leurs dépens.

Le seigneur de Graville ne croyait pas à l'alchimie, il ne croyait en rien, ne craignait ni Dieu ni Diable, à l'inverse de l'esprit de son temps. D'anciennes souffrances avaient brisé sa foi, ne lui faisaient redouter que l'Homme, chair corruptible, pétrie de cruautés et de vices.

— Et si pourtant cela était vrai ? chuchota Isabelle.

Un éclat de rire fusa soudain. Une jeune femme entrait dans la pièce suivie de Nicolas Flamel, qui compulsait un manuscrit, de grosses besicles en corne chevauchant son nez couperosé.

— Vous me flattez, maître Nicolas, riait-elle en se retournant. Ce ne sont là que piètres ballades destinées à fêter le retour de mon époux.

Elle respirait le bonheur de vivre, l'insouciance de ceux qui ont été choyés, épargnés des larmes.

Un grand bruit se fit dans l'escalier à vis, une femme accorte en émergea dans un roulis de lainages aux couleurs vives.

La jeune femme fit face et poussa un cri de joie :

— Dame Pernelle !

Elle se précipita à sa rencontre et se jeta dans ses bras.

— Christine, c'était bien votre rire. Quel bon vent vous amène, ma belle poétesse, encore quelques rimailles à copier ?

— Mais aussi le plaisir à vous revoir.

Elles s'étreignirent de nouveau.

— Dame Pernelle, comment se porte votre santé ? À merveille à ce que je vois.

— Comme toujours, répondit la plantureuse femme. Et comment vont les enfants ?

— Ils vont de l'avant, et turbulents, dit la visiteuse en éclatant de rire.

Isabelle écoutait, observait, cherchant toujours les signes de ce qu'elle briguait. L'épouse de Nicolas Flamel devait approcher des cinquante ans et son visage était rond, frais et lisse comme celui d'une jeune fille, une tête restée extraordinairement jeune mais plantée sur un corps de matrone.

Et si cela était vrai…

Elle prit conscience d'un silence soudain, ladite Christine la considérait bouche bée. C'était une jeune femme menue et de belles proportions tant on pouvait en juger, emmitouflée comme elle était dans une aumusse de lainage feuille morte sur un bliaut ocre. Tout était couleur d'automne chez elle, depuis ses cheveux brun-roux qui s'échappaient du capuchon jusqu'à ses grands yeux noisette au regard vif.

Enfin, Christine de Pisan se précipita à ses genoux et baisa le bas de sa robe :

— Madame, madame, mille pardons ! Vous ici !

Isabelle se leva, cherchant à échapper à l'entreprise de cette femme qui s'accrochait à ses jupes.

— Cessez ! Qui êtes-vous ?

— Christine de Pisan, madame, l'épouse d'Étienne de Castel, secrétaire-notaire au service de Mgr le roi.

— Je ne vous connais pas, répondit sèchement la princesse de Bavière, dégageant d'un coup sec le bas de sa robe.

— Moi, je vous connais, j'ai tant admiré la reine alors que je me tenais dans l'ombre.

Dame Pernelle tomba à genoux à son tour, comme si ses jambes s'étaient tout à coup dérobées sous ses rondeurs.

— La reine !

Un gloussement étouffé fit se retourner Bois-Bourdon. Nicolas Flamel pouffait dans sa barbe. Dans ses yeux, il y avait de l'admiration et de la tendresse alors qu'il s'amusait de la confusion d'Isabelle. L'écrivain avait toujours su qui était sa solliciteuse.

— Maître, la reine, la reine en votre logis, rendez-vous compte ? s'exclama Christine de Pisan.

— Pardonnez-moi, mais êtes-vous assurément celle que l'on dit ? interrogea Nicolas, reprenant les propres termes d'Isabelle.

Il se jouait d'elle, la colère de la souveraine flamba. Jetant bas le masque, elle se redressa de toute sa majesté.

— Vous l'auriez su, monsieur, si vous aviez daigné répondre à mes appels !

Flamel s'inclina bas, dévoila le cercle rosâtre de sa calvitie sur le sommet de son crâne.

— Madame, c'était un honneur qui vous aurait déshonorée. Et je ne voulais certes pas vous compromettre.

— Me compromettre ? Et de quelle façon, je vous prie ?

— Toute bonne renommée s'accompagne de fâcheuses calomnies.

— Mais encore ?

— La rumeur ne vous a-t-elle point rapporté que si j'étais habile maître copieur, j'étais aussi… (Nicolas prit son temps, Isabelle suspendue à ses lèvres) un redouté sorcier ?

Elle poussa un soupir de colère et de déconvenue.

— La reine ne se soucie guère des ragots de Paris, intervint l'impétueuse Christine. Alors que notre roi bien-aimé est fêté de toutes parts. Mon cher époux, Étienne de Castel, m'a fait parvenir tantôt une estafette. Dans son courrier, il me narrait les entrées triomphales dans les villes traversées, tant et tant que le cortège mit deux mois à se rendre en Avignon, où même liesse et festoiements les attendaient. Le vénéré pape Clément VII a couronné lui-même le jeune duc d'Anjou, roi de Naples et de Sicile. Et rien n'a manqué à la magnificence d'un pape et à la majesté de deux rois, m'écrit mon cher Étienne. Ce fut le même tourbillon de fêtes alors que notre sire se rendait en Languedoc. Et tant encore qu'il écrit qu'il ne sait plus ni du jour ni de la nuit et qu'il confond l'un avec l'autre…

— La jeunesse ! la coupa Nicolas Flamel avec gravité. La jeunesse est une affection dont on guérit prestement, et plus prestement encore lorsqu'on la consume si intensément.

Isabelle s'était laissée choir sur un banc. Flamel parlait vrai. Elle-même avait reçu du courrier qui lui relatait avec quelle fièvre le roi prenait part à ces réjouissances ininterrompues, et qu'il en paraissait parfois égaré. À plusieurs reprises, elle avait été témoin de ces sortes de brèves divagations. Charles parlait soudain de façon incohérente, ou se mettait à courir en tous sens, sans raison, comme un enfant désorienté.

— Chaud le gruau, qui en veut ? lança en entrant Marguerite la Questel, la plantureuse servante des Flamel.

Cela en était trop pour la reine, qui prit congé.

2

La course de dupes

« Lors du remariage du vieux duc Jean de Berry en 1389 avec Jeanne de Boulogne, fillette de douze ans. »

Jeunes filles aux tétins ronds,
Que l'on marie à vieux grisons
Qui n'ont ni force ni puissance,
Si la dame, par sa plaisance,
A choisi quelque vert-galant
Pour lui friponner son devant,
Cela ne faut être étonné
Tout cela lui est pardonné.

Discours des Friponniers et Friponnières,
Jehannot de Lescurel, XIV

Parmi la dizaine de demeures éparpillées dans le vaste enclos de la résidence royale, sise aux marais de Saint-Paul, la princesse de Bavière avait adopté un ravissant manoir à colombages rehaussés de vives couleurs, flanqué de deux tourelles en poivrière. Après une volée de marches en demi-cercle s'ouvrait un double portail de chêne armorié, surmonté d'un fronton sculpté d'un couple d'amoureux, encadré de musiciens sur fond de verdure. Cette maison avait pour nom l'hôtel de la Pissotte, en raison de la grande fontaine, dite au Lion, qui ornait le centre de la cour de façade. L'animal, crinière hérissée, bouche ouverte et crocs menaçants, était entouré de chérubins nus qui pissotaient une eau cristalline et babillante dans un bassin à coquille.

L'hôtel de la reine faisait partie d'une immense étendue ceinte de hautes et solides murailles. Les logis étaient reliés par des préaux au rez-terre, et, aux étages, par douze galeries qui permettaient d'aller à couvert de l'un à l'autre, et d'accéder aux chapelles. Des jardins foisonnants donnaient à cet ensemble composite les charmes de la campagne. Feu Charles V l'avait nommé l'Hôtel solennel des Grands Ébattements, tant il disait trouver audit hôtel amour, plaisance et singulière affection.

Isabelle se sentait abattue en montant l'escalier qui menait à son privé du troisième étage. Cette vaine sortie n'avait fait que l'humilier et fâcher Bois-Bourdon. Il avait raison, Nicolas Flamel gardait bien son secret.

— Tu cherches une clef qui n'ouvre aucune porte, Basileia.

Zizka ! une voix qui la hantait parfois, survenant de nulle part, avec laquelle elle conversait. Elle était devenue familière à Isabelle depuis son arrivée en France. D'instinct, elle avait caché au monde cette illusion de ses sens.

— Nicolas Flamel n'a pas démenti la rumeur qui le tenait pour sorcier, et les alchimistes en sont de réputation, lui répondit Isabelle, butée.

— La rumeur est mère maquerelle qui prostitue dame Vérité.

— J'aurais pu l'attiser davantage sans cette péronnelle qui nous a interrompus en jacassant sur les fastes du roi…

Christine de Pisan ! La reine s'arrêta net. Cette jeune femme semblait très intime avec les Flamel. Elle apportait à maître Nicolas un manuscrit, ce qui n'était pas la première fois, car Dame Pernelle lui avait dit en l'étreignant : « Ma belle poétesse, encore quelques ballades à copier ? » Christine de Pisan écrivait donc, et personne ne s'étonnerait qu'elle s'attachât une telle curiosité. Cette gracieuse rimailleuse ferait merveille en sa cour d'amour où se comptait déjà le poète Eustache Deschamps ; et cette jeune femme était très… bavarde.

Ce fut d'un pas revigoré qu'elle grimpa les dernières marches. Arrivée dans le corridor de ses appartements, un homme jeune, dépenaillé, crotté, et qui puait le cheval, se jeta à sa rencontre et s'agenouilla devant elle.

— Ma reine, ma reine bien-aimée, déclama son beau-frère Louis d'Orléans, je dépose mon triomphe à vos pieds. Le roi est défait !

Le cœur d'Isabelle cessa de battre.

*

Le roi est défait ! Qui peut défaire un roi, hors la mort ? Et qui pouvait en tirer un tel triomphe, sinon son frère, héritier du trône, Louis d'Orléans ?

Le choc fit reculer Isabelle contre le mur du corridor où elle s'adossa. À demi consciente, elle se sentit glisser sur le sol, souffle et jambes coupés. Il lui sembla percevoir l'écho du rire triomphant de Louis, tandis que toute sa jeune vie défilait dans son esprit, un chaos d'images, de bonheurs et de douleurs[1].

1. Voir, du même auteur, *La Reine violée*, tome 1 : *Éclose entre fleurs de lys*.

L'oisellerie de son enfance au château de Ludwigsburg, son épervier Autan perdu à jamais, ainsi qu'étaient perdus ses montagnes et l'air pur de sa Bavière. L'amour en Courtoisie la possédant tout entière à la vue d'un beau cavalier blond sur le chemin d'Amiens en pays de France. Il est le roi, il est aussitôt son époux, et son ventre se déchire dans une souffrance atroce au soir de ses noces alors que des gardes la crucifient en la maintenant sur la couche nuptiale.

Le roi lui fait horreur. « Apprends-moi l'amour », souffle-t-elle au sombre Bois-Bourdon.

Souffrance encore, insoutenable, alors que Catherine, son amie d'enfance, accourt en hurlant : « Mgr le Dauphin se meurt ! » Mgr le Dauphin est mort, l'enfant de Bois-Bourdon.

Vierge Marie, mère de toutes les douleurs, que n'as-tu détourné la colère divine de l'enfant de l'adultère en ce funeste jour des Saints-Innocents ?

L'affliction s'efface pour faire place à une intense jubilation : elle fait son entrée solennelle en sa bonne ville de Paris. Elle voit dans un kaléidoscope de couleurs la presse et la liesse de la foule. « Noël ! Noël ! Vive la reine ! » Elle s'enivre des vivats et des chansons :

Dame éclose entre fleurs de lys
Reine, êtes-vous du paradis ?

Le munificent cortège la mène à la Sainte-Chapelle. C'est le moment grandiose de son sacre. Elle est grave, et bouleversée alors qu'elle est ointe des saintes huiles. Le *Te Deum* retentit et c'est le lâcher de colombes. « Qu'elle vive pour l'éternité ! » proclame l'auguste assemblée d'une même voix puissante, qui la fait frissonner.

Isabelle Wittelsbach Visconti d'Ingolstad, princesse de Bavière, est reine de France de droit divin.

Elle a le tournis à présent, submergée par les turbulences des fêtes de Saint-Denis qui n'en finissent plus. Elle étouffe de chaleur à ce banquet en ce mois d'août 1389 ; il faut briser les vitres pour qu'elle respire, alors qu'elle est grosse à pleine ceinture de l'espérance d'un fils.

Elle hurle dans l'ultime poussée de ses entrailles. Isabelle est née au Louvre. Une fille encore, guère plus d'un an après la naissance de la débile petite Jeanne.

Le roi est mort, vive le roi ! Le rire en écho de son beau-frère.

Valentine Visconti lui apparaît dans tout l'éclat de sa splendeur lors de sa venue en ce royaume, pour épouser le duc d'Orléans. Valentine, rayonnante de beauté et de blondeur, couverte de bijoux d'argent verré, richement dotée de quatre cent cinquante mille florins, du comté d'Asti et de Vertus, héritière des riches seigneuries de son père, le seigneur de Milan, Jean-Galéas. Elle éprouve une bouffée de rancune, elle qui n'a eu qu'un trousseau fait de charité.

Le roi est mort. La souveraine n'est plus. La messe est dite. Les ambitions du duc et de la duchesse d'Orléans n'auront pas souffert d'impatience. Ils seront sur le trône qu'ils briguent avant même qu'elle n'en soit chassée, dépouillée de tout.

— Le roi est en route, Basileia, il approche, murmure Zizka.

— Le roi est-il vivant ?

— Il vit, mais il est des morts pires que la mort.

— Le roi est vivant, c'est sûr ! Ne déparle pas Isabelette, réveille-toi ! suppliait la voix de Catherine, sa chambellane.

On lui tapotait les joues, on l'appelait avec anxiété, elle ouvrit les yeux. Du monde s'empressait auprès d'elle, chambrières et valets attroupés autour de Catherine la tenant dans ses bras. Ozanne de Louvain lui faisait respirer de l'esprit-de-vin, et Louis d'Orléans, agenouillé, lui tenait la main. Tous affichaient des mines alarmées par sa pâmoison.

— Elle revient à elle ! lança une voix.

— Oui, elle revient, répondit Louis avec soulagement. Pardonne-moi, Isabelle, lui dit-il tout en lui baisant la main, je ne voulais pas te faire si grande peur. Charles n'est pas perdu, j'en suis certain. Il va arriver dans l'heure, je te le jure. Ce n'était qu'un pari.

*

L'Hôtel solennel des Grands Ébattements s'ébroua, sortant de sa torpeur où il était plongé depuis le départ du roi et de la plus grosse partie de sa cour. Mais il y avait surtout urgence à apprêter la résidence royale, l'hôtel de Sens, désertée depuis plus d'une moitié d'année.

Ozanne de Louvain, première dame d'honneur de la reine, demanda la permission de s'y appliquer, et entraîna avec elle la corpulente Arégonde, au faciès rubicond, dame maîtresse cuisinière de l'hôtel de la Pissotte.

La plupart des officiers et serviteurs ayant suivi le monarque, la demoiselle de Louvain dut faire appel à plusieurs dizaines de valets des cours basses. Il fallait aérer, récurer, battre tentures et tapis, embraser des centaines de flambeaux, et surtout réchauffer en grande hâte la demeure royale.

Elle fit allumer tous les feux, ceux des cuisines où des queux de bouche s'employaient avec maîtresse Arégonde à préparer bouillons, rôtis, hypocras ou blancs-mangers censés réconforter le roi de sa longue chevauchée. La dame d'honneur était partout à la fois, surveillant, inspectant, houspillant, s'étourdissant de travail pour oublier l'angoisse qui la tenaillait, car elle aimait le roi d'une grande passion. Elle était sa maîtresse depuis deux ans.

Et tous, comme elle, avaient en tête le déraisonnable pari que s'étaient lancé Charles VI et son frère cadet Louis d'Orléans. À Montpellier, ils avaient fait la gageure de cinq mille livres à celui qui se rendrait au plus tôt auprès de sa dame, à « force et exploit de chevaux ». À l'aube suivante, ils avaient chacun pris des routes différentes avec pour seule escorte le duc de Vieuville pour Charles, et le sire de Garensière pour Louis. Un unique assesseur pour chaque prince sur ces chemins de France de tous les dangers.

Le duc d'Orléans avait déjà narré avec orgueil les étapes brûlées, les aliments avalés à la hâte, le cul vissé à la selle, ne mettant pied à terre que pour changer de cheval ; ainsi, jour et nuit, il avait galopé à bride abattue. Plus de cent soixante-dix lieues[1] en cent quatre

1. Soit sept cents kilomètres.

heures, un exploit dont il se vantait à satiété depuis son retour.

Mais déjà le bruit courait que le prince n'avait pas toujours eu le cul vissé à son cheval, et qu'il s'était reposé dans une barge qui descendait la Seine. Le pari était à force de chevaux, mais il se murmurait que c'était une course de dupes et qu'Orléans avait triché. De plus, il ne semblait guère se soucier du roi dont il ne pouvait rien dire. Aussi imaginait-on le pire, et, pour assombrir encore les esprits, un ciel ténébreux s'était mis à crachoter une bruine neigeuse et glaciale.

Le sire de Bois-Bourdon, capitaine-général de l'hôtel de Saint-Paul, avait lancé des hommes d'armes à la rencontre du roi sur les voies du sud ; d'autres étaient postés en guetteurs aux portes méridionales des fortifications de la capitale, prêts à lui faire bonne escorte à travers les embarras des ruelles parisiennes.

Ozanne était torturée d'angoisse, elle savait que son amant était une tête folle et obstinée. Elle ne doutait pas de l'acharnement qu'il mettrait dans cette course forcenée, au-delà même de l'épuisement. Elle prépara un clairet de simples[1], une potion ardente à redonner vie à un corps expiré. En outre, la dame d'honneur sélectionna des huiles singulières et parfumées, propres à rendre délassement et souplesse à des membres rompus. Elle connaissait l'art de la trituration, Charles VI aimait ses longs massages qu'elle lui prodiguait jusqu'à son endormissement, et même durant.

---

1. Herbes médicinales.

*

— Je pensais bien te trouver en ces lieux, belle dame, tonitrua Jean la Grâce, dominant de la voix les pépiements, piaillements et trilles de toutes sortes de l'oisellerie d'Isabelle, sise dans la tourelle en poivrière de son hôtel de la Pissotte, qu'elle appelait sa « salle aux Ramages ».

Elle se retourna. Une aiguière d'eau à la main, elle était seule, occupée à remplir les godets et les petits bassins des vastes cages, fermées de treillis en fils d'archal.

— Chut, dit-elle en mettant un doigt sur ses lèvres. Tu vas l'effaroucher.

Il se mit à chuchoter à la façon d'un bouffon, roulant des yeux épouvantés :

— Et qui donc effarouché ? Ne tenez-vous rien ma propre frayeur à me trouver dans cet éprouvant concours de caquetages, de plumes et de fientes ?

Isabelle sourit, il y avait toujours eu entre eux une familiarité reposante. Le chapelain était sans nul doute le seul qui pouvait la distraire en ce jour d'angoisse. Il lui trouva l'air fatigué. Isabelle était bien épuisée d'inquiétude dans l'attente du roi ; veiller sur ses oiseaux trompait ses anxiétés.

— Furette ! Venez, que je vous montre mes nouveaux protégés.

— Furette ? Ils sont donc plusieurs ?

— Chut, dit encore Isabelle en posant son aiguière sur un tabouret.

Elle entraîna Jean la Grâce vers une cage où gazouillaient des pinsons batailleurs. Dessous, un espace était dissimulé par une courte tenture. Isabelle la rabattit avec précaution. La Grâce ne vit tout d'abord qu'une paire d'yeux jaunes troués d'une pupille noire, puis, une boule de poils fauves qui se ramassait sur elle-même en ouvrant une gueule rouge sur des crocs acérés, crachant un feulement menaçant.

— Hier, expliqua Isabelle, un valet d'étable m'a remis un panier où couinaient trois chatons encore aveugles ; ils n'avaient guère que quelques jours. Que pouvais-je en faire, à cet âge, sans leur mère ? Aussi je lui commandai de la retrouver et de me l'amener, sinon il faudrait bien se résoudre à les noyer avant qu'ils ne meurent de faim. (Elle s'agenouilla avec précaution tandis que l'animal feulait de plus belle, prêt à bondir.) Le vacher a promis, mais en protestant qu'il ne savait rien d'elle, et qu'elle lui arracherait les yeux s'il faisait mine de s'en saisir.

Toujours avec lenteur, Isabelle tendit la main vers l'animal farouche.

— Ton vaurien de vacher l'a quand même retrouvée à ce que je vois, constata Jean d'une voix retenue.

— Que nenni, chuchota-t-elle, le prodige, c'est qu'elle est venue toute seule, et je ne sais comment elle a pu retrouver ses petits et les atteindre, vu la hauteur et tous ces grillages qui ferment la salle aux Ramages ?

— En effet, c'est grand prodige. Prends garde, Reinette, c'en serait un autre si elle ne te laboure pas la main à t'en arracher la chair.

Mais, avec étonnement, Jean la Grâce vit le museau de la chatte se fermer et renifler longuement les doigts d'Isabelle. Puis, rassurée, elle se recoucha, se tourna sur le côté, offrant son ventre gonflé de mamelles à la gloutonnerie de sa progéniture. Enfin, sous la douce caresse de la reine, elle se mit à ronronner.

— En effet, c'est grand prodige, répéta-t-il, ébahi.

— Laissons-les, dit Isabelle en rabattant la tenture sur la cache.

Elle se releva et s'étira en arrière, les mains plaquées sur les reins, faisant saillir ses jeunes seins sous son bliaut par la brusque béance de sa houppelande. Elle s'en emmitoufla aussitôt en frissonnant.

— Venez, frère Jean, allons dans ma chambre, il y fait plus chaud. Et puis, nous les énervons.

En effet, les oiseaux étaient pris d'un coup de folie, particulièrement la cage des perruches, véritable champ de bataille, virevoltant de plumes de soleil, dans un concert de persiflages agressifs.

Alors qu'ils descendaient l'escalier à vis, deux chambrières zélées vinrent à leur rencontre en tenant haut des flambeaux. Elles les éclairèrent dans le dédale des couloirs sombres, tandis qu'Isabelle expliquait que la chatte, tel un furet, avait dû se glisser par un improbable interstice. Elle l'avait donc baptisée Furette, bien décidée à l'apprivoiser et à l'adopter, elle ainsi que ses petits.

— Et que vas-tu faire de chats dans une oisellerie, ne crains-tu pas pour tes précieux volatiles ?

En hiver, les multiples oiseaux chanteurs des immenses cages des jardins de l'Hôtel étaient mis à l'abri, notamment dans les colombiers des fermes. Isabelle ne gardait que les plus fragiles et les plus exotiques. Elle avait la passion des bêtes, plus particulièrement celles à plumes, tout comme elle aimait les fleurs et la poésie. Les enfants des cours basses connaissaient la faiblesse de leur souveraine, et lui amenaient fréquemment toutes sortes de bestioles, ravis d'en obtenir quelques pièces. La plupart du temps, Isabelle leur rendait la liberté.

Jean la Grâce songea qu'elle aurait été plus heureuse en simple châtelaine, à cultiver son jardin, que reine de cette cour cruelle.

— Les oiseaux sont en sécurité dans leur cage, lui répondit-elle, le treillis en est fin. Et les chats seront bien plus occupés à se gaver des rats et des souris qui pullulent, qui s'engraissent des graines, de pain sec, et même des œufs et des oisillons. Ils sont une calamité, et les chats leur feront bonne guerre. (Elle garda un court silence alors qu'ils s'engouffraient dans le corridor qui longeait ses appartements.) Je suis plus inquiète pour la fauconnerie, reprit-elle, il ne cesse d'en mourir depuis cet hiver. Charles a été fort marri de perdre son bel émouchet[1]. On ne sait ce qui les empoisonne.

L'émouchet lui fit penser à Autan, l'épervier qu'elle avait élevé au château de Ludwigsburg, et qu'elle avait laissé derrière elle en Bavière. Elle eut un accès de rancune contre son père en entrant dans sa chambre. Il l'avait envoyée en France en sachant qu'elle n'en reviendrait jamais. L'aurait-elle su, elle aurait emporté Autan avant tout autre, Autan à peine dressé, toujours regretté, et jamais égalé.

Une bouffée de chaleur les assaillit, un feu flambait joyeusement dans la grande cheminée à cariatides. Le large lit à ciel et à courtines, ceint de banquettes rembourrées de velours frappé de fleurs de lys, trônait sur une estrade à degrés recouverts de tapisseries armo-

1. Autre nom de l'épervier.

riées. Isabelle se débarrassa de sa houppelande, et alla s'étendre sur la courtepointe avec un long soupir d'aise, le buste appuyé contre un fouillis d'oreillers de satin ivoire. Jean la Grâce prit place à son chevet sur une des banquettes. La coutume voulait que la chambre à coucher soit un lieu de réunion où les maîtres de céans recevaient leurs gens ou leurs visiteurs, jusque dans la couche où l'on dormait nu avec les hôtes de marque, suivant les règles de la courtoisie.

La cloche des Célestins retentit. Le visage de la reine se contracta.

— None[1] passée. Cette attente est intolérable.

Les chambrières s'employaient à allumer tous les chandeliers en ce jour de nuit et de froidure. D'autres apportèrent bientôt sur des drageoirs des timbales d'argent et des pichets de vin herbé qui fleurait bon, qu'elles disposèrent sur une crédence, à portée de la reine et de son confesseur. Enfin, elles s'agenouillèrent avant de se retirer. Jean la Grâce se versa aussitôt une bonne rasade de vin qu'il but d'un coup.

— Pardonnez-moi, madame, mais les plumes me donnent soif, s'excusa-t-il avec un hoquet.

— Tu es un boit-sans-soif, moine dévoyé. Ne m'en serviras-tu donc pas ?

Il emplit l'autre gobelet qu'il tendit à Isabelle et se resservit. Frère mendiant de l'ordre des Cordeliers, Jean était dru, d'allure et de traits. Il était un homme de belle taille, jaune d'yeux comme de cheveux, et fort en gueule. Tout en sirotant et grignotant des dragées au gingembre, ils parlèrent du roi et des derniers courriers

1. Entre 14 et 15 heures, suivant la saison.

qui le disaient encore à Toulouse, chez Gaston Phébus, comte de Foix.

— N'est-ce pas ce même comte de Foix qui vendit fort cher sa pupille, Jeanne de Boulogne, à notre vieil oncle de Berry l'année passée[1] ?

— Ce n'était pas trop cher payé pour acquérir avec cette enfant de douze ans le comté de Boulogne, et des droits sur l'Auvergne.

Isabelle s'assombrit, encore et toujours ces dots prodigieuses dont elle avait été dépourvue. Elle en gardait une viscérale peur du dénuement.

— À ce jour, je n'ai nulle connaissance de princesse épousée d'amour vrai comme tu le fus, Reinette, sourit Jean la Grâce, qui suivait sans mal le cours de ses pensées.

— Un amour vrai qui me viola cruellement au soir de mes noces, répliqua-t-elle avec acrimonie.

— Je croyais que tu avais pardonné…

— Devant Dieu, oui ! Il m'aime, il m'adore, il m'idolâtre même, et me le prouve sans désemparer. Et j'ai pour lui tendresse et grande pitié à ce jour, car il est bon et doux, et s'épuise à donner plaisir à son monde. Il fallait bien que les poisons du Navarre l'aient changé cette nuit-là en soudard[2].

Certes, le roi avait perdu la tête et dépucelé sa femme-enfant avec une sauvagerie dont il ne gardait nul souvenir, et dont l'idée même le hantait et l'horrifiait encore. Frère Jean n'était pas en France en ce temps, il doutait cependant des poisons de Charles le Mauvais,

1. Voir l'en-tête de ce chapitre.

2. Voir *La Reine violée*, tome 1 : *Éclose entre fleurs de lys.*

roi de Navarre, même si celui-ci en avait été prodigue toute sa vie. Paix à son âme, il était mort depuis.

— Oui, il s'épuise à donner plaisir, répéta la reine qui songeait à son époux, et j'ai grand souci de lui. « La jeunesse est une affection dont on guérit prestement, et plus prestement encore lorsqu'on la consume si intensément », récita-t-elle. C'est ce que me disait ce matin Maître Flamel.

— Nicolas Flamel ? Voilà donc le secret de cette sortie à l'aube.

Isabelle se mit à rire.

— Il y a tant de familiarité dans ta présence, que je m'oublie à songer à voix haute, convint-elle. Mais, dis-moi, le connais-tu ?

— De qui me parles-tu, Reinette ? Du maître copiste ou de l'alchimiste ? demanda-t-il franchement.

— De l'alchimiste, bien sûr, moine impertinent, admit-elle tout aussi franche.

— Pauvres humains qui mettent en balance toute la félicité du monde dans la possession de quelques grammes d'or !

— Mais encore ? Je n'ai que faire de ta philosophie, qu'en est-il de cette réputation ?

— Je sais qu'elle est votre quête, madame, mais elle est vaine, lui répondit-il après un instant de réflexion.

— Me répondras-tu à la fin ? Encore une fois, que sais-tu des alchimistes ?

— Rien ou à peu près. Albert le Grand[1], qui en fut, paraît-il, avait édicté huit commandements. Le premier étant que l'alchimiste se devait d'être discret, silencieux,

1. Dominicain, théologien, philosophe, chimiste et alchimiste allemand (v. 1206-1280, Cologne).

et ne se révéler à personne. Et le tout dernier enjoignait d'éviter tous rapports avec les princes et les seigneurs. Ces règles sont restées imprescriptibles. Ainsi, s'il est alchimiste, ton Nicolas Flamel restera bouche cousue.

— Je vois plutôt que tu n'en veux rien dire, ragea-t-elle en buvant une grande lampée.

Le vin avait rosi ses joues, elle était ravissante avec sa mine boudeuse. Et Jean la Grâce songea que la reine était encore bien jeune. Elle avait à peine dix-huit ans, un âge encore tendre. Si des épreuves l'avaient affermie, elle mêlait encore enfantillages et grande noblesse avec un charme qui n'appartenait qu'à elle. Trop impulsive, elle avait des obstinations qui pouvaient la mettre en péril.

Il lança dans sa bouche une poignée de dragées. Tout en ruminant, il l'abandonna à sa bouderie, laissant s'installer un silence qu'elle finit par rompre.

— Je vous ai connu plus éloquent, frère Jean.

— Et sur quoi mon éloquence pourrait-elle porter, madame ? Sur l'or imputé au grand Œuvre ? Ou encore qu'il fait un temps à ne pas sortir un chien dehors, et que, par ce temps, notre bon roi erre quelque part sur les chemins de brigandage, et que je suis tout aussi inquiet que vous ?

Brusquement le glas se mit à résonner au clocher de l'église Saint-Antoine, annonciateur d'une mort.

Isabelle bondit, le visage vidé de son sang.

3

La reine et les bourdons

Abreuver son cheval à tous gués,
Mener son épouse à tous festins,
De son cheval on fait une rosse
Et de sa femme une catin.
Chien pisse à toute heure,
Et à toute heure femme pleure.
Dame qui parle comme homme
Et poule qui chante comme coq,
Ne sont pas bonnes à tenir.

Petits proverbes[1]

Le glas résonnait lugubrement sur l'Hôtel solennel des Grands Ébattements. Il y avait grande agitation au-dehors, et des cris qui s'interpellaient. Isabelle, se tenant le cœur, écoutait, incapable de bouger, sur le point de s'évanouir de nouveau. Jean la Grâce, tout aussi pâle, sortit pour s'informer. La reine se mit à prier. Bientôt, la grosse cloche de Saint-Antoine se tut.

La Grâce revint enfin, son absence avait semblé une éternité. Il était souriant, et apportait une nouvelle aiguière de vin.

---

1. Proverbes français antérieurs au XVe siècle. *Le livre des proverbes français*, 1842.

— Ce n'est que le vieux Angésime de Grosparty qui vient de trépasser. On le disait fort malade. J'ai apporté de quoi apaiser cette grande frayeur, dit-il en brandissant l'aiguière.

Isabelle retourna s'effondrer sur son lit avec un immense soupir de soulagement. Elle s'en voulut aussitôt, Angésime de Grosparty avait été le premier grand chambellan de l'Hôtel, il avait connu Charles et Louis enfants, et lui avait été dévoué lors de ses premiers pas à la Cour[1]. Elle se promit de lui commander des messes.

Son confesseur se réinstalla à son chevet, lui remplit sa timbale de vin, et se servit généreusement.

— Pour t'égayer, j'ai appris une autre nouvelle. Elle devrait te réjouir un brin, Reinette.

Comme elle ne répondait pas, cherchant encore son souffle, il vida son verre et se resservit. Son visage commençait à s'empourprer.

— Il m'a été rapporté, reprit-il, la fureur de la duchesse d'Orléans, Valentine Visconti, lorsque son époux s'est présenté devant elle. Louis, qui s'était fait son champion dans cette gageure, a cependant rendu hommage en premier… à la reine. (Il prit une autre lampée, soignant ses effets d'orateur.) Il paraît qu'elle l'a copieusement injurié et, sans désarmer, l'a envoyé aux étuves, le sommant de ne se présenter devant elle que soigné en sa tenue, rasé de frais et parfumé à une autre senteur que le crottin et la sueur de cheval.

Bien que cousine germaine par les Visconti, Isabelle détestait sa belle-sœur qui le lui rendait bien. Entre

---

1. Voir *La Reine violée*, tome 1 : *Éclose entre fleurs de lys.*

elles, une sourde rivalité s'était édifiée aux premiers regards. Isabelle eut un léger sourire de satisfaction, les battements désordonnés de son cœur reprenaient peu à peu leur rythme.

— Il est vrai que Louis m'a saluée la première. Je suis encore la reine à ce qu'il paraît !

— Sans compter l'accueil de son nain, le fou Capucine, qui sautillait autour de lui en piaillant sans cesse : « Tu pues du cul, le duc ! »

— Si cela se sait, la rue en fera une chanson, rit-elle franchement, en buvant une longue gorgée de vin qui acheva de la rasséréner.

— J'en ferai une moi-même, si tu m'accordes encore le plaisir de ce rire à faire bander tous les saints.

— Tu finiras en enfer, moine sybarite, le gronda-t-elle pour la forme, habituée aux outrances de son confesseur.

La faconde de frère Jean dissimulait un homme au grand cœur. Préférant l'appétence à la pénitence, il prônait le droit au bonheur à toutes les créatures de Dieu. « Si les hommes étaient de bonne volonté, la grâce serait sur nous, et le paradis serait sur terre ! » affirmait-il avec conviction. Ainsi le nommait-on Jean la Grâce.

La cloche de l'église de Saint-Paul se mit à résonner de nouveau, battant vêpres.

— Je ris et tu t'enivres, reprit-elle, pourtant les circonstances ne sont toujours guère réjouissantes. Le jour va passer et Bois-Bourdon tarde à me donner des nouvelles de ses recherches.

— Autant chercher une aiguille dans une meule de foin, toutes les routes mènent à Paris, dit-on. À propos de votre capitaine si bien nommé, connais-tu l'histoire de la reine des abeilles et des faux-bourdons ?

— Non, mais je sens que tu vas me la conter, répondit-elle sans chaleur.

Elle étouffait dans cette chambre où l'attente et le mauvais temps la confinaient. Elle en avait assez, sa jeunesse avait besoin d'espace et de mouvement.

Jean la Grâce sentait ses impatiences, il s'installa pourtant plus confortablement sur sa banquette et croisa benoîtement ses mains sur sa poitrine.

— Le jour de ses noces, commença-t-il de sa plus belle voix de basse, la reine des abeilles quitte la ruche et s'enfuit haut dans le ciel. Elle est aussitôt poursuivie par une nuée de mâles. La rivalité est féroce, leur nombre assombrit les airs dans les turbulences de leurs assauts. Ils la veulent tous, quelques-uns seulement la posséderont.

— Ils seront donc plusieurs ? s'amusa-t-elle, son intérêt éveillé, mais c'est une bacchanale que tu me comptes là !

— Plusieurs, certes, auront cet honneur. Mais, en la possédant, ils y perdront leurs attributs virils qui resteront dans le ventre de la reine. Ainsi elle fera réserve de leur semence, et tout le reste de sa vie se passera enfermée, sans amour, à pondre.

— Et qu'advient-il des bourdons sans leur virilité ?

— Ils trépassent aussitôt, les entrailles arrachées.

— Bigre ! rit-elle franchement. Grâce à Dieu, le sire de Graville n'est pas de ces bourdons-là.

Le chapelain laissa passer un silence.

— Croyez-vous ?

Isabelle se figea, le regardant sans comprendre.

— Souvenez-vous du sort des amants des brus de Philippe le Bel[1] que je vous ai naguère conté, ajouta-t-il.

Elle se redressa sur sa couche avec violence.

— C'en est assez, moine de malheur ! Ne suis-je pas suffisamment à la peine en ce jour ?

— Découillus en place publique par tenailles chauffées à blanc, continua-t-il, implacable. Tel est le châtiment infligé aux coupables de rapt d'honneur qui font de nobles dames des femmes adultères.

— L'adultère ! Il n'en est question que pour les femmes, toutes les femmes ! lança-t-elle en se jetant hors de son lit. Et qu'en est-il des hommes, des puissants qui font de l'adultère une institution, sont-ils châtrés ? Les orgies des fêtes de Saint-Denis sont encore fraîches dans toutes les mémoires. Louis d'Orléans et le roi menaient la danse et sacrifiaient à Vénus avec une frénésie qui fait encore scandale. N'ont-ils pas une épouse légitime ? J'ai donné ma dame d'honneur au roi. Oui, je lui ai donné Ozanne de Louvain pour son contentement…

— Et pour votre quiétude, coupa Jean la Grâce, narquois.

— Certes ! Je vous l'accorde. Mais épouse et maîtresse, cela ne peut-il lui suffire ? Et que fais-je, moi, sinon *aimer* ?… Est-ce vous, la Grâce, qui me dites que je n'ai pas le droit au bonheur parce que je suis femme et reine ? Rien ne me fera renoncer à Bois-Bourdon ! Et si l'on touche à sa personne d'une façon aussi barbare,

1. Début 1314, les belles-filles de Philippe le Bel furent convaincues d'adultère avec les frères d'Aulnay. Ceux-ci furent châtrés, torturés et pendus, les brus du roi tondues, vêtues de bures et jetées en prison. Ceux qui furent soupçonnés de complicité furent exécutés.

je le tuerai avant de mes propres mains, et me tuerai ensuite.

Isabelle vibrait d'une colère qui n'en finissait pas et arpentait la vaste chambre. Les larmes ruisselaient sur ses joues. Elle ne pouvait imaginer son grand amour aux mains du bourreau, elle ne pouvait imaginer se passer de son amant.

Elle finit par se rencogner dans l'embrasure de la croisée qui donnait sur les écuries de son hôtel de la Pissotte. Les herbages grisâtres s'étendaient, déserts, sous la giboulée glaciale. Les chevaux étaient rentrés, sa flamboyante Alezane et le fier Alcoboça étaient à l'abri dans leurs stalles. Les ardeurs de sa jument et du noir destrier de Bois-Bourdon avaient donné naissance à Alcoboçanne. La pouliche était née le même jour que le dauphin Charles, qui aurait aujourd'hui plus de quatre ans si Dieu l'avait voulu. Ses pleurs redoublèrent. Ce qui était accordé à sa jument ne l'était pas à la reine.

Jean la Grâce la contemplait avec compassion, et comprenait sa révolte et sa douleur. Elle était magnifique dans sa fureur, vêtue simplement d'un bliaut de laine crue, ceint à la taille par une ceinture d'orfroi. Sa longue et lourde chevelure brune était remontée et enserrée dans un filet maillé et perlé d'or, dégageant son grand front bombé et la pureté de son profil.

Il la laissa s'apaiser en se taisant. Les flammes des chandelles vacillaient encore du passage de ses emportements.

— Suis-je condamnée comme la reine des abeilles, murmura-t-elle enfin, à passer toute ma vie enfermée, sans amour, à pondre ? Est-ce là mon destin ? Sans cesse vous me rappelez à la prudence, frère Jean, je sais le souci que vous avez de moi et du sire de Graville que vous estimez grandement. Lui-même, ajouta-t-elle avec un petit rire mouillé, est d'une vigilance assommante.

Elle renifla comme une petite fille. Le chapelain sortit un linge de la manche de sa chasuble et vint le lui donner. Elle s'épongea les yeux et se moucha avec application. Enfin, elle posa son front sur la poitrine de l'homme d'Église en triturant le mouchoir. Il la serra contre lui.

— Graville craint pour toi, Reinette, pas pour lui, il donnerait volontiers mille fois sa vie pour la tienne.

— Je le sais.

— L'opprobre serait tel qu'il rejaillirait sur tes enfants, légitimes ou pas. Et ton sort serait bien plus terrible encore, terrible aussi pour ceux et celles qui protègent ton secret…

— Taisez-vous ! Jean la Grâce, j'ai si peur. Seuls les bras de Bois-Bourdon me rassurent, ses étreintes me font endurer celles de Charles. Il faut que le roi revienne. Il faut qu'il me fasse des fils encore et encore ! je pondrai puisqu'il le faut, comme la reine des abeilles. Je m'y engage, mais je n'ai point fait comme elle de réserve de sa semence, ajouta-t-elle en se prenant d'un fou rire compulsif. Alors il faut qu'il revienne !

Une trompe retentit dans le lointain, arrêtant net le rire nerveux d'Isabelle. L'appel s'enfla de celle d'une autre, puis d'une troisième.

— Ce sont les sonneries qui annoncent l'arrivée de nobles visiteurs, dit-elle en s'éloignant de son confesseur, tremblante d'espoir.

— Il me semble aussi, répondit-il, l'oreille aux aguets.

Il y eut bientôt des cris dans les profondeurs de l'Hôtel, puis un bruit de pas précipités se rapprocha. Catherine, la chambellane, fit irruption.

— Isabelle, dit-elle tout essoufflée, un messager envoyé par le sire de Bois-Bourdon vient d'avertir qu'il est enfin ici présent. On le porte en son Retrait des Études, bien mieux réchauffé que sa grand-chambre…

Mais la princesse de Bavière ne l'écoutait plus, elle courait déjà, aussitôt suivie par son amie d'enfance.

*

Bois-Bourdon arriva en tête d'une colonne de gardes, et déploya ses gens d'armes sur le parvis de l'hôtel de Sens, entre les deux tourelles cornières, et plaça des hommes en faction à toutes les autres entrées.

Au même moment, la reine et sa première dame d'honneur se hâtaient le long de la galerie, dite galerie des Chasses, qui reliait la demeure de la reine à celle du roi. Enfin elles s'engouffrèrent dans l'Hôtel dont cette entrée n'était pas gardée comme à l'accoutumée. En traversant une succession de salles, elles furent saisies par l'atmosphère glaciale qui y régnait malgré les flammes qui dévoraient branchages et troncs d'arbres dans les monumentales cheminées. Les murailles mêmes, encore dénudées de leurs tentures et tapisseries, suaient la froideur de l'abandon. Elles croisèrent quelques groupes épars de serviteurs ou de courtisans qui semblaient désemparés, et qui s'inclinèrent profondément à leur passage.

Après une enfilade de corridors, transies par cette atmosphère lugubre qui tranchait tant avec l'animation bruyante et joyeuse coutumière à la maison du roi, Isabelle et Catherine grimpèrent l'escalier à hélice qui menait au petit retrait, dit Retrait des Études, où Charles VI aimait à travailler dans l'isolement.

Bois-Bourdon commençait à faire évacuer l'hôtel. Il fit renvoyer les serviteurs à leurs tâches, les seigneurs et petits barons en leurs logis. La consigne était formelle : le roi était empêché.

C'est alors que le duc Louis d'Orléans se présenta.

*

Devant la porte du cabinet royal, un moine chétif et braillard gesticulait face à un chambellan de l'Hôtel qui restait impassible.

À la vue de la souveraine, le petit moine se précipita vers elle.

— Madame, madame, il vous fallait en ces lieux, gesticula-t-il de plus belle. C'est un affront, cette… (soudain il eut le visage ravagé de tics) cette Ozanne de Louvain interdit la porte de monseigneur.

Isabelle détestait le chapelain de Charles VI, Pierre de Foissy, aussi regardait-elle le chambellan.

— Il est vrai que Mme de Louvain ne veut personne auprès du roi, dit ce dernier en s'inclinant.

— Personne ! reprit le moine plus tiqueux que jamais, même… même moi, son confesseur, je ne puis bénir son retour…

— Le roi lui-même ne vous a pas voulu à son partir ! lui assena Isabelle.

La reine faisait allusion au refus de Charles VI d'emmener son chapelain avec lui. « Je vais en Avignon, lui avait-il dit, j'aurai assez de gens d'Église autour de moi, j'aurai même le pape. » Il voulait en vérité jouir de tous les plaisirs en ses provinces, sans être harcelé par la morale fanatique de Pierre de Foissy.

Comme ce dernier protestait en bégayant d'indignation, Isabelle coupa court :

— En voilà assez ! Allez à la chapelle, priez pour votre roi, et ne réapparaissez pas en ces lieux avant qu'il ne vous fasse mander.

*

Louis d'Orléans avait belle allure, grand de taille, large d'épaules, mince de corps et de visage sous une foison de cheveux châtains.

Le sire de Graville salua son arrivée d'une brève inclination de tête. Le prince, vêtu d'une gonelle fourrée[1], hautement botté de heuses de cuir calamistré, et coiffé d'un chaperon à triples tours de cou, arborait une tenue qui n'était pas sans rappeler celle des chevaucheurs, remarqua Bois-Bourdon. Tout était bon pour illustrer son récent exploit, songea-t-il, connaissant l'immense orgueil de ce prince.

— Heureux de vous revoir, monsieur le sénéchal du Berry, salua le jeune duc à son tour. On dit le roi en son logis. J'en suis fort aise, les alarmes de la reine ne sont plus de mise. Je savais bien, moi, qu'il n'était pas perdu. Mais que veut dire ce déploiement de forces ? demanda-t-il en observant autour de lui.

— Il assure au roi le repos dont il a grand besoin. Mais je ne vous ai point encore félicité pour votre

1. Cape courte à chevaucher, avec capuche.

prouesse, monseigneur, et vous paraissez bien fringant après une telle course.

— Un passage aux étuves et il n'y paraît plus. J'ai bonne endurance et constitution.

— Vous feriez une bonne estafette si vous vouliez vous rendre utile.

Le trait piqua Louis. Il avait toujours craint cet ombrageux chevalier dont il connaissait le courage et le parler droit. Malgré son rang et ses dix-neuf ans, il restait impressionné par la mâle présence de Bois-Bourdon.

— Je vais y penser. Mes propres chevaucheurs sont un peu indolents, je vais les entraîner, tenta-t-il d'ironiser.

— Songez à leur apprendre aussi l'art de la navigation en rivière. Pourquoi s'arrêter en chemin pour dormir lorsque l'on peut dormir en cheminant.

— Vous êtes déjà bien renseigné, à ce que je vois.

— Que vous ayez pris une barge en Seine, de Troyes jusqu'à Melun, n'est plus un mystère, monseigneur. Pourtant le prix de la course n'était-elle pas à force et exploit de chevaux ?

— Et à bateaux ! Je n'ai pas résisté à la rime, vous connaissez mon goût pour la poésie, messire de Bois-Bourdon, plaisanta le duc avec raideur, tout en songeant avec irritation à son assesseur qui avait la langue trop bien pendue.

— Voilà qui était astucieux, mais que dira le monde de ce pari de dupes ? répliqua le sire de Graville, glacial.

— Je n'ai pas de comptes à rendre, messire ! s'emporta le prince en perdant son sang-froid. Vous vous oubliez, je suis le duc d'Orléans ! Et je veux voir mon frère le roi de France, lança-t-il rouge de colère en tentant de forcer le passage.

— Notre sire est empêché ! riposta fermement le sire de Graville.

À ce moment, Pierre de Foissy sortit de l'Hôtel tout agité de tics.

— C'est une hon… honte. On tient notre souverain hors de vue, même la reine m'a chassé.

Sa petite silhouette étriquée et noiraude s'éloigna en lançant des imprécations. Louis en profita pour rompre l'affrontement.

— Ainsi Isabelle est auprès de lui. Laissons-les donc ensemble, capitula-t-il en tournant les talons.

En réalité, il connaissait un préau par lequel on pouvait monter dans la galerie des Chasses, la même qu'avaient empruntée Catherine et la reine. Élevé à l'Hôtel royal, il connaissait depuis l'enfance ses secrets labyrinthiques. Il s'éloigna d'un pas alerte, se demandant si son frère avait déjà eu connaissance de sa duperie.

*

Le roi n'avait connaissance de rien. Il gisait en chemise et hauts-de-chausses dans un faudesteuil, hâve et amaigri, les boucles blondes et soyeuses de ses cheveux étaient comme vieille paille d'écurie. L'imposante Arégonde s'acharnait à l'aide d'un coutelas à lui ôter sa deuxième botte, l'autre gisait sur le sol, éventrée.

Dès son entrée, Isabelle sut d'un seul regard pourquoi la dame de Louvain avait interdit la porte du Retrait des Études. Nul ne devait voir le souverain dans cet état.

— Au diable cette mode qui veut que tout colle au corps, comme lierre au chêne, râlait Arégonde en s'escrimant. Et toute cette mouille et cette boue n'arrangent rien.

Charles se laissait faire, renversé sur le dossier, bouche béante. Ozanne tentait de lui faire boire un bouillon qui dégoulinait sur son menton. Elle leva sur la reine des yeux brouillés de larmes.

— On le fit descendre par force de sa monture, tant il s'y cramponnait, couplé avec elle autant que centaure, lui dit-elle d'une voix altérée. Mais il ne tenait plus sur ses jambes, alors il fallut le porter à bras jusqu'ici.

La maîtresse cuisinière triompha enfin de la botte récalcitrante qu'elle rejeta sur le sol. Elle s'effaça devant la jeune souveraine en essuyant ses mains boueuses dans son surcot.

— Y a qu'à le voir, le malheureux, s'apitoya-t-elle. À le mettre à bouillir, il ne graisserait même pas le pot.

Isabelle s'approcha, s'agenouilla devant son époux, et lui prit les mains.

— Mon doux seigneur, murmura-t-elle, comme vous voilà fait.

Les yeux de Charles tournèrent dans les orbites et se fixèrent sur elle. Soudain, il la repoussa avec force.

— Qui est donc cette femme qui m'importune ?

Les yeux d'aigue-marine d'Ozanne s'emplirent d'effroi en regardant la princesse de Bavière rouler sur les carreaux : le roi ne reconnaissait plus la reine.

*

Après un long détour, Louis avançait en chantonnant une ballade, tout en admirant les fresques à la détrempe représentant des scènes de chasses et de sous-bois qui ornaient la galerie conduisant à l'Hôtel du roi. Comme il en approchait, il se tut et s'arrêta net à la vue de trois hommes d'armes qui en gardaient à présent le seuil. Ce diable de Bois-Bourdon avait pensé à tout.

À ce moment, il eut la satisfaction de constater qu'un des soldats écartait un battant du portail. Il était prince de sang, aucune porte ne pouvait lui être interdite. Mais il déchanta aussitôt quand il vit que c'était pour laisser sortir la reine et sa chambellane.

— Que venez-vous faire en ces lieux, monsieur mon beau-frère ? l'apostropha Isabelle qui avait le teint livide.

— Saluer mon roi et me faire compter les cinquante mille livres qu'il me doit.

Les yeux d'Isabelle étincelèrent de lueurs violettes. Elle le gifla à toute volée.

4

À la Pute-y-Muse

Le mari disait son pré fauché, la femme disait qu'il était tondu et n'en démordait pas, tant que le mari lui arracha la langue. Alors elle imita avec ses doigts le mouvement des ciseaux.

Un autre mari, appelé pouilleux par sa femme, la descendit dans un puits à l'aide d'une corde passée sous les aisselles ; il l'enfonça dans l'eau, mais elle n'en continuait pas moins de l'appeler pouilleux ; lorsqu'elle eut de l'eau jusqu'au front, elle tint les mains au-dessus de sa tête et fit avec ses deux pouces le geste d'écraser des poux.

La Contralieuse, Marie de France[1]

Valentine Visconti tira avec rage sur son peliçon fermé sur l'épaule par une fibule ; la broche ouvragée sauta, déchirant l'étoffe, et partit dans les airs en décrivant une ellipse parfaite pour aller se planter, pointe en avant, dans l'oreille du goupil de la tapisserie au bestiaire qui garnissait le mur d'en face.

Nonchalamment appuyé sur les coussins d'une

1. Poétesse de la fin du XIIe siècle.

banquette située en aplomb de la tenture, Louis d'Orléans leva la tête et regarda avec ennui le bijou qui vibrait encore, tout en songeant que, pour un peu, il l'aurait pris dans l'œil.

Valentine se dépouillait de ses vêtements avec des gestes saccadés, affolant ses dames d'atours. Avec son retour, une puissante odeur de neige fondue et de froidure avait envahi la pièce.

Depuis la gifle d'Isabelle, alors que le feu de sa joue n'était pas encore éteint, Louis devait essuyer sans désemparer les fureurs de sa volcanique épouse. Et cela durait depuis dix jours, une éternité ; dix jours que Charles VI était dit « empêché ».

Chaque matin, Valentine se faisait apprêter dès l'aube dans l'espoir que le roi les ferait mander, et chaque soir, ses espoirs déçus, elle se dépouillait de ses vaines parures ; c'était presque devenu un rituel. Cependant, aujourd'hui, perdue d'impatience, elle était sortie une heure après sixte après la relevée[1], résolue à forcer l'isolement de son royal beau-frère. Nul doute que sa tentative avait été vaine, son emportement en attestait. Le jeune souverain était tenu à son hôtel, comme en forteresse, gardé par les redoutables hommes d'armes du sire de Graville.

Sans dire un mot, le nez pincé, les lèvres blanches, les yeux étrécis de colère, elle jetait au travers de la chambre les corselet et ceinture, robe et joyaux, dévastait sa savante coiffure en déliant férocement sa chevelure, éparpillant ses freiseaux et autres ornements de tête.

1. La relevée marquait la fin du temps consacré au repos après le dîner à midi (sixte).

« La colère ne sied pas à mon épouse, songea Louis. Pourtant elle est belle. » Si Isabelle de Bavière faisait penser à une figurine délicate, Valentine était une liane : plus grande que la moyenne, fine et souple, dotée d'une chevelure magnifique d'un blond fauve. Son visage était gracieux, et avait une ressemblance manifeste avec celui de la reine. Mais cette dernière avait les yeux d'un noir d'encre, alors que ceux de sa cousine milanaise étaient d'un bleu profond.

Valentine fut bientôt en chemise, sa tenue habituelle du dedans. Elle ne supportait ni le froid, ni l'abondance des encombrantes vêtures à la mode, ce qui n'était pas la seule contradiction de son caractère. Elle ne gardait en son intimité qu'un doublez, une longue tunique du dessous qui devait son nom à ce que le tissu était mis à double. Si peu couverte, elle ne quittait guère en la demeure son chauffe-doux, une pièce de taille moyenne que l'on surchauffait en permanence en temps de froidure avec de grands feux et chariots de braises. Louis y étouffait.

Les cheveux embrouillés, presque nue, elle resta un temps immobile, reprenant son souffle. Louis admira son corps délié, aux seins lourds qui contrastaient avec son buste étroit. Le jeune duc se tendit d'un brusque désir, mais il saurait attendre : elle aimait à faire rimer fureur avec ardeur. Il se souvenait de l'arrivée éblouissante de sa promise à Melun, en somptueux équipage. Il s'était enorgueilli à savoir qu'elle serait sienne, fier d'une si riche alliance, comblé par la magnificence de leur mariage le 27 janvier 1389. Les quelques jours avant la cérémonie avaient été enchanteurs : souriante, brillante, d'humeur égale et aimable, sa fiancée avait charmé le roi et toute la Cour. Louis était grisé tout en dissimulant une sourde inquiétude : Valentine Visconti, qui convolait en premières noces, était une vierge de vingt-deux ans, un grand âge pour la virginité et pour lui qui en avait dix-neuf. Les pucelles l'avaient toujours ennuyé, trop souvent leur peur et leurs réticences, le sang, et même leurs larmes le rendaient maladroit, et l'acte de chair devenait assommant. Il craignait que sa maladresse n'offense une si grande dame.

Mais rien ne s'était passé comme il l'imaginait, et il n'avait guère eu le loisir de se poser des questions tant Valentine s'était montrée soudain d'humeur belliqueuse, le soir des noces. Elle s'était mise à discourir sans désemparer sur la beauté et la grandeur du roi, lui laissant comprendre qu'il aurait été un parti bien plus digne d'elle, et se gaussa des insuffisances et de l'insignifiance de la reine, qu'elle trouvait courtaude et hautaine. Elle avait tant fait pour le provoquer comme à plaisir, exciter sa jalousie et sa colère, qu'il l'avait prise sans plus réfléchir, fort méchamment, pour la faire taire. À sa grande surprise, Valentine s'était soumise à cette possession humiliante et brutale ; elle s'était faite douce, humble et balbutiant de jouissance. Louis n'était pas sans savoir que certaines femmes, comme les hommes, aimaient à être violentées dans l'acte de chair, mais cette déviance ne semblait guère convenir à cette noble dame, d'une morgue sans partage. De plus, en la perçant, il avait bien senti que la voie était déjà toute tracée.

— *Puella sed non virgo* : jeune fille mais pas vierge, lui avait cité son favori, le sire de Craon, seigneur de Sablé, alors qu'il se confiait à lui au lendemain des noces.

— Il aurait été fâcheux que je lui en parle, mais c'est elle qui y fit allusion en me faisant accroire que l'hymen se dissolvait de lui-même avec l'âge, s'était-il encore confié.

— J'ai ouï plutôt qu'il s'épaississait jusqu'à être comme opercule d'escargot en hiver, lui avait répondu son favori en éclatant d'un rire gras, et en citant : « À pucelle fanée, verge d'acier ».

Baron breton, le seigneur de Sablé avait été l'artisan de ce mariage, il avait arraché Valentine au seigneur de Milan contre la perspective que sa fille serait un jour, et sans nul doute, reine de France. Craon était un homme mûr de bientôt quarante-cinq ans, et homme de cour s'il en était. Parent du duc de Bretagne, il exerçait son emprise perverse sur Orléans, ne visant à travers lui que l'héritier du trône et le profit qu'il pouvait en tirer. Craon était un hédoniste, perdu de femmes et de jeux, qui sacrifiait tout à ses plaisirs. Louis en avait fait cependant son cicérone alors qu'il n'avait que quinze ans. L'adolescent se montra, de par sa nature, un excellent disciple. Louis avait l'orgueil des Valois, et son bon plaisir faisait loi. Aussi la perfidie insidieuse du Breton ne rencontra guère de difficulté à le convaincre que le premier-né de la reine était un bâtard du sire de Bois-Bourdon, jusqu'à le rendre complice d'un infanticide[1]. Mais si la conscience du prince le torturait encore, ce n'était pas pour le crime d'un bébé de deux mois, mais par la crainte d'avoir, par fausseté, fait porter une main criminelle sur un enfant de sang royal, ce qui lui vaudrait la damnation éternelle. Car Louis était un jouisseur, mais aussi un dévot.

Le prince s'était fait homme, d'une argile moins facile à pétrir aujourd'hui, et parfois son favori l'irritait par sa

---

1. Voir *La Reine violée*, tome 1 : *Éclose entre fleurs de lys.*

langue acérée. Actuellement, il savait Craon en Bretagne, les courtisans rentraient par petits paquets, mais l'empêchement du roi et l'ambiance morne de l'Hôtel ne les retenaient guère, et tous se hâtaient à visiter leurs fiefs, embrasser, pour certains, femme et enfants, et, pour tous, c'était le temps de collecter le bénéfice des impôts afin de regarnir leurs bourses épuisées par le voyage du Midi. Esseulé, Louis s'ennuyait ferme et ruminait.

Valentine, toujours sans un mot, chassa d'un geste impatient ses chambrières qui prirent la fuite en ramassant bijoux et vêtements épars. Elle se rafraîchit le visage à la fontaine de la chambre. Des fragrances de vétiver flattèrent les narines du prince, la senteur préférée de Valentine. Il pensa à celle d'Isabelle, la violette.

Il aimait la reine avec passion. Il en était tombé amoureux dès le premier regard. Mais s'il fut, tout comme son aîné, foudroyé d'amour pour cette ravissante poupée brune bavaroise, ce fut Charles VI qui l'épousa. Louis, avec la certitude de ses quatorze ans, avait lancé alors : « Qu'il l'épouse, moi, elle m'aimera ! » Et c'était toujours avec cette certitude, cette obsession secrète à peine occultée par son propre mariage, qu'il songeait à elle.

Valentine s'épongeait le visage avec une touaille d'épaisse cotonnade tout en se dirigeant vers sa demoiselle à atourner[1]. Elle posa le linge humide sur la tablette en se laissant tomber dans le faudesteuil.

1. Guéridon de toilette surmonté d'une grosse vis, où s'articulaient deux bras pivotants, supportant l'un des paniers d'accessoires divers, l'autre un miroir d'argent poli, et qui se terminait par une tête sculptée où s'apprêtaient les coiffures. L'ensemble paraissait contrefaire une demoiselle.

Louis ruminait toujours, songeant à la reine, à cette gifle pour laquelle il aurait fait rendre gorge au mari, si celui-ci n'avait été le roi. Pourquoi cette soudaine disgrâce ? Ils étaient liés de bonne et tendre amitié, bien que le prince en espérait davantage. Ils galopaient, chassaient, jouaient, riaient ensemble, ils étaient du même âge. Comment pouvait-elle oublier qu'ils avaient été complices dans la conspiration qui avait chassé ses oncles et rendu le pouvoir à Charles VI ? Combien ils s'étaient divertis à édifier la cour d'amour ? Isabelle avait le visage si défait au sortir de l'hôtel de Sens, qu'il aurait juré qu'elle avait pleuré.

Valentine, d'un geste brusque, s'empara d'un petit pot de cristal taillé qui lui échappa des mains. Elle jura en italien et le récupéra de justesse, elle prit du bout des doigts une noisette d'onguent fait de moelle de bœuf. Tout en s'enduisant le visage du baume, elle soupira d'agacement en cherchant le couvercle à col-de-cygne ciselé qui avait roulé sous la demoiselle à atourner. Elle renonça, et essuya de la touaille le fard de blanc de baleine et de céruse qui blanchissait son teint, et le khôl de Constantinople qui noircissait ses yeux. Isabelle se faisait ainsi un visage de porcelaine quand elle devait se montrer en majesté. Elle était alors d'une auguste beauté qui hantait le jeune duc.

Valentine était blonde, mais elle avait naturellement la peau brune, contrairement à la reine dont la carnation pâle contrastait avec sa chevelure de jais. Et la mode se voulait aux blondes au teint de lait. Chacune ainsi possédait l'un des canons de la beauté, mais Valentine ne pouvait s'en contenter. Isabelle était sa rivale, et elle déclarait sans vergogne que celle-ci avait les cheveux du Diable.

Un nouveau parfum, subtil, ramena Louis à la réalité. Valentine appliquait sur son visage une goutte d'huile émulsionnée de noyaux de pêche qui avivait la peau. Enfin elle entreprit la rude tâche de démêler elle-même sa chevelure.

— C'est une insulte ! murmura-t-elle entre ses dents.

Et comme Louis gardait le silence, elle enchaîna :

— C'est une insulte, à moi, à mon père, aux Milanais...

— Et au faux pape de Rome pour faire bonne mesure, railla-t-il.

— Ne plaisante pas avec notre vénéré Boniface[1], souffla-t-elle en se signant. Mécréant ! tu iras en enfer.

Elle était italienne et en tenait naturellement pour le pape de Rome, et, comme les Visconti, elle était d'une dévotion outrancière. Ce qui laissait Louis d'Orléans perplexe lorsque l'on connaissait l'histoire de cette terrible famille d'Atrides[2]. Une famille qui, en une succession de crimes fratricides, avait fait de son beau-père l'usurpateur de la seigneurie de Milan.

Valentine grimaça, sa chevelure et le peigne étaient si emmêlés ensemble qu'elle n'en venait pas à bout.

— Aide-moi ! lui lança-t-elle.

— Que n'as-tu gardé tes chambrières, lui répondit-il en se levant avec mauvaise grâce.

---

1. À la suite du Grand Schisme, deux papes se disputent la Chrétienté. À Rome, le pape Urbain VI est mort en 1389, la curie romaine a élu dans l'urgence Boniface IX, pour la plus grande colère de Clément VII, le pape d'Avignon.

2. Famille maudite de la mythologie grecque, marquée par le meurtre, le parricide, le matricide, l'infanticide et l'inceste.

— Je veux être seule, mon humiliation est déjà trop publique. Le silence du roi est une marque de mépris insupportable.

Valentine en faisait une histoire personnelle tant elle n'avait pas été habituée à une telle négligence du roi. Depuis son mariage, il l'appelait « sa chère sœur », et la voulait toujours placée près de lui. Elle avait été sans cesse à la fête, comblée de cadeaux et d'hommages. Six mois d'un tourbillon inouï de réjouissances munificentes. Puis six mois esseulée, à se languir : elle n'avait pas été du voyage du Midi car elle se trouvait alors enceinte.

La reine aussi était grosse et près de son terme. L'astrologue italien de Valentine, Ambrogio de Migli, lui avait prédit un fils, alors que sa cousine aurait encore une fille. Ambrogio ne s'était guère trompé, la reine avait accouché le 9 novembre 1389 d'une petite Isabelle, mais il n'avait pas prédit que, dans le même temps, Valentine perdrait un garçon après une fausse couche qui l'avait laissée exsangue et irascible.

Louis bataillait avec une longue mèche qui s'était comme rompue du crâne, prise dans les dents du démêloir. Il n'en était pas surpris, comme beaucoup de dames de la Cour, Valentine utilisait des ajouts de cheveux pour étoffer ses coiffures de tête.

— À se terrer ainsi, le roi pense-t-il échapper au prix de son défi ? gronda Valentine en récupérant la mèche qu'il lui tendait par-dessus son épaule.

Cousus cheveu par cheveu sur une fine bande d'étoffe, ces ajouts étaient précieux. Elle les lissa soigneusement avant de les suspendre sur l'un des bras de la dame à atourner.

Le prix de son défi ! songea Louis, il y avait de quoi éclater de rire. Charles était d'une prodigalité qui épuisait le Trésor royal comme ses ministres, les Marmousets. Ce n'étaient pas les cinq mille livres du pari qui pouvaient le fâcher, il en aurait donné volontiers le triple.

— À moins qu'il n'en juge pas digne un tricheur ! ragea-t-elle encore. Tout le monde connaît le pari et se gausse de toi. Félon !

« Cause, ma belle, vas-y, pousse-moi à bout ! » se dit-il, sachant que cette insulte excessive le provoquait à dessein. Il avait confié à Craon le penchant de son épouse à faire ses devoirs conjugaux en subissant la violence. « Un devoir, certes, lui avait-il répondu, mais notre bonne mère l'Église condamne le plaisir de la femme. Il semble qu'elle jouit à se faire punir. Tiens-la quitte de se montrer querelleuse, et, quand tu la convoites, punis-la à tort ou à raison. Ainsi, Dieu ne saurait la punir une seconde fois, ajouta-t-il avec gourmandise car il désirait fort la jeune duchesse. Rends grâces au Seigneur de t'avoir donné une femme ardente au lit, et gardé d'une épouse qui fait son devoir avec répugnance, comme la mienne. »

Depuis, Louis en avait fait un jeu érotique, trouvant quelques prétextes futiles à lui infliger sa possession mortifiante. Il est vrai que chacun s'arrangeait avec l'Église et ses foultitudes d'interdictions. Lui-même venait de réserver à vie une cellule au cloître des Célestins, où il venait de faire une retraite de deux jours afin de s'y laver l'âme par la prière et le jeûne de ses excès du Midi. Valentine en avait pris ombrage, encore privée de son époux après une si longue absence. Elle était secrètement et follement amoureuse de lui, alors qu'il la croyait d'une sensualité insatiable.

— Et pourtant nous aurions bien besoin du prix de la course, reprit-elle avec hargne.

— Comme nous aurions bien besoin de la nouvelle annuité de ta dot sur les deux cent cinquante mille florins qu'il reste à solder. Ton père n'est guère pressé de s'en acquitter, relança-t-il, car la querelle faisait monter son désir.

— Je ne suis pas venue les mains vides à ce qu'il me semble !

— Mais votre train est fort dispendieux, répliqua-t-il.

— Mon train s'est fort réduit depuis ton départ en grandes pompes. Et il n'a même pas servi mon père qui t'appelait en renfort pour soumettre Florence, alors que tu dissipais *mes* florins en banquets avec les putains d'Avignon.

— À soumettre Florence, je n'y aurai pas suffi. Je ne dispose pas comme mon frère du ban et de l'arrière-ban du royaume.

— Mon père a des ambitions en Italie que tu n'as point en France !

— Il s'est déjà emparé de Vicence, Vérone, Padoue… c'est la couronne d'Italie qu'il vise.

— Que ne l'a-t-il, nous en aurions grand profit.

Louis s'escrimait à démêler la longue chevelure de sa femme avec maladresse et brutalité. Malmenée, tirée en arrière, Valentine pressait sa tête sur son ventre, elle y sentit son désir et sa respiration s'accéléra.

Il perçut le changement charnel de son épouse. Il lui redressa brutalement la tête. Il démêla sa chevelure avec plus de férocité encore. Elle ne protestait pas, s'amollissait plutôt comme il s'y attendait, laissant échapper des gémissements sourds à chaque coup de peigne.

— Sans compter que ta semence est fâcheuse, exhala-t-elle en faisant allusion à la perte de son enfant en novembre dernier.

— À moins que la terre que je plante avec tant de zèle soit si peu nourricière que nulle pousse n'y tienne ?

— Que ne t'y emploies-tu ? souffla-t-elle enfin, à bout de désir.

Elle avait fermé les yeux. Alors il jeta le peigne sur la tablette, et posa les mains sur ses épaules. Lentement, il fit glisser le doublez, dénudant les bras, puis les seins. Il en prit possession dans ses paumes et les pétrit, doucement d'abord, puis de plus en plus cruellement. Elle se mit à gémir de douleur, jusqu'aux cris.

— Tu es méchante femme ! gronda-t-il en lâchant ses seins pour empoigner ses cheveux sans ménagement. Il la contraignit à se lever, à venir se plaquer contre lui, et lui prit la bouche d'un baiser dévorant, brutal. Comme elle s'accrochait à son cou avec une ardeur animale, il la rejeta et la poussa violemment, la faisant reculer et reculer encore, jusqu'au lit à courtines, enclos dans l'alcôve. Une nouvelle poussée encore plus violente la fit choir sur les marches qui y accédaient. De toute sa hauteur, il la regarda effondrée, échevelée, gémissante.

— Ôte cette chemise et grimpe ! lui ordonna-t-il en lui désignant le lit.

Elle troussa son doublez qu'elle fit passer par-dessus sa tête. Nue, à quatre pattes, elle gravit les marches jusque sur la courtepointe.

— Chienne enragée, lui dit-il encore en dégrafant sa brayette, sortant son sexe gonflé qu'il tint comme une menace. Montre-moi toute l'indignité de ta personne, intima-t-il en la rejoignant.

Allongée, les jambes serrées, elle secoua la tête en signe de refus.

— Je l'ordonne ! Écarte-toi !

Elle exhala une longue plainte, releva les cuisses et les ouvrit largement, en se cachant le visage de ses mains.

Il s'approcha d'elle sur les genoux, ne quittant pas du regard la blessure intime de la toison blonde qui ruisselait de désir. Il l'ouvrit à outrance, l'examinant tout à loisir.

— C'est trop de honte, larmoya-t-elle en le laissant faire, haletante.

— Jamais trop de honte, tu l'as méritée.

Il enfonça ses doigts sans ménagement, la sondant avec complaisance alors qu'elle se mettait à hurler, à mordre ses poings.

— Tu n'as pas fini de t'égosiller, madame la fâcheuse ! Je vais te labourer les entrailles.

Il lui mit les jambes sur ses épaules, et la pénétra avec force. Elle poussa un grand cri tandis qu'il la martelait vigoureusement. Tout le lit en était ébranlé, Valentine en subissait les secousses, ne cessant de hurler. Louis eut une sorte d'éblouissement, c'était Isabelle qu'il forçait ainsi, c'était la reine qu'il soumettait à la fureur de son coït, à sa loi virile.

Projetée par les violents soubresauts du corps de sa femme, la bulle qu'elle portait au bout d'une chaînette lui sautait méchamment à la figure, le ramenant à la réalité. Il la plaqua d'une main rageuse entre ses seins sans cesser de la besogner. C'était un bijou fort courant, celui-ci était en forme de sphère ovale faite d'une fine dentelle d'or qu'elle portait en permanence, et qu'il ne lui avait jamais vu avant son départ. Les bulles, qui s'ouvraient en deux en appuyant sur un minuscule poussoir, contenaient ordinairement une relique, une amulette, ou encore un minuscule parchemin avec une inscription sainte. Louis ignorait d'où elle tenait ce talisman, ni ce qu'il contenait, ce qui l'avait fort intrigué. Elle n'avait rien voulu en dire, et lui avait interdit de l'ouvrir, de crainte que sa protection n'en soit effacée.

Sous lui, Valentine poussa soudain un couinement étrange en se cabrant, la bouche grande ouverte, tétanisée par l'orgasme. Alors il jouit à son tour, et se laissa tomber sur elle comme un poids mort.

Comme il reprenait son souffle, il songea de nouveau à la reine. Quand la tiendrait-il ainsi, suffoquée de plaisir, comme l'était son épouse ? La brusque vision d'Isabelle pantelante entre les bras virils de Bois-Bourdon lui ravagea le cœur de jalousie.

Il sentit sous son corps celui de Valentine qui s'apaisait, dans sa chair comme dans sa colère. Elle se mit à lui caresser tendrement les cheveux, sans se douter de la dérive de ses pensées. Il la libéra en se retournant sur le côté, elle se replia aussitôt en chien de fusil, serrant les cuisses sur la semence de son époux. Elle ne voulait en perdre goutte, obsédée par le désir d'enfant, d'un héritier.

— Et s'il était mort ? murmura-t-elle rêveusement, au bout d'un moment.

Le jeune duc sursauta, arraché à ses rêves coupables.

— Qui donc ?

— Le roi, et qui donc ? Car enfin cette absence n'est pas naturelle.

Louis en resta médusé. Il avait pris l'habitude des périodes de profondes prostrations de son frère, mais jamais aussi longues, il est vrai.

— Mort ? Mais alors ce serait un crime de lèse-majesté ? lança-t-il enfin en se redressant.

— Comme tu y vas. Une mauvaise chute sur le chemin, ou une vilaine fièvre…

— Je ne parle pas de Charles, mais de moi. S'il est mort, je suis le roi, et me le cacher est un crime contre ma majesté !

— Certaine aurait de bonnes raisons de faire lanterner la nouvelle. Isabelle n'a que des filles, veuve, elle n'est plus rien. Il lui faut le temps de s'accaparer tout l'or possible…

Elle s'interrompit alors que l'on toquait à l'huis de la chambre à petits coups insistants.

— Que nous veut-on ? brailla Louis, dérangé dans son mirage de fleurs de lys.

— S'il est décent d'entrer, j'ai des messages pour vous, criailla la voix de Capucine.

— Entre, et garde-toi de nous importuner pour rien, gronda le jeune duc.

— Le bon après-midi, vos seigneuries ! lança le nain en poussant la porte et en trottinant vers le lit, tenant sous son bras courtaud deux parchemins. Nous avez-vous fait bel enfant, et sera-t-il aussi braillard que sa mère ?

Valentine, qui n'avait pas rabattu la courtepointe sur sa nudité, éclata de rire. Elle avait une faiblesse pour le fou de Louis qui l'amusait beaucoup, et qui prenait toujours son parti contre son maître avec une malice qui la ravissait.

— Je finirai par te bâillonner, gronda le duc à l'adresse de sa femme, tout en réajustant sa brayette. Et je vois que ce ne serait pas pour te déplaire, ajouta-t-il comme elle souriait plus encore.

— À étalon en puissance, jument hennissante, susurra Capucine qui avait l'ouïe fine.

Ce nouveau trait fit encore pouffer la duchesse, mais Louis se leva menaçant, et Capucine s'empressa de lui tendre les rouleaux en guise de protection. Le duc s'en saisit, l'un d'eux portait le sceau royal. Il rejeta l'autre sur le lit.

Le sceau aux trois fleurs de lys, de cire verte sur lacs de soie verts et rouges, était réservé pour les actes solennels ou à effet perpétuel. Entre lui et son frère, ils utilisaient la cire rouge qui indiquait une correspondance privée.

— Que veut dire ceci ? Est-il possible que l'on m'annonce là sa mort ? demanda-t-il en décachetant fébrilement le parchemin officiel.

— Espère toujours, roi d'Épiphanie.

Louis ne releva pas la nouvelle impertinence de Capucine, il parcourait la lettre avec avidité. Enfin, il la laissa retomber au bout de son bras.

— Ce soir, nous sommes d'un souper chez le roi qui aura chose prodigieuse à annoncer pour l'honneur du royaume et la gloire de toute la Chrétienté, résuma-t-il avec stupéfaction.

— Mon frère est vif, *alléluia !* ironisa Capucine. Et vous, dame, que vous dit-on ? lui lança le fou, grimpant sans vergogne sur la couche de Valentine qui déchiffrait la deuxième missive au sceau vermillon.

— C'est du sire de Craon de retour de Bretagne, il nous annonce sa visite, répondit-elle négligemment.

— Quelle chose prodigieuse Charles veut-il nous annoncer à ce souper ? dit Orléans qui restait perplexe.

— Il me semble à moi, dit Capucine, niché dans un oreiller auprès de la duchesse, que, après s'être pris pour Guillaume le Conquérant en voulant envahir l'Angleterre[1], notre roi charme l'âme de Saint Louis.

— Saint Louis ? interrogea le duc, plus perplexe que jamais.

— Dieu le veut ! lança encore le nain.

C'était la devise et le cri de guerre des chevaliers de la guerre sainte.

— Une croisade ! Se peut-il qu'il songe à faire croisade ? comprit enfin Valentine.

— « Pour l'honneur du royaume et la gloire de toute la Chrétienté », récita Orléans. Capucine a raison, *sa* croisade, il en est depuis toujours coiffé.

Et il lui vint en tête la représentation tant contée des nuits orientales, envoûtantes de douceur et de parfums, de la beauté des femmes nues et emperlées qui ondulaient des hanches aux rythmes lancinants des tambourins, en des pays où coulaient l'or et le miel, comme des fontaines. Il se vit vêtu de la tunique blanche, tissée de la glorieuse croix écarlate. Il avait été nourri des chansons de geste qui exaltaient les actes de bravoure des preux de jadis. Tous ces mirages lui semblaient tout à coup à portée de main.

— À n'en pas douter, nous allons faire croisade ! lança-t-il avec enthousiasme.

Explosant de joie, il esquissa un petit pas de danse en faisant tinter les clochettes de ses poulaines, puis il se mit à mimer un combat d'estoc et de taille.

---

1. Voir *La Reine violée*, tome 1 : *Éclose entre fleurs de lys.*

— À moi, la terre de Barbarie, les Ottomans ! En garde les émirs et leurs janissaires ! À moi sultan Bajazet, l'artificieux qui se dit Bajazet la Foudre…

— Je te l'interdis ! interrompit la duchesse. Pas avant que tu m'aies fait un fils. Je l'exige !

— Elle interdit, elle exige ! rugit Louis au comble de l'excitation chevaleresque. Faut-il encore châtier cette femelle arrogante ?

D'un bond prodigieux, il sembla s'envoler vers le lit. En atterrissant, il faillit écraser son épouse qui poussa un grand cri de ravissement. Le contrecoup fit rebondir le petit Capucine comme une balle. Il n'évita la chute sur les marches en contrebas qu'en se rattrapant de ses deux bras courts à l'une des colonnes d'angle du baldaquin.

— Sus aux infidèles, Dieu le veut ! rugit encore le duc en se vautrant sur sa femme. Je vais te faire des fils, des fils à faire une armée de croisés.

— Pauvre Jérusalem, ceux-ci n'y sont pas encore, ironisa Capucine en se laissant glisser du vaste lit qui tanguait.

Alors qu'il se dirigeait vers la sortie, un cri de fureur et le son alarmant d'une clochette lui firent précipiter le pas. Il eut juste de temps de fermer la porte derrière lui qu'une poulaine de son maître s'y écrasait avec violence.

Valentine éclata d'un grand rire, protesta qu'il lui fallait à nouveau s'apprêter avec diligence, protestations qui se conclurent d'un cri de douleur et de volupté.

5

Dieu le veut !

Le linceul de Lirey[1], en Champagne.

Un drap, à l'image du Christ crucifié, est exposé dans la collégiale à l'adoration des fidèles sous l'autorité de sa propriétaire, veuve du chevalier Geoffroy de Charny. Le pape Clément VII a autorisé les ostentations, mais l'évêque de Troyes les interdit sous peine d'excommunication.

Charles VI a diligenté une enquête qui a conclu à la fausseté de la relique, et a confirmé l'interdiction de l'évêque.

Le pape Clément, par une bulle du 6 janvier 1390, vient d'autoriser l'exposition du suaire, mais avec des restrictions : « Celui qui fera l'ostentation devra, toute fraude cessant, avertir le peuple à haute et intelligible voix que ladite figure n'est pas le vrai Linceul de Notre-Seigneur, mais qu'elle est une peinture. »

Mémorandum de Pierre d'Arcis,
évêque de Troyes, 1389

1. Appelé saint suaire de Turin depuis 1578. Aujourd'hui, l'authenticité du suaire fait toujours débat.

— Pas avant qu'il ne m'ait fait un fils, murmura Isabelle, le regard noyé dans les immenses prunelles d'un bleu délavé de sa fille aînée, la petite Jeanne.

Elles se tenaient à l'hôtel de Sens, dans un vestibule attenant à la chambre où-git-le-roi[1] d'où s'échappaient les éclats de voix de Taillevent[2] que Charles avait fait convoquer. La première dame d'honneur de la reine avait choisi cette antichambre pour y installer sa filleule, avec ses berceuses et sa nourrice, ainsi elle avait été proche du roi, dont l'état avait réclamé ses soins attentifs, et de la fillette. Dès le premier souffle de l'enfant, Ozanne s'était faite sa protectrice : « Laissez-moi aimer Jeanne en votre place, madame. Elle ne durera pas, laissez-moi cette fois la douleur de son trépas. » La reine se souvenait des paroles de sa dévouée dame d'honneur, alors qu'elle-même, trop exténuée de ses couches, encore inconsolée de la mort de son premier-né, rejetait l'enfant débile. Madame Jeanne, née en juin 1388, allait sur ses deux ans. Extrêmement chétive, elle vivait comme vivent les plantes, elle ne savait pas marcher, se tenait à peine assise, restait impavide, le regard vide, la bouche baveuse sans cesse ouverte. Elle ressemblait à une poupée de chiffon, molle, l'âme comme retournée en dedans.

— Il me faut un fils, répéta Isabelle.

— N'aie crainte, tu as le temps, ils ne sont pas encore en Terre sainte, répondit Ozanne de Louvain qui tenait l'enfant serrée sur ses genoux.

Elle sentait, comme la reine, le souffle glacé de

1. La chambre à coucher.

2. Guillaume de Tirel, cuisinier de Charles V et Charles VI, auteur du *Viandier*, resté un monument de la cuisine médiévale.

l'abandon. Épouse et maîtresse étaient de destin lié, subordonné à celui du roi. Mais elle, Ozanne, n'était rien, elle n'avait rien qu'un vieux grimoire du *Grand Albert de la magie naturelle* légué par sa nourrice, guérisseuse et quelque peu sorcière, qui lui avait appris le secret des simples et des remèdes de bonne fame[1] ; sa tendre et si regrettée nounou fut la seule à donner de l'amour à son enfance. Fille bâtarde de feu Wenceslas de Luxembourg, l'épouse de ce dernier, la duchesse Jeanne de Brabant, fut pour elle une marâtre cruelle, vengeresse des infidélités de son défunt mari, jusqu'à la putasser. Isabelle avait pris Ozanne en amitié et l'avait arrachée à la malfaisante Brabant, en se l'attachant en qualité de première dame d'honneur. Celle-ci lui en gardait une éternelle reconnaissance et une fidélité sans faille.

La dame de compagnie essuya le filet de bave qui s'accrochait aux lèvres de l'enfant, qui ouvrit plus encore la bouche, c'était sa façon de sourire.

Isabelle lui rendit son sourire en songeant que les yeux de sa fille étaient étranges et magnifiques, comme un lac étale, limpide, insondable, mais elle était toujours incapable de la prendre dans ses bras, malgré la honte qu'elle en avait. En dépit des mauvais auspices, l'enfant durait. Ozanne lui avait choisi les meilleures nourrices, et ne la tenait jamais loin d'elle, la sachant suspendue au fil ténu de son existence, même en ces jours navrants, alors qu'elle luttait pour ramener le roi à la vie.

---

1. Réputation, renommée, que l'on retrouve dans « fameux ». Devenu remède de bonne femme, le terme est péjoratif.

Trois jours et trois nuits, elle avait fait dormir le souverain exténué, ne l'éveillant que pour le nourrir de bouillies roboratives et des potions fortifiantes qu'il avalait machinalement comme une oie que l'on gave. Et pour lui éviter l'avilissement de la souillure pour ses nécessités, Arégonde avait fait venir une invention de son habile époux, maître artisan-menuisier de son état, une chaise matelassée de tissus de laine dont le siège était percé d'une ouverture ronde sous laquelle était glissé un seau. Cette géniale commodité, que la reine avait aussitôt commandé pour son usage privé, évitait la fatigue et les dangers de déplacer vers les latrines glaciales le roi somnolent. Enfin, lavé et recouché, Ozanne le replongeait dans un sommeil profond et réparateur en lui administrant de la liqueur de pavot. Et même alors qu'il dormait, elle massait encore doucement, de ses huiles, son corps et ses membres. Peu à peu, le visage de Charles s'était décreusé, avait retrouvé des couleurs, et ses cheveux leur brillance. Enfin, ses premiers mots en sortant de sa torpeur avaient été pour réclamer la reine qui vivait dans une folle anxiété. Elle avait accouru aussitôt. Il l'avait accueillie avec la chaleur et la tendresse qui lui étaient coutumières, ignorant l'avoir repoussée avec violence sans la reconnaître. Et l'on se garda bien de l'en instruire.

Toute à ses pénibles souvenirs, Isabelle regarda d'un air absent la nourrice qui dégrafait son bliaut, exhibant une mamelle blanche et lourde. Elle prit Jeanne qui geignait dans les bras d'Ozanne, s'installa sur un tabouret, et lui donna la tétée. L'enfant, malgré ses deux ans, ne voulait rien prendre d'autre que le sein. Il n'y eut plus que le bruit de succion qui rompit le silence qui s'était fait jusque dans la chambre du roi.

Isabelle songeait toujours à Charles. Alors qu'on le croyait remis de son épuisement, il fut pris d'une fièvre formidable, délirante. Les mires du roi n'étant pas de retour du Midi, Ozanne s'était battue seule et de toutes ses forces contre la chaude maladie. Il fallait faire chuter la température accablante du corps en le plongeant dans une cuve d'eau froide. Elle l'avait forcé à boire des infusions d'écorce de saule blanc[1], connues depuis l'Antiquité pour ses vertus fébrifuges et recommandées contre les douleurs. Elle l'avait veillé des nuits entières, alors que la chambrée était en prière. Au pire de son état, Isabelle avait fait mander son chapelain, Jean la Grâce, qui lui avait administré l'extrême-onction. Durant la funèbre cérémonie, le roi avait soudain cessé de respirer. Il était resté plusieurs secondes les yeux fixes, exorbités. Un instant terrifiant. Et puis, dans un immense soupir, il avait enfin murmuré : « Ainsi soit-il ! », comme une réponse à l'officiant. Alors il avait refermé les yeux, et s'était endormi paisiblement avec un sourire extatique. La fièvre l'avait quitté.

Rien n'avait filtré de son état extrême, Arégonde comme les valets qui avaient assisté Ozanne étaient restés cois par accord tacite, et par grande affection pour leur souverain.

L'entrée intempestive de Taillevent dans l'antichambre ramena Isabelle au présent. Ce formidable cuisinier d'art comme de corps, chef des broches, seigneur souverain des cuisines royales, n'était rentré du Midi que de la veille, et déjà Charles décidait d'un festin pour ce soir même. Taillevent s'inclina bas devant la reine.

---

1. Qui contient de la salicine.

— Je sors de chez le roi, madame, avec tous mes respects, puis-je me fournir en les cuisines de votre hôtel de quelques-uns de vos queux de bouche, quelque vaisselle précieuse…

— Tout ce que vous voulez, maître Taillevent, le coupa Isabelle. Voyez maîtresse Arégonde, elle vous fournira son aide et tout ce qui vous est nécessaire.

— Le merci, madame, mes chariots sont encore sur la route…

— Allez, maître Taillevent, vous avez grande besogne.

Le cuisinier s'inclina, et s'apprêtait à sortir quand il se retourna.

— Dix, pas un de plus ! Vous y veillerez, madame.

Il sortit à grands pas pressés. La grosse voix de Taillevent avait effrayé la petite Jeanne qui avait lâché le sein de sa nourrice en émettant une plainte stridente.

— Comme le roi semble sorti d'affaire, dit Ozanne en se levant, je pense qu'il est temps de la ramener à l'hôtel de la Pissotte, près de sa petite sœur.

Isabelle acquiesça, la tête ailleurs. « Dix, pas un de plus. » Sans doute parlait-il du nombre des convives, ainsi il n'y aurait pas de grand festin, conclut-elle avec soulagement, car, malgré son excitation, le roi était encore bien faible. Restée seule, elle s'étira sur sa banquette, et s'y allongea avec un soupir d'aise, elle se sentait lasse. Pourtant la journée était loin d'être terminée, et elle s'inquiétait pour son époux. Depuis son réveil, il trépignait d'exaltation. Durant sa chaude maladie, il était mort, répétait-il avec conviction. Il avait vu à cet instant une céleste lumière, et comme il s'en approchait, une voix douce lui avait dit : « Retourne, roi, ce n'est pas l'heure. » Mais la lumière était si admirable qu'il ne voulait la quitter, alors la voix avait encore dit : « Dieu le veut ! »

— Ainsi Dieu me le commande. Nous irons nous battre contre les Sarrasins pour leur arracher le cœur même de Jérusalem, ne cessait-il de dire. J'ai usé deux vies, affirmait-il encore, l'une en guerres mécréantes, l'autre en luxure. Dieu, dans Sa miséricorde, m'en accorde une troisième pour Sa gloire.

La croisade avait toujours été son rêve de preux. Le roi était à l'image des enluminures qui chantaient les prouesses chevaleresques, il l'était de corps et d'esprit. Il était attaché aux codes et aux vertus des commandements jurés lors de l'adoubement. L'idéal d'autrefois du chevalier, défenseur de la faiblesse et protecteur de l'Église, s'était avili dans les fastes de la représentation, oublieux des obligations et du vœu d'humilité. « Tu feras aux infidèles une guerre sans trêve et sans merci », Charles n'avait pas oublié ce devoir dictatorial et, aujourd'hui, il se sentait en mission.

C'est dans cet état d'esprit que l'on vint lui annoncer ce jour, à haute none, l'arrivée d'une délégation génoise qui demandait audience. Le roi décida de les recevoir sur-le-champ, sans cérémonial. Lors de son voyage, il avait appris qu'il avait navré les Méridionaux qui lui faisaient grief de sa froideur. Il est vrai que ceux-ci n'étaient guère accoutumés aux usages de France, qui voulaient que le beau visage de Charles VI soit de marbre quand il se présentait en majesté. Que ne le voyaient-ils en ses fêtes, où le roi le plus affable de la Chrétienté débridait sa jeunesse et son appétit de vivre à outrance. Chagrin de ces doléances, Charles VI reçut en conséquence la délégation génoise en toute intimité et avec chaleur, une délégation qui allait précipiter les événements, et dont les propos mirent le comble à son délire mystique :

« Les Turcs, dirent-ils, cette race d'infidèles attachée à des croyances impures, ennemis infatigables du nom chrétien, sortent du royaume de Tunis, et ruinent par leurs pirateries le commerce de Gênes. Les Génois ont déjà livré plusieurs combats sur terre et sur mer pour repousser les attaques de ces infidèles ; accablés de revers et ballottés par les plus cruelles des tribulations, nous avons recours à la protection de votre majesté royale comme notre unique refuge. Tous les malheureux ont droit à votre miséricorde et à votre puissance, surtout quand ils implorent votre aide contre les ennemis du Christ[1]. »

Dieu lui envoyait un nouveau signe. Dieu le veut !

Le roi n'eut alors de cesse de réunir son Conseil pour en délibérer. Il ne doutait nullement de leur approbation pour son exaltante et pieuse décision. Et pour en débattre plaisamment, il avait ainsi décidé d'un festin pour le soir même.

Isabelle sursauta.

— Mais comment faire ? Une assemblée si réduite pour un projet aussi grand ! criait Charles.

Elle avait dû s'assoupir. Allons, il fallait bien qu'elle s'en mêle, car, sans nul doute, il s'agissait d'organiser ce souper.

Charles tournait furieusement en rond. Il était avec son secrétaire, Étienne de Castel, qui se tenait devant un scriptional, et qui se leva si précipitamment à son

1. D'après la *Chronique du religieux de Saint-Denys.*

entrée, qu'il en bouscula son meuble d'écriture. Plumes et parchemins churent pour la plupart sur le sol, mais il attrapa par réflexe la corne emplie d'encre, évitant le pire. Rouge de confusion, il salua bas la reine.

Isabelle lui rendit son salut avec un sourire amusé.

— Ah, ma mie, vous tombez bien, lança le roi en l'apercevant. Je ne sais qui choisir, quoi que je fasse, il y a pléthore de gens à informer…

— Vous avez tout le temps de réunir votre Grand Conseil pour faire votre déclaration officielle. Occupons-nous donc de ce petit souper.

— Dix, pas un de plus. Ce sont les exigences de ce tyran de Taillevent. Il s'est fait prier, a crié, arguant avec force que ses aides et ses queux qui accompagnent ses chariots d'équipement n'avaient pas suivi son train de retour, qu'il ne pouvait rien faire sans eux, en si peu de temps, qu'il s'y perdrait de réputation… et que sais-je encore, même ma vaisselle d'or, paraît-il, est encore en chemin. Il m'a bien fallu céder.

Il est vrai qu'il n'était pas dans les habitudes d'un monarque de s'occuper de tels problèmes domestiques. Son grand maître d'hôtel, le seigneur Guy Damas, seigneur de Couzan, qui contrôlait l'ensemble des services et ses douze maîtres-assistants, n'était pas de retour. Il en était de même pour les hautes fonctions officielles nécessaires au bon fonctionnement de la maison du roi, retardées par le souci qu'ils avaient de leurs charrois menés par des bœufs au pas de labour[1]. Il y en

1. Les seigneurs, quand ils se déplaçaient, déménageaient de château en château avec tous leurs gens, leurs meubles et leurs objets précieux. Les caravanes s'étiraient sur des kilomètres, entourées d'hommes armés.

avait beaucoup pour croire le roi encore à Montpellier, car ils étaient partis de l'avant. Isabelle, qui n'avait pas été accoutumée à un tel déluge de prestations, avait plus de ressources, et davantage de bon sens pratique. Elle laissa passer l'orage et, en attendant, tira un escabeau vers le secrétaire qui s'employait avec fébrilité à remettre de l'ordre sur son scriptional.

— Votre nom, monsieur, est-il bien Étienne de Castel ? lui demanda-t-elle tout en s'asseyant.

— Pour vous servir, madame, balbutia le secrétaire.

— Mais je vous en prie, reprenez votre place, lui dit-elle, alors qu'il restait planté debout, des rouleaux de parchemins vierges dans les bras.

Tandis qu'Étienne s'exécutait, elle demanda d'une voix affable :

— N'êtes-vous pas l'époux de cette charmante poétesse, Christine de Pisan, qui se languissait tant de votre absence ?

— J'ai ce bonheur, madame.

— Ainsi vous êtes de retour, vous avez fait diligence. Votre dame doit en être bien heureuse.

— À l'en croire, madame, dit-il en rougissant à nouveau.

— Faites-lui mes amitiés, voulez-vous, ainsi qu'à maître Flamel et son épouse, Pernelle, qui sont… de vos amis, à ce que je crois ?

— Nous avons cet honneur et ce plaisir, madame.

Le roi s'était arrêté, écoutant cet échange avec étonnement, se demandant comment la reine connaissait ce monde. Isabelle n'avait pas oublié l'alchimiste et son or. Satisfaite de cette confirmation, elle adressa au roi son plus charmant sourire.

— Mon doux sire, finissons-en au plus vite, afin que votre secrétaire ait le bonheur de rejoindre au plus tôt sa charmante femme.

Un peu éberlué, Charles vint s'asseoir près d'elle sur l'escabelle. Et ensemble, comme deux bons bourgeois qui organisent leur table, ils décidèrent des convives tandis qu'Étienne de Castel rédigeait les missives sur des parchemins.

Il leur fallait un homme de guerre, qui serait tout naturellement le connétable Olivier de Clisson. Jean de Montaigu et Bureau de la Rivière, les plus proches ministres du roi, seraient les hommes de gouvernement. Philippe de Mézières, présentement précepteur de la reine, serait celui de la sagesse. Pour l'homme d'Église, Charles barguigna à convier son chapelain, l'irascible Pierre de Foissy, décidément en défaveur, Isabelle proposa le sien, frère Jean à la truculence plaisante, et qui l'avait assistée durant sa maladie.

Il fallait bien aussi un représentant des princes des Fleurs de lys. Le duc de Bourgogne couvait sa disgrâce on ne savait où. Quant à Berry, il boudait en son hôtel de Nesle depuis que le roi l'avait destitué de sa charge de gouverneur du Languedoc qu'il épuisait d'impôts, le privant d'une sévère partie de ses revenus. Son collecteur général avait été condamné au bûcher, pour la plus grande joie de la population spoliée. Il fallait bien trouver un responsable à la ruine de ces malheureux, victimes de la rapacité du Camus, on ne pouvait guère brûler un oncle du roi.

Restait le duc d'Orléans. Charles, depuis son retour à la vie, avait appris à la fois la victoire et la duperie de son frère à cette course folle. Valentine Visconti ne s'était pas égarée en pensant que Charles leur battait froid : l'âme chevaleresque du roi avait en horreur la tricherie, même au jeu. Et l'on trichait beaucoup autour de lui à le laisser gagner par déférence. Mais son frère, lui, avait osé. Cette dernière réflexion emporta sa décision d'inviter le duc et la duchesse d'Orléans à ce souper. Charles était d'humeur joviale, et il ne savait rester fâché très longtemps.

Isabelle cacha sa mine déconfite, elle redoutait la présence de son beau-frère depuis cette malencontreuse gifle qu'elle n'avait su retenir. Elle craignait tout autant la présence de sa belle-sœur et cousine qu'elle percevait comme une rivale acharnée.

— Ce pardon n'est-il pas précipité ? tenta-t-elle.

— Bah, ce n'était qu'un pari, et il ne serait pas décent qu'ils ne soient de ce souper, cela ferait trop jaser.

Charles n'aimait pas les ragots, et était vite oublieux. Outre qu'il aimait son frère, il n'avait plus en tête que sa croisade, les louanges qui encenseraient son règne, la représentation rénovée et inaltérable du roi-chevalier qu'il laisserait dans l'Histoire, ce qui lui faisait l'âme miséricordieuse.

En ces circonstances fallacieuses, pour la première fois le cadet avait précédé le roi, une première fêlure si ténue que personne ne la vit. Ainsi qu'une paille invisible corrompt le bel acier d'une lame, et risque de faire rompre l'épée au moindre heurt.

Enfin, Charles voulut que les courriers soient scellés de cire verte pour souligner à ses destinataires la solennité de l'invitation à ce petit souper.

Et, toujours comme de bons bourgeois qui donnaient un dîner, Isabelle et Charles comptèrent leurs convives, ils seraient neuf. Comme le roi trouvait qu'il manquait de belles dames pour enjoliver la tablée, il fut convenu qu'Ozanne de Louvain serait de ce souper. Et de dix : Taillevent serait satisfait.

Ils furent onze, le sire de Craon, qui s'était fait annoncer à l'hôtel de la Pute-y-Muse, s'invita également chez le roi, tandis que Valentine, après une dernière étreinte, se faisait à nouveau atourner dans la précipitation et la fébrilité.

*

Isabelle se faisait de même apprêter à l'hôtel de la Pissotte.

— Je ne sais ce que j'ai, dit la reine, j'ai comme une boule dans la gorge qui m'étouffe.

— La fatigue, sans doute, lui répondit Catherine qui tressait les cheveux d'Isabelle. Les peurs de perdre ton époux ont été terribles tous ces derniers jours.

Catherine adorait coiffer sa « petite sœur » depuis l'enfance. Elle ne laissait à aucune des chambrières le soin de s'occuper de cette lourde chevelure, d'un noir de jais luisant.

— Te souviens-tu, Isabelette, quand nous nous sommes connues ?

— Non, répondit celle-ci en souriant. Pour moi, tu as toujours été là.

— Il est vrai que tu étais bien jeune, souligna Catherine en enroulant les nattes en longues volutes qui encadraient les joues de son amie.

C'était une coiffure simple et élégante, dite à la Byzantine.

— J'avais deux ans de plus que toi, continua Catherine de Fastavavin. Je m'en souviens car j'étais terrifiée, j'avais cinq ans, je pleurais, hurlante et morveuse dans les jupes de ma nounou. J'étais une orpheline d'une famille de petite noblesse tombée en dérogeance, donnée comme demoiselle de compagnie à la princesse Isabelle Wittelsbach Visconti d'Ingolstad, ainsi qu'un jouet. Ma nourrice allait m'abandonner dans ce vieux château qui m'apparaissait comme un ogre gigantesque où j'allais être dévorée. Je ne fus pas ton jouet mais ta sœur, et nous y avons été élevées comme des sœurs.

— Et nous y avons vécu si insouciantes, si complices, si confiantes en l'avenir. Nous étions dans l'ivresse de la liberté.

— Surtout après la mort de ta mère, Thadée Visconti, qui cherchait sans cesse à nous découvrir des vices, et qui nous obligeait à des oraisons interminables.

— J'en ai encore des douleurs dans les genoux, et du froid dans les membres, éclata de rire Isabelle.

Elle regarda sa chambellane dans le miroir, et lui trouva une mine triste de dépit.

Catherine de Fastavavin avait vingt ans et était trois fois veuve. Elle s'était juré de ne plus jamais se remarier, persuadée qu'une malédiction frappait ses époux. Mais elle était belle, songea la reine, sa chevelure, couleur des blés de juillet, encadrait un visage très fin en forme de triangle, mangé par des yeux immenses d'un bleu soutenu. Peut-on dire jamais quand on est encore en pleine jeunesse ? Catherine retrouverait-elle le bonheur ? Son dernier mariage avait été le plus éprouvant. Veuve depuis peu de Morel de Campremy, le roi avait décidé de la remarier au sire de Hainceville un peu trop « célibataire ». Hainceville lui avait proposé un curieux contrat : « Vous serez mon épouse, et jouirez de tous mes biens, mais notre compagnie s'arrêtera aux courtines de votre lit. » Cet arrangement ne dura que six mois, il était mort d'un mauvais coup au cours d'une rixe dans le quartier de la bougrerie[1] de Paris, l'été dernier, et complètement ruiné.

— T'arrive-t-il de regretter ce temps ? demanda la chambellane, tout en enserrant le front d'Isabelle d'une bande d'orfroi par-dessus le léger voile miroitant qui retombait sur ses épaules nues.

— Notre enfance ? Tous les jours, murmura la princesse de Bavière. Souviens-toi combien je fus désespérée quand j'appris, à mon arrivée au pèlerinage d'Amiens, que je serais reine de France dans les deux jours.

— Tu étais si jeune, encore impubère, et Thadée t'avait tenue ignorante des contingences du mariage.

Isabelle ne voulait pas se rappeler la nuit de noces horrifique. Elle écouta un instant le babillage de ses atourneresses qui apprêtaient sa parure. Elle avait choisi une robe de dessus en satin cobalt, moirée de violet comme l'éclat de ses yeux. Une robe qui découvrait la naissance de sa poitrine soulignée de petit vair bordant le décolleté, ainsi que les bords des longues manches traînantes, échancrées à l'écrevisse. Une ceinture à multiples pendentifs en joyaux serait ses seuls ornements précieux, avec la bourse maillée d'or, de rubis et de lapis-lazuli, qui s'y accrochait.

Catherine de Fastavavin parlait toujours de leur enfance, plongée en pleine nostalgie. Isabelle frappa dans ses mains : il fallait se vêtir pour ce petit souper qui l'angoissait tant.

1. Nom donné à l'homosexualité.

*

Charles avait voulu que le souper se tienne dans la galerie dite « aux Courges » qu'il affectionnait particulièrement. Elle était de modestes dimensions, et s'ornait en son long de fresques foisonnantes de légumes, fruits et fleurs, mêlés à des insectes et autres papillons, où dominaient les images de l'imposante cucurbitacée d'un orange cru qui lui valait son nom.

Il était complies passées. Les sonneries de Paris se faisaient entendre, annonçant le couvre-feu. La nuit était tombée.

La salle fourmillait de laquais affairés plus que de convives. Au fond de la galerie, sur le balcon en encorbellement, quelques musiciens grattaient leur viole, soufflaient dans leur chalumeau. La musique était douce et apaisante.

Les souverains furent annoncés à son de trompe. Charles VI, la main de chacune des deux femmes qui l'encadraient sur ses poings, fit son entrée, le visage épanoui. Il était d'usage que les souverains arrivent en dernier, mais Charles trépignait tant d'impatience qu'il fit cette nouvelle entorse au cérémonial. Ce n'était qu'un petit souper.

Les Marmousets, hommes de gouvernement, étaient les premiers arrivants. Jean de Montaigu inclina sa courte taille engoncée dans sa riche houppelande, ainsi que Bureau de la Rivière, de plus haute stature, les cheveux taillés droit sur les épaules, le regard altier dans un visage coupé au couteau. Enfin, l'érudit Philippe de Mézières, magnifique de présence avec sa crinière et sa barbe blanche de vieillard vénérable, donna au roi et à la reine l'accolade : conseiller intime de Charles qu'il avait connu enfant, et précepteur d'Isabelle, son grand âge lui permettait cette familiarité en comité restreint.

La lumière était douce, dispensée par les torches murales, les candélabres à plusieurs chandelles disposés sur les tables et les dressoirs, et le grand feu de la cheminée. Isabelle reconnut, parmi sa vaisselle, les plates d'étain, blasonnées aux fuselés d'azur de Bavière et aux trois fleurs de lys, et gravées à sa devise : « À jamais. »

Elle tressaillit lorsque le duc et la duchesse d'Orléans furent annoncés, mais plus encore quand elle entendit le nom du sire de Craon, seigneur de Sablé. Outre qu'elle détestait ce baron breton, elle songea avec appréhension qu'il était des gens que l'on n'accordait pas en une si petite réunion.

Le roi se précipita vers son frère et le tint embrassé.

— Pardonne-moi, dit enfin Louis quand le roi le lâcha, mais mon ami de Craon était de visite, et je n'ai pas eu le cœur à le laisser derrière nous.

Le Breton s'inclina.

— Vous avez bien fait, mon frère, soyez le bienvenu, messire, dit le roi avec une jovialité distraite. Tu m'as méchamment battu à cette course, gredin, s'adressa-t-il de nouveau au jeune duc, mais tu as joué trop finement pour que je t'en tienne rigueur. Monsieur de Montaigu, lança-t-il à son grand argentier, veuillez compter à monseigneur d'Orléans les cinq mille livres du pari.

Jean de Montaigu s'inclina, son visage glabre, aux rondeurs parcheminées sous son chaperon de feutre, resta imperturbable. Isabelle ne fut pas abusée, le trésorier déplorait les dépenses inconsidérées du roi.

Louis d'Orléans vint alors saluer la reine, c'était le moment qu'elle redoutait, mais il avait un sourire railleur quand il lui baisa la paume de la main comme il aimait à le faire, tout en l'entraînant à l'écart.

— Pourquoi ? lui demanda-t-il, toujours goguenard.

Il parlait de la gifle, comme si ce geste grandement insultant n'était qu'une galéjade. Elle jeta un coup d'œil à son époux qui serrait affectueusement Valentine contre lui, et nota qu'elle était trop armoriée de bijoux pour un souper intime, et qu'elle abusait du blanc de céruse[1] dommageable pour la peau, comme l'en avait avertie Ozanne. Tant mieux, elle aurait avec le temps de vilaines excoriations sur le visage.

— Parce que tu as triché, éluda-t-elle, mentant à Louis, car alors elle n'en savait rien.

— Mon frère ne semble pas m'en tenir rigueur, et vient même de m'en féliciter.

Le sire de Craon se dirigeait vers eux pour saluer à son tour la souveraine, il murmura alors en lui lâchant la main :

— Je reste l'offensé, tu me dois gage à ma convenance, sœurette, en réparation.

Puis, se tournant vers son favori, il justifia sa présence, comme il l'avait déjà fait avec le roi. Coupant court aux compliments redondants du Breton, Isabelle lui tourna le dos, sans autres formes de courtoisie, pour se porter vers son chapelain : Jean la Grâce faisait son entrée, à sa façon, tonitruante.

1. Carbonate de plomb, toxique.

— Que Dieu bénisse cette assemblée, et je vous salue tous sans plus de salamalecs. Sire mon roi, heureux de vous revoir si gaillard.

Charles aimait la truculente rudesse du confesseur de la reine, il n'eut pas le temps de répondre, car c'était au tour du non moins formidable Olivier de Clisson de faire son entrée. Ce chevalier à la redoutable stature, compagnon naguère du grand Du Guesclin, était redouté pour la férocité de ses coups de hache sur les champs de bataille, où le ricochet d'une mauvaise lance lui avait crevé un œil jadis, ce qui lui valait son surnom : le Boucher borgne.

Le roi et son connétable étaient liés par longue et grande amitié, mais ce n'était pas le cas entre Clisson et Craon, tous deux Bretons, qui se haïssaient mortellement de longue date. Il sembla que le connétable ne vit que son ennemi parmi les invités. Son imposante personne restait figée, comme l'était son visage barré d'un bandeau de cuir noir qui dissimulait le trou béant de son orbite. Seul son œil valide s'écarquillait devant son adversaire, tandis que ce dernier souriait de toutes ses larges dents avec défi. Le silence tomba, chacun observant les deux belligérants.

« Non, songea à nouveau Isabelle qui observait aussi la scène, il y a des gens que l'on n'accorde pas. » Elle regardait Craon avec une instinctive répulsion, il avait un visage long et étroit, qui affichait sa sensualité par une bouche épaisse sur un menton fuyant.

— Morbleu ! mon roi, gronda Clisson, je croyais souper ce soir en bonne compagnie.

Charles prit conscience que son frère, en imposant le sire de Sablé, risquait de lui gâcher son plaisir. Il avait en horreur les querelles, et cette situation fâcheuse l'irrita de nouveau contre Orléans. La minuscule faille dans l'acier de leur fraternité commençait à s'élargir.

— J'ai grand faim et il fait soif, clama Jean la Grâce, quand allons-nous passer à table ?

Par ses exclamations incongrues, le chapelain était maître dans l'art de briser les tensions. Clisson se détendit et se détourna de Craon, chacun se reprit à respirer.

Comme s'il n'attendait que ce signal, Taillevent fit une entrée souveraine, suivi d'une suite de marmitons. Sur la poitrine de son tablier de cuir, il arborait en incrustation son blason à trois marmites, bordé de six roses. Il salua le roi et les convives, alors que ses queues garnissaient les tables de petits pâtés raffinés et de sucreries propres à aiguiser la bouche.

— Nous serons onze, monsieur Taillevent, lui murmura la reine en aparté.

Le grand cuisinier s'inclina avec un sourire entendu.

— Vous m'avez fort bien défendu, madame. J'ai dit dix, je n'en attendais pas moins de vingt. J'aurais dit vingt, il faudrait en compter cinquante.

La faconde du cuisinier la fit éclater de rire, brisant ses angoisses.

6

Petit souper chez le roi

> Je ne sais trouver paix, ni ne sais faire guerre,
> Je crains autant que j'espère, et je brûle de glace,
> Et je vole au plus haut des cieux, gisant à terre,
> Ne tenant nulle chose, le monde entier j'embrasse.
>
> Pétrarque[1]

— Tu me devais une vie, le Peineux. Aujourd'hui, tu es quitte.

Le silence se fit sous la vigne décharnée par l'hiver qui formait une tonnelle dans les jardins de l'hôtel de la Pissotte. Le ciel noir et glacé s'était dégagé et scintillait des éclats frileux de ses étoiles, où s'imposait la pleine lune, énorme, énigmatique, éclairant de sa lumière blême le visage carré, grêlé de la petite vérole, du premier lieutenant de Louis de Bois-Bourdon. L'homme avait une puissance de colosse, bâti tout d'un bloc, il dépassait d'une bonne tête son maître qui en paraissait vulnérable, bien qu'il fût aussi de belle taille, roide,

1. Poète (1304-1374).

mince et bien découplé. Le froid s'insinuait sous les gonelles fourrées, moins encore que dans leurs âmes.

Pascal le Peineux mit un long temps avant de répondre à son maître, et puis Pascal le taiseux se mit à parler, et à parler encore, comme il n'avait jamais parlé.

— Ivrogne que j'étais, queutard, mécréant, la misère de la gueuserie, commença-t-il de son langage rocailleux, lent et chaotique. Pris pour un vol de poule, chargé de chaînes... condamné à la roue, rompu de membres et par tout le corps. Sûr, au premier coup de masse, j'aurais gueulé comme un porc... j'étais un porc. Toi, sire de Bois-Bourdon, seigneur de Graville, sénéchal du Berry, tu es venu dans mon cul-de-basse-fosse du Châtelet me sortir de ma bauge, tu m'achetas au bailli de Paris. En ce jour béni, j'ai senti Sa lumière ; j'ai pleuré, je savais pas que je savais pleurer. Tu m'as sauvé du supplice, de l'enfer. J'avais pas peur de l'enfer, j'y étais de naissance, trouvé nu sur un tas d'ordures, encore souillé du sang de ma pauvre mère, un soir de veillée pascale ; et les putains qui m'ont trouvé m'appelèrent Pascal.

« J'ai jamais quitté mon fumier où j'ai poussé... bon pour la mauvaise graine le fumier, et j'ai tant poussé que la misère m'appela l'Ogre. Tu es venu... et j'ai eu Sa révélation, moi, le larron, l'impie. Et c'est toi qui m'assistas encore quand je me fis baptiser, et que je fis vœu de faire Carême chaque jour de ma vie, jusqu'à mon dernier souffle. Alors l'Ogre est devenu Pascal le Peineux, parce que j'ai jamais dérogé à ma peine, jamais. Et j'ai pareillement fait vœu de coller à mon sauveur comme son ombre, assura-t-il d'une voix âpre. Je te dois pas une vie, je te dois *la* vie. Alors, ma vie, elle est pas à moi, elle est à Dieu, et à toi, son intermédiaire. Chasse-moi si tu veux, je te suivrai quand même, comme ton chien, un chien enragé à te défendre jusqu'à la mort. Je ne retournerai pas à la larronaille.

— C'est pourtant la larronaille qui me sauve aujourd'hui. Et sans toi, le Peineux, j'aurais succombé sous le nombre, répliqua Bois-Bourdon.

Lors de la rixe de la rue des Écrivains, Pascal le Peineux avait été reconnu par certains des assaillants : il avait été des leurs, la misère n'oubliait pas les siens. Ils avaient alors averti Pascal le Peineux qu'un grand seigneur breton les avait payés grassement pour faire tuer le seigneur de Graville, capitaine de la garde personnelle de la reine. Ainsi, cet hiver, ils s'étaient relayés à surveiller les sorties du chevalier hors de la résidence royale où ils ne pouvaient l'atteindre. Le matin de l'attaque, ils s'étaient avisés que l'homme pointé était protégé par celui qu'ils appelaient naguère l'Ogre, cela suffisait pour rendre leur cible intouchable. Le sénéchal du Berry avait reconnu sans peine Craon dans le seigneur breton, commanditaire de cette agression, qui avait mis Isabelle en grand péril.

— Il est de retour, il soupe chez le roi, dit encore Pascal le Peineux. Un mot de toi, et je le brise en deux, comme branche pourrie.

— Laisse, le Peineux, cette fois je n'aurai pas les moyens de te racheter au Bailli de Paris. Tu es un homme libre et je ne te chasse pas. Va dormir maintenant, va. La branche pourrie tombera d'elle-même à la prochaine tempête.

La tempête était déjà présente, elle secouait de sa rage Bois-Bourdon qui tremblait de fureur.

Les deux hommes se donnèrent l'accolade, le lieutenant sentit l'énorme tension de son maître.

— Il est dans l'œil de la gueusaille maintenant. Ils ne lâcheront pas, pour ta sûreté, lui dit-il en le quittant.

Ainsi, le sire de Sablé avait commandité son assassinat, songea le sire de Graville alors qu'il regardait la masse de son homme de main se fondre dans la nuit. Ce félon s'était entremis avec la crapule, mais la crapule a un code d'honneur, Craon ne pouvait pas le savoir, lui qui en était totalement dépourvu. Certes, les deux hommes ne s'estimaient pas, mais un crime ? Pourquoi ?… mais surtout pour qui ?

Il n'entrait sûrement pas dans les vues du seigneur breton de mettre la reine en péril. Il la voulait pour Louis d'Orléans, il la voulait pour s'approcher plus encore du pouvoir. Et Craon savait, il était trop fine mouche pour ne pas sentir l'amour là où il se trouvait. Et il n'avait pas, sans doute, manqué de se poser la question : que faisait la jeune souveraine seule avec son capitaine aux petites heures du matin, dans un quartier chaud de la capitale ? Il en avait déduit à coup sûr qu'ils sortaient de quelques bouges ou tavernes malfamées où, la nuit, dames et damoiseaux aimaient à s'encanailler. Quelle preuve lui fallait-il de plus ?

Craon savait ! Isabelle était en danger.

Son Isabelle lui avait pulvérisé le cœur au premier regard. Ce cœur, qu'il croyait de pierre, s'était mis à pulser à grands coups dans sa poitrine, alors qu'il n'était plus que haine depuis que trois grands seigneurs avaient forcé en riant le page innocent qu'il était alors. Il avait treize ans. Même âge, même cassure pour Isabelle, femme-enfant, violée aussi. Cette brisure commune les avait rapprochés, puis unis. Et c'était dans ses bras qu'elle avait appris les douceurs de l'amour charnel, et l'ivresse de l'ardeur du désir.

Mais aujourd'hui, s'il avait une conscience, il devait protéger la reine en dépit d'elle, en dépit de leur passion. Et pourtant une envie impérieuse le prit de serrer Isabelle qu'il n'avait pas tenue dans ses bras depuis dix jours. Rien, cette nuit, ne saurait l'empêcher de l'avoir en sa possession.

*

Dans la galerie aux Courges, le roi et la reine tenaient le haut bout de la table. Charles mâchonnait distraitement un angelot, petit fromage normand sec comme de la craie. Il restait absent du débat de son Conseil. Après le bénédicité récité par Jean la Grâce, il avait fait l'annonce solennelle de la sainte mission qu'il tenait de Dieu Lui-même, de libérer le tombeau du Christ à la force de sa foi et de toutes les armées d'Occident. Les convives accueillirent la nouvelle avec un enthousiasme réservé et dubitatif, hormis le duc d'Orléans et son favori le sire de Craon qui manifestèrent sans réserve leur approbation.

Et depuis, la conversation roulait sur l'opportunité de la Grande Croisade de Charles VI. Isabelle ne prêtait pas plus d'attention aux débats que son époux, elle chipotait son pignolat, un massepain fait d'amandes, de pistaches, et de pignons de pin, tout en observant à loisir les convives. Ozanne, placée à la gauche du roi à l'équerre des tables, mangeait en silence, elle ne parlait jamais en de telles circonstances, sauf à lui adresser la parole. Se sentant observée, elle releva la tête et sourit à la reine. Sur sa droite, pareillement sur la table d'équerre, s'agitait le duc d'Orléans pris dans le feu des pourparlers ; entre ce dernier et le sire de Sablé, Valentine Visconti faisait vilaine figure, et semblait s'ennuyer. Depuis le début, Isabelle l'avait vu lancer des œillades au roi, cherchant en vain les soins auxquels il l'avait habituée depuis ses épousailles. Mais Charles était ailleurs, ne se préoccupant pas plus de sa belle-sœur que des autres personnes.

Louis la fit sursauter alors qu'il se dressait à moitié sur son siège :

— Pas prêts ? Que voulez-vous nous faire entendre, monsieur de Mézières, lança-t-il avec indignation, que nous n'en sommes pas dignes ?

— Je maintiens simplement, répondit l'interpellé avec calme, comme je viens de vous le dire en dépit que j'en aie, nous ne sommes pas prêts.

— Pas prêts ! répéta Louis d'Orléans comme s'il n'en croyait pas ses oreilles.

Isabelle, la main sur son avant-bras, l'invitait à se rasseoir. Il obéit machinalement, et se figea dans l'arrogance de sa caste avant de lancer de toute sa morgue :

— Ne tenez-vous pour rien, monsieur, la puissance de l'ost du roi de France, sous la bannière sacrée de Saint-Denis ?

Et il empoigna sa timbale de vin dont il but une longue rasade.

— Certes non, dit le ministre, mais l'esprit des premiers croisés, soldats de Dieu, est mort !

Le jeune prince eut un hoquet d'indignation qui faillit lui faire recracher son vin. Il est vrai qu'une telle réserve de la part de Philippe de Mézières était surprenante.

— N'est-ce point vous, intervint la reine, qui, après avoir visité les Lieux saints en votre jeunesse, n'avez plus cessé de caresser le rêve de la reconquête du royaume de Jérusalem, et qui militez sans relâche sur les nécessités d'une nouvelle croisade ?

— Vous dites vrai, madame, répondit l'homme de sciences, mais où est en ce jour Pierre l'Ermite, ce saint moine qui galvanisa de ses prédications tous les souverains d'Occident comme le petit peuple ? Quel grand chevalier possède l'âme dépouillée de Godefroy de Bouillon qui refusa d'être roi de Jérusalem ? Souvenez-vous des nobles paroles de ce prince : *« Je ne porterai pas une couronne d'or, là où le Christ porta une couronne d'épines. »*

— Et sur quel trône pontifical trouverons-nous un autre Urbain II qui prêcha la première croisade[1] ? surenchérit Jean la Grâce. Quand le pape d'Avignon tire à hue, celui de Rome tire à dia.

— Certes, un souverain pontife capable de sublimer la foi de nos chevaliers à l'égal de celle des martyrs, confirma Mézières.

— Comme vous y allez, gloussa Charles VI, dans les replis de son chaperon, sans sortir de sa torpeur.

— C'est pour le moins, sire, croisade n'est pas promenade. Le sang versé sera considérable, il faut être prêt à donner le sien. Aussi, je soutiens encore et avec détermination, conclut Mézières, qu'il nous faut un nouvel ordre de chevalerie, une armée rénovée pour faire une bonne guerre sainte.

— Tout comme ces hordes de janissaires sanguinaires ? ironisa Craon.

— Que sais-tu des janissaires ? grogna Olivier de Clisson qui depuis le début du repas rongeait son frein.

---

1. Elle dura de 1096 à 1099.

— Qu'ils sont des mécréants, cela devrait suffire, monsieur le connétable. Et qu'ils ne peuvent se comparer avec nous autres, chevaliers chrétiens.

— Et de quel chevalier parles-tu ? Du guerrier ou du courtisan ?

— Je suis des deux noblement, répliqua le sire de Sablé, piqué par l'insinuation qui le visait manifestement. Vous seriez étonné à me voir au champ de bataille.

— À te voir au champ ? ça oui, j'en serais fort étonné ! répliqua Clisson en enfournant un petit pâté d'anguille d'une main, et en tendant son hanap à un échanson de l'autre.

Le ton familier du connétable était à dessein humiliant, et soulignait le fossé qui séparait ce petit baron, tout cousin qu'il était du duc de Bretagne, Jean de Montfort, avec un connétable de France.

— Pouvez-vous nous instruire sur ces fâcheux janissaires ? demanda la reine à son précepteur, rompant le dangereux affrontement des deux hommes.

Philippe de Mézières, qui dépeçait des dents une caille farcie, prit le temps de s'en débarrasser dans une des corbeilles de table, et s'essuya la bouche et les mains à un pan de la nappe.

— Les janissaires, et je vais vous surprendre, commença-t-il doctement, sont des anciens baptisés. Ils sont faits prisonniers lors de razzias dans les enclaves chrétiennes en terre ottomane, et mis en esclavage. Cette pratique s'appelle *devchirmé*, ou cueillette, en turc. Ils sont choisis très jeunes, sont islamisés et entièrement consacrés à la guerre. Il n'y a rien de plus redoutable que ces nouveaux convertis.

— Voulez-vous dire qu'il nous faudrait nous battre contre des chrétiens ? souffla Louis, interloqué.

— Que nenni. Ils sont musulmans, et ne doutez pas de la force de leur foi, ce serait douter imprudemment de leur vaillance. Ils sont même, en quelque sorte, adoubés par leur padischah en ces termes : « Que la face des guerriers soit toujours blanche, leurs bras redoutables, leur sabre tranchant, leurs flèches mortelles, et qu'eux-mêmes soient toujours victorieux. »

— Faut-il être apostat, esclave et fanatique pour vaincre ? lança Craon, qui fut aussitôt foudroyé par l'œil unique du Boucher borgne, lequel ne supportait manifestement ni sa présence, ni même le son de sa voix.

— Ils sont tout cela, assurément, releva précipitamment Mézières, inquiet de la rage que couvait le connétable. Mais ils forment surtout une redoutable armée permanente et disciplinée, surentraînée, payée, entretenue, et d'une grande dévotion à leur sultan qu'ils appellent leur père nourricier.

— Alors que nos bataillons sont constitués de preux, individualistes et désordonnés, de mercenaires faits de sac et de corde, oubliés au paiement de leur solde, et tout ce joli monde ne va jamais dans le même sens, marmonna Jean la Grâce qui, naguère, avait été un chapelain consterné sur les champs de batailles de Flandre.

Son intervention en choqua plus d'un ; même le roi, qui semblait endormi aux douces sonorités de la musique lénifiante, leva la tête.

— Soutenez-vous, jeta-t-il au chapelain, que l'ost du roi de France manquerait de courage et de fidélité ?

— Pardon, sire, mais je confirme les propos de frère Jean, ronchonna Olivier de Clisson. Les chevaliers chrétiens montent à l'assaut dans le plus grand désordre, se poussant à qui sera le premier, cherchant pour leur seule gloire le haut fait d'armes sans respect des plans de bataille. Ce n'est pas le courage et la fidélité qui leur manquent, certes non ! Ils en ont tant à revendre que c'en est gâchis. Non, ce qui leur manque, c'est un peu de jugeotte, et c'est le connétable trop souvent navré qui vous en parle.

— Alors que les janissaires, s'empressa d'enchaîner Mézières, à l'opposé, sont des milices d'élite qui sont aujourd'hui le fer de lance de la conquête ottomane. C'est pourquoi j'en reviens et j'en appelle encore à un nouvel ordre, où la foi et l'obéissance seraient les piliers du serment juré de nos nouveaux croisés.

— J'y pourvoirai, dit le roi qui semblait reprendre intérêt à la conversation, avec l'aide de Dieu. Quant au Grand Schisme, ce serait bien le diable s'il n'y avait moyen d'accorder nos deux papes autour d'une cause aussi sacrée.

— Certes, intervint Jean de Montaigu qui n'avait pas encore ouvert la bouche, l'ordonnance de nos forces et la division de la Chrétienté sont bien les pierres d'achoppement de votre royale croisade, mais elles ne sont pas les seules, hélas ! Pardonnez mon audace, sire, continua le Grand Argentier qui profitait de ce moment de vigilance du roi, mais il est de mon devoir de vous dire que votre règne est fort dispendieux. Les fêtes inconsidérées de l'année passée et votre voyage du Midi ont lourdement endetté vos gens comme votre clergé, et mis à sac le Trésor royal. Encore pardon, monseigneur, mais dans votre prodigalité envers tous ceux qui vous sollicitent, là où votre père eût donné cent écus, vous en donnez mille.

Les Marmousets, anciens ministres de Charles V, ne mâchaient pas leurs mots. Têtes politiques, ils avaient connu le roi dauphin.

— Faut-il que j'oublie le neuvième commandement de la chevalerie ? rétorqua le roi en rougissant de colère. « Tu seras généreux et feras largesse à tous ! »

— Et prétendez-vous que notre chevalerie a également oublié le sixième ? « Tu feras aux infidèles une guerre sans trêve et sans merci », récita à son tour Louis d'Orléans avec hauteur. Nos serments jurés nous font soldats du Christ de par notre nature. La croisade est notre devoir et notre droit.

— Vos plumes sont devenues plus grandes que le nid, railla Jean la Grâce. Pas plus de cervelle que celle d'un paon qui fait la roue.

Un ange passa, ou plutôt un démon. Isabelle frissonna, sentant son beau-frère prêt à sauter à la gorge de son chapelain. Un cor sonna la viande, sauvant la situation. Taillevent fit son entrée, suivi de ses valets qui soutenaient un grand plateau d'argent où trônait justement un paon rôti, empanaché de sa roue flamboyante, qui illustrait fort à propos le dernier trait de Jean la Grâce. Des rires et des exclamations d'admiration calmèrent les tensions et les convives applaudirent. Tandis que le plat était disposé sur un présentoir entre les tables en U, dans l'arôme subtil du secret de ses épices, le célèbre cuisinier salua, comme un histrion. Taillevent se voulait à l'image de la noblesse, et ses hauts faits d'armes et son honneur se tenaient dans les cuisines.

— Mon ami, vous faites bien des merveilles, lui sourit Charles en se détendant quelque peu.

Alors que les écuyers tranchants s'affairaient à découper la viande parfumée en fines lamelles, le connétable reprit la parole.

— Pourquoi porter la guerre outre-mer alors que les Turcs sont en Europe aux portes du Saint Empire ? Ils sont dans les plaines du Danube, Bazajet[1] vient de prendre Kosovo, il a la fatuité de prétendre atteindre bientôt la France après avoir fait paître son cheval sur l'autel de Saint-Pierre de Rome.

— Bah ! laissons-le faire, s'esclaffa Louis d'Orléans. Il nous débarrassera d'un pape de trop.

— Qui est de trop ? s'enflamma soudain Valentine Visconti en foudroyant son époux du regard.

— Tout doux, madame, tempéra le sire de Sablé, se voulant aimable. Vous êtes italienne et en tenez naturellement pour le pape Boniface de Rome, tout le monde ici connaît votre parti.

— Ce qui n'est pas ton cas, Craon, brama brusquement Olivier de Clisson, comme ton maître, Montfort, duc de Bretagne ! Et de quelle obédience est-il ce jour d'hui, votre duc ? Avignon ? Rome ? Cela dépend vers quelle rive il se tourne de chaque côté de la Manche.

— Mgr le duc de Bretagne est d'obédience clémentiste, comme son suzerain, notre roi Charles VI, lui répliqua le sire de Craon.

— Et à ce vent-là, il a le tournis, Montfort ! continua Clisson comme si cette interruption était négligeable. Et il y a du vent en Bretagne, vous pouvez m'en croire messeigneurs, foi de Breton !

1. Quatrième sultan de l'Empire ottoman (1389-1402).

N'y tenant plus, il se leva si brusquement qu'il renversa son siège, et se mit à déambuler en gesticulant et en braillant de sa voix de tribun :

— Montfort, mauvais duc. Montfort, mauvais vassal. Montfort qui se dérobe sans cesse à rendre l'hommage qu'il doit à son roi, et qui bat sa propre monnaie à son effigie contre toutes les règles de la féodalité. Montfort qui se fait un devoir de toujours contrarier les affaires de la France. Montfort qui prospère dans la trahison à l'ouest du royaume. Montfort enfin qui me doit toujours cent mille francs et les places fortes qu'il m'a extorquées par félonie en son château de l'Hermine.

Pour une sortie, c'était une sortie. Chacun pouvait s'y attendre, mais tous en restèrent stupéfaits tandis qu'ils regardaient le connétable se rasseoir lourdement dans le siège qu'avait relevé un valet. Clisson récupéra son hanap, but un grand coup de son vin de Suresnes, et poussa enfin un immense soupir satisfait :

— Pardon, messeigneurs, mais ça fait du bien.

D'une seule tête, comme les assistants d'un jeu de paume qui suivent la balle des yeux, ils se tournèrent, inquiets, vers le roi.

Et la noble assemblée en resta encore plus étonnée : le roi était secoué d'un fou rire muet et inextinguible. Il riait tant qu'il en devenait cramoisi.

Le roi avait-il une de ces crises nerveuses dont il était coutumier ?

— Pardonnez-moi de même, hoqueta-t-il enfin, la voix nouée dans les aigus, mais il est vrai que ça fait du bien.

Toutes les têtes se tournèrent à nouveau alors qu'un hennissement retentissait au bas bout de la table : Jean la Grâce se tapait sur les cuisses en hurlant de rire à son tour. L'effet devint contagieux, Clisson enchaîna de ses gloussements sonores, et peu à peu toute l'assemblée, même les plus doctes convives, fut gagnée par le fou rire du roi.

Tous, sauf un. Craon se levait lentement, le visage blême. Son éternel sourire s'était effacé, laissant à découvert son court menton belliqueux.

— Au nom de mon cousin, Jean de Montfort, duc de Bretagne, je demande raison au connétable de Clisson !

— Je vous le défends bien, pas de duel à ma cour, intervint Charles VI, en reprenant son souffle.

Chacun retrouvait peu à peu ses esprits, lorsque le roi ajouta dans une nouvelle explosion de rire :

— Il ferait beau voir que je vous laisse affronter en combat singulier notre redoutable Boucher borgne.

L'hilarité générale reprit de plus belle. Ulcéré, Craon s'apprêtait à vider les lieux quand sa voisine, Valentine Visconti, le retint par la manche.

— Restez, seigneur de Sablé, lui dit-elle en réprimant son propre rire qui l'en faisait pleurer, n'en prenez pas ombrage. Ce n'est pas un mystère, même en Italie, que le duc de Bretagne défie sans cesse le roi de France. Le dire n'est pas offense.

— C'est offense, murmura haineusement Craon en se rasseyant. Mais cela en serait une autre à ne pas vous complaire, madame, lui dit-il en lui baisant la main.

— Mais je ne sais pas tout, demanda en confidence Valentine qui s'essuyait les yeux d'un revers de main. Que veut dire Clisson avec la félonie du château de l'Hermine ?

— Bah ! soupira-t-il, encore un de leurs petits différends. Il y a quelque deux ans, Montfort et Clisson, ennemis irréductibles, paraissaient réconciliés. Le duc de Bretagne invita ce dernier audit château qu'il faisait construire. Mais la chose fut fâcheuse, Olivier de Clisson s'y retrouva prisonnier, pieds et poings enchaînés. Il n'échappa à la menace de la potence qu'en payant cent mille francs or, et au prix de certaines de ses places fortes en Bretagne. Notre roi en fut fâché pour son connétable, et ordonna à mon duc de rendre places et argent.

— Ce qui reste à faire, souligna Valentine qui songeait qu'il ne s'agissait pas là d'un petit différend, mais bien d'une odieuse forfaiture.

— Vous avez tout compris, madame, et savez tout sur l'Attentat de l'Hermine, lui répondit-il en lui baisant la main avec un nouveau sourire.

Le roi se leva, et calma d'un geste les quelques rires qui fusaient encore.

— Messeigneurs, belles dames, à votre respect !

Charles VI fit encore taire d'un signe les violes et flûtiaux. Le silence se fit, total. Gravement, les mains sur les hanches, il se mit à marcher autour des convives attentifs et déclara solennellement :

— Nous ne sommes pas prêts, monsieur de Mézières ? nous le serons. Monsieur de Montaigu, notre trésor est vide ? nous amenderons notre prodigalité, et nous le remplirons. Deux papes se querellent ? nous saurons bien les accorder, par la force de nos armes s'il le faut.

Un frémissement inquiet passa sur la petite assemblée, le roi s'immobilisa, impérial, et continua avec plus de solennité :

— Nous avons céans une délégation de nobles génois qui implorent notre secours contre Tunis. Comme nous l'avions déjà appris lors de notre dernier voyage, ces corsaires mettent à mal le commerce en Méditerranée.

Demain nous tiendrons un Grand Conseil en la salle Charlemagne, et nous assurerons aux Génois notre soutien sans partage. Nous porterons la guerre à Tunis où se terrent ces pirates, nous prendrons cette terre de Barbarie qui deviendra le pont de notre future grande croisade. Nous y rassemblerons la chevalerie d'Occident. En endossant la croix, tous les preux devront renouveler les serments de leur adoubement, puisqu'il semblerait qu'ils les aient oubliés. Et pour faire bonne mesure, ils prononceront les trois vœux qui font du chevalier le soldat du Christ : chasteté, obéissance, et *non proprio* !

Sous le coup, les convives sursautèrent.

— Chasteté, obéissance, et pas de possession ? traduisit Jean la Grâce en gloussant. Mais c'est une gageure, sire, de vouloir faire de la chevalerie une armée de saints et de moines mendiants.

— Qu'ils jurent, il en restera toujours quelque chose ! jeta le roi sur un ton où perçait un léger sarcasme.

Isabelle se prit à admirer son époux. Après avoir cru le perdre, elle le retrouvait avec une force à soulever des montagnes. Elle l'avait cru inattentif et absent durant le repas, il avait au contraire fort bien écouté et décidait à présent, méthodique, avec une auguste autorité.

— En portant nos forces à Tunis, monsieur mon connétable, continuait-il, Bajazet aura d'autre étoupe à mettre en sa quenouille que de faire brouter son cheval sur l'autel du Saint-Siège de Rome. Il faudra bien qu'il se détourne de conquérir les royaumes chrétiens de l'Est, quand la menace sera présente sur les terres ottomanes.

Olivier de Clisson approuva bruyamment.

— Messire de Craon, poursuivit Charles VI, vous qui vous faites si bien le garant de la fidélité de votre cousin, nous convoquerons par mandement royal le ban et l'arrière-ban de son duché de Bretagne, et lui commanderons de nous fournir deux mille lances[1] pour notre croisade en Barbarie. Et, du même coup, nous lui rappellerons ce qu'il doit toujours à l'honneur de notre connétable. Nous verrons bien alors si Jean de Montfort se soumet à ses devoirs vassaliques.

— Je me fais fort, s'exalta Louis d'Orléans, de réunir trois mille lances de mes fiefs, avec l'aide de mon beau-père de Milan, et j'en prendrai le commandement, ajouta-t-il, alors qu'il n'avait jamais guerroyé.

— Que de hardiesse, messire, s'interposa Olivier de Clisson. À la guerre, on ne meurt pas à tout coup, mais à vous faire prendre par les Ottomans, mon prince, votre rançon nous coûterait trop cher.

— Notre connétable a raison, mon frère. Patience, vous ne serez pas de la croisade en Barbarie, mais de la grande, quand nous irons ensemble sous la protection de saint Denis jusqu'à Jérusalem.

Louis avalait péniblement sa déception, quand le sire de Craon lui proposa :

— À mener votre ost, monseigneur, je ne vois qu'un homme qui mériterait cet honneur à votre place : le chevalier de Bois-Bourdon.

— Jamais ! cria la reine en se levant.

Elle aurait voulu se mordre la langue à se la trancher quand elle vit tous les regards sur elle. Elle surprit aussi

1. Unité de combat, constituée par le chevalier, un écuyer, un coutilier (muni d'épée ou de lance) et des archers. Les armées se mesurent en nombre de lances.

le sourire à gifler que Craon lui adressa. Que savait ce diable d'homme ? Venait-elle de se trahir ? Elle se reprit, maîtrisant les tremblements qui l'agitaient soudain, et lui dit avec majesté :

— Souffrez, monsieur de Sablé, que je dispose du capitaine de ma garde personnelle comme je l'entends.

— Et souffre de même, Craon, que je dispose moi-même du capitaine de mon ost, surenchérit Louis d'Orléans, l'œil mauvais.

— Messeigneurs et mes dames, rompit Charles VI, je me retire en mon logis. Tout est dit, et la journée a été rude. Demain, elle sera plus rude encore. Les décisions de notre Grand Conseil seront annoncées à force de hérauts et sons de trompes par tout le royaume. Nous ferons notre croisade en Barbarie qui nous ouvrira la voie du Saint-Sépulcre. Dieu le veut ! Le roi l'exige !

Ainsi, Charles VI, souverain, conclut son petit souper en son hôtel.

L'angoisse qui l'avait quittée étreignait de nouveau la gorge d'Isabelle, à l'étouffer.

7

La Saint-Valentin

> Nous autres avons coutume de haïr ceux que nous savons contre nous, et les attaquer d'abord. Qu'il puisse acquérir, par quelques gens, honneur, prébendes ou terres, nous étudions par quelle échelle il a pu monter, et pour mieux le vaincre, nous le diffamons en trahison auprès de ses bienfaiteurs, et nous ainsi coupons les échelons pour sa chute avant qu'il ne s'en doute. Car si nous lui nuisions ouvertement, nous en serions blâmé, et nous voulons réprimander tout le monde, mais nous ne voulons entendre de réprimande de personne.
>
> *Roman de la Rose*, Jean de Meung

Isabelle courait le long de la galerie des Chasses, les porte-flambeaux qui l'accompagnaient avaient peine à la suivre. Elle avait laissé derrière elle la douce Ozanne, qui assistait le roi à son coucher. Elle courait comme elle courait sur les chemins escarpés de sa Bavière, à la façon des chevrettes sauvages de ses montagnes, vives et bondissantes, libres. Il lui en avait coûté de brider sa jeune nature pour feindre l'allure compassée qu'elle devait à son rang. En cet instant, elle jetait aux orties sa majesté, elle n'était plus qu'une femme amoureuse qui se précipitait à corps perdu vers son amant. Il lui fallait voir Bois-Bourdon, absolument, elle le ferait mander de quelque façon que ce soit, elle irait le chercher elle-même s'il le fallait. Son besoin de lui était si impérieux qu'elle en oubliait toute prudence. Et les éclaireurs renoncèrent à la suivre alors qu'elle s'engouffrait dans son hôtel de la Pissotte, sachant que d'autres prendraient la relève.

Cependant, les lieux étaient étrangement déserts, sombres et silencieux. S'il n'y avait eu les torches murales qui brûlaient, elle aurait été plongée dans une totale obscurité. Enfin, elle émergea, hors d'haleine, dans le corridor qui menait à ses appartements. Dans l'antichambre, sa chambellane l'attendait, seule. Isabelle se jeta vers elle, mais avant qu'elle ne puisse dire un mot, Catherine lui dit simplement : « Il t'attend ! »

Isabelle se précipita vers sa chambre. La fidèle amie d'enfance de la reine avait veillé à renvoyer les dames d'atour, les valets et autres chambellans en leur logis, alléguant que leur souveraine resterait chez le roi pour la nuit.

Elle referma la double porte, et rabattit l'épaisse tapisserie, qui réchauffait le seuil, sur le secret des amants.

Isabelle était dans les bras de Bois-Bourdon qui l'étreignait à étouffer son souffle, qu'elle avait déjà court. Ils restèrent un instant prisonniers d'eux-mêmes, une seule entité d'amour et de détresse. Le visage penché, collé sur les lourdes nattes en volutes qui encadraient les joues de son amante, il l'entendit balbutier le nom du sire de Craon avec fureur. Comment pouvait-elle le savoir ? Qui pouvait lui avoir appris le crime de ce félon ?

Le sire de Graville l'écarta légèrement de lui.

— Qu'a donc fait le sire de Sablé ?

— Il veut te prendre à moi ! jeta-t-elle en reprenant sa respiration.

« Jamais ! » avait-elle crié imprudemment. Elle hésita à lui faire part de sa trop vive protestation, et préféra celer pour l'instant sa maladresse de peur de le fâcher.

— Mais sois sans crainte, reprit-elle devant son air de profonde stupeur, Louis s'en est fâché, il a répondu à Craon qu'il s'en chargerait lui-même.

Louis d'Orléans voulait se charger lui-même de cette basse besogne ? Cela était totalement extravagant.

— Mais où les as-tu entendus ? insista Bois-Bourdon qui n'arrivait toujours pas à croire ce qu'il entendait.

— À la table du roi, pardi ! s'impatienta-t-elle en s'arrachant à lui.

Elle rejeta rageusement sa pelisse sur un des coffres, ôta de même le ruban emperlé qui enserrait son front et sa coiffe fait d'un léger voile de samit qui s'envola au vent de son agitation.

— Mais je ne laisserai pas faire ! dit-elle en attrapant la voilette légère d'un geste prompt.

Bois-Bourdon était totalement abasourdi. La chose lui paraissait impossible, on ne parlait pas ainsi ouvertement d'un assassinat. Il en eut soudain le vertige, imaginant un instant un véritable complot contre sa vie, en présence du roi et de la reine. Il n'avait jamais eu l'intention d'informer Isabelle des menées criminelles du sire de Sablé, elle en aurait été par trop épouvantée ; et pourtant elle semblait en savoir bien plus que lui. Il s'apprêtait à narrer comment Pascal le Peineux et la larronaille avaient déjoué le plan scélérat du baron breton, quand elle lança, en ôtant les épingles ornées de cabochons d'améthyste qui maintenaient ses cheveux sur les tempes :

— Maudite soit cette croisade en Barbarie !

— Quelle croisade ? demanda-t-il en ravalant ses révélations.

Les deux tresses se déroulèrent comme des serpents, de part et d'autre du visage de la femme qu'il aimait, se lovèrent entre ses seins, puis tombèrent plus bas que sa taille. Il la trouvait belle à en mourir malgré son état de stupeur, et ne comprenait décidément rien au discours décousu d'Isabelle.

À son air, celle-ci réalisa qu'il ne pouvait comprendre sans explications, car tout venait de se décider au cours du souper. Elle lui narra plus posément ce qui s'y était passé tout en entreprenant de se débarrasser de ses atours. Bois-Bourdon vint l'aider : les belles dames étaient bien maladroites à se vêtir et à se dévêtir sans l'aide de leurs chambrières, car, souvent, elles cousaient les robes de parade à même le corps pour les ajuster.

C'est ainsi qu'il apprit le projet de la croisade en Barbarie, comment le duc d'Orléans fut marri de ne pouvoir conduire sa propre armée, et qu'il le fut plus encore quand Craon avait proposé le sire de Bois-Bourdon à sa place au commandement.

Isabelle soupira de soulagement quand elle se trouva enfin à l'aise, dans sa chemise du dessous. Elle se pendit au cou de Bois-Bourdon, amoureuse, impatiente. Il lui prit la bouche et l'embrassa longuement.

— Jamais, lui murmura-t-elle, lèvre à lèvre, je ne souffrirai jamais t'avoir si loin de moi.

Elle l'embrassait encore et encore, mais le chevalier n'y était pas vraiment. Ainsi, Craon, n'ayant pas réussi à le faire tuer, tentait de l'éloigner d'autre façon.

— Cela ne sera pas, insista-t-elle, sentant l'absence de son amant. Louis d'Orléans ne veut prendre que capitaine à sa convenance.

Il se pourrait que sa convenance rejoignît celle de son favori, pensa-t-il. Celui-ci saurait bien lui faire valoir combien il serait souhaitable de laisser la reine exposée au vouloir du prince. Ce dernier était amoureux de la princesse de Bavière, et ne le cachait guère.

Craon savait qu'Isabelle était liée d'amour au capitaine de sa garde, mais Orléans, que savait-il ? À cette pensée, il fut couvert d'une sueur froide tandis qu'elle l'entraînait vers son lit.

Alors son tourment se transforma en un désir furieux, il la souleva dans ses bras et la déposa sur sa couche. Relevant sa chemise, il la caressa avec emportement, de ses mains et de sa bouche, prenant possession de ce corps pour s'en rassasier, s'il fallait qu'il le perde. Car nul ne pouvait refuser l'honneur de conduire l'ost d'un si grand seigneur, et lui moins que quiconque, sans soulever une suspicion légitime, sans compromettre la reine de France.

Quand il la pénétra et qu'il la fit crier, ce fut avec un désir exaspéré par le désespoir. Il s'enfonçait en elle comme s'il avait voulu s'y enfouir tout entier, afin qu'elle le porte dans son ventre, qu'elle le garde à jamais. Elle se donnait de même à l'engloutir, boutant ses reins à son rythme, dans une plainte interminable.

Ils jouirent ensemble dans l'urgence de leur amour maudit.

*

Il n'y eut guère de monde le lendemain au Grand Conseil qui se déroula dans la salle Charlemagne. Elle pouvait accueillir jusqu'à trois cents personnes, mais elle n'était remplie que de moitié. Les officiers, prélats et courtisans qui n'étaient pas rentrés de leur voyage du Midi, ne se consolèrent pas d'avoir manqué ce Conseil précipité. La salle d'apparat de l'hôtel de Sens devait son nom aux fresques et aux tapisseries qui exaltaient la légende du roi et celle de son neveu, Roland le preux.

Face à l'assemblée, le roi et la reine présidaient en grand cérémonial sur une estrade, sous un dais d'azur fleurdelisé. Isabelle portait la couronne aux quatre-vingt-seize diamants que Charles lui avait offerte pour son sacre, et le souverain était couronné, drapé dans son manteau royal d'écarlate frappée aux fleurs de lys. Sur une marche inférieure, à la dextre du souverain, se tenaient le duc et la duchesse d'Orléans. En contrebas et de part et d'autre siégeaient les Marmousets au grand complet : le gouvernement du roi. Chacun put noter l'absence des autres princes des Fleurs de lys, le duc de Bourgogne, son fils Jean de Nevers et le duc de Berry.

La délégation génoise était aussi présente, impressionnée par le décorum et la majesté des lieux. Charles avait repris la coutume de la représentation royale de France, sa gravité et ses pompes. Il fut délibéré de la croisade en Barbarie, augure de la Grande Croisade de Charles VI.

La reine entendait sans écouter. Elle portait le masque régalien que lui imposaient les circonstances.

Derrière le masque, elle ressentait une sérénité jubilatoire : les craintes de la veille étaient balayées. En ce jour de la Saint-Valentin[1], elle ne pensait qu'à l'homme de son cœur, et rien en ce jour ne pouvait les atteindre. Elle songea à lui faire parvenir un valentin, ces petits billets que les amoureux avaient pour tradition de s'échanger, mais elle y renonça, car cette imprudence pourrait fâcher le sire de Bois-Bourdon. Un reste d'enfance lui faisait redouter les humeurs de son ombrageux chevalier.

On délibérait des finances, et le Grand Argentier se leva :

— Nous ferons, par souci d'économie, annonça Jean de Montaigu, fondre les deux tiers de la monnaie or de notre trésorerie aux entrées des perceptions, afin que nul n'y touche. Cet or fondu sera employé à l'édification d'un cerf comme celui que vous voyez ici présent.

Et il désigna de la main une statue de belle taille, près du portail d'entrée, représentant l'emblème de Charles VI. Chacun se souvenait que ce noble animal était apparu au roi dans sa jeunesse, dans la forêt de Senlis, et qu'il portait au cou une médaille où était gravé : *Cœsar hoc mihi donavit*, César me l'a donné. C'était prodige que ce cerf eût vécu dans ce bois depuis tout ce temps et il en avait été si enchanté qu'il l'avait fait graver à ses armes.

Tous s'étaient tournés vers la statue. Un murmure étonné courut parmi l'assemblée. Le roi sourit, par cette singulière mesure, il voyait comment ses ministres

1. La fête des amoureux était déjà en usage dès le haut Moyen Âge.

comptaient mettre un frein à ses débours, tout en lui rendant hommage.

— Et pour les mêmes raisons d'épargne, poursuivit le Grand Argentier, nous confierons à Mme la reine le tiers des monnaies d'argent, de cuivre et objets précieux au crédit de ses enfouissements[1].

Isabelle acquiesça, le visage impassible. Mais elle exultait intérieurement de cette marque de haute confiance, qui soulignait son omnipotence. Combien elle avait été folle avec ses alarmes de la nuit ! Qui pouvait l'atteindre, qui même y songerait ?

Alors que Montaigu se rasseyait, Olivier de Clisson se leva.

— Certes, cela semble bonnes mesures pour l'avenir, mais le temps presse. Comment comptez-vous financer présentement l'imminente croisade en Barbarie ?

— Toutes saintes campagnes se doivent d'être payées par sainteté, répondit Bureau de la Rivière, extirpant sa ronde et courte taille de sa cathèdre. Notre pape Clément d'Avignon y pourvoira, ainsi que notre clergé et nos vaillants chevaliers engagés sur leur foi. Et il nous faudra bien augmenter la taille et la gabelle, conclut-il en se rasseyant.

Ce ne fut plus un frémissement, mais un hourvari qui accueillit ces propos. Les prélats présents protestaient particulièrement, car ils avaient dû consentir des prêts pour des sommes considérables lors du déploiement munificent de la royale chevauchée du Midi. Quant à augmenter les impôts, on risquait des émeutes popu-

1. Les coffres et les banques n'existaient alors pas. Toutes les maisons possédaient des caches et des réduits secrets pour protéger leurs trésors. Cette pratique s'appelait l'enfouissement.

laires à vouloir saigner plus encore le vilain déjà exsangue.

Philippe de Mézières déploya sa longue silhouette de patriarche et lança à la façon d'un prédicateur : « Dieu le veut ! » On voyait bien là qu'il avait pris son parti de la croisade en Barbarie.

Le calme se rétablit peu à peu. Mézières, toujours debout, semblait ne pas en avoir fini, et chacun voulait entendre ce qu'il avait encore à dire.

— Dieu le veut ! répéta-t-il dans le silence rétabli. Et nous enjoignons solennellement notre chevalerie de renouveler les serments jurés de leur adoubement, afin de mettre Dieu de notre côté.

Toutefois, il ne fit pas allusion aux vœux du soldat du Christ, évoqués la veille par le roi, et qui comptaient chasteté et *sine proprio*. Dans toute guerre, après les massacres, les vainqueurs avaient le droit de sinécure qui se traduisait par le pillage et le viol. Ce droit du vainqueur semblait imprescriptible tant il existait de toute éternité.

Mézières avait fini son intervention et avait repris sa place lorsque des rires fusèrent, et qu'une voix lança dans l'assemblée : « Et de quel côté Dieu pourrait-il être ? Avec les infidèles ? »

Le rire fut général. Olivier de Clisson se dressa alors de toute sa stature, le Boucher borgne en imposait, et les rires s'éteignirent.

— Faut-il vous rappeler la mort de notre grand Saint Louis sous les murs de Tunis[1] ? et sa glorieuse armée anéantie par la dysenterie ? Faut-il vous faire souvenir

---

1. Elle eut lieu le 25 août 1270, durant la huitième croisade.

de la chute d'Antioche, de Tripoli, d'Acre, possessions chrétiennes en terres islamiques, perdues depuis plus de cent ans ? Où était Dieu alors ?

L'assemblée se souleva dans une houle d'indignation.

— M. de Mézières a raison : foi, obéissance et surtout… humilité, scanda le connétable de son organe de stentor. Les voies du Seigneur sont impénétrables ! Et maintenant, enchaîna-t-il, si nous parlions de la force de nos armées ?

Le représentant de la délégation génoise se leva, et entreprit d'assurer qu'ils avaient dans leur port quatre-vingts vaisseaux et galères, deux mille hommes d'armes, mille arbalétriers et autres matelots certifiés, et garantirent que le commandement en serait donné à Jean d'Outremarin, qui portait bien son nom tant il était habile homme, sachant manœuvrer voiles et rameurs, affronter les tempêtes et éviter les écueils.

Charles VI engagea à son tour le concours de son amiral Jean de Vienne. Les plus illustres chevaliers présents au Conseil se proposèrent, piaffant d'enthousiasme : Philippe d'Artois, le sire d'Albret, le sire de Coucy et bien d'autres encore proposèrent leurs lances et leurs viatiques. Le dernier qui se leva fut le duc d'Orléans.

— Je propose trois mille hommes avec l'aide de mon beau-père, le seigneur de Milan. Comme mon frère le roi, je n'en serai point, il y a moult décisions et dispositions qui nous retiennent céans. (Louis semblait se mettre en politique au même niveau que le souverain, et certains, perspicaces, en notèrent l'arrogance.) Aussi je confie le commandement de mon ost de Tunis au plus méritant de cette cour, tant il a su être le garant de notre reine bien-aimée, je nomme le sire de Bois-Bourdon, seigneur de Graville et sénéchal du Berry.

Isabelle se roidit sous le coup qu'elle n'attendait plus, un froid intense l'envahit. La lividité de son visage ne fut perçue par personne, tant ils étaient tous dans l'excitation de la croisade en Barbarie, exceptés Craon qui souriait de son air fat, et Louis d'Orléans qui se tourna vers elle un bref instant, avant de reprendre sa place, la mine rembrunie de doute et de jalousie.

*

Si les princes des Fleurs de lys se firent remarquer par leur absence, ils n'étaient pourtant pas très loin.

Tandis que se tenait le Grand Conseil à l'Hôtel solennel des Grands Ébattements, une autre réunion avait lieu au château de Nesle, proche de l'abbaye de Saint-Germain-des-Prés, en bordure de Seine à l'ombre des fortifications de Paris. Les princes de sang, exclus depuis deux ans, tenaient aussi conseil : le placide et pansu Jean de Berry, dit le Camus, seigneur des lieux ; son cadet le duc de Bourgogne de robuste stature, dit aussi Philippe le Hardi, était accompagné de son fils aîné, l'ombrageux Jean de Nevers.

Ce dernier, entre autres ressentiments qu'ils avaient tous trois en commun, couvait une haine particulière contre le duc d'Orléans, une jalousie féroce enracinée depuis l'enfance. Tels Caïn et Abel, il semblait que Dieu avait créé Jean de Nevers tout exprès pour haïr Louis d'Orléans. Le Seigneur avait conçu l'un aussi brillant dans le monde et chanceux auprès des dames que l'autre était malaisé en cour, et dont les silences couvaient un caractère violent. Louis était beau et de taille élancée, Jean était court et laid avec son visage prognathe qu'il tenait de son père et de sa dynastie. Rien ne pouvait mieux comparer ce jeune prince qu'à cette race irritable de petits taureaux râblés et noirs de poil, qui sévissaient à l'état sauvage entre les bras marécageux du delta du Rhône. Orléans, lui, ressemblait à un daguet[1] dont les andouillers commençaient à pousser, et s'annonçaient de belle taille.

Quant aux oncles du roi, tout leur avait été permis jusque-là. Ils avaient sans vergogne abusé de la jeunesse de leur royal neveu pour disposer à leur gré du Trésor de France. Et quand l'un, conquérant insatiable, détournait la guerre à son profit comme Bourgogne, l'autre, fastueux esthète comme Berry, dévoyait la paix en pillant les provinces comme celle du Languedoc. Mais il est rare de reconnaître ses propres erreurs, il est plus facile d'en accuser les autres. Aussi n'y avait-il pas plus revanchards en ce royaume : ils ne pouvaient tolérer leur abaissement.

L'exécration des oncles visait particulièrement les Marmousets, ces vieux ministres de basse extraction, ces bourgeois enrichis, aujourd'hui comptables des affaires de l'État en leurs lieu et place. Mais leur rancœur portait surtout sur la personne d'Olivier de Clisson, connétable de France ; véritable maître du royaume, il avait toutes les faveurs de Charles VI. Et les princes des Fleurs de lys complotaient en ce jour à discréditer les uns, et à abattre l'autre.

---

1. Jeune cerf.

Les ducs avaient leurs oreilles à la Cour, et déjà le projet de la croisade en Barbarie avait filtré hors de l'Hôtel royal. Il fallait y faire échec. Philippe le Hardi résolut d'en soustraire le gros de sa chevalerie, le déficit en force serait grand.

— Certes, toi tu le peux, ergota le Camus qui devait son surnom à son nez camard, en forme de bouton de marmite fiché dans un visage de pleine lune à triple menton. Tu as toujours été prompt à convoquer le ban et l'arrière-ban de ton empire, il y allait d'ailleurs de tes intérêts. Alors que moi, c'est la paix qui m'enrichit, et j'ai courroucé trop souvent notre neveu par la lenteur ou la désaffection de mon ost. Et il serait fâcheux de faire accroire que nous sommes liés ensemble contre ce saint projet. D'ailleurs n'avons-nous pas tous avantages à rénover le commerce en Méditerranée ? Sa ruine est dommageable à tout l'Occident. Jouons-la plus finement, ne défions pas de front les désirs du roi. Et accordons-nous sur le reste.

Son frère en convint. Il serait d'ailleurs fort délicat d'empêcher ses gens de se croiser contre leur vouloir. Avant d'être ses vassaux, ils étaient ceux du roi.

Il fut décidé de flatter celui-ci afin de ne pas l'indisposer davantage à leur égard, tout en contrariant en sous-main les décisions politiques et financières de ses ministres, et d'y faire échec si cela était en leur pouvoir. Il fallait discréditer les Marmousets de toutes les manières qui soient, afin de mécontenter le roi contre ceux-ci.

Quant à Olivier de Clisson, il calomniait en tout temps et en tous lieux le duc de Bretagne, Jean de Montfort. Et le différend entre ces deux grands seigneurs bretons était devenu irréductible depuis l'attentat de l'Hermine.

« Fort bien, énervons encore le Boucher borgne, s'entremirent les ducs de Berry et de Bourgogne, et caressons le duc de Bretagne dans le sens du poil, nous caresserons du même coup son alliée l'Angleterre. Attisons encore les querelles, donnons de l'ivraie à moudre aux Marmousets et au connétable, en place de bons grains. »

Cela était haute trahison, mais ces puissants seigneurs n'en avaient cure. Tout était bon à emmêler les affaires de France au grand dam du nouveau gouvernement et de son maître, Olivier de Clisson.

Le jeune Jean de Nevers, rencogné dans l'ébrasement d'une fenêtre, observait en silence le trafic des barcasses sur la rivière de Seine en ruminant sa colère et sa déception. Il voyait bien que rien ne serait fait contre Orléans, et que ce détestable prince, dans l'éventualité qu'il pourrait bien s'asseoir un jour sur le trône de France, restait à ménager.

— Je veux être de cette croisade, seigneur mon père ! lança-t-il avec sa brutalité coutumière, en se retournant.

Il avait appris que cet honneur avait été refusé à son rival, qui enragerait du privilège de son cousin à mener les lances de Bourgogne.

À sa grande colère, cette gloire lui fut refusée, pour les mêmes raisons qu'elle avait été refusée à Louis d'Orléans. Soumis à son père comme il se le devait, Nevers s'inclina en rongeant son frein. À l'instar de la devise de Philippe le Hardi, « Il me tarde ! », il tardait à son fils d'être en titre duc de Bourgogne : Orléans allait alors le connaître.

*

Ce même soir, le sire de Bois-Bourdon s'arrangea pour croiser la route du seigneur de Craon. Le Breton eut un léger geste de recul, mais devant la courtoisie du salut du sire de Graville, il y répondit pareillement, tout en se tenant sur ses gardes.

— Je vous dois grand remerciement, monsieur, n'est-ce point à vous que je dois cet honneur ?

Le sire de Sablé fut soulagé, supposant que son interlocuteur parlait de son nouveau commandement.

— Tout revient plutôt à vos mérites, messire, vous étiez trop grand chef de guerre pour vous morfondre en ces lieux.

— Serez-vous de cette croisade, sire de Sablé ?

— Je me dois à Mgr d'Orléans, si marri de devoir demeurer.

— Certes ! acquiesça Bois-Bourdon en faisant mine de s'éloigner.

Mais il sembla se raviser et prit familièrement Craon par les épaules, celui-ci se raidit, à nouveau sur la défensive.

— Il serait dommage, lui souffla le chevalier d'un ton grivois, que vous manquiez une si bonne fortune en prenant la croix.

— De quelle fortune parlez-vous ?

— Vous faites le modeste, mais l'on sait bien en quelle amitié vous tient la duchesse Valentine.

— Très bonne amitié, il me semble, balbutia le Breton, ne comprenant pas où ce sombre chevalier voulait en venir.

Bois-Bourdon regarda autour de lui comme pour s'assurer qu'ils étaient seuls, et lui dit en baissant encore la voix :

— Les Italiennes, réchauffées aux parfums du Sud, ont une odeur de paradis, vous pouvez m'en croire. Elles sont ardentes et fort bavardes au lit, lui glissa-t-il dans l'oreille, franchement égrillard. Une ravissante Lombarde, en ma plaisance, m'assure que sa maîtresse, madame Valentine, vous aime d'amour, et qu'elle se désespère de votre froideur. Mais, chut ! n'ayez crainte, je serai là-dessus muet comme une tombe.

Sur ce, Bois-Bourdon le quitta, le laissant médusé.

Le sire de Graville s'éloignait à grands pas après avoir tendu ses rets. Ses yeux avaient perdu leur feinte amabilité, ils lançaient des éclairs à incendier toute une forêt. « Va en enfer, Craon, cracha-t-il par-devers lui, je t'y attends, j'y suis déjà ! »

Il connaissait trop ces courtisans bouffis de suffisance, et le Breton en était un de la pire espèce, perdu de sexe et de vices. À se croire aimer de la duchesse d'Orléans, sa fatuité n'y résisterait pas. Alors Craon verrait ce qu'il en coûte d'attenter à l'honneur de la femme de son seigneur, et quel serait son destin s'il outrageait la fière Valentine Visconti de ses assiduités. Le ver était dans le fruit, il suffisait de le laisser pourrir.

Par ce piège, dont il n'attendait qu'une basse vengeance, Bois-Bourdon n'imaginait pas que le vent mauvais qu'il voulait voir souffler sur Craon allait, du même coup, ravager la France.

8

Annus horribilis

> Il ne peut y avoir naturellement que sept planètes. Les planètes sont le Soleil, la Lune, et les cinq planètes du système solaire connues des anciens : Mars, Mercure, Jupiter, Vénus et Saturne, qui sont toutes à l'origine des noms de la semaine, qui compte sept jours.
>
> Voilà la raison que l'on peut évoquer pour démontrer qu'il ne peut avoir que sept planètes en réalité.
>
> Raymond Lulle[1]

L'Hôtel solennel grouillait d'une activité de fourmilière. Le gros du charroi, tiré à la lenteur des bœufs, arrivait enfin du Midi, avec ses compagnies de gens d'armes qui les défendaient des brigandages. Il déversait ses chargements de meubles, coffres, tapisseries et autres objets précieux, et l'on s'affairait à en regarnir les logis à la grande satisfaction de leurs hôtes, qui s'égosillaient à lancer des ordres et des recommandations

---

1. Théologien et écrivain espagnol (1235-1316). Il a élevé la langue catalane au rang de langue littéraire.

affolées. Taillevent manifestait son contentement à grands coups de gueule dans la cour des cuisines de l'hôtel du roi, il retrouvait ses queues de bouche avec les chaudrons, broches, vaisselles et ses plats armoriés, ses inestimables sacs d'épices et pains de sucre, et ses indispensables ustensiles de cuisine.

On était à la Saint-Aubin, au premier jour de mars de l'an du Seigneur 1390. Le temps était radieux, une goulée de printemps trompait les oiseaux surexcités. Un foisonnement de vie agitait les ramures des arbres et les fourrés des jardins, d'où surgissaient des trilles d'amour et un inlassable pépiement, qui semblaient répondre à l'animation fiévreuse des hommes.

La reine était tout aussi affairée, et se donnait sans compter à redonner vie à une demeure qu'elle venait d'acquérir : la maison de Pont-Perrin. Hors de la résidence royale, le principal corps du logis jouxtait le couvent des Célestins et se prolongeait du côté de la Seine, face au port de Saint-Paul. La maison de Pont-Perrin était destinée à son frère, Louis Wittelsbach d'Ingolstad de Bavière, qui s'était fait annoncer pour la mi-mai. Isabelle ne l'avait pas revu depuis cinq ans, il avait alors dix-sept ans, elle allait sur ses quatorze. Ils s'étaient toujours porté une mutuelle affection, ce frère aîné aimait à la protéger et l'appelait « ma princesse ». Cette heureuse nouvelle l'avait distraite de son obsession, elle ne pouvait ni ne voulait croire à l'abandon de son amant. Dans ce déni, elle s'étourdissait de travail, inspectait inlassablement les travaux afin que tout soit à la convenance de son frère et de sa suite de belles dames et chevaliers germaniques.

— Voilà le nouveau capitaine de votre garde tout trouvé, lui avait dit le roi, ravi que son beau-frère bavarois s'installât en sa cour.

Isabelle lui avait répondu par un grand sourire forcé. Il était manifeste pour tous que le sire de Graville avait accepté le commandement de l'ost de Louis d'Orléans. Elle n'en avait cure, elle seule savait qu'il ne pouvait la quitter. Et, le soir tombant, fourbue, elle se prenait alors à souhaiter désespérément la venue de Bois-Bourdon. Depuis le Grand Conseil, elle n'avait fait que l'apercevoir, il semblait la fuir. Quel parti avait-il pris ? En ce jour de la Saint-Aubin, exaspérée par cette incertitude, elle avait fini par le faire mander officiellement une heure après vêpres : il était encore le capitaine de sa garde et, à ce titre, il lui devait obéissance.

Une couple de semaines interminables s'étaient écoulées depuis leur dernière étreinte. À vêpres, en sa chapelle privée, elle avait suivi l'office en priant Dieu intensément qu'il lui garde l'homme qu'elle aimait. Alors qu'elle l'attendait dans son petit retrait, où elle aimait se tenir dans la solitude, elle priait toujours, le cœur battant.

Le sire de Graville se présenta devant la reine à l'heure et à ses ordres, introduit par la chambellane Catherine de Fastavavin. À le revoir, le souffle lui manqua, tant elle sentit durement la distance qu'il lui marquait. Elle vit bien qu'il avait pris sa résolution, mais elle n'en voulut rien croire encore.

— Serez-vous de cette croisade en Barbarie, monsieur ?

— J'en serai, madame.

— Cela ne se peut ! lança-t-elle. Je te l'interdis !

Le sire de Graville, bien planté dans ses heuses, lui opposa la pâleur de son visage et un silence obstiné. Un silence qui lui fut si insupportable qu'un sentiment de panique l'envahit. Elle déversa sur lui son affolement dans un flot de commandements, de suppliques, de menaces et même d'accusations.

— On voit bien là, monsieur, que vous préférez la gloire des armes à celui d'être aimé de la reine, termina-t-elle, à bout d'argument.

— Je n'ai de gloire que votre sauvegarde, madame.

— Ma sauvegarde, alors que tu m'abandonnes ? hurla-t-elle à la figure de marbre de Bois-Bourdon.

Elle explosa d'une fureur désespérée, se jeta sur lui, martela de ses poings sa passivité, s'acharnant à vouloir briser ce mur d'obstination rigide, quitte à se briser elle-même. Elle s'effondra enfin contre sa poitrine, sanglotant à perdre haleine.

— Pourquoi ? gémissait-elle. Pourquoi ?

Il referma ses bras sur elle, sans pouvoir résister. Sa froide apparence masquait son déchirement intérieur, mais la douleur était trop atroce, sa volonté chancelait. Il pressa le corps de sa bien-aimée dame contre sa poitrine qui répercutait les hoquets de ses larmes. Elle s'accrochait à lui comme une noyée. Il la sentait dans ses bras si fragile, si jeune, si vulnérable. Il avait envie de hurler son impuissance, de maudire ce Dieu qui se disait amour et qui pourtant les condamnait. Il n'avait pas les mots qui consolent, ne pouvant se consoler lui-même. Mais leur secret était aujourd'hui entre de mauvaises mains. À exposer sa propre vie, il exposait la sienne ; rester serait compromettre la reine. Il aurait voulu porter le fardeau de la souffrance d'Isabelle avec le sien, jusqu'à en mourir pour l'en soulager. Et pourtant c'était de lui qu'elle souffrait. Il n'était plus son rempart, il était son bourreau, le piège mortel de son désir insensé où il l'avait emprisonnée. Il lui fallait se reprendre.

Il la repoussa doucement, l'arrachant à lui comme il arrachait son âme.

— Tu partiras donc ? lui demanda-t-elle avec un espoir misérable.

Il prit son visage entre ses paumes, plongea son regard dans les yeux ravagés d'Isabelle, et déposa sur ses lèvres un baiser chaud et doux, un chaste baiser. Déjà elle se tendait vers lui, entrouvrait la bouche, mais il s'était écarté.

— À votre salut, madame ! murmura-t-il en s'inclinant.

Puis il lui tourna le dos, et sortit du retrait avec une raideur inaccoutumée, celle des corps infirmes qui se contraignent à maîtriser leur calvaire.

Alors que le petit retrait de la reine retentissait du cri de sa douleur, l'hôtel de la Pute-y-Muse résonnait des clameurs de Valentine Visconti. Elle était hors d'elle-même, échevelée, hystérique, inconsolable. Sa superbe haquenée, Bethsabée, venait de crever à force de tenter d'expulser de son ventre un poulain récalcitrant à venir au monde. Rien n'y avait fait, ni les fumigations, ni les amulettes, ni les oraisons et l'eau bénite, le jeune animal était mort avec la mère. Il n'était pas plus aimé que le palefroi des princes, entouré de tous leurs soins, bien plus que ceux qu'ils accordaient à leurs gens. Cavaliers et chevaux participaient du même corps dans la chevauchée. Le cheval était l'orgueil de la représentation, le symbole, par leur race et la richesse de leur harnachement, de la puissance du seigneur. Leur trépas était toujours un drame, et pour la duchesse d'Orléans c'était une tragédie. C'était juchée sur sa fougueuse Bethsabée qu'elle était apparue en France, qu'elle avait chevauché, auprès de la litière de la reine, à travers Paris, lors du sacre de cette dernière, afin que tous la voient et la reconnaissent en noble et fière cavalière.

— Où trouverai-je en France une pouliche à ma mesure ? Il n'y en a qu'une qui peut rivaliser avec ma Bethsabée, c'est l'alezane de la reine.

Valentine déversait son chagrin avec la volubilité de son tempérament italien, au milieu de ses dames milanaises et de ses chambellans, tous navrés de la mort de la jument. Le sire de Craon l'observait, tout agitée de pleurnicheries dans sa tenue légère du dedans. Il n'avait jamais remarqué, comme aujourd'hui, la propension de la duchesse d'Orléans à se tenir presque nue en ses appartements, il y vit là soudain une provocation à son égard. Les insinuations de Bois-Bourdon avaient déjà fait leur chemin. Il était trop imbu de lui-même pour avoir flairé la nasse qui lui était tendue. Déjà se souvenait-il, lors du petit souper du roi, comment elle l'avait retenu quand il voulait quitter les lieux ? et ses yeux mouillés, n'était-ce que des larmes de rire ? Tout lui devenait signifié et signifiant. Les dames se devaient de dissimuler leur désir, mais lui, Pierre de Craon, saurait bien décrypter les appels dérobés de l'amoureuse et attendre son heure.

Il sursauta quand Louis d'Orléans s'approcha, se sentant déjà coupable.

— Je m'absente un moment, lui glissa-t-il. Tu sais combien j'ai horreur des larmes de femelles.

— Où vas-tu donc ?

— Me faire payer mon gage.

Isabelle s'était enfermée dans sa chambre pour y lover son profond désespoir, enfouir sa solitude par la solitude. Elle avait donné l'ordre que personne ne la dérangeât sous aucun prétexte. Aussi fut-elle surprise lorsqu'elle entendit toquer à sa porte.

— Pardon, Isabelle, dit la voix étouffée de sa chambellane, mais il faut que tu saches que Mgr d'Orléans est céans, il insiste pour t'entretenir.

Louis voulait lui parler ? Un fol espoir la jeta à bas de son lit.

— Fais-le patienter, et reviens m'aider, Catherine, je ne suis pas à voir en l'état.

Elle se précipita vers sa table à atourner, son miroir d'argent poli lui renvoya l'image désolée de son visage. Un peu de blanc de céruse masquerait les inflammations qui marbraient ses joues, et le khôl tromperait la rougeur de ses yeux.

Orléans était là. Elle ne pouvait en douter, il allait reprendre sa parole de faire du sire de Graville le chef de ses croisés.

Quand Catherine fut de retour, elle entreprit de remettre de l'ordre dans les mèches folles qui s'échappaient de la coiffe d'Isabelle. Elle connaissait sa peine, elle la partageait. Tout comme la reine, son amie d'enfance espérait que le duc d'Orléans venait pour se dédire. Mais fallait-il l'espérer ? Et cela suffirait-il à retenir Bois-Bourdon ? Elle avait le sentiment de menaces diffuses qui s'accumulaient autour des amants adultères. Depuis le retour du roi, le sénéchal du Berry avait tant redoublé de prudence qu'il en fuyait la reine. La fuirait-il au point de prendre la croix en dépit d'Orléans ? Il était chevalier, cela ne serait que naturel, et son départ pour Tunis ferait tomber les suspicions.

Catherine aida la reine à se vêtir d'une riche houppelande de chambre, et à chausser ses patins de satin brodé.

— Comment suis-je ? lui demanda Isabelle avec anxiété.

— Très belle, tu peux m'en croire. Mais ressaisis-toi, Isabelette, ajouta-t-elle, inquiète de la voir si fébrile. Je vais le quérir, reçois-le en reine, non en demanderesse.

La jeune souveraine poussa un profond soupir tandis que sa chambellane la quittait. Elle alla ouvrir la croisée qui donnait sur ses écuries, et respira à grands coups l'air vif de mars. La nuit tombait, pourtant les chevaux n'étaient pas encore rentrés. Elle distingua Alezane et Alcoboçanne, mère et fille, toutes deux magnifiques, qui folâtraient. Elles aussi avaient senti comme un goût de printemps dans ce jour finissant.

Elle se retourna alors que son beau-frère entrait dans sa chambre d'un pas de conquérant, il vint la saluer, et lui baisa la paume des deux mains.

— Fort belle dame, vous voir me ravit. Et que veut dire la brillance de ces superbes yeux ?

— Sans doute la curiosité, répondit-elle avec une légèreté affectée, songeant que cette brillance trahissait l'eau tant versée de sa douleur. Que me vaut le plaisir de ta visite, gentil frère ?

— Le prix de mon gage, sœurette, laissa-t-il tomber.

Isabelle se détourna avec violence, déçue. Elle avait oublié la gifle, et le gage qu'elle devait à Louis en réparation.

— Est-ce tout ? demanda-t-elle, la gorge nouée.

— Ce sera beaucoup, l'offense est grande, dit-il en la poursuivant à travers la chambre, tandis qu'elle se dérobait pour se donner contenance.

Elle imagina la première chose qui lui vint à l'esprit, allumer les candélabres, car le jour déclinait. Elle se saisit de la veilleuse à huile, et entreprit d'allumer les chandelles à sa flamme. Louis la suivait dans ses déambulations.

— C'est là tâche de varlets, ne peux-tu attendre et m'écouter ? Ou as-tu peur du noir, seule en ma compagnie ? lui lança-t-il, agacé de ses dérobades.

— Voyons ce gage, monsieur, répondit-elle en allumant une dernière chandelle, la voix aussi vacillante que les flammèches.

Louis en perçut les tremblements. Isabelle lui semblait bien nerveuse, d'une sensibilité à fleur de larmes. Elle avait pleuré, il ne pouvait en douter, et elle était sur le point de fondre de nouveau. Il songea qu'il pourrait bien profiter de cette faiblesse. Isabelle suspendit la veilleuse à son crochet mural, lui fit face, et sourit d'une gaieté agressive.

— Eh bien, me diras-tu ce que tu désires ?

— Un baiser ! dit-il en s'approchant d'elle.

— Un baiser… est-ce là tout le prix de mon gage ?

— Certes non, sœurette, murmura-t-il en emprisonnant sa taille. Il me faut bien m'assurer d'abord de ton amitié, que ton soufflet me fait croire perdue.

Malgré les apparences, il lui gardait rancune de cette humiliation et comptait bien l'en châtier par sa hardiesse.

— Non, pas perdue, gentil frère, expliqua-t-elle en tentant d'esquiver, ce ne fut que l'humeur d'un instant.

Elle recula contre le mur et s'y adossa, acculée. Louis plaqua ses deux mains de chaque côté de son visage. Elle tourna vivement la tête tandis qu'il tentait encore de l'embrasser. Alors, il lui saisit le menton et lui prit la bouche d'autorité. Ce n'était pas un baiser fraternel, mais d'amour. Surprise, épuisée, elle le laissa faire. Puis, sans s'en rendre compte, elle y répondit, elle se rendit. Louis joua alors librement de ses lèvres et de sa langue avec une douceur et une sensualité qui la jeta plus étroitement dans ses bras. Elle était trop affamée pour ne pas vibrer. Il la sentit s'abandonner.

Entre deux baisers humides, il lui chuchota :

— Le gage..., c'est Alcoboçanne.

— Non ! cria-t-elle en le repoussant avec force.

Mais il la plaqua de nouveau contre le mur, et, lui imposant les désirs de sa volonté, il lui reprit la bouche.

— Seule Alcoboçanne peut se mesurer à la beauté de Bethsabée, lui dit-il enfin. Elle est morte cet après-midi.

— Alcoboçanne pour Valentine ? Jamais ! hurla-t-elle en se débattant cette fois avec violence.

Isabelle n'avait jamais pu se séparer d'Alcoboçanne. Elle était née le même jour que le Dauphin, et elle l'avait promise à sa petite belle-sœur, Catherine de France, qu'elle appelait avec tendresse l'Églantine. Catherine l'Églantine, morte à huit ans, sans avoir vu grandir sa pouliche.

Elle batailla de plus belle. Donner Alcoboçanne à Valentine ? Plutôt mourir ! Mais Louis la maintenait trop fermement, il riait de ses efforts, attendant qu'elle se fatigue, qu'elle s'amollisse. Alors, en ponctuant ses arguments à petits coups de langue qui agaçaient ses lèvres, il lui susurra :

— N'est-ce pas moi qui t'ai donné Alezane au temps du château de Beauté ? Ne dois-tu pas me rendre le fruit de ses ardeurs avec Alcoboça ?

Alcoboça, songea-t-elle, le chagrin dans le sang, le noir destrier de Bois-Bourdon, le château de Beauté où s'était allumé le feu de leur passion, et ce temps béni à l'assouvir en quasi-liberté. Et Catherine l'Églantine, si blanche dans sa mort. C'était trop de souvenirs, ses larmes jaillirent, inondèrent les joues d'Isabelle. Le duc d'Orléans, interdit, s'écarta légèrement d'elle.

— Tu l'aimes donc tant ?

Isabelle, en pleine confusion, ne savait s'il parlait du sire de Graville ou de la pouliche. Elle était à bout, elle ne pouvait plus dissimuler, elle supplia :

— Prends Alcoboçanne, mais laisse-moi mon capitaine.

Elle osait ! Il la lâcha, le regard plein de rage.

— Votre capitaine est libre, madame, de rester ou de *vous* quitter.

La colère montait en lui, ravageant de sa jalousie toute compassion pour la reine. L'aimerait-elle ainsi un jour, l'aimerait-elle à la folie jusqu'à se perdre ? Ne venait-elle point d'admettre son amant ?

Il recula, la regardant avec horreur. Enfin il la salua, les mâchoires contractées, blanches de fureur.

— Je prends Alcoboçanne, madame, c'est le prix de mon gage. Je laisse votre capitaine libre de son choix.

Il se détourna de la vue de ces pleurs et de cette détresse qui lui étaient insupportables, et la laissa à ses tourments.

*

Avril fit exploser de fleurs les vergers de l'Hôtel. Le dimanche de Quasimodo libéra les oiseaux de leur hivernage dans les grandes volières des jardins. Suivraient bientôt les lions, les léopards et autres fauves de la ménagerie, qui tournaient en grognassant et rugissant dans les salles chaudes du château de Vincennes, impatients de retrouver leurs cages d'été.

La tension n'avait cessé de monter à la résidence royale, le départ de la croisade en Barbarie approchait, prévue les derniers jours du mois. Les chevaliers s'activaient à fourbir leurs armes, redorer leurs armoiries, à solliciter les banquiers lombards, à presser les percepteurs de leurs fiefs.

Mais ce n'étaient pas leurs seules préoccupations. La semaine sainte et les célébrations liturgiques de Pâques les avaient vus faire carême, s'agenouiller, courber le front, renouveler avec ferveur leurs vœux de chevaliers. Il en était de même dans Paris comme dans les provinces, les preux engagés à se croiser s'employaient à corriger leurs mœurs et exalter leur foi, multipliant les actions de grâce, commandant des messes et faisant donations aux églises. Ils étaient chrétiens et la foi leur était aussi chevillée au corps que leur armure. De même, le bon peuple priait et faisait des offrandes ; il sortait les reliquaires, processionnait en chantant des cantiques à gorge déployée. Un vent de dévotion soufflait sur tout le royaume. Le départ approchait, le temps pressait à réformer le corps et l'âme dans la ferveur. Le grand rassemblement des forces de la croisade en Barbarie se ferait à Marseille, le 1er juillet de l'an 1390.

Se doutait-on que la menace chrétienne faisait souffler ce même vent de foi par-delà la Méditerranée, plus brûlant que celui des déserts d'Afrique ?

Valentine Visconti coulait alors des jours heureux : elle gardait son époux qu'elle aimait avec passion. Il la « punissait » si honorablement qu'elle engendrerait bientôt ; et, grâce au talisman qu'elle tenait dans sa bulle, ce serait un fils à n'en pas douter. Quant au roi, il avait retrouvé son affabilité, l'appelait à nouveau « sa chère sœur ».

Et sa nouvelle pouliche l'enchantait. Alcoboçanne, à la robe de feu qui lui venait d'Alezane, aux crins et paturons d'ébène qui lui venaient d'Alcoboça, était splendide : haute au garrot, nerveuse, à la fois fine et puissante. Cette haquenée était bien digne d'elle, plus magnifique encore de savoir qu'elle l'avait enlevée à la reine.

— Prends garde, avait averti Louis, elle est ombrageuse et ne connaît qu'Isabelle, elle n'a point de maître.

— Elle va connaître sa maîtresse ! lui avait-elle rétorqué.

Et elle n'eut plus de cesse de soumettre Alcoboçanne sur les longues perspectives des sentiers de chasse, en forêt de Vincennes.

Sans le savoir, Valentine réveillait les souvenirs de son jeune époux, qui revoyait la même scène, cinq ans plus tôt, alors qu'il venait d'offrir Alezane à Isabelle. Le même entêtement de la princesse de Bavière à vouloir essayer sa nouvelle pouliche dans cette même forêt de Vincennes. Combien donnerait-il pour chevaucher comme naguère au côté d'Isabelle, connaître à nouveau cette liberté et l'ivresse de leur complicité perdue ? Car elle était perdue, il ne pouvait en douter. Elle avait trahi son rang comme elle l'avait trahi. Il entendait encore la supplique d'amour d'Isabelle : « Prends Alcoboçanne, mais laisse-moi mon capitaine. » Il lui prenait les deux, elle ne saurait le lui pardonner comme il ne pouvait lui pardonner sa tromperie.

Et sa fureur était d'autant plus grande que ses propres atermoiements à voir ce qui lui crevait les yeux lui donnaient le sentiment d'avoir été moqué. Craon avait eu raison depuis le début. Sans l'intervention criminelle de son favori, un bâtard aujourd'hui tiendrait la première marche du trône.

Louis n'avait nulle pensée pour le roi, c'était lui l'époux bafoué.

Isabelle pensait aussi perdue son amitié avec Louis d'Orléans. Elle n'était pas sans savoir les sentiments peu fraternels qu'il lui portait, et il lui avait déjà pris les lèvres du baiser de l'inceste : Louis était son beau-frère, un lien qui interdisait tout acte charnel suivant la loi de Dieu. Pourtant elle s'était abandonnée à lui, elle, la femme adultère. Elle s'en savait doublement damnée. Aussi tout lui avait été arraché pour sa contrition, jusqu'au roi, qui, pris dans la frénésie de sa croisade en Germanie, la négligeait. Elle était loin des exaltations spirituelles de la Cour, elle œuvrait ainsi qu'un automate privé de sentiment. La princesse de Bavière n'était plus, elle n'était qu'une image, celle de la reine de France, asservie à ses obligations. De ce vide intérieur, elle éprouvait des vertiges qui l'obligeaient à s'asseoir pour ne pas tomber, et des nausées qui la précipitaient à l'écart pour vomir.

Elle ne vivait plus que dans l'espoir de son frère de Bavière, et dans la fièvre des préparatifs de son arrivée. Elle ne tenait que par la force de son orgueil : elle était Isabelle Wittelsbach Visconti d'Ingolstad, souveraine du plus puissant royaume d'Occident.

Parmi ses tourments, c'était le jour du départ des croisés qui la terrifiait le plus. Et ce jour vint, la veille du 1er mai. À tierce, les chevaliers croisés suivirent la grand-messe à l'église Saint-Paul, et reçurent la bénédiction de l'évêque de Sens. Le sénéchal du Berry rendit ensuite une dernière visite à l'hôtel de la Pissotte pour saluer toute la mesnie réunie et ses gardes. Tous aimaient et respectaient le sire de Graville, ils firent ensemble une longue oraison. La reine était absente.

Elle l'attendait, seule, à nouveau dans son petit retrait. Elle se sentait trop faible pour des adieux publics.

Sur les instances de Jean la Grâce, le chevalier de Bois-Bourdon l'y rejoignit. Il était en grand arroi sombre, sur lequel tranchait la neige de son surplis, blessée de la croix écarlate du croisé. À le voir ainsi accoutré de l'emblème de sa défaite, le cœur d'Isabelle se rompit. Il lui sembla même ne pas le reconnaître tant ses joues s'étaient creusées, accusant son profil d'aigle. Son regard était plus terrible que jamais, et son léger strabisme lui donnait cette acuité qui fouaillait. Elle crut recevoir comme un coup de couteau dans le ventre, elle se roidit, ignorant la douleur soudaine. Et le temps se figea.

*

Elle lui fait face, plus roidement encore, il approche, à la toucher. Ils se regardent intensément, rivés si longtemps qu'elle ne le voit plus. Elle fixe un point infiniment lointain, un point de non-retour, d'un regard qui transperce le corps du croisé, un corps crucifié. Il plie le genou devant elle, baise le bas de sa robe.

— Pardon, madame.

Elle ne le voit pas se relever, car, devant ses prunelles, papillonnent des petits bourdons noirs. Elle ne voit pas les larmes du chevalier qui lui ravagent le visage. Elle ne le voit pas la quitter alors que les bourdons dansent la sarabande dans sa tête et dans ses yeux. La douleur lui taraude les entrailles. Quelque chose de visqueux sourd entre ses jambes, serpente le long de ses cuisses. Ses oreilles vibrent, son crâne est pris dans un étau. Les bourdons dansent de plus en plus nombreux, si nombreux que tout devient noir.

Elle gît sur le dallage, la jupe de sa robe est souillée de sang.

Au-dehors, la résidence royale résonne de cris d'allégresse. « Noël ! » Les petites gens des cours basses arrivent comme une houle, tapant sur des chaudrons et des casseroles, soufflant dans leurs flûtiaux. Tous convergent avec chahut vers le point de ralliement, la vaste cour des Jeux qui sert aussi aux exercices militaires. Des tables y sont dressées, et les victuailles débordent, le vin et le lait coulent des fontaines. Les preux s'y assemblent en bon ordre et grande armure sous le surplis du croisé, coiffés de cimiers extravagants de luxe. Ils chevauchent hardiment leurs montures caparaçonnées de blasons et de découpes de soies multicolores. Les chevaux piaffent de nervosité sous une forêt d'oriflammes, où domine la Sainte Croix. Le spectacle est si exaltant que la foule est en délire. Enfin à sixte sonnante, alors que le soleil est à son zénith, la colonne des chevaliers s'ébranle vers le grand portail qui débouche sur la rue Saint-Antoine. Les Parisiens les y attendent depuis l'aube, la foule se fait multitude, elle course dans la cohue l'éblouissant défilé jusqu'à la Bastille, dans le concert des cloches de Paris, des grandes envolées de chapeaux, des rugissements d'adulation et du charivari des ménestrels.

Hors des remparts, les villageois des faubourgs prendront la relève. Ainsi, aux quatre coins du royaume, les villes et les cités salueront dans la liesse les soldats du Christ, jusqu'au grand rassemblement de Marseille.

*

— Ce n'était pas vos menstrues, Isabelle. C'était une fausse couche.

Une fausse couche ? Elle ne savait pas qu'elle était grosse.

— J'aurais dû vous en avertir, madame, poursuivit Ozanne, je m'en doutais à votre fatigue, vos étourdissements, à vous voir si souvent nauséeuse.

C'était l'enfant de Bois-Bourdon, l'enfant de leur ultime nuit d'amour. Il ne lui restait plus rien de lui, le Seigneur, pour la deuxième fois, ne l'avait pas voulu.

C'était aussi l'ultime secret que cèleraient Ozanne de Louvain, Catherine de Fastavavin et Jean la Grâce, les trois fidèles gardiens de son amour adultère, au péril de leur vie.

Pour les mêmes raisons de secret, elle ne respecta pas le mois de ses relevailles[1] qu'elle devait à Dieu. Elle ne lui devait rien, Il lui avait tout pris.

---

1. Temps où une accouchée était considérée comme impure et ne pouvait paraître en public ; elle est dite « relevée » à la fin de ce mois. Il en allait de même pour une fausse couche. Une condamnée à mort ne pouvait être exécutée durant ses relevailles.

Dans la nuit qui suivit les douleurs de ce vain enfantement, Isabelle fut la proie de cauchemars terrifiants, malgré la tisane de pavot que lui avait fait boire Ozanne.

— Que voulais-tu qu'il fasse, Basileia, qu'il reste dans ton giron et qu'il te perde ?

C'était la voix de Zizka qui lui parlait dans sa désolation.

— Mon trépas aurait été préférable.

— Ton heure viendra, tu as du temps encore. *Omnis vallis implebitur !*

— Toute vallée sera comblée, traduisit Isabelle qui avait appris le latin comme toutes les nobles dames. Ce n'est pas une vallée à combler, gémit-elle, mais le gouffre des abysses.

— Ta vue est encore trop courte pour en voir le fond.

— Qu'en sera-t-il de cette maudite croisade ?

— Elle avortera aussi naturellement que tu viens de le faire. Il y aura bien des morts inutiles, de toutes parts.

— *Annus horribilis*, murmura-t-elle en latin à son tour.

— Cette année horrible vient seulement de commencer. Ta vue, encore une fois, est trop courte pour en voir le terme.

— Quand reviendront-ils ? demanda-t-elle avec un reste d'espoir.

— Les survivants seront de retour à la fin de l'automne, accompagnés de leurs morts qu'ils ramèneront à leurs familles en deuil.

— En sera-t-il ?

— Des morts ? Non, à son grand désespoir.

— Alors… me reviendra-t-il ?

— Non, Basileia. Pas encore.

« Pas… encore », répéta-t-elle. Une petite étoile vacillante venait de s'allumer dans la profondeur de son sommeil, et fut engloutie à nouveau dans un repos réparateur.

*

Les travaux et l'aménagement de la maison de Pont-Perrin étaient presque achevés. Une semaine avant la Pentecôte, un courrier avait annoncé l'arrivée de Louis de Bavière sous une quinzaine ; son convoi approchait de Lille où il ferait halte chez le duc de Bourgogne, avant la dernière étape vers Paris. Depuis Munich, il avait fait de longs détours afin de saluer princes et ducs, comme il se doit. Isabelle voulait encore agrémenter la sévère bâtisse afin que son frère et sa suite y trouvent leur plaisance. Elle convoqua une armée de maîtres artisans, et fit mettre de la couleur et de la beauté là où il n'y avait que pierres brutes, et terre fraîchement remuée. Les jardins se parèrent d'un foisonnement de fleurs et d'arbres à fruit déjà de bonne taille. On planta des bosquets, on installa une immense volière d'oiseaux chanteurs, on fit couler l'eau des fontaines. Sur le fronton du portail de la grande entrée, qui faisait face à la Seine, elle fit sceller le blason sculpté et peint aux armes de Louis Wittelsbach d'Ingolstad, les fuselés à bandes d'azur et d'argent de Bavière.

Ces activités la distrayaient de ses peines. Mais, à la mi-temps d'une nuit, le glas se mit à sonner au clocher de l'église Saint-Paul, alarmant les dormeurs.

Dans les appartements des enfants royaux, Isabelle, les cheveux tombant sur sa houppelande de chambre, se tenait dans une pièce retirée où priaient des moniales. Entourée de quatre cierges, une petite table était drapée de velours noir. Jeanne était couchée dans une niche de satin ivoire, et sa tête blonde et bouclée reposait sur un coussin de dentelle.

À genoux sur un prie-Dieu, Ozanne, en chemise comme les condamnées, sanglotait en silence, le visage enfoui dans ses mains.

Isabelle s'approcha de sa fille, poupée de cire douce et froide, les doigts menus croisés sur sa maigre poitrine, telle une gisante. Ses yeux étaient restés grands ouverts. Elle la prit enfin dans ses bras, la pressa contre son cœur. Puis elle la berça en lui chantant *La Pastourelle des anges* :

Enfants, quittez sans larme votre séjour terrestre,
Venez jouer de vos ailes avec l'agneau de Dieu.
Enfants, sans nulle crainte en la pastoure céleste,
Venez jouer de vos ailes avec l'agneau de Dieu.

Son regard ne pouvait plus quitter le lac insondable des prunelles de sa fille, qui s'étaient voilées d'une brume bleutée.

— *Annus horribilis*, murmura-t-elle. Cela ne finira-t-il jamais ?

Alors que nul n'était parvenu à lui fermer les yeux, d'un geste d'une immense tendresse, elle abaissa les paupières de sa fille.

— Je ne savais pas que je t'aimais, souffla-t-elle.

Elle reposa l'enfant avec précaution sur sa couche mortuaire.

« Laissez-moi la douleur de son trépas », avait dit Ozanne à la reine.

Isabelle s'avança vers sa dame de compagnie qui tremblait de froid et de chagrin. Elle ôta sa chaude houppelande, en couvrit ses épaules, puis, se penchant sur elle, l'enveloppa de ses bras et l'étreignit de toutes les forces de la consolation. Les cheveux noirs de la reine s'épandirent, les enrobant d'une soyeuse chape de deuil.

Le lendemain, Mme Jeanne de Valois, morte dans son vingt-troisième mois, fut portée à Saint-Denis, auprès de son frère Charles et de ses ancêtres les rois de France.

9

L'amour d'Aphrodite

Le comte de Foix était en Béarn, et était allé jouer, ébattre et chasser sur les chemins de Pampelune, au bois de Sauve-Terre. Il chassa un ours toute la matinée, jusques à la haute nonne, lequel ours fut pris, la curée faite. *« Bien, dit-il, allons dîner ! ce jour a été âprement chaud. »* Et là s'assit sur un siège, devisa des chiens, lesquels avaient mieux couru, et tendit les mains pour laver. Sitôt que l'eau froide descendit sur ses doigts, son visage pâlit, le cœur lui tressaillit, les pieds lui faillirent. Il dit : « Je suis mort. Sire vrai Dieu, pitié. » On le coucha, et moins d'une demi-heure, il rendit son âme moult doucement. Dieu par sa grâce lui soit miséricordieux !

D'après les *Chroniques* de Froissart[1]

Isabelle galopait, remontant à bride abattue la longue voie romaine qui menait à la porte Saint-Martin, précédée de trois de ses gardes. Depuis le matin, elle trépi-

1. Vers 1337-1404.

gnait d'impatience, elle avait revêtu sa tenue de petit page, bien peu compatible avec son sexe et son rang, qu'elle affectionnait pour chevaucher à l'aise. Elle avait fait tenir Alezane prête. Dès que son frère avait été annoncé en vue des fortifications septentrionales de Paris, elle avait enfourché Alezane à la manière des hommes, et s'était élancée à sa rencontre. Les aboyeurs et les gens de la maréchaussée étaient sur les dents depuis le matin. Ils avaient fort à faire pour dégager les voies parisiennes de leurs encombrements, de la porte Saint-Martin jusqu'à la résidence royale de Saint-Paul. À grands coups de gueule et de bâtons : « Place ! place ! à monseigneur de Bavière ! » ils s'activaient à faire relever les vantaux des étals, dégager les charrois et les chalands, faire rentrer les habitants chez eux, pour le passage du train des nobles arrivants bavarois. Isabelle et ses gardes avaient trouvé la place vacante et pouvaient y forcer l'allure. Ils avaient pris la rue Saint-Antoine à senestre, avaient tourné à dextre au carrefour de la rue d'Arcis, et remontaient à présent la rue Saint-Martin. Le soleil faisait luire les pavés encore mouillés de l'orage de la nuit, les poules indisciplinées s'écartaient à grands coups d'ailes et de caquetages indignés au passage des cavaliers. Les chevaux durent sauter par-dessus plusieurs cochons qui se vautraient dans une retenue d'eau boueuse du pavement, et que la maréchaussée fit aussitôt déguerpir à grands coups de triques dans un concert de grognements paresseux.

Elle le vit enfin, à la hauteur du Bourg l'Abbé. Il se tenait en tête de ses chevaliers et de ses porte-étendards. Derrière lui, les fuselés de Bavière claquaient fièrement au vent. Elle ralentit l'allure, alors que le son des trompes immobilisait le convoi. Alezane s'arrêta, frémissante, couverte d'écume, soufflant des naseaux, secouant de la tête. Louis pressa des genoux son cheval pie qui avança jusqu'à la reine. Frère et sœur se regardèrent, se reconnurent, se sourirent. Le sourire de Louis s'épanouit dans sa barbe lorsque Isabelle avisa l'épervier qu'il tenait sur son poing gauche, la tête encagoulée de cuir et surmontée d'une aigrette blanche.

— Est-ce possible ? balbutia-t-elle. Est-il ce que je crois ?

— Voyons s'il te reconnaît mieux, dit Louis en ôtant le chapel qui aveuglait l'oiseau.

Celui-ci tourna le cou jusqu'à l'envers de son corps, gonflant son poitrail blanc strié de brun, les yeux arrondis de courroux, barrés de sourcils de plumes qui lui faisaient le regard mauvais. Le frère d'Isabelle fouilla de sa main dextre dans une besace qui pendait à sa monture, en sortit un gant épais et le lança à sa sœur qui s'en saisit avec adresse. Incrédule, le cœur battant, elle passa le gant sans quitter l'oiseau des yeux. Enfin, dressant le poing, elle émit un sifflement modulé. L'épervier tourna vivement la tête, la pencha d'un côté, puis de l'autre, comme pour mieux entendre, mieux voir. Louis détacha la chaînette qui reliait une patte de l'animal à son poignet. Isabelle siffla encore, dressant plus haut le poing. L'épervier se décida, se ramassa sur lui-même, s'élança et, en trois battements d'ailes, s'abattit de ses serres sur le gant de la reine qu'il se mit à becqueter furieusement, cherchant en vain la chair fraîche qu'il attendait.

— Autan ? souffla-t-elle. Se peut-il qu'il soit encore vivant ?

— Et que crois-tu qu'il fallait en faire ? Du pâté ? s'exclama-t-il en riant.

Isabelle riait aussi, de bonheur. Autan qu'elle avait laissé au château de son père, qu'elle avait pris au nid encore épervillon, qu'elle avait nourri, dressé. Autan qui avait saisi, dans une prodigieuse descente en piqué, sa première perdrix des neiges avant qu'elle s'en vienne en France pour n'en jamais revenir. Autan si chéri, si amèrement regretté.

— Et tu peux m'en croire, il n'arrive pas tout seul, mais avec toute sa volaille dans un des chariots qui nous suivent, c'est un vaillant reproducteur, ce mâtin.

Isabelle pleurait à nouveau, mais de joie.

Les jours qui suivirent l'installation de la suite bavaroise furent, comme il se doit, un tourbillon de festins, bals et tournois. Charles VI donna l'accolade à son « cher frère » Louis, dit le Barbu, en raison des boucles châtaines soigneusement taillées qui lui envahissaient le bas du visage. D'ailleurs tout était soigné chez cet homme de petite taille, qui gagnait en largeur d'épaules ce qu'il perdait en hauteur. De ses riches tenues jusqu'à ses manières, c'était un homme délicieux, et de caractère joyeux tant que l'on ne venait pas piétiner ses bottes. Il était un Wittelsbach, et possédait l'orgueil et l'ambition de sa dynastie. Il avait son franc-parler et ses reparties étaient plaisantes, souvent piquantes. Il était à l'aise à la cour comme au champ de bataille, où il se montrait intrépide guerrier.

Les princes des Fleurs de lys profitèrent de cette opportunité pour sortir de leur exil avec panache, Jean de Berry et Philippe de Bourgogne se devaient d'honorer Louis d'Ingolstad, frère de la reine, héritier de Bavière. Même Jean de Nevers parut, accrochant des sourires à sa mine renfrognée ; le fils de Philippe le Hardi jouta même avec Louis le Barbu en un combat si prestigieux qu'ils furent déclarés vainqueurs ensemble. Les princes de sang contribuèrent largement de leurs deniers à la somptuosité des fêtes. Charles VI fut comblé de voir sa famille réconciliée. Contenter leur royal neveu était la visée première des oncles, cela valait bien bourse délier. Sans doute ne siégeaient-ils plus au Conseil, mais, par accord tacite, ils avaient décidé de ne plus se tenir à l'écart, et de se montrer auprès du roi le plus souvent possible, en tous temps et en tous lieux ; ils allaient faire voir qu'il fallait à nouveau compter avec eux. Mais si les Lys avaient apporté à l'Hôtel l'éclat de leur munificence, ils étaient aussi venus flairer l'humeur du moment. Ils virent bien que deux clans irréductibles s'installaient sur le devant de la scène. La reine avait à présent sa cour germanique, comme la duchesse d'Orléans avait sa cour italienne. Dames et seigneurs de chaque coterie se faisaient bonne mine, multipliant entre eux les marques de courtoisie, rivalisant d'un luxe ostentatoire. Et l'on voyait Isabelle et Valentine s'entretenir souvent ensemble, discourant en toute amitié. Mais les princes avaient trop le nez fin pour ne pas sentir le feu des antagonismes qui couvait. À l'exemple du grand schisme d'Occident qui divisait et affaiblissait la Chrétienté, la cour royale de France se fissurait.

Isabelle brillait de toute sa souveraineté : elle avait appris à paraître. La présence de son frère et de ses payses la confortait d'une puissance renouvelée. Louis le Barbu l'avait comblée de cadeaux, outre son Autan, il lui avait offert un adorable chiot, une levrette couleur perle, qu'elle avait nommée Perldemay, car on était en mai.

— Perldemay est un lévrier nain, lui avait dit son frère. C'est une race véloce et futée. Bien dressée, elle fait merveille à dérober le gibier aux oiseaux de proie. Depuis sa naissance, je l'ai habituée à Autan, continue de même, ils feront bel équipage.

Isabelle fut au comble du bonheur la première fois qu'elle chassa l'épervier avec Autan, galopant sur sa fougueuse Alezane, et Perldemay, trop jeunette pour suivre le train, enfouie dans ses jupes. Quant au roi, il avait attribué quatre mille francs or sur sa cassette personnelle pour les travaux de la maison de Pont-Perrin, maison qui avait enchanté son frère et ses courtisans, et ravi les dames germaniques. Et l'argent de la future Grande Croisade affluait dans ses enfouissements. Elle se sentait plus forte. Tout semblait pour le mieux s'il n'y avait le pire.

Depuis que Charles s'était relevé de sa chaude maladie, ses tentatives au déduit s'étaient montrées infructueuses, et face à ce ramollissement de la nature, Isabelle se trouvait bien maladroite à lui rendre sa vigueur. Le roi, dont le bref coït lui rappelait celui des garennes de son père, lui avait toujours fait l'amour avec la frilosité d'une pudeur extrême. Elle savait cependant qu'il n'en était pas de même avec Ozanne de Louvain, car les confidences de sa dame de compagnie lui faisaient apparaître que les étreintes du roi pouvaient se comparer à celles de Bois-Bourdon, dans la plénitude de la jouissance de leurs corps. Pourtant ces courtes copulations l'arrangeaient, tant elle faisait son devoir de génération à son cœur défendant. En cinq ans, elle avait eu trois enfants, il ne lui restait que sa fille Isabelle, et l'actuelle impuissance du roi lui faisait craindre une répugnance qui la laisserait bréhaigne.

Ozanne s'en était également inquiétée, et avait poussé son amant à visiter la reine.

— Vous m'aimez, mon doux sire, tout autant que vous aimez votre épouse. Mais vous la négligez. Pourtant, moi, je ne puis vous donner le dauphin que vous appelez de vos vœux, et que le royaume attend.

Le jeune souverain s'était assombri, puis il avait répondu avec une fausse légèreté :

— Je suis tout aussi impatient de la naissance d'un fils. Ce n'est rien, ma mie, une fatigue passagère, je ne suis pas encore bien remis de cette mauvaise fièvre.

Charles VI, toute honte bue, ne pouvait se résoudre à lui confier les raisons de sa défaillance. Il ne s'était jamais consolé de sa violence lors de la nuit de noces dont il n'avait pas mémoire jusqu'ici. Il avait si peur de la blesser de nouveau, qu'il ne lui faisait l'amour qu'avec crainte et dévotion. Mais lors de la fièvre torride qui l'avait accablé à son retour du Midi, il n'avait pas seulement vu la lumière divine et entendu la voix céleste. Son esprit avait été aussi agressé par des images insupportables : sa petite épouse terrifiée et tremblante qui serrait sa chemise en lambeaux contre sa poitrine ; ou se débattant sur le sol alors qu'il tentait de lui ouvrir les cuisses de force, en grognant de rage ; et le plus insoutenable, des gardes qui la maintenaient écartelée sur la couche nuptiale alors qu'il la forçait, et le cri d'Isabelle, inhumain. Et puis ce sang, tout ce sang. Et c'étaient ces horribles images qui le pétrifiaient, alors qu'il tenait dans ses bras sa noble dame.

Et les choses avaient empiré après la mort de la petite Jeanne. Après la perte de l'enfant, Ozanne et Isabelle ne s'étaient plus quittées, de jour comme de nuit, délaissant le roi. Elles s'étaient réconfortées mutuellement des coups cruels de cet *annus horribilis*, qui les laissait affamées de consolations. Cette chaude intimité s'était insensiblement muée en un jeu de caresses. Elles s'étaient enhardies et ouvertes à la douceur amoureuse des femmes, ineffable et subtile. Elles se connaissaient d'esprit et se portaient mutuelle affection, elles se découvraient à présent de corps dans la sensualité.

De ces nuits voluptueuses, la reine s'en était confessée, et s'accablait alors de toutes les turpitudes : le mensonge, la luxure, l'adultère, l'inceste, d'être castratrice… et maintenant le saphisme.

Une confession qui avait fait jubiler Jean la Grâce.

— Ozanne est bien à l'image d'Aphrodite, lui avait-il répondu.

— Qui est Aphrodite ? avait demandé la reine.

— Aphrodite[1] est la déesse grecque de la fécondité, de l'amour, des plaisirs de la chair et de la beauté. Elle surgit nue, dit la légende, de l'écume des flots de la mer. Sa peau a la blancheur du lait, ses cheveux sont d'or et ses yeux d'aigue-marine.

— Voilà bien Ozanne ! s'était exclamée la reine avec gourmandise.

— Le corps de votre dame exhale-t-il aussi les parfums de la sensualité, ceux de la rose et de la myrrhe, comme celui d'Aphrodite ?

— Je songerai à lui offrir ces senteurs, lui avait répondu Isabelle avec malice.

Son confesseur savait toujours l'alléger du fardeau de ses culpabilités de façon plaisante.

---

1. VIIe siècle avant Jésus-Christ. Vénérée telle Vénus par les Romains de l'Antiquité, ils lui attribuèrent le mois d'avril dans le calendrier grégorien.

— Toujours suivant la légende, avait-il continué, Aphrodite chevaucha une conque et aborda l'île de Lesbos, où elle aima Sappho, la poétesse qui ne goûtait que les femmes.

— Mais cela est péché.

— Combien de fois faut-il que je le dise, Reinette, Dieu n'a rien à faire du mal qui fait du bien. Il a assez de travail avec le mal qui fait le mal.

— Ainsi, vous me donnez l'absolution ?

— Tu n'en as pas besoin, avait-il laissé tomber distraitement, plongé dans une soudaine réflexion. J'y vois plutôt là de quoi réveiller les ardeurs de ton époux.

— Comment ça ?

— Tu es encore bien jeunette à connaître les roueries du sexe. Réfléchis bien : penses-tu que le roi souffre de son impuissance, et de l'abandon de son amante depuis la mort de notre bien-aimée petite Jeanne ?

— Des deux, et même des trois, assurément.

Il est vrai que le roi avait pleuré à la disparition de sa fille aînée. Il s'était senti maudit dans sa descendance.

— Donc il souffre, voilà qui est bon. Voyons maintenant avec Ozanne de Louvain comment nous y prendre ?

Cette étrange confession s'était passée quelques jours avant l'arrivée de Louis le Barbu. Au cours des fêtes qui en résultèrent, Ozanne s'était rapprochée du roi. Après une chaude nuit d'amour, elle lui parla doucement en ces termes :

— À négliger la reine, ne craignez-vous pas la rumeur, mon doux sire ?

— Qui oserait ? avait-il répondu en caressant le corps rond et blanc à ravir de sa maîtresse.

— Il se pourrait bien qu'un bruit ne s'échappe hors de l'hôtel de la Pissotte, où la reine vit les étreintes que son époux lui refuse.

Charles en était resté suffoqué.

— Veux-tu me dire par là qu'elle me trompe ?

— Il est de mon devoir de vous en avertir, doux sire.

Il l'avait considérée avec stupéfaction.

— N'est-ce point là lui faire trahison ? Il me semblait que tu aimais Isabelle.

— Si fait, mon doux seigneur, j'aime la reine. Mais le roi servi d'abord.

Charles n'avait pu en croire un mot. Comme saint Thomas, il n'en démordrait pas, sauf à le voir de ses yeux. Ozanne l'invita, pour la nuit suivante, à venir dans la chambre de la reine sans se faire annoncer.

Catherine de Fastavavin avait été mise dans la confidence. Cette nuit-là, elle s'arrangea pour qu'il n'y ait aucun huissier, gardant les appartements de la reine, qui aurait révélé la présence du roi en proclamant son nom comme il se doit.

Le roi s'était introduit comme un voleur, comme le jaloux qui s'obstine à briser son cœur en surprenant la femme traîtresse. Il se sentait misérable en entrant silencieusement dans la chambre.

Le spectacle fut édifiant. Caché derrière les courtines, il avait découvert son épouse et sa maîtresse au lit ensemble. Leurs gémissements et leur attitude ne laissaient aucun doute. Il n'avait jamais connu la reine en proie à de telles convulsions de jouissance, et pour cause, il ne l'avait jamais fait jouir. Ozanne, entre les cuisses écartées d'Isabelle, lui prodiguait une succion qui la faisait délirer.

La stupéfaction passée, le mâle n'y avait pas résisté, ainsi que frère Jean l'espérait. Il avait poussé un juron qui ne dérangea en rien les amantes, il s'était dévêtu à la hâte, avait grimpé sur la couche et pris Ozanne telle une chienne, alors qu'elle était courbée, à genoux entre les jambes de la reine. Elle s'était laissé besogner un instant, puis, basculant de côté, elle avait guidé le sexe gonflé de son amant vers la fente d'Isabelle, rouge tant elle était lubrifiée, gisante, offerte au sein de sa toison noire. Le roi s'y était engouffré, enfoncé profondément, l'avait pilonnée sans pouvoir s'arrêter alors qu'Ozanne étouffait de ses lèvres les cris d'Isabelle. Il avait livré sa semence avec un rugissement sauvage.

Lorsque le roi avait retrouvé souffle et conscience, il avait éclaté de rire.

— Maudite Ozanne qui m'a fait accroire que la reine avait un coquin.

— Mon doux sire, je n'ai rien dit de tel. Je n'ai parlé que d'étreintes illégitimes, des étreintes dont il m'était douloureux de vous exclure. Car je vous aime tous deux pareillement.

— Tu m'as bien piégé, avait-il répondu avec un grand sourire d'aise.

Il ne pouvait savoir à quel point. Jean la Grâce, le sybarite, en jubila plus encore.

Depuis, Charles VI était aux anges, il avait toute l'attention amoureuse des deux femmes qu'il désirait le plus. Ils passèrent les nuits suivantes en caresses folles, enivrantes, qui se concluaient toujours dans le ventre d'Isabelle. Il se sentait à nouveau puissant, et découvrait avec délice la sensualité de sa femme qui ne l'effrayait plus. Et, fin juin, la reine annonça qu'elle était grosse.

Cela mit Valentine Visconti en rage. La bataille de la procréation était engagée. Elle multiplia ses provocations à l'égard du duc d'Orléans, prit soin plus que jamais à toucher de sa précieuse et mystérieuse bulle les boissons et les mets de son époux. Au début de l'automne, elle triomphait à son tour, elle attendait un enfant pour le mois de mai de l'année prochaine. Son astrologue lui assura un garçon alors que la reine aurait à nouveau une fille.

— Ne te trompe pas encore, l'avait-elle menacé, car elle n'avait pas oublié sa fausse couche. Le porterai-je à son terme cette fois ?

— Tu le porteras jusqu'au bout, la rassura Ambrogio de Migli.

Valentine Visconti rayonna au sein de sa cour lombarde.

La fin de l'automne vit le retour de la croisade en Barbarie. Malgré les prédictions de Zizka, Isabelle espérait follement Bois-Bourdon. Il ne revint pas. La peine d'Isabelle se transforma en colère, elle lui en voulait, le détestait : il n'était qu'un lâche. Elle décida qu'il était mort, le deuil lui était plus supportable que son abandon. Cependant, elle ne put en rester là. Elle finit par prendre langue avec un preux de l'ost d'Orléans.

— Pouvez-vous, monsieur, me donner plus amples nouvelles de votre capitaine le sire de Graville ? Comment se porte-t-il ?

— Fort bien, madame, je suppose.

— Mais encore, où est-il ?

— Il a poursuivi avec son écuyer Pascal le Peineux, le sire de Baudricourt et ses hommes sur Jérusalem.

— Jérusalem ? Pense-t-il faire croisade en si petite compagnie ?

— Non, pas en croisé, madame, mais en pèlerin.

En pèlerin ? Bois-Bourdon qu'elle avait si souvent entendu renier Dieu ?

— Mais ils vont se faire tuer par les mécréants !

— Il y a des pillards musulmans comme il en va des chrétiens. Le risque n'est pas plus grand. (Le visage du preux s'illumina.) Voyez-vous, madame, il y avait à apprendre à Tunis pour qui voulait entendre. Les Ottomans criaient au combat qu'il n'y avait Dieu qu'en Dieu.

— Certes, nous le disons aussi.

— C'est là la découverte, nous ne savions rien. Ils parlent de Dieu comme nous le faisons. Pardonnez-moi, madame, mais ils croient comme nous à un Dieu unique. Et s'il est unique, ne serait-il pas le même ? Messire de Bois-Bourdon, sans doute, l'a pensé aussi, et veut pousser son pèlerinage jusqu'à La Mecque.

La reine en était abasourdie. Son amant, pèlerin ? La Mecque ?

— Il est à bout de souffrance, lui souffla Zizka, il cherche le Seigneur et la rédemption.

Isabelle en resta accablée. Reverrait-elle un jour son bel amour ?

Ignorant des affres de son épouse, le roi, puissant en son privé et heureux de l'espoir d'un fils, donnait toute son énergie décuplée aux affaires de l'État. Ce que lui rapportèrent les croisés le conforta à unifier l'Église par la guerre s'il le fallait. Il se fit narrer le déroulement des événements : alors que s'amassaient les forces à Marseille, il fallut bien trier tant ils étaient nombreux, de toutes sortes et de toutes obédiences. Puis il fallut bénir la sainte flotte. Qui des représentants du pape de Rome ou de celui d'Avignon officierait ? Après maintes alternatives, chamailleries et discussions malencontreuses, il fut décidé que chaque prélat des deux partis irait de sa bénédiction. Mais rien n'y fit, Dieu n'était pas de leur côté, ni vraiment contre, d'ailleurs, Il semblait indécis. Tunis, fortifiée et bien armée, se défendit avec acharnement, les croisés en firent vainement le siège. Des combats eurent lieu en dehors, laissant de part et d'autre beaucoup de morts. Enfin les négociations mirent fin à la guerre sainte. Les Ottomans s'engagèrent à ne plus nuire au commerce en Méditerranée, libérèrent leurs prisonniers chrétiens, payèrent en argent trébuchant leurs exactions à condition que les croisés se retirent de leurs territoires. C'était pour le moins, et la croisade en Barbarie s'acheva à ce prix, elle n'ouvrirait pas le chemin de la Grande Croisade de Charles VI vers Jérusalem.

Alors Charles VI arrêta sa campagne contre Rome pour déloger l'antipape Boniface IX. Il mobilisa le ban et l'arrière-ban de son royaume, si bien que le pape Clément VII d'Avignon, certain qu'il tenait sa victoire, se mit à faire ses bagages, prêt à occuper le siège pontifical de Saint-Pierre. Cette fois, Louis d'Orléans en serait, et, du même coup, il comptait porter assistance à son beau-père, Jean-Galéas de Milan, sous la bannière de Saint-Denis, pour soumettre la riche Florence des Médicis. Il en espérait bien plus encore, car le pape Clément lui avait promis les terres papales en Italie, qu'il ne manquerait pas de confisquer au pape de Rome déchu.

C'était aller un peu vite. Le roi Richard II d'Angleterre, rompant la trêve, fit savoir qu'il passerait la Manche si les Français passaient les Alpes. Le serpent se mordait la queue : pour faire bonne croisade, il fallait rompre le schisme, pour rompre le schisme, il fallait la paix avec l'Anglais. Rien ne pouvait se résoudre, on était dans une impasse.

En sous-main, les oncles des Fleurs de lys avaient œuvré pour ce nouveau fiasco. Ils avaient usé de leurs influences, excitant l'Anglais et le Breton contre le Français, les pays d'obédience romaine contre les intentions belliqueuses du roi de France, faisant échec de toutes les manières possibles au projet des Marmousets et de leur neveu, mais aussi à celui d'Orléans qui avait bien trop à gagner à cette campagne de Rome.

À la déception du roi vint s'ajouter celle de la naissance, en l'an 1391, le 24 janvier, d'une fille. Elle fut appelée Jeanne, en mémoire de la petite défunte. Isabelle l'en consola avec courage : « Nous recommencerons bientôt, lui promit-elle, et ce sera un fils. »

Les oracles de l'astrologue Ambrogio de Migli se confirmaient, et ce fut dans cette parfaite confiance que Valentine, portant haut sa grossesse, visita sa cousine durant le mois des relevailles.

— Il est vrai qu'un fils aurait prévalu, lui dit-elle d'un air parfaitement contrit, il en va ainsi de la nature. Ambrogio de Migli m'assure qu'il est des semences plus femelles, et d'autres davantage mâles. Le roi, sans doute, possède la première. Espérez, gentille cousine, cela n'exclut pas la venue d'un garçon… parfois.

Cette perfidie désola la reine car elle s'avisa que Charles ne lui avait donné que des filles, son premier-né était du sire de Graville. Ozanne de Louvain tenta de la rassurer, cette histoire du sexe de la semence n'existait que dans les délires de l'astrologue italien, qui se disait nécromancien de surcroît. D'ailleurs existait-il ? Il n'apparaissait jamais à la Cour.

La dame de compagnie était en colère, Jeanne nouvelle-née était aussi la sienne, elle se l'appropriait en l'appelant l'enfant de Sappho.

— Madame Valentine sera punie de ses mauvaises paroles, affirma dans sa fureur la douce Ozanne.

Valentine fut punie en effet, mais sans rassurer toutefois la reine sur ces histoires de sexe de semences. En mai, la duchesse d'Orléans accoucha bien d'un garçon, Charles. La délivrance fut longue et difficile, dès que la tête de l'enfant avait enfin émergé du ventre de sa mère, les matrones avaient compris, et l'avaient ondoyé avant de le sortir entièrement. Il était mort-né.

La souffrance de Valentine fut grande comme l'avaient été ses couches. Louis, étonné, ne reconnaissait pas son épouse dans son silence douloureux et fermé : pas de démonstrations explosives, pas de cris, pas de contorsions de douleur ostentatoires. Elle n'avait pas de larmes, elle souffrait en dedans, plongée en oraisons et égrenant les grains de son chapelet de nacre. Non loin de la chambre de la parturiente gisait le nouveau-né dans son minuscule cercueil, et chacun pouvait encore le voir, entouré de chandelles et de pleureuses qui lançaient leurs lamentations à la mode italienne, et de nonnes en prière.

Louis prodigua à son épouse toute la compassion que sa propre déconvenue lui permettait. Nulle parole ne pouvait arracher son épouse de sa prostration. Il la quitta, en tirant les courtines du lit sur l'inconsolable. Il lui fallait, à vêpres, porter le petit prince à Saint-Denis, il devait se faire apprêter pour le triste cérémonial. C'est en partant qu'il vit, sur la tablette de la dame à atourner, la bulle qui l'avait tant intrigué. Sans doute une matrone la lui avait-elle retirée, car Valentine ne l'ôtait jamais de son cou. Souvent, il avait surpris son épouse avec ledit objet, le posant sur ce qu'il mangeait ou buvait. Il avait feint de ne pas la voir, il la savait superstitieuse. Pourtant l'occasion était trop belle, il n'y résista pas, et se saisit du bijou avec sa chaînette, le regarda, le secoua à son oreille. Quelque chose de dur faisait sonner légèrement la bulle, ce n'était pas un bref de parchemin. Il fit ce qui lui était interdit, il poussa le petit fermoir et la bulle s'ouvrit. Elle contenait une sorte de fève noirâtre, mais, à y regarder de plus près, c'était plutôt un caillou oblong, taillé de façon à imiter un homoncule. On distinguait nettement le corps enroulé, la tête fichée de deux points plus foncés, les bras et les jambes où s'amorçaient les mains et les pieds avec leurs doigts. Il avait déjà vu cette figurine en sa librairie, dans un vieux manuscrit de médecine arabe où étaient dessinées les diverses étapes de la croissance de l'enfant dans le sein de sa mère. Était-ce là le mystère de Valentine ? Elle avait fait tailler dans une pierre l'image d'un fœtus de quelques mois, une amulette de la fécondité sans doute, pensa-t-il en souriant. Il avait fallu l'art d'un orfèvre pour cela, bien que le travail en fût grossier.

C'est alors qu'il sentit le souffle de sa femme derrière lui.

— Il ne fallait pas l'ouvrir, dit-elle, la voix brisée. Le charme est rompu.

— Qu'est-ce que c'est ? demanda-t-il avec une indifférence qu'il ne ressentait pas.

— Ton fils Charles.

Louis resta interdit.

— Charles ? Mais il est mort !

— Il est mort, il y aura un an de cela en novembre prochain. Combien vous, les hommes, avez peu de souvenance de la douleur des femmes. Alors que tu t'esbaudissais dans le Midi, je le perdais dans les tourments de l'avortement.

Louis s'en souvenait, il l'avait appris, mais n'y avait guère prêté attention.

— Mais cette… chose, c'est une pierre, rien qu'une pierre, s'affola-t-il en reposant le bijou avec répugnance.

Elle le récupéra avec précaution et referma la bulle sur son mystère.

— C'est ton fils Charles, premier-né si Dieu l'avait voulu, dit-elle en le portant à ses lèvres.

— Cela ne se peut, il ne serait que pourrissement, il ne serait même plus, nia-t-il avec une grimace de dégoût.

— Ambrogio de Migli sait faire d'étranges miracles avec ses macérations, et donner l'immortalité du minéral à la mort.

Valentine, en un état second, se rendit dans la chambre mortuaire. Accouchée de la nuit, durement éprouvée, elle ne tenait debout que par miracle. Elle s'approcha du petit cercueil, baisa encore la bulle, et accrocha la chaînette au minuscule cou fripé du mort-né.

— Charles, je te donne à Charles, dormez ensemble en paix dans le sommeil des chérubins.

— Tu ne peux, s'exclama le jeune duc horrifié. Cette… chose n'a pas été baptisée.

— Il sera béni ce soir avec son frère, dans la crypte de Saint-Denis.

Louis, n'y tenant plus de répulsion, prit la fuite.

— Charles, murmura-t-elle encore, ton enchantement à présent est rompu, mais il a donné corps à ton frère Charles. Dieu ne lui a pas donné vie. Que Sa volonté soit faite. Il n'y a plus que Sa miséricorde à présent, pour me donner vif, un fils.

Alors qu'elle s'affaissait, les pleureuses se précipitèrent pour la soutenir. Dans un long *lamento*, elles la ramenèrent à son lit.

Deuils et déceptions successorales, la lignée des Valois, jusqu'à sa branche cadette, était-elle maudite ? Le bruit en courut aussitôt.

Isabelle démontra bien que non. En juin de la même année, elle était à nouveau enceinte. Elle était bien la reine des abeilles, et faisait provision de la semence de son époux, grâce aux bons soins de l'amour d'Aphrodite.

10

Des fièvres et d'un attentat

> Je suis veuve, seulette et de noire vêtue,
> À ce triste visage simplement affublée ;
> En grand courroux de manière doulourée,
> Porte deuil très amer qui me tue.
> N'oubliant l'amour de ma foi,
> Promise à lui, d'autre n'aura.
>
> Christine de Pisan

Paris était en liesse, les cloches sonnaient d'allégresse, se répondaient de faubourgs en hameaux. Le bon peuple dansait et chantait aux carrefours des rues. Des coursiers furent dépêchés par tout le royaume pour annoncer l'heureux événement tant attendu : le mardi 6 février de l'an du Seigneur 1392, la reine avait mis au monde un fils, Charles, dauphin de France.

La souveraine avait exigé pour son accouchement que lui fût apporté en grand secret le Saint Prépuce de Jésus de l'abbaye de Coulombs. La croyance lui prêtait fécondité, accouchement facile et la venue d'un enfant mâle. La bulle d'or qui le contenait fut ôtée de son reliquaire d'argent et suspendue à son cou pendant le travail. Elle ne se doutait pas que la duchesse d'Orléans avait fait de même avec l'homoncule d'une fausse couche. Par Dieu ou par le Diable, il fallait forcer la Nature à engendrer des héritiers.

— La sainte relique a tenu toutes ses promesses et m'a donné un fils, dit-elle avec lassitude, mais heureuse. Qu'elle lui prête aussi longue vie. Les enfants passent si facilement !

— N'y songez pas, lui répondit Ozanne à son chevet. Il vivra, après la fille, c'est le fils de Sappho.

La reine, éclatant de rire, lui donna la main avec complicité. Elles avaient gagné leur guerre contre Valentine Visconti qui n'était plus que désolation.

Ce fut en ce jour d'allégresse que Craon fit un faux pas, tombant dans le piège que lui avait tendu Bois-Bourdon avant son départ.

Face à l'affliction de la duchesse d'Orléans dont le ventre restait vide, il crut bon de la réconforter. Il faut dire qu'elle était bien seule, son époux était parti fêter la naissance du Dauphin, ou s'en consoler, chez son trésorier, un certain Poulain qui tenait maison ouverte à la Croix-du-Trahoir. Il y allait souvent depuis quelque temps, il lui arrivait même d'y dormir : il y avait bons lits, bonne chère, bons vins, et belles dames. Valentine sentait son époux lui échapper, non qu'il ne fît pas son devoir de génération, il espérait trop un héritier, mais il ne mettait plus la même fougue à la « punir ».

Aussi, ce fut dans les bras du sire de Craon qu'elle pleura tout son saoul. Il la câlina, lui dit des paroles douces, et ses caresses se firent de plus en plus hardies, et les mots de plus en plus explicites. Enfin il perdit toute mesure. C'est alors qu'elle s'en défendit. Mais Craon avait trop entendu les confidences du duc d'Orléans pour ne pas savoir que sa femme aimait se soumettre à la violence, aussi en abusa-t-il. Il en abusa tant qu'il la jeta sur sa couche en défaisant sa brayette. Elle se débattit avec fureur, hurla, lança des appels au secours tandis qu'il la troussait sans ménagement, s'imposait entre ses jambes, tentait de la pénétrer de force.

— Il est des cris, lança une voix furieuse, qui ne sont pas bons à entendre quand ils ne sont pas de volupté !

Surpris, le sire de Sablé se retourna. Capucine se tenait planté de toute la hauteur de sa petite taille, les deux poings sur ses hanches.

— Que sais-tu donc de la volupté, nabot ? hurla Craon, maîtrisant toujours Valentine qui se débattait de plus belle. Sors d'ici !

— Après vous, monseigneur !

Le sire de Sablé, rendu furieux de frustration, ne lâchait toujours pas la jeune duchesse.

— Sors d'ici, ordonna-t-il de nouveau en bataillant. Ou je prends mon épée et je te coupe en deux.

— Il m'en restera toujours assez pour tenir ceci !

À voir le nain qui tenait soudain une dague au poing, Pierre de Craon resta si médusé que Valentine en profita pour s'enfuir, et se réfugia derrière le fou qui lui arrivait à la taille. Le spectacle fit rugir de rire le triste sire.

— Quel beau rempart que voilà !

— Rentrez votre marchandise, Craon, Mme d'Orléans n'est pas preneuse ! (Le pénis turgescent du Breton jaillissait toujours hors de son pourpoint.) Rentrez-le ou je le tranche.

— Quittez ces lieux, messire, ordonna Valentine d'une voix blanche, ou je vous fais jeter dehors par mes gardes.

Craon se réajusta, rouge de colère. Il descendit du lit, le nain s'avança et lui pointa son poignard sur le bas-ventre.

— Permettez que je vous raccompagne à la porte, monseigneur.

Le Breton se mit à reculer sous la pression menaçante. Il apostropha Valentine :

— Il est fort méchant de m'avoir fait accroire que j'étais en votre amour, madame.

— Dehors, hurla la duchesse.

— Je ne voulais que vous donner consolation, dit-il encore.

Capucine poussa la lame qui le piqua cruellement au ventre, Craon fit un bond en arrière. La douleur et l'humiliation le rendirent fou furieux, il perdit tout discernement.

— Vous feriez moins la fière, madame, à savoir qui votre époux mignote présentement, qu'il en est amoureux, et qu'elle attend un enfant de lui.

La duchesse d'Orléans poussa un gémissement atroce tandis que Capucine fonçait sur Craon avec une vélocité surprenante, dague en avant. Le sire de Sablé tourna le dos promptement et s'enfuit en courant. Mais pas assez vite car, d'un revers de lame, Capucine lui fendit le haut-de-chausse de part et d'autre jusqu'à la chair. Le courtisan grogna de souffrance et disparut, tenant ses fesses ensanglantées à deux mains.

— En voilà un, ricana le fou, qui aura du mal à s'asseoir ces jours prochains.

Mais Valentine Visconti n'avait pas le cœur à rire.

Sa réaction fut violente. Jamais, au grand jamais, elle n'aurait avoué la tentative de viol, elle était trop grande dame pour dévoiler ce rapt d'honneur humiliant, Capucine respecta le secret. Mais son époux, à son retour, trouva une furie prête à lui arracher les yeux : qui était sa maîtresse ? Était-il vrai qu'elle était grosse de ses œuvres ? Louis d'Orléans para le coup en attaquant à son tour. Car, s'il était vrai qu'il était infidèle, il n'avait engrossé aucune femme, du moins à sa connaissance.

— Qui vous a dit cette vilenie, que j'étripe cet infâme calomniateur ?

— Infâme, certes ! Votre favori Pierre de Craon.

— Vous ne verrez plus jamais, madame, ce menteur et mauvais homme.

Sur-le-champ, Louis alla se plaindre au roi. Ce dernier trouva en effet que les indiscrétions du sire de Sablé étaient intolérables. Il fit signifier au Breton qu'il était banni de sa cour, et même de Paris, sans autres formes d'explications. Craon était certain que la duchesse n'avait rien dit sur l'attentat à sa pudeur, car il serait alors au fond d'une geôle. Il alla donc demander au duc d'Orléans les raisons d'une telle disgrâce. Celui-ci se trouvait en compagnie d'Olivier de Clisson, et il fit répondre à son favori qu'il ne désirait pas lui parler, ni ce jour d'hui, ni jamais.

Craon était le genre d'homme à n'être responsable de rien, Orléans était avec le connétable, cela suffisait pour rendre ce dernier coupable de son discrédit. Il se réfugia chez son cousin le duc de Bretagne pour crier vengeance. « Clisson se dit le maître de la France, c'est de lui que vient tout le mal, c'est de lui que me vient d'être un proscrit », dit-il à Jean de Montfort. Le duc de Bretagne n'en demandait pas tant pour haïr plus encore le Boucher borgne. L'injure faite à Craon était une injure à sa personne. Il fallait se débarrasser une bonne fois pour toutes de ce méchant connétable. Ils complotèrent ensemble pour le faire assassiner. La vengeance de Bois-Bourdon prenait un tour qu'il n'aurait jamais su imaginer.

À l'Hôtel solennel, le roi était repris par sa frénésie des fêtes, au grand déplaisir des Marmousets qui comptaient leurs sous. Ils n'avaient réussi à épargner l'or du Trésor que dans la fonte de la tête du cerf supputé ; ils voyaient qu'ils n'iraient jamais au-delà. La reine, en revanche, engrangeait toujours dans ses enfouissements les économies d'une croisade dont le rêve s'éloignait. Louis le Barbu avait organisé la maison de la reine à l'image de celle du roi. Il la voulait souveraine, initiée au gouvernement en se gouvernant elle-même. Sa sœur avait maintenant sa chambre des Deniers dont Louis était le Grand Trésorier. Elle tenait conseil avec son frère, il y siégeait des seigneurs prestigieux comme l'évêque de Senlis ou le sire de Rambouillet. Philippe de Savoisy, homme de gloire et de sagesse, avait été nommé son grand maître d'hôtel. Quant à la place vacante du capitaine de sa garde, elle était occupée par un comte bavarois, Etzel d'Ortembourg, le promis de Catherine de Fastavavin.

Plus jamais d'époux ! avait dit la chambellane à son troisième veuvage, jusqu'à l'arrivée de Louis le Barbu et de sa suite qui l'avait comblée de joie ; comme pour la reine, c'était un peu de Bavière qui leur revenait. Jamais ! jusqu'à ce qu'elle croise le regard irrésistible d'Etzel. Et depuis, l'amie d'enfance d'Isabelle rayonnait d'un nouveau bonheur, le mariage était pour le début de l'année 1393.

Isabelle travaillait à la gouvernance de sa maison, mais elle s'amusait aussi et paraissait avec splendeur aux festins, joutes, bals pour le plaisir du roi. Elle tenait sa cour d'amour en sa salle à parer : la chambre aux Bourdons. Il s'y déroulait des mômeries de procès qui ravissaient les dames bavaroises. Elle y invita Valentine et ses Italiennes. Les deux parties avaient des joutes oratoires qui tournaient souvent à l'affrontement en courtoisie. De doctes messires mêlaient volontiers leur science aux débats, comme Philippe de Mézières qui s'en divertissait beaucoup. Le roi y siégeait parfois, avec son frère Louis d'Orléans. Ce dernier se faisait souvent accompagner depuis quelque temps par un cardinal, qui était son nouveau favori, Pierre de Luna, légat du pape d'Avignon. Louis l'appelait son directeur de conscience. Il avait noué avec lui des liens d'amitié lors du voyage du Midi. Cet éminent prélat semblait s'insinuer à la cour de France partout où on ne l'attendait pas, sans doute à cause de sa petite taille replète et de son visage poupin à l'air innocent.

La reine était flattée de la présence de cette éminence à sa cour d'amour. Elle n'avait pas manqué d'y convier Christine de Pisan, qui ne se fit pas prier pour venir charmer l'assemblée de ses virelais et rondeaux. La poétesse intriguait beaucoup les dames et seigneurs, et sa première apparition fut celle de son intronisation. Elle fut soumise au feu roulant des questions du prestigieux tribunal, qui devait juger de la pertinence de sa présence, et dont les sentences étaient sans appel. Christine, d'abord réservée, s'enhardit, et se révéla très diserte, de parole facile.

— Est-il vrai que votre père était astrologue, attaché à feu Charles V le Sage ? lui demanda-t-on.

— Thomas de Pisan avait cet honneur. Il était homme très savant, non seulement astrologue, mais aussi grammairien et philosophe.

— Je l'ai fort bien connu, renchérit Mézières. Nous avions en commun les voyages, en notre jeunesse. Et je vous ai connue toute petite fille, madame.

— Je m'en souviens, monsieur, dit-elle en rougissant. Mon père avait grande admiration pour vous. Thomas de Pisan était aussi médecin en l'art fameux des Arabes. Tout comme vous, il était un adepte d'Avicenne[1] qu'il vénérait, et j'ai en ma souvenance de belles discussions là-dessus.

Philippe de Mézières hocha la tête en souriant dans sa barbe fleurie. Une dame lombarde intervint avec réprobation.

— Madame de Pisan, il n'était pas décent de vous laisser assister à des conversations qui n'étaient ni de votre âge, ni de votre sexe !

— Ce n'était pas l'avis de mon père, répondit Christine avec humeur. Il espérait un fils, et ce fut une fille. Mais il n'était point d'opinion que femmes valussent pis par sciences et il prenait grand plaisir à me voir m'adonner aux lettres. Pourtant ma mère m'en fit grief, elle voulait que sa fille s'occupe de filasses. Il est bien des femmes à vouloir rester ignorantes.

— Vous faites bien la savante, ma fille ! lança la matrone germanique qui avait été mandatée pour chaperonner les jeunes et trop belles dames de Bavière en cette cour de France de bien mauvaise réputation.

---

1. Médecin et philosophe iranien (980-1037). Son *Canon de la médecine* joua un rôle considérable en Europe jusqu'au XVIIe siècle.

Ce sujet donna lieu à un long débat et de houleuses discussions sur la position des filles, des épouses, des mères, de leurs devoirs, et de la filasse. Isabelle, qui détestait les travaux d'aiguille, fut enchantée de cette empoignade.

Pour finir, Christine de Pisan déclama joliment quelques vers de sa poésie. Enfin, il fut jugé qu'elle était digne de la cour d'amour. Cependant elle ne fit pas l'unanimité. Il est vrai qu'il n'y eut pas une Lombarde pour ne pas contrer l'opinion d'une Bavaroise, et inversement.

Si Charles VI trompait la paix avec ses chevaliers qui s'ennuyaient, s'il usait à nouveau sa vie en s'amusant trop, chassant trop, aimant trop, et buvant trop, il n'avait toutefois pas oublié sa Grande Croisade, et cherchait, avec son gouvernement, à résoudre les insolubles problèmes qui l'empêchaient.

— Il faut d'abord en passer par la soumission de Jean de Montfort, proposa le bouillant Olivier de Clisson. Ce duc breton n'a pas répondu à l'appel de la croisade en Barbarie, ni rendu ce qu'il me doit de l'attentat de l'Hermine. Rien ne peut se faire avec ce vassal félon aux confins du royaume, qui bafoue à plaisir le Parlement et son suzerain ! Levons l'étendard de Saint-Denis contre lui.

Orléans objecta que, avant la guerre, il serait de bon ton d'organiser une conciliation. Les ducs de Berry et de Bourgogne furent d'accord. Il fut décidé d'une rencontre à Tours à la fin de l'année suivante. Le duc de Bretagne y consentit à condition que l'on tienne hors de sa vue le connétable de Clisson.

Les négociations furent longues et laborieuses. Le duc d'Orléans en profita pour acheter le comté vacant de Blois, visé par le Camus et Philippe le Hardi qui comptaient se le partager. Les oncles des Lys en furent si marris, qu'ils décidèrent de surveiller de plus près encore les ambitions du cadet des Valois. Ce fut à Tours, où traînaient les pourparlers, que Charles VI fut à nouveau atteint d'une fièvre chaude qui le rendit égaré, les yeux roulant dans leurs orbites. Puis cela passa. Charles VI et le duc de Bretagne se quittèrent enfin sur de vagues promesses, notamment celle d'un mariage entre Jeanne de France, qui n'avait guère qu'une année, et le fils aîné de Montfort. Rien n'était réglé, mais on fit semblant. Charles fut de retour à Paris à temps pour la naissance du dauphin. Mais quelques jours plus tard, il fut atteint d'une nouvelle fièvre et de violentes douleurs d'entrailles. On en conclut qu'il avait trop fêté la venue de son héritier, mais la crise passa encore et personne n'eut le temps de s'inquiéter davantage. Après le duc de Bretagne, il fallait régler l'affaire d'Angleterre.

La rencontre se fit à Amiens, en mars 1392. Le roi Richard devait venir, mais il resta à Douvres, et envoya son oncle à sa place, le duc de Lancastre. Puisqu'il n'y avait pas le roi anglais, il n'y aurait pas le Français. Charles VI délégua aussi ses pouvoirs à son oncle, Philippe le Hardi. Cette rencontre entre ennemis devait être des plus cordiales, la paix en dépendait. Aussi, il fut fait interdiction aux gens de France de faire insultes aux Anglais, ni provocations d'aucune sorte, sous peine de mort. Et, pour ce faire, Amiens fut investi de jour comme de nuit par quatre mille hommes d'armes postés en surveillance.

Mais il est bien des façons d'humilier l'adversaire, et Bourgogne s'y entendit pour fâcher Lancastre, tant il déploya le faste de sa personne avec un luxe si ostentatoire qu'il en était belliqueux. Rien ne manquait à la magnificence de ses houppelandes de velours : broderies prodigieuses d'or et d'argent, de saphirs, perles fines, rubis, et autres pierres précieuses. Puisque la France était si riche, l'oncle de Richard II rappela le traité de Brétigny, et le solde de la rançon de Philippe le Bon[1] : un million quatre cent mille francs or. Exaspéré du tour que prenaient les négociations, Charles VI finit par s'en mêler directement, et revendiqua à son tour trois millions pour dommages de guerre en territoire français, plus Calais. S'il était possible de trouver un accord sur l'argent, Lancastre ne voulut rien entendre pour rendre le port de Calais, « clef de la France à la ceinture des Anglais ».

— Il serait pourtant facile de nous allier, se plaignit Charles VI, et de faire ensemble grande croisade.

De la croisade, Lancastre n'en avait cure. Le roi français voulut alors une rencontre au sommet avec son cousin d'Angleterre en personne. Mais cette rencontre entre les deux monarques ne se fit pas, car Charles fut victime à nouveau de la fièvre chaude. Il délira, perdit

---

1. Grand-père de Charles VI, fait prisonnier par les Anglais à la bataille de Poitiers en 1356. Le traité de Brétigny, en 1360, libérait le roi contre trois millions d'écus d'or qui n'ont jamais été payés en totalité, ainsi que la possession de Calais, Ponthieu, portes ouvertes sur la France, de la Guyenne, la Gascogne et autres contrées qui ruinèrent le royaume. La France se releva sous Charles V, mais la guerre de Cent Ans et les revendications de l'Angleterre perdurèrent.

cheveux et ongles, et parvint à s'en remettre tout en restant très affaibli. Mais d'autres moururent de cette étrange maladie, dont son notaire et secrétaire, Étienne de Castel.

Lorsque la nouvelle arriva à Paris, Isabelle reçut son épouse, Christine de Pisan. La poétesse était effondrée de douleur.

— Il m'est enlevé en pleine jeunesse, à l'âge de trente-quatre ans, et moi de vingt-cinq. Il était dans sa fleur, apte à monter de hauts degrés. Il me laisse seulette et sans ressource. Je désire plus mourir que vivre.

Mais elle était la défenderesse de la nef, avec trois enfants, ses deux frères, Paolo et Aghinolfo, et sa mère à sa charge, elle avait grand ménage à soutenir.

— Pourquoi rester seulette ? Il me serait facile de vous trouver un noble et riche époux, lui suggéra Isabelle.

— Je me suis promise à Étienne de Castel, personne d'autre n'aurait.

La reine s'attendait à cette détermination.

— Alors, que puis-je faire pour vous ? lui demanda-t-elle.

Isabelle voyait bien à l'affliction de la jeune femme qu'elle ne connaissait pas les secrets de Nicolas Flamel. Se serait-elle inquiétée de sa ruine si l'or de l'alchimiste avait été à sa portée ?

— Me faire récupérer les arrérages dus à mon mari par la Cour des comptes, répondit Christine.

Les gages des officiers du royaume n'étaient pas toujours payés. Isabelle promit. Elle-même était très inquiète de cette fièvre chaude dont Étienne de Castel avait été victime, et qui s'attaquait au roi si souvent, le laissant plus chétif à chaque fois. Le deuil de Christine de Pisan aurait pu être le sien.

*

— Ils s'aimaient d'amour, n'y a-t-il pas de bonheur qui dure en ce monde ? demanda peu après la reine à son précepteur, Philippe de Mézières.

— Le bonheur est comme un flocon de neige qui vous tombe au creux de la main : éblouissant une seconde, puis fondu à jamais.

— Mais il est neige qui tient, lorsqu'elle tombe dru et longtemps.

— Alors elle vous fige, vous ensevelit, et vous n'avancez plus.

— Le bonheur n'existe donc pas ?

— Si fait, madame, il faut le saisir comme un papillon d'éphémère. Demain, il y en aura d'autres.

— Êtes-vous heureux, monsieur de Mézières ?

— Je le suis, dans la solitude de ma cellule des Célestins, par ma foi et par mes écrits, et j'écris beaucoup en ce moment, pour le roi.

— Que nous écrivez-vous ?

— *Le Songe du vieil pèlerin.* Je fais parcourir à la Reine Vérité et à ses Dames toutes les régions de la terre, afin de leur montrer l'étendue du mal qui corrompt les hommes sous toutes les latitudes. Cet ouvrage a la prétention d'encourager votre époux à réformer le royaume, à signer une paix durable avec l'Angleterre, de mettre fin au schisme, et enfin de conduire les chrétiens réunis dans une croisade contre les infidèles.

— C'est pourtant son vœu le plus cher, et il s'y emploie. (Elle réfléchit un instant.) Votre *Songe*, une fois terminé, vous l'offrirez[1] au roi, et Charles vous en donnera une belle somme, ainsi que tous ceux qui voudront l'acquérir.

— Certes, madame, il faut bien que l'art se nourrisse de l'art.

— Christine de Pisan est écrivain, ne pourrait-elle pas nous proposer ses ouvrages, nous pourrions même lui en commander ?

— Voilà une bonne idée. Demandez, madame, elle en tirera profit, et d'autres suivront. Cependant, s'il y eut des poétesses comme Marie de France, on n'a jamais vu une femme vivre de sa plume.

— Eh bien, monsieur de Mézières, elle sera la première.

Isabelle se fit offrir les derniers poèmes de Christine de Pisan, et la récompensa largement, et Louis d'Orléans, qui avait été charmé par la belle poétesse de la cour d'amour, fit de même. Ce goût commun pour la poésie rapprocha quelque peu la reine et son beau-frère.

*

En juin 1392, les sbires du sire de Craon, qui était revenu secrètement à Paris, se tenaient en son hôtel près du cimetière Saint-Jean. Le complot avait pris une envergure clandestine, les trois ducs, Bourgogne, Berry et Bretagne, étaient de la partie, liés par leur haine

1. Le roi n'achetait pas, on lui offrait et il donnait une récompense.

commune. Le sire de Sablé ne pouvait espérer mieux pour sa vengeance. Tous ces augustes seigneurs n'avaient qu'une cible : la mort du connétable Olivier de Clisson. Ce dernier avait trop d'emprise sur le roi, et même sur Orléans, il fallait l'abattre.

Quarante spadassins, lourdement armés, se tenaient prêts depuis un mois. Le 14 juin, jour de la fête du Saint-Sacrement, il y avait des joutes, un grand souper et un bal à la résidence royale. Clisson en serait. C'était pour cette nuit.

Tard dans la soirée, alors que la reine était à son coucher, elle entendit une agitation peu commune pour cette heure en l'Hôtel solennel. On criait : « Aux torches ! aux torches ! », et des gens couraient. Puis le tocsin se mit à sonner. Toute la Cour se jeta dehors, et l'on vit alors arriver, sur une civière, le connétable ensanglanté, le roi qui lui tenait la main, en simple manteau de chambre, et hurlait sa douleur. Isabelle pensa que le sire de Clisson était trépassé de mort violente, à voir tout ce sang. Elle se précipita à la maison du roi où l'on faisait porter le connétable, et le trouva gisant sur un lit. Charles VI appelait à grands cris le secours de ses chirurgiens et médecins, en s'arrachant le peu de cheveux qu'il lui restait depuis sa fièvre d'Amiens. La reine s'approcha du gisant, et vit bien qu'il respirait.

— Comment vous sentez-vous ? lui demanda-t-elle.

— Bien petitement, mais il m'en reste assez pour que je vive. Calmez votre époux, madame, ils m'ont bien manqué. Ce n'est pas demain que l'on abattra le Boucher borgne.

Le jour suivant, tous connaissaient les circonstances de l'attentat. Alors que Clisson rentrait chez lui en simple compagnie, il s'était vu entouré de gens armés à l'angle de la rue Sainte-Catherine. Il crut à une plaisanterie du duc d'Orléans, car il avait été question qu'ils se retrouvent chez Poulain pour finir la fête en galante compagnie. Le traître, comprenant la méprise du connétable, crut bon de se nommer tant il pensait tenir sa vengeance : « Je suis Pierre de Craon ! Vous m'avez tant de fois offensé, qu'il faut ce soir le payer de votre vie ! » L'attaque avait été violente, certains écuyers se jetèrent au secours de leur maître et tombèrent morts, la poitrine percée à plusieurs reprises, et les autres serviteurs s'enfuirent, épouvantés. Abandonné, Clisson, qui portait une forte cuirasse sous ses vêtements, n'avait qu'un poignard. Il para vaillamment comme il put, mais succomba sous le nombre, et tomba contre la porte ouverte d'un boulanger qui faisait son pain à cette heure. Les conjurés, le croyant mort, avaient alors déguerpi sans plus insister.

La colère du roi fut sans merci. Toucher à son connétable, c'était toucher à sa personne, un crime de lèse-majesté. Il fit rechercher activement Craon, et s'en prit à l'épouse de ce dernier, Jeanne de Châtillon, et à sa fille, qui furent jetées à la rue avec ce qu'elles portaient sur elles. Le vieux concierge et un page, qui n'avaient pas songé dans leur innocence à fuir, furent écartelés et pendus. La maison fut rasée, la rue rebaptisée « rue des Mauvais Garçons ». Les biens et les châteaux du meurtrier furent confisqués au bénéfice de Louis d'Orléans.

Le bruit courut que Craon avait cherché refuge auprès de son cousin, Jean de Montfort. Le roi envoya des messagers, sommant le duc de Bretagne de lui rendre le félon, ce dernier refusa de livrer Pierre de Craon, le disant en Espagne.

Le roi de France, furieux, fit lever la bannière de Saint-Denis. Il irait chercher Pierre de Craon lui-même, par la force des armes, et en finirait du même coup avec Montfort, ce vassal qui l'avait trop souvent défié. Ordre fut donné pour que l'armée s'assemblât en août, au Mans.

La décision du roi dressa ouvertement les princes des Fleurs de lys contre les Marmousets. Les oncles étaient farouchement opposés à la campagne de Bretagne, cette folie risquait de mécontenter le souverain d'Angleterre qui pouvait rompre la trêve. Les Marmousets voulaient cette guerre, car ils étaient du côté de Clisson. La division gagna l'opinion publique : que de débours encore pour un petit baron ! Le crime contre le connétable avait pour origine une querelle bretonne ? Qu'on la laissât aux Bretons. Même division dans l'armée. Parmi les chevaliers qui venaient de tous les horizons, certains n'étaient-ils pas liés à Jean de Montfort ? Les soupçons s'installaient, on craignait la trahison.

Ainsi, le piège tendu à Craon par Bois-Bourdon étendait ses tentacules comme une hydre venimeuse.

La plus terrible querelle fut celle entre le roi et son frère. Louis força la porte du Retrait des Études où se soûlait Charles VI.

— Tu ne peux gaspiller les forces du royaume contre le royaume lui-même, alors que le pape Clément attend toujours que tu tiennes ta promesse !

— Pour qu'il tienne la sienne à toi promise ! rugit le roi qui se leva en titubant. Je connais tes ambitions italiennes, tu lorgnes sur les terres pontificales depuis que Clément te les a engagées.

— Tu as la couronne, ne puis-je avoir un royaume ? Ne suis-je pas le plus démuni des princes des Lys ?

— Tu ne veux pas *un* royaume, tu veux la France ! s'exclama Charles en chancelant et se rattrapant de justesse au dossier de son faudesteuil. C'est ma mort que tu veux.

— Tu es ivre, tu déparles, mon frère !

— Je m'enivre pour y voir clair dans tout ce noir ! Je ne suis environné que de vilenies et de traîtres ! Toi aussi, mon frère aimé ! Tous ligués contre moi ! TOUS !

Charles VI, dans son ivresse furieuse, brisa le dossier de son siège. Orléans, effaré de le voir dans cet état, recula jusqu'à la porte de peur que Charles ne se jetât sur lui.

— Hors de ma vue ! Je suis le roi de France ! Tous, hors de ma vue !

La cassure entre les deux frères était béante.

Louis s'enfuit, Charles resta trois jours à boire, sans voir personne hormis ses serviteurs. À l'hôtel de la Pute-y-Muse, le duc d'Orléans restait prostré. Jamais son frère ne lui avait dit de telles choses.

— Noble prince, vous avez la tête trop près du bonnet, lui dit Pierre de Luna qui revenait d'Avignon. Vous y allez de front, alors que le roi ne décolère pas, et que, de plus, il est pris de boisson.

— Il boit sans cesse, tous ces jours. Il fallait pourtant bien que je lui parle.

— Lui parler, certes, mais pas l'attaquer. (Son visage ingénu s'éclaira d'un sourire.) Attendons de quel côté tournera la girouette du roi. Et laissez-moi faire.

Le discret Pierre de Luna revenait toujours de la cité des Papes cousu de l'or de Clément VII, et le cardinal aragonais ne ménageait pas ses pots-de-vin pour lui acquérir des partisans. Beaucoup d'hésitants crièrent bientôt que Rome valait mieux que Nantes, Rennes ou Vannes mises ensemble. Mais le roi restait sourd, il ferait sa campagne de Bretagne.

— Le roi veut Craon, il ne renoncera pas, dit le légat à Orléans. Embrouillons les pistes, et apportons-lui la garantie que ce félon n'est point en Bretagne.

Louis alla trouver ses oncles. Et, en juillet, le duc de Bourgogne porta à son royal neveu une lettre de Yolande du Bar, reine d'Aragon, qui prétendait tenir le sire de Sablé dans les geôles de sa cité de Barcelone. Les Marmousets réfutèrent avec force la missive, affirmant que c'était un faux. Charles crut ces derniers : « Bel oncle, je ne veux point vous courroucer, mais je ne crois pas ce traître de Pierre de Craon à Barcelone, mais coi auprès du duc de Bretagne. » La manœuvre avait échoué.

Charles VI restait buté dans une colère qui le minait de l'intérieur, l'épuisait. Par moments, il était égaré, parlait tout seul, voyait des traîtres partout.

— Notre bon sire n'entend plus la voix de la raison, dit Pierre de Luna alors que Louis se désespérait. Faisons parler le Ciel.

— La reine est avisée en ce domaine. Mais nous sommes fâchés.

— Il serait temps de vous réconcilier, susurra le cardinal.

Louis demanda audience à Isabelle, qui la lui accorda. Il lui parla avec solennité :

— Madame, lui dit-il, il est temps de s'accorder contre cette expédition qui n'est bonne pour personne.

Ne sauriez-vous pas détourner votre époux de ce projet funeste ?

— Il n'y a que la divine Providence qui saurait l'empêcher, lui répondit-elle. Charles n'est pas en état de guerroyer, et je m'en tourmente.

— Certes, il faudrait un signe du Ciel pour l'en détourner, suggéra Louis.

Elle resta pensive un moment.

— Il est des grands bois au sortir du Mans, n'y sont-ils pas le refuge des ermites dont on fait grand cas de la parole ? Ne dit-on pas qu'elle est celle de Dieu ?

— Si fait, confirma Louis, qui ne voyait pas où elle voulait en venir.

— Trouvons cet ermite, dit-elle sibylline.

— Je n'en connais pas en ces lieux.

— Trouvons-le en d'autres, dit Isabelle en lui accordant un grand sourire.

Le duc d'Orléans lui rendit son sourire. Il avait compris. Ils mirent Louis le Barbu dans la confidence, et ourdirent ensemble le complot. Le prince voulut tout aussitôt en informer son directeur de conscience, mais Pierre de Luna l'arrêta net.

— Ce sont les affaires de France, lui dit-il d'une voix douce. Il ne serait pas convenable que je connaisse certains secrets. Et d'ailleurs, moins vous en serez, plus sûr cela sera.

Et il décida de s'en retourner en Avignon pour y attendre la suite des événements.

*

Cette nuit-là, la reine s'endormit avec confiance, Perldemay lovée dans son giron.

Dans son profond sommeil, elle avait chaud, si chaud. Elle étouffait. Des images violentes se heurtaient dans la fournaise, des armures tournoyaient et lançaient les feux de leur rutilance sous un soleil à son zénith, un soleil de plomb. Il y avait des cris, du sang, le roi frappait de son épée de taille et d'estoc, écumant de fureur, une giclée de sang giflait sa figure, et du sang, encore du sang. Charles s'affaissait sur l'encolure de son destrier.

— Il est des morts pires que la mort, murmurait Zizka.

— Tu me l'as déjà dit, mauvais oracle. Veux-tu dire que le roi va mourir de la pire des morts ?

— Non, Basileia, vivre de la pire des vies.

D'où venaient soudain ces hurlements d'agonie ?

Elle se redressa brusquement dans son lit, ruisselante de sueur. Perldemay, dressée sur la courtepointe, hurlait à la mort. Voyant sa maîtresse éveillée, elle sauta sur sa poitrine et se mit à lui lécher le visage avec frénésie. Isabelle l'entoura de ses bras et berça leur mutuelle agitation.

Elle chantonna doucement un dicton dans le creux de l'oreille pointue de son lévrier nain.

— À rêve prémonitoire, il faut y croire. À rêver du pire, il faut en rire.

Chatouillée par le souffle de sa maîtresse, Perldemay s'ébroua, échappa à son enlacement, et se mit à tourner sur elle-même avec des jappements joyeux.

Isabelle esquissa un sourire en la regardant faire la toupie.

— D'accord, lui dit-elle, au diable Zizka, il faut en rire.

Mais elle ne riait pas. « Vivre la pire des vies ? » s'interrogea-t-elle avec désarroi.

Seul le silence lui répondit.

II

La Couleuvre milanaise

11

Le 5 août 1392

Durant tout l'été 1392, les plus grands fleuves de France, s'étant retrouvés à sec, ne purent servir au transport des marchandises. Les marchands ont éprouvé des pertes considérables. On souffrit beaucoup de cette sécheresse dans tout le royaume. Dans certains lieux, cette disette d'eau fit de grands ravages parmi les troupeaux, qui mouraient de soif sur les bords des fontaines taries et des ruisseaux asséchés.

Chronique du religieux de Saint-Denys

À la mi-juillet, alors que le roi, plus obstiné que jamais, rejoignait son armée qui s'assemblait au Mans, la reine prenait ses quartiers d'été au château de Saint-Ouen, qu'Isabelle appelait sa Bergerie. C'était une grosse ferme fortifiée, flanquée de tours et de tourelles, mangée de lierre et de vigne vierge, qui dominait de sa motte plusieurs milliers d'acres de forêts, pâtures, terres potagères et métairies. Malgré sa taille, la Bergerie ne pouvait contenir la suite germanique. Si certains chevaliers bavarois avaient suivi le roi dans sa campagne de Bretagne, d'autres étaient restés afin de renforcer la garnison de la reine et de sa cour. Aussi, des logis de tentes et pavillons avaient été dressés à l'ombre des grands arbres. Les jardins avaient pris des allures de bivouacs militaires, arborant fanions et oriflammes. Le chapiteau le plus fastueux était celui de Louis le Barbu. Il était divisé par de riches tentures armoriées et des tapisseries précieuses. Il se composait d'une grand-salle d'apparat et de festoiements, d'un oratoire avec autel, d'un retrait d'aisance, d'une salle d'étuves et de la chambre. Rien ne manquait dans ce logis tendu de soie au bandé de Bavière, ni meubles et coffres, ni dressoirs avec vaisselle d'or, ni épais tapis qui recouvraient les lattes de bois posées à même le sol. On y festoyait, dansait, jouait, conférait.

Isabelle retrouvait avec une joie immense les plaisirs de la pastoure. Juchée sur sa fougueuse Alezane, elle fit dès les premiers jours le tour de ses terres avec son frère et son intendant. Au village de Saint-Ouen, les fermiers et bergers la saluèrent avec enthousiasme, le domaine était prospère : les agneaux de l'année étaient nombreux, les granges regorgeaient de bons foins, les blés et les avoines étaient en gerbes.

Juillet annonçait un été sec et chaud après les pluies de printemps. Louis le Barbu convoqua des sourciers avec leur bâton de coudrier, et des puisatiers pour pallier une éventuelle sécheresse qui avait déjà mis à mal l'apanage de sa sœur. Ils tombèrent d'accord sur cinq sites dispersés sur le domaine. Il fallait creuser vite, car le ciel d'un bleu obstiné restait vierge de tout espoir de nuages.

À la Bergerie, le passe-temps préféré de la cour de la reine était la chasse. Aux fastes de la vénerie à courre, avec veneurs, meute et concert de cors, Isabelle préférait la grâce de la volerie. Elle s'y adonnait avec Autan, le roi des éperviers de sa fauconnerie, dans la grosse tour de l'ouest de la Bergerie. Quant à la levrette naine Perldemay, qui frétillait de toute l'énergie de ses deux ans, elle ne quittait jamais sa maîtresse. Comme son frère le lui avait prédit, ils faisaient bon commerce : la chienne avait grandi au plus près de l'ombrageux volatile, et ils s'étaient exercés ensemble dans les champs de Vincennes. Entre eux, une complicité spontanée s'était établie, et l'épervier lui abandonnait alouettes, perdrix ou palombes avec bonne grâce. Isabelle, montée sur sa splendide Alezane, pensait qu'ils faisaient tous trois un bel équipage. Elle scrutait alternativement les pâtures, où Perldemay n'avait pas sa pareille pour lever les volatiles qui se terraient dans les chaumes et les bosquets, puis le ciel où tournait Autan en grands cercles paresseux. La chienne débusqua un faisan qui s'envola, lançant un criaillement d'indignation. Museau en l'air, Perldemay suivit le vol des deux oiseaux, en faisant des petits sauts désordonnés et nerveux tout en couinant d'excitation. Lorsque Autan fondit sur sa cible et l'agrippa de ses serres en plein vol, Perldemay fila, bondissant avec une vélocité foudroyante, sachant d'instinct où l'épervier allait s'abattre sur le sol. Elle marqua l'arrêt alors que l'oiseau fendait de son bec crochu le crâne du faisan : la cervelle encore palpitante lui revenait de droit. Alors l'épervier, d'un bref battement d'ailes, sauta de côté, se désintéressa de sa chasse, trop occupé à se délecter en déglutissant sa récompense à petits coups, balançant sa tête en arrière. Perldemay se jeta sur le magnifique volatile aux plumes flamboyantes, et, triomphante, le rapporta dans sa gueule à sa maîtresse, sa queue en point d'interrogation battant fièrement au rythme de ses trottinements guillerets.

Début août, la canicule s'installa, mais Louis le Barbu avait gagné sa bataille des puits. Réunissant toutes les pioches, les pelles et les bras disponibles, ils avaient creusé sans discontinuer, de jour comme de nuit, car il fallait creuser profond, jusqu'au triomphe des premières pelletées de terre humide, annonciatrices de la nappe d'eau souterraine gonflée des eaux de printemps. Alors que, en surface, les ruisseaux s'étiolaient peu à peu en rigoles fétides et que les pâtures jaunissaient, le bétail serait abreuvé, et les potagers arrosés. Le frère de la reine y gagna une grande popularité dans le domaine de Saint-Ouen. La fortune des seigneurs dépendait de la sueur des gens de leurs fiefs, de leur prospérité, et Louis le Barbu le savait. Depuis son arrivée, il lorgnait vers d'autres domaines, et comptait bien faire sa fortune en France avec celle de la reine.

Celle-ci tenait aussi aux plaisirs de l'esprit. Elle organisa un tournoi de poésie sur le thème de la pastoure. Les courtisans germaniques s'y essayèrent avec plus ou moins de succès, et l'on s'amusa beaucoup. Isabelle y avait convié Christine de Pisan, qui demeurait depuis à Saint-Ouen tant ses rondeaux et virelais avaient eu du succès, et il lui fallut faire maintes copies tant ils plurent. Elle fit cependant une entorse au thème en déclamant un rondeau dédié à son époux défunt qui fit pleurer bien des dames :

Il me semble qu'il y a cent ans
Que mon ami de moi partit
Il y a quinze jours pourtant :
Il me semble qu'il y a cent ans.

Ainsi m'a ennuyé le temps
Car, depuis qu'il départit,
Il me semble qu'il y a cent ans.

Et toutes le voulurent, afin de le faire enluminer. Les ménestrels de la cour bavaroise le mirent en musique, et accordèrent sur le poème les accents déchirants de leur citole[1], luth ou viole d'amour[2], qui fit du rondeau une chanson très populaire. Christine de Pisan y gagna en renom et en commandes. Elle était bien la première femme écrivain à gagner sa vie grâce à sa plume.

Il n'en restait pas moins qu'Isabelle ne songeait qu'à cette mauvaise guerre, et elle attendait des nouvelles du Mans chaque jour. Elle échangeait avec le duc d'Orléans de fréquents courriers. Son beau-frère parlait du grand foutoir du ralliement guerrier, de la confusion des hommes d'armes et de leur manque d'enthousiasme, de la suspicion qui régnait, et des osts des ducs de Berry et de Bourgogne qui se faisaient attendre. Le Conseil était plus que jamais divisé, et Charles VI, toujours opiniâtre, passait de la colère la plus exaltée à l'abattement le plus profond. Le roi savait que cette guerre déplaisait. On commentait le mauvais présage de l'église de Saint-Julien au Mans, où une bague attribuée à la Vierge et exposée dans un reliquaire en était sortie, sans que nul y touchât, et avait tourné sur elle-même sans discontinuer durant la moitié d'une heure, sur le dallage, ce qui augurait d'une grande calamité près d'éclater dans le royaume.

---

1. Instrument à cordes aux sonorités très douces.
2. De la famille des violons, à deux rangées superposées de cordes, le frottement de l'une entraîne la résonance de l'autre.

« Quand connaîtrai-je la paix ? » se demandait-elle en décachetant la dernière missive de Louis. Elle annonçait que l'ordre de départ était pour le 5 août.

— C'est pour demain, dit-elle à son frère en lui tendant la missive.

Louis d'Orléans y parlait aussi de la chaleur écrasante, de la santé du roi qui se dégradait, de sa fatigue et sa maigreur, de la pagaille militaire, et il lui recommandait de prier pour que Dieu les exauce dans leur stratagème.

Il fut décidé que la journée du lendemain se passerait en oraisons pour tous, la reine fit dire des messes dans sa chapelle privée de la Bergerie et dans les églises des environs. Elle n'espérait guère de nouvelles en ce jour, il fallait plus d'une demi-journée à pleine course pour aller du Mans à Paris.

Tout en marmonnant ses prières, ses pensées dérivaient en se représentant cette immense armée, qui cheminait comme un interminable serpent aux couleurs chatoyantes, les bannières déployées, les destriers caparaçonnés, les riches pourpoints des chevaliers. Le roi portait-il le chaperon de velours écarlate orné d'un chapelet de grosses perles qu'elle lui avait offert à son partir ?

Elle songea à l'ermite.

*

Le roi somnolait, harassé de fatigue et de chaleur, l'esprit divagant.

« Que ce sable est trompeur, il veut se faire croire à l'image de la neige si fraîche, mais il brûle comme l'enfer. J'ai chaud, si chaud, quand verrai-je la blancheur des remparts de la céleste Jérusalem se dresser à l'horizon de mon calvaire ? Je suis soldat du Christ. Mais Dieu, que ce désert est long, mon destrier avance à pas si lents, le bruit de ses sabots s'étouffe dans cette poudre brûlante. Quel silence, quelle fournaise ! Je n'aurais pas dû boire ce grand verre glacé de vin blanc de Touraine à mon départ, en place de toute nourriture. Mais où l'ai-je bu ? N'était-ce pas au Mans ? Que fait cette ville du Mans en pays ottoman ?

« Et que fait cet homme nu, en chemise, qui vient se suspendre au mors de mon cheval ? Son faciès est sombre et grimaçant, un Maure sans aucun doute. Il me crie : “Retourne, roi, tu es trahi.” Pourquoi roi ? Je suis Georges, noble chevalier chrétien, mes armes sont d'un lion percé d'une épée. Je suis soldat du Christ. Je suis si fatigué, je ne suis que douleur. Pourquoi ce Maure me poursuit-il ? Ne cessera-t-il jamais de hurler ses hérésies ? Je ne suis pas roi, je suis Georges, chevalier chrétien, mes armes sont d'un lion percé d'une épée. Je voudrais tant dormir et dormir encore. »

Il dort dans la touffeur de ce désert. Mais soudain il tressaille, un bruit alarmant l'a réveillé, on l'attaque, il entend cliqueter derrière lui des harnachements de chevaux. On le suit dans ce désert, il n'est pas seul. Il se retourne, qui est cet écuyer ? Il ne porte pas la cuculle du croisé. C'est un traître, à coup sûr. Charles imprime une volte violente à son cheval, à lui rompre le cou, il tire son épée de son fourreau, l'abat avec une violence inouïe au creux de l'épaule du traître et lui ouvre la poitrine. Maudit soit le sang qui jaillit, car il est impur ! Il voit alors qu'il est encerclé de chevaliers, aucun ne porte le signe des glorieux croisés, tous des imposteurs. Il est Georges qui terrassa le dragon de son épée, son épée est Excalibur, l'invincible glaive du roi Arthur, elle est la Durandal de Roland le preux, qui ne rompt pas. Il aperçoit son frère Louis, en pourpoint de soie aux fleurs de lys. Où est sa croix pectorale de la croisade ? « Sus au traître », hurle-t-il, son épée levée haut, fonçant sur ce frère félon, sourd aux hurlements de stupeur et d'horreur qui s'élèvent tout autour de lui.

*

À la Bergerie, le soir de ce 5 août fut consacré aux jeux de tables dans la grande salle du pavillon de Louis le Barbu, trictrac, jeux de dames, d'échecs. On se distrayait sans éclat, il fallait tuer le temps, un temps qui s'étirait à n'en plus finir comme la grande armée de France sur la route de Nantes. Isabelle, assise devant son tablier de noyer, incrusté d'ivoire et d'ébène à la façon d'un damier, était absorbée par un coup de dés qui lui gagnait cinq cases, elle déplaça son pion en étouffant un cri de triomphe. Elle ne vit pas son frère quitter les lieux brusquement.

Il retrouva à l'extérieur l'un des saltimbanques de sa suite qui agrémentait les entremets de leurs tours et de leurs saynètes. C'était Jean Bonaventure qui revenait de la forêt du Mans. Louis l'entraîna vivement à couvert d'un grand arbre.

— Las, monseigneur, dit-il, j'ai fait comme il était dit, mais je n'ai pu attirer l'attention de notre roi.

— Comment est-ce possible ? As-tu bien crié comme tu le devais ?

— Plus d'une demi-heure durant. Je m'étais grimé d'un peu de suie à me rendre méconnaissable, nu en simple froc haillonneux, et, maigre comme je suis, j'étais d'aspect affreux. En pleine forêt, j'ai surgi et j'ai saisi le mors du destrier royal en criant d'une voix redoutable : « Retourne, beau sire, tu es trahi, ne va pas plus avant, au nom de Dieu ! » Et bien d'autres choses encore. On me frappa et me chassa, je revins pourtant, et poursuivis le roi à distance, je m'égosillai même à chanter un psaume. Voyant bien que rien n'y faisait, à bout de souffle, je finis par disparaître au cœur de la forêt où m'attendait ma monture près d'une source. J'y fis hâtive toilette, je changeai de vêtements pour que nul ne me reconnaisse. Et me voilà de retour après une course d'enfer.

— Et personne ne te poursuivit, tu es bien sûr ? s'inquiéta le Bavarois.

— Personne, mon seigneur, comme il était prévu. Qui s'alarme d'un ermite surgi de nulle part ?

— Comment était le roi ?

— Absent, comme tourné en dedans.

— Ainsi tout est perdu, il y aura la guerre, grogna Louis le Barbu avec dépit.

— Il faut encore que je vous dise combien cette campagne de Bretagne commence de façon bien languissante. Nulle allégresse non plus à son passage, les paysans qui battent blé, froment ou avoine, interrompent à peine leur tâche, et ôtent leur chapeau en se taisant, même les cloches des églises sont muettes. Chacun y va de son silence comme s'il y en allait d'un convoi mortuaire.

Le seigneur de Bavière resta un instant accablé.

— As-tu bien gardé le secret ?

— Sur ma foi, répondit Jean Bonaventure, la main sur le cœur. Personne ne sait et personne ne saura.

— Bien, très bien, approuva Louis en sortant une bourse de son escarcelle qu'il lui lança. Te voilà récompensé comme promis. Rejoins les tiens, restaure-toi et repose-toi. Tu as fait ce qu'il fallait, il semble que même Dieu ne peut arrêter le roi.

Dès que le bateleur eut disparu dans l'ombre, deux hommes armés et vêtus de noir surgirent d'un bosquet touffu.

— Allez, leur dit Louis à voix basse, et payez-vous sur l'homme.

Les deux hommes disparurent à leur tour, à la suite de Bonaventure. Le duc de Bavière attendit, épiant le silence froissé des feuilles des grands arbres. Il y eut un cri de surprise, puis un gargouillis d'agonie, et le bruit de la chute d'un corps.

Louis le Barbu soupira, il ne pouvait laisser un tel secret survivre, puis il regagna sa table de jeu, bien décidé à taire à sa sœur l'échec de leur stratagème. Elle le saurait bien assez tôt.

Au matin, personne ne s'étonna de retrouver Jean Bonaventure égorgé et dépouillé jusqu'à ses bottes, les rixes étaient fréquentes chez les gens de cette sorte.

Le coursier d'Orléans arriva le lendemain, 6 août, alors que la nuit blanchissait. Réveillée en sursaut par une chambrière, Isabelle passa une légère houppelande de soie, et le reçut aussitôt en son privé.

Le chevaucheur, épuisé par sa course nocturne, lança dès son entrée :

— La campagne de Bretagne est rompue !

Isabelle soupira de soulagement avec un grand sourire, Dieu les avait exaucés. Sa joie fut brève, le coursier plia soudain les genoux devant elle, et éclata en sanglots.

— Dame, balbutia-t-il, j'ai bien triste nouvelle de notre sire le roi.

— Il… il est blessé ?

Il fit non de la tête, pleurant de plus belle.

— Tué ? ajouta-t-elle d'une voix étranglée.

— Non, madame, mais quatre de ses gens.

— L'armée a-t-elle été victime d'une embuscade ?

— Non, madame, c'est notre seigneur… qui les a tués.

La reine en resta hébétée.

— Vous voulez dire, demanda-t-elle, incrédule, que le roi a tué *lui-même* ses écuyers ?

— Oui, madame, hoqueta le messager.

La reine fit relever l'homme, le fit asseoir et commanda à la chambrière de lui servir un hanap de vin frais, puis d'aller prévenir son frère afin qu'il vienne céans en toute hâte. Elle regarda le coursier boire son vin d'un trait, et le laissa se remettre, elle-même avait bien du mal à revenir de sa stupéfaction.

— Et qu'avaient donc fait ces gens pour mériter un tel châtiment ? dit-elle enfin.

— Le son d'une lance tombant sur le casque du page précédent, et qui résonna comme une cloche.

— Le son d'une cloche ? Vous moquez-vous, ou êtes-vous déjà ivre ? messire, se fâcha-t-elle.

— Hélas ! À sixte, nous traversions, au sortir de la forêt du Mans, une longue sablière du nom de landes de Bourray, une fournaise blanche, éblouissante, où le soleil à son zénith pesait comme du plomb fondu. Notre roi somnolait, accablé de chaleur, comme somnolaient les pages qui le suivaient. Un porte-lance en lâcha son étendard, et la hampe de fer vint cogner le casque du précédent. C'est bien ce son, semblable à celui d'une cloche, qui tira notre sire de sa torpeur, dans un sursaut si violent qu'il fit de monseigneur… un furieux.

Et il éclata de nouveau en sanglots. Isabelle s'avisa alors que le coursier avait dans son baudrier une missive aux armes de France qui dépassait. Dans son émoi, le coursier l'avait oubliée. Elle s'en saisit d'autorité et la déroula en tremblant alors que son frère faisait son entrée.

— C'est du duc d'Orléans, lui lança-t-elle, se mettant aussitôt à lire en négligeant les formules de politesse :

> *Mon frère bien-aimé a perdu l'esprit. Dans sa furie, il tenta par deux fois de m'occire en m'appelant traître, je ne dus mon salut qu'à l'esquive. Puis, taillant de son épée de tous côtés, il tua tous ceux qu'il pouvait atteindre dans sa furie mortelle, et le sang gicla jusque sur son visage écumant ; quatre en périrent, le chevalier de Polignac en fut, et cela semblait ne pas en finir, tous déguerpissaient de toute part devant son glaive tourbillonnant jusqu'à ce qu'il se rompe et que son cheval fût épuisé.*

La voix d'Isabelle se noua et elle s'interrompit, ainsi tout était dans son cauchemar : quand on rêvait du pire, il ne fallait pas en rire.

Son frère, lui, restait la bouche ouverte. Il connaissait déjà l'échec de Jean Bonaventure, mais il était incapable d'assimiler une suite si sanglante.

— Mais quelle est cette fable ? Est-ce tout ? demanda-t-il en se saisissant du courrier qui pendait au bout des doigts de sa sœur.

Il parcourut la lettre des yeux et reprit la lecture :

Alors le chambellan Guillaume Martel sauta en croupe et garrotta notre sire à pleins bras. Charles se laissa faire, inerte, hors de sens, ne reconnaissant plus personne. Il fut mis en charrette de bouvier et l'on s'en retourna au Mans. Voilà finie la campagne de Bretagne.

Le soir tombe, notre sire demeure dans une atonie telle qu'on pourrait le croire mort. Chère dame, mon cœur se brise à le voir si misérable.

Je ne puis vous en dire davantage aujourd'hui, à complies, où, après longue prière, je vous écris hâtivement cette lettre, le cinquième jour du mois d'août 1392, jour funeste s'il en fut, alors que la nuit tombe, et que mon coursier attend pour vous la faire parvenir au plus tôt.

Le seigneur bavarois secouait la tête en achevant sa lecture, comme s'il n'en croyait pas ses yeux ni ses oreilles. Isabelle se taisait, la mine défaite.

— Messire, demanda enfin le Barbu à l'estafette, confirmez-vous que notre roi a tué quatre de ses pauvres gens ?

— Hélas, messire, cela est vérité.

— Et rien d'autre ne se passa ? insista Isabelle qui songeait à leur stratagème.

— Rien, madame. Enfin, presque rien, quelque temps auparavant, en forêt, un illuminé importuna notre sire qui n'en fit cas.

Et il narra ce que Louis savait déjà. Bonaventure avait dit vrai en tout point.

La reine resta un moment plongée dans ses pensées moroses, enfin elle s'enquit, luttant contre les tremblements de sa voix :

— Comment se portait notre sire quand vous êtes parti ?

— Bien petitement, son corps se refroidissait, sa poitrine seule avait un reste de chaleur, et son cœur battait mollement. Les médecins le considèrent vivant de corps, mais mort de tête par un afflux de bile noire, disent-ils, et voilà pourquoi notre gentil sire demeure hors de sens.

— Mais son cœur bat ! Il bat, il n'est pas mort, s'écria-t-elle avec conviction. Ces médecins sont des ânes. Il faut réveiller Ozanne de Louvain, qu'elle se rende à son chevet, elle saura ce qu'il convient de faire.

— Hélas, madame, nul ne passe, les médecins font barrage à l'entrée de sa chambre.

— Ozanne passera !

— Les oncles, de même, tiennent le roi confiné.

— Les oncles ? rugit Louis le Barbu.

— Il semble que les princes des Fleurs de lys font le ménage autour de leur neveu que l'on dit mourant, continua le coursier. Les Marmousets ne peuvent approcher leur souverain, ainsi que le connétable, Olivier de Clisson.

Les princes en profitaient-ils déjà pour reprendre le pouvoir ? Il fallait agir. Il fallait que Charles reprenne ses sens au plus tôt. Isabelle sut alors ce qu'elle devait faire, et qui solliciter. C'était leur seul recours.

Elle lança ses ordres avec une soudaine énergie : elle congédia le coursier, et fit quérir Ozanne de Louvain et Christine de Pisan, avec commandement de s'apprêter sur-le-champ pour une chevauchée, puis de s'enquérir de la reine au plus vite.

— Une chevauchée ! Qu'as-tu en tête, sœurette ? s'étonna Louis.

— Tu les accompagneras avec des hommes d'armes jusqu'à Paris, au quartier de la Grande Boucherie, puis tu conduiras Ozanne de Louvain jusqu'au Mans.

— La Grande Boucherie ? demanda le Barbu avec stupeur, et que veux-tu que je fasse en ces mauvais lieux.

— Alerter maître Nicolas Flamel, lui seul peut secourir le roi et le royaume.

— Le copieur ou alors l'alchimiste dont tu m'as tant parlé ?

Isabelle n'avait confié sa visite infructueuse avec l'écrivain public qu'à son frère.

— Il *faut* qu'il soit alchimiste ! répliqua-t-elle. La *vox populi* ne peut pas se tromper, même les princes le courtisent, s'obstina-t-elle avec désespoir en songeant au scepticisme de Bois-Bourdon, son bel amour perdu. Obtiens de lui un flacon de son élixir, de gré ou de force, par supplications ou par violence. Mais obtiens-le, avec l'aide de l'amitié qu'il porte à Christine. Puis, rends-toi au Mans avec Ozanne, qu'il le boive sans en perdre une larme. Seul cet élixir peut rénover sa jeunesse usée, sa santé, et lui rendre la vie, acheva-t-elle à bout de souffle.

Louis le Barbu prit sa sœur dans ses bras, et la serra fort pour calmer son exaltation. Il la sentait au bord de la crise nerveuse.

— Tout doux, ma princesse. S'il faut qu'il soit alchimiste, *il le sera* !

Elle reprit lentement sa respiration contre sa poitrine, cherchant à recouvrer son calme. Puis elle se dégagea doucement :

— Va, gentil frère, il faut armer tes gens.

Il lui prit les deux mains et les serra, puis déposa un baiser sur sa joue.

— Tout sera fait comme tu l'entends, la rassura-t-il avant de sortir à grands pas.

Dès que son frère l'eut quittée, elle se mit à son lutrin, et entreprit d'écrire une supplique à maître Flamel. Elle l'implorait pour le roi et pour le salut du royaume, en dépit de l'hermétique, de livrer quelques gouttes de son précieux élixir, et elle, reine de France, jurait sur Dieu d'en garder le secret.

Alors qu'elle cachetait la lettre de son sceau, Christine de Pisan, habillée à la hâte, encore embrumée de sommeil, vint saluer la reine. Isabelle lui donna la lettre :

— Donne ceci à maître Flamel, par amitié et devoir il te donnera une potion…

Ozanne de Louvain entra à son tour en tenue de cavalière, Isabelle se tourna vers elle.

— Il faut que tu fasses boire cette potion à Charles, on le dit aux portes de la mort en la ville du Mans.

— Mon Dieu, madame, il est retombé dans ses fièvres chaudes ?

— Pire, Ozanne, bien pire. Seul un certain élixir de maître Flamel peut le sauver.

— Quel élixir, madame ? demanda Christine effarée.

Isabelle voyait bien que la poétesse ignorait tout de l'alchimiste.

— Son élixir fameux, éluda Isabelle avec impatience. Supplie, Christine, pleure, appelles-en à Dieu, ou à la damnation éternelle, mais il faut qu'il te donne son élixir, pour la sauveté du roi.

— Mais, madame, lequel ? Dame Pernelle en fabrique à foison, l'un d'eux a même sauvé du croup l'un de mes fils…

— Allez ensemble, et faites diligence, coupa la reine avec agacement, Maître Flamel saura ce que la reine sollicite de façon si impérieuse. Mon frère de Bavière et ses hommes d'armes vous attendent. Le temps presse, la vie du roi est entre vos mains.

Isabelle se retrouva seule et son agitation tomba d'un coup. Elle s'agenouilla sur son prie-Dieu, le visage dans les mains.

« La liquéfaction de la Pierre philosophale, songeait-elle avec force, l'Élixir parfait qui donne santé et jeunesse par ses vertus régénératrices. Il faut qu'il soit alchimiste, répétait-elle en guise d'oraison. Il faut qu'il soit alchimiste, alors tout peut encore être sauvé. »

12

Douceur automnale à Creil

Porte d'enfer, destruction de corps,
Langueur de mort, abrégement de vie,
Mue en péril, haines et discordes,
En beau semblant, trahison et envie,
Luxure, orgueil, paresse, gloutonnerie,
De tous péchés le château périlleux,
Tour et retrait des hommes convoiteux,
Mondaine cour, que fuit le douloureux.

Eustache Deschamps[1]

— Clisson, hurlait Bourgogne, faux, mauvais, déloyal ! Vous n'avez plus à vous embesogner des affaires de l'État, quel malheur de vous en être mêlé. Que me parlez-vous de finances, vous qui en avez tant amassé que vous en avez plus que moi et Berry à mettre ensemble. Sortez ! Hors de ma vue, car en dépit de mon honneur, je vous crève l'autre œil !

— Je suis encore le connétable de France ! tonna plus fort le Boucher borgne.

— Je vous en démets ! Votre épée, messire !

— Jamais, je la briserai plutôt !

1. Poète français, (v. 1346-v. 1407). À propos de la cour de Charles VI, « sentine de tous les vices ».

Le duc Philippe de Bourgogne venait de licencier l'armée, et Olivier de Clisson était venu demander la solde des soldats débandés. Les deux hommes les plus puissants de France s'affrontaient, ce fut le Boucher borgne qui rompit. Le vent avait tourné, le connétable n'oubliait pas que l'on avait tenté de l'assassiner il y a peu, et se doutait que Craon n'avait pas agi seul. Sans le roi, il était à la merci des princes revanchards. En stratège, il comprit que la fuite était son seul salut, l'air du Mans était empoisonné des miasmes de la vengeance. Le connétable de France ne songea plus qu'à se réfugier en sa forteresse de Josselin, aux confins du royaume. Philippe le Hardi avait commencé le grand nettoyage.

Au Mans, à l'hôtel des Chanoines jouxtant la cathédrale Saint-Julien, mires, médecins et physiciens disaient Charles VI mort sans remède. Mais dans son immobilité de gisant, il respirait encore. Aussi Bourgogne ne perdait pas de temps.

Certains conseillers de Charles VI, les Marmousets, s'exilèrent comme le connétable sans attendre leur reste. D'autres, ne s'estimant coupables que d'avoir servi le royaume, demeurèrent, et le vieux Jean le Mercier, Bègue de Villaines et Bureau de la Rivière furent arrêtés et embastillés.

L'intraitable Philippe s'en prit alors à la reine. Sous prétexte de la protéger, il diligenta une milice à la Bergerie pour s'assurer d'elle et de son retour immédiat à l'Hôtel solennel des Grands Ébattements, où la princesse de Bavière fut assignée à résidence sous la garde vigilante de l'épouse du Hardi, Marguerite de Flandre, promue pour la circonstance « première dame de confiance de la reine ». Isabelle était prisonnière de fait, et avait interdiction de communiquer avec l'extérieur.

Mais, pour faire place nette, restait le problème plus épineux de se débarrasser d'Orléans. Si Charles VI mourait, seul un fragile enfant de huit mois le séparait du trône. Le rubicond Jean de Berry était resté jusque-là un spectateur approbateur, mais prudent, des manœuvres de « nettoyage » du Hardi. Mais les deux frères des Lys savaient que leur neveu d'Orléans, dont ils pouvaient devenir les vassaux, devait être ménagé à tout prix. Et le frère du roi exigeait la régence durant l'empêchement de Charles VI.

— Nous sommes dans une impasse, grogna Bourgogne à Berry.

— C'est fâcheux, mais la régence lui revient de droit, répondit ce dernier distraitement

Il se tenait debout devant un lutrin, tournant avec précaution les pages en vélin d'un ouvrage magnifique dont les enluminures lui avaient coûté une petite fortune. Comme à son habitude, Philippe ne tenait pas en place, et déambulait dans la chambre du Camus tel un fauve en cage, des déambulations curieusement tintinnabulantes. Ses enjambées nerveuses faisaient voler les pans de sa houppelande en soie de Lucques, dite de « bêtes sonnantes », car des cygnes y étaient brodés, portant chacun une clochette au cou.

— Il faut l'en empêcher ! lança-t-il en s'arrêtant derrière Jean de Berry.

— Magnifique, magnifique, s'exclama celui-ci, les frères Limbourg[1] sont des magiciens. Vois, mon frère, l'harmonie de cette lettrine, la délicatesse de l'image,

1. Pol, Jean et Hermann de Limbourg (v. 1380-v. 1416). Originaires des Pays-Bas, issus d'une famille de blasonneurs.

du détail, la féerie des coloris, la profondeur de ce ciel de lapis-lazuli…

— Le roi est mort ! hurla soudain Philippe à ses oreilles.

Le corps replet du Camus eut un sursaut de hoquet. Il se détourna de sa contemplation béate, fit face à son frère, le visage soudain décomposé.

— Mort ? Vraiment mort ? s'enroua-t-il.

— Enfin, tu m'entends !

Le Camus resta un instant silencieux, comme s'il était à l'écoute de ce silence. Seul le son de grenaille lui répondit, alors que le duc de Bourgogne reprenait ses déambulations, mains croisées sur les reins.

— Le roi est mort, vive le roi ! dit-il enfin avec un vague sourire satisfait. Il alla choir dans un de ses faudesteuils et s'y adossa lourdement avec un grand soupir. Le dossier lui rabattit son chapel de paille noire et à plumes jusqu'au bas du front, l'aveuglant à moitié. Il l'ôta d'un geste impatient, et s'en servit comme d'un éventail, il transpirait.

— Bien, reprit-il, voyons comment barrer la route du pouvoir à notre neveu d'Orléans sans nous compromettre. (Il réfléchit un instant, sa chambre résonnait toujours du tintement crispant des clochettes.) Il faut qu'il se démette de lui-même, lança-t-il enfin.

Philippe de Bourgogne s'arrêta net, il eut un bref rire hennissant.

— Comme tu y vas, ses ambitions sont sans mesure.

— Comme tous les Valois, roucoula le Camus avec ironie, s'éventant de plus belle. La peur, mon frère, il faut que la peur soit plus forte que son ambition, ajouta-t-il dans un gloussement.

— Et qui pourrait lui faire si grande peur ?

— Pas nous, certes, continuons à lui manifester notre amitié. Mais un ennemi déclaré qui le hait si ouvertement qu'il n'a plus rien à perdre, et en y mettant de l'habileté…

— Je ne connais que trop bien quelqu'un qui le hait tant qu'il rêve de l'étrangler de ses propres mains, le coupa Philippe. C'est mon fils, Jean de Nevers, et il ne s'en cache pas, mais il ne connaît que la force, il charge de front, aveuglément, comme un sanglier furieux, alors pour l'habileté…

Jean de Berry songea à l'héritier de Bourgogne, petit homme sombre, sans grâce et sans finesse. Contrairement à son père, qui prenait tant soin de sa personne qu'il avait un maître des déduits, où il se baignait à l'essence de roses de Damas et de poudre de violette, son fils, lui, négligeait sa mise. Et toujours contrairement à Philippe, il était malaisé en cour et n'étalait aucunement le faste de sa lignée. On pouvait le croire fruste, mais Berry le savait intelligent et retors, voire audacieux.

— Il est peut-être temps que le futur duc de Bourgogne apprenne l'art de la diplomatie.

— Tu es, certes, un maître de la manipulation jusqu'au machiavélisme, mais, dégrossir la tête brûlée de mon fils, cela tient du défi, conclut le Hardi avec amertume.

Le Camus sourit dans ses mentons.

— Un défi que je relève. Va le quérir, dis-lui que je l'attends.

Philippe resta perplexe, puis se fit menaçant :

— J'espère que tu sais ce que tu fais, si tu mets mon aîné en mauvaise posture…

— Va sans crainte, ton fils pourrait bien t'étonner, tu prends toute la place, donne-lui enfin libre manœuvre. Qu'il vienne, je fais le reste.

— Il n'est pas mort ! lança soudain Philippe avant de le quitter.

Berry cessa d'agiter son chapeau.

— Qui donc ?

— Le roi, pardi !

— Je n'en ai douté qu'un instant, gloussa Berry en s'éventant de nouveau, sinon cet hôtel tremblerait présentement de cris et de lamentations jusqu'à ses fondations. Et je ne parle pas des cloches et de leur sinistre glas.

Bourgogne éclata de rire. Il était impossible de leurrer son frère. Ce fut plus confiant qu'il se mit en quête de son fils.

Malgré son caractère rechigné, Jean de Nevers, comme le pensait le Camus, était intelligent et retors, et il comprit la leçon de son oncle. En fin de journée, il s'arrangea pour se trouver en travers du chemin de Louis d'Orléans. Ce dernier s'apprêtait à le croiser avec le dédain qu'ils se témoignaient mutuellement, mais, à son grand étonnement, son cousin le salua et lui donna même l'accolade, tout en l'entraînant d'autorité dans l'encoignure d'une croisée, malgré sa résistance.

Commence par le féliciter en toute fraternité, lui avait dit Berry.

— Mes félicitations, mon cousin.

— Et de quoi ? répondit Louis avec raideur.

— Il faut bien que je reconnaisse ton courage : régent de France, bigre ! Voilà une charge qui me paraîtrait bien écrasante, surtout si jeune. Je craindrais, pour ma part, de l'avoir sur les épaules.

Louis lorgna le torse trapu de Nevers. Il constata que celui-ci avait soigné sa mise, toujours vêtu de noir qui était sa couleur, son pourpoint à haut col bordé de martre était en satin frappé de feuilles d'aubépine perlées, symbole affectionné de sa mère, Marguerite de Flandre. Il arborait un chaperon qui lui casquait la tête, surélevé sur le devant, ce qui lui donnait de la hauteur, où s'enchâssait un diamant bleu de taille ostentatoire, surmonté de plumes de geai irisées.

— Si jeune ? reprit Louis avec encore plus de raideur. Dois-je te rappeler, cousin, que les rois sont dits majeurs et couronnés à quatorze ans ?

Sois aimable, mais pas trop, il se méfierait.

— Certes, mais dois-je te rappeler de même que tu n'es pas roi ! argua Jean dont le visage prognathe ne tenait guère longtemps le sourire. Et, à ce jour, tu n'as *régenté* que bacchanales, filles de joie et parties de jeux, lança-t-il d'un ton qui se voulait égrillard et complice.

Pas trop agressif non plus, son courroux dominerait.

— Je suis pair de France, et siège au Conseil de mon frère le roi ! s'emporta Louis.

— Certes, et tu y tiens ta place fort honorablement, souscrivit Jean, conciliant. *(Et attaque soudain, là où il ne s'y attend pas.)* Il est vrai qu'il faut te rendre cette justice, tu *régentes* aussi à merveille poisons et sorcellerie avec ta Milanaise et son mage Ambrogio de Migli.

— De quoi parles-tu, cousin ?

Il faut que tu voies de l'inquiétude dans son regard.

— Mais… de la rumeur qui enfle. Ne l'entends-tu pas ? Elle dit que notre malheureux sire est empoisonné. Hélas, mon beau cousin, on jase, on jase. Le roi ne t'a-t-il pas poursuivi en te désignant traître de la pointe de son épée ? Il a bien failli t'occire, et cela donne à penser.

— Charles… ne savait plus ce qu'il faisait, bégaya Louis, devenu blême.

Et quand tu y liras la peur, tu auras presque gagné. Donne-lui alors le coup de grâce.

— À qui le crime profite ? et qui avait intérêt à envoyer au roi celui que tout le monde nomme aujourd'hui : le fantôme de la forêt du Mans ? Voilà sur quoi le monde s'interroge. (Il lui tapota l'épaule amicalement avant de le quitter.) Régent de France, encore une fois bigre ! Que de ragots ! Personnellement, je n'en crois pas un mot, mais tu t'exposes, cousin, tu t'exposes. Car si Charles meurt, je ne donne pas cher de la peau de ceux qui l'auront ainsi navré, la vindicte populaire peut se montrer aveugle et sanglante.

Nevers posa un pied sur le banc de pierre et se tendit afin d'atteindre la crémone de la croisée qu'il ouvrit largement. Une bouffée de canicule s'engouffra dans la relative fraîcheur qu'entretenaient les épaisses murailles de l'hôtel des Chanoines. La fenêtre donnait sur le parvis et la place de la cathédrale Saint-Julien.

Il se retourna et reprit pied sur le dallage.

— Vois par toi-même. Souviens-toi de la Harelle[1] à Rouen, ou des Maillotins[2] à Paris, et comment la noblesse a tremblé sur son piédestal. Sans compter mon propre grand-père maternel, le comte de Flandre, qui ne dut son salut qu'en se déguisant en valet, pour échapper à la vindicte des Mécaniques[3] dans les ruelles de

1. Révolte contre les impôts.
2. Du nom du maillet de plomb, arme utilisée par les insurgés.
3. Révolte des tisserands qui utilisaient des mécaniques.

Bruges[1]. Mais enfin, la régence te revient de droit, tu ne saurais t'en dédire. À te revoir, beau cousin.

Et Nevers le quitta sur ces derniers mots.

Resté seul, Louis grimpa sur le banc, se pencha au-dehors, et vit : la place était noire de monde, une foule immobile, bourdonnante de sourdes oraisons, en attente, prête à se mettre en mouvement. Le peuple attendait des nouvelles de leur souverain, Charles le sixième, dit le Bien-Aimé. La moindre étincelle pouvait mettre cette foule en folie, et l'annonce de la mort du roi serait comme la foudre qui incendie la forêt en son entier. L'hôtel des Chanoines n'était pas une bastille, mais un chétif rempart contre la force décuplée par la colère populaire.

Louis se laissa tomber sur le banc de pierre où il se tassa sur lui-même, comme pour disparaître. Il avait tout juste dix ans lorsque la révolte des Maillotins avait ensanglanté Paris. Il se souvenait du climat de terreur, comment il avait été éloigné hors de la capitale en toute hâte avec sa petite sœur Catherine, dans la nuit, comme des proscrits. Il en avait gardé une peur panique de la fureur aveugle de la plèbe. Et nul secours à attendre de l'armée qui avait été débandée.

Sa notoriété aujourd'hui était sans conteste en mauvaise posture. On lui reprochait luxure, légèreté, prodigalité, égoïsme. Le peuple murmurait contre lui, et qu'en serait-il s'il savait qu'il s'essayait à l'alchimie avec l'astrologue de Valentine ? L'alchimie était considérée comme une hérésie par l'Église. Ce ne serait plus

1. Dans les années 1380, des émeutes éclatèrent un peu partout en Europe, dénonçant le parasitisme de la noblesse. Ce sont les premières révoltes sociales contre les privilèges.

des murmures mais des cris de haine si on venait à savoir qu'il était l'un des instigateurs de l'apparition du fantôme dans la forêt du Mans. Tout pouvait se retourner contre lui : l'art des poisons des Italiens ; son beau-père Jean-Galéas, assassin de réputation et de fait ; le roi enfin, l'accusant de traîtrise et voulant le tuer dans sa crise de folie. Cela faisait beaucoup, cela faisait trop. L'effroi s'était insinué en lui comme s'il avait à nouveau dix ans, il le tenait, le vidait de toute appétence.

Que lui dirait le cardinal Pierre de Luna ? Ses conseils paternalistes lui manquaient. « Quand un obstacle se dresse sur ta route, recule. Ce n'est point lâcheté, c'est pour mieux sauter », lui avait-il dit souvent. Ou encore : « Il faut savoir se faire oublier, et revenir quand on ne t'attend plus. »

C'étaient sages paroles. Régent de France, c'était trop s'exposer. Il fallait attendre que la rumeur se lasse contre lui, et se tenir coi. C'était ce que le cardinal de Luna lui aurait conseillé.

Il décida de renoncer à ce droit et de ne plus quitter le chevet de Charles, de s'afficher en frère aimant, soucieux de son état, en priant le Ciel qu'il s'en remette. Il s'y rendit aussitôt, mais, à le revoir dans son absence morbide, il songea qu'il eût fallu un miracle.

Le miracle était au Mans, en la personne obstinée d'Ozanne de Louvain. Elle celait dans son aumônière une fiole de la liqueur mystérieuse de Nicolas Flamel. Avec Louis de Bavière et Christine de Pisan, ils avaient exécuté les ordres de la reine. Quand ils s'étaient présentés en quémandeurs rue des Écrivains, le maître de céans étant absent, ce fut sa compatissante épouse qui les avait reçus. Ils avaient obtenu l'élixir sans difficulté de dame Pernelle, qui soignait avec dévouement les nombreux souffrants du quartier de la Grande Boucherie.

Dans la chambre de Charles, Louis d'Orléans tenait la main de son frère, rongeant son frein et excédé par les médecins du roi, qui, sans égard pour le gisant, se querellaient à propos de remèdes. Ils se mirent enfin d'accord, il n'y avait qu'un moyen : faire sortir la bile noire, qu'ils disaient accumulée dans la tête du malade, en lui perçant le crâne. Louis en fut horrifié, alors qu'ils s'apprêtaient à commander un vilebrequin. À ce moment, des hurlements hystériques éclatèrent derrière l'huis.

— C'est une diablesse, elle a corrompu notre sire de sa luxure. *Vade retro, Satana !* Qu'on la chasse, qu'on la brûle ! Qu'elle n'approche pas le roi, au nom de Dieu !

Louis d'Orléans, furieux, se résolut à sortir. C'était Pierre de Foissy, l'aumônier de Charles VI, qui hurlait ainsi, ravagé de tics, prêt à agresser avec violence Ozanne de Louvain que protégeait Louis de Bavière. Il faut dire que son fanatisme avait été mis à rude épreuve quand le roi, non sans une certaine malignité, lui avait confessé ses nuits d'amour avec la reine et sa dame d'honneur. Pierre de Foissy en avait gardé la chambre pendant une semaine, l'esprit assailli d'images lascives qui avaient torturé sa nature. Ozanne incarnait la démone, cause de tout le mal. Orléans vit là de quoi montrer son attachement à son frère en agissant. Il ne manquerait plus que les médecins percent le crâne du roi en sa présence, au risque de le tuer. Il usa de son autorité de prince et fut pris d'une sainte colère. Il chassa à la fois les mires et la torture du vilebrequin, et l'irascible Pierre de Foissy. À la vue de l'état de Charles, il n'y avait plus rien à perdre, et Ozanne de Louvain avait des dons de guérisseuse maintes fois prouvés.

— C'est le troisième jour que je me présente, lui dit-elle les larmes aux yeux, et que l'on me chasse, tantôt c'est par les gardes de Bourgogne ou les médecins, et, maintenant c'est frère de Foissy. Pourtant, je ne veux que le salut du roi.

— Entrez, Ozanne, je me fais fort de votre tranquillité, et je connais céans un médecin qui saura vous soutenir. Je vais le quérir.

C'était dans l'action qu'il fallait qu'il se singularise pour la sauvegarde du roi. Louis s'était attaché un médecin fameux, Guillaume de Harcigny, qui revenait d'Égypte où il avait acquis la science et la sagesse de la médecine arabe. Il aimait à discourir avec lui, car il aimait la science. Il voyait, avec Guillaume de Harcigny et Ozanne, l'espoir de sauver son frère, le miracle dont il saurait se prévaloir contre toutes les rumeurs qui lui faisaient grief.

*

Rue des Écrivains, Nicolas Flamel surveillait ses jeunes apprentis en calligraphie, l'œil acéré derrière les besicles qui pinçaient son nez épaté. Ils étaient au nombre de six, penchés sur leurs écritoires, inquiets de la mauvaise humeur de leur maître.

— Guillaume, tu as appris à tailler ta plume d'oie en biseau, l'excellence pour les pleins et les déliés de l'écriture… qui se nomme ?

— *Gothique fraktur*, qui est un mélange de la cursive germanique et de la gothique *textura quadrata*, récita ledit Guillaume dont les mèches, d'un roux flamboyant, s'échappaient de son bonnet.

— Et… ?

— *Gothique fraktur* veut dire gothique brisé.

— Bien ! Très bien ! Mais, si tu sais tailler ta plume, tu ne sais la tremper. Pas assez d'encre, c'est délavé, trop, ce sont des pâtés. Recommence, prends un autre parchemin et fais sécher celui-là ! À la bonne heure, ils ne sont que de mouton et non du vélin précieux, et le vélin est fait, sire Guillaume… ?

— De veaux mort-nés, maître.

— Bien ! Une fois sec, tu n'auras plus qu'à le regratter[1], à ce rythme, il n'en restera plus rien qu'à brûler.

— Au feu, au feu ! scandèrent alors les autres élèves en gloussant.

La frimousse constellée de taches de rousseur de Guillaume devint rouge comme brique. Il ne faisait pas bon être rouquin, couleur associée aux flammes de l'enfer.

Nicolas Flamel s'approcha d'un apprenti qui riait plus fort que les autres, un adolescent brun à l'allure dégingandée.

— Voyons si tes jambages sont toujours aussi raides que ton esprit, sieur Octavio ?

Celui-ci s'empourpra comme son malheureux condisciple.

— De la souplesse, monsieur le rieur, de la souplesse, le gourmanda Flamel. Tu n'as pas plus de souplesse dans ta cervelle que dans ton poignet. Et, à voir

1. Les parchemins étaient chers, il était fréquent qu'ils soient utilisés plusieurs fois. L'encre était grattée jusqu'à disparition, puis la peau était frottée à la pierre ponce pour lui rendre son poli.

la régularité de tes lignes, il m'en prend le tournis. Séché et regratté ! ordonna-t-il. Ils me ruineront en parchemins par leur incompétence, bougonna-t-il dans sa barbe, ses petits yeux pétillants de fureur.

Parti en inspection dans les autres ateliers où se faisaient enluminures et reliures, ainsi que la calligraphie de copieurs qualifiés, Nicolas Flamel était, depuis son retour, d'une humeur de chien lorsqu'il avait appris la visite d'Ozanne de Louvain, du frère de la reine et de Christine de Pisan.

— Et que voulaient-ils ?

— Un élixir propre à sauver notre roi !

— Et tu savais ce qu'elle voulait !

— Pardi ! dit-elle en haussant les épaules. Mais fallait-il pour autant que je néglige la supplique de la reine ?

— Et qu'as-tu donné ?

— Ce qui me semblait le plus approprié, de l'ellébore propre à dissiper les mauvaises humeurs. Depuis quand te préoccupes-tu de mes potions ?

— Depuis que tu as en tête de faire des miracles !

— Fallait-il laisser le roi sans secours ?

— Qu'il s'en remette, avait conclu Flamel, je le souhaite de mes plus ferventes prières. Mais alors, nous aurons bien d'autres solliciteurs à ne plus savoir qu'en faire !

— Notre souveraine a promis le plus grand secret.

— Il n'est pas de secret qui tienne, la reine y reviendra, sois-en sûre, et pas qu'elle !

Ils en étaient restés là, depuis, Nicolas ne décolérait plus.

*

Ozanne avait distillé goutte à goutte l'élixir entre les lèvres blanches et serrées du roi, à l'aide d'une pipette. Puis elle avait sollicité chambriers et chambrières pour le déshabiller et lui préparer un bain. Depuis son éclampsie, Charles puait, baignant dans ses excréments tant les médecins n'avaient osé le bouger. Une fois lavé et ses draps changés de frais, elle l'avait massé de ses huiles, puis lui avait ceint au gras du bras gauche un bracelet fait de la peau d'une anguille laissée mourir par privation d'eau. Trempée ensuite dans du fort vinaigre, mêlée avec du sang de vautour, et mise un temps sous le fumier, celle-ci avait alors des vertus merveilleuses, propres à redonner la vie comme auparavant. Elle tenait cette amulette d'une recette de son grimoire, le *Grand et Petit Albert*.

Et le roi avait repris ses esprits au matin du lendemain.

Il ouvrit les yeux alors qu'Ozanne était penchée sur lui.

— Belle dame aux yeux d'aigue-marine, est-ce vous qui m'avez éveillé d'un baiser ?

La nouvelle du retour à la vie du Bien-Aimé se propagea à sons de trompes et de héraut, les cloches des églises sonnèrent d'allégresse, et vidèrent la place Saint-Julien. Orléans respira mieux, et fit savoir comment il facilita les soins d'Ozanne de Louvain, et vanta les vertus de son médecin. D'ailleurs, Harcigny et la dame d'honneur s'entendaient à merveille, et se relayaient au chevet du roi qui sortait peu à peu de son hébétude. Ils s'entendaient à ne préconiser nulles médications ou chirurgie, mais bonne chère, délassement, calme, doux exercices du corps, avec recommandation de ne point courroucer le malade, ni l'attrister, et que tout soit fait en sa plaisance.

Berry et Bourgogne en convinrent, et décidèrent d'éloigner leur neveu au château royal de Creil où l'air était bon, le calme bucolique, loin de toute agitation et des turpitudes de la Cour. Le roi, mis à l'écart, ne s'occupait que de ses plaisirs, comme au temps où ils gouvernaient la France, ce qui n'était pas pour leur déplaire. Aussi firent-ils interdiction de le fatiguer avec les affaires de l'État sous peine d'emprisonnement. Il fut entendu que le roi serait accompagné par son frère Louis, son beau-frère de Bavière, et, bien entendu, Ozanne de Louvain et le sage physicien Harcigny.

Une fois en la place, Louis le Barbu s'inquiéta auprès de Charles d'Isabelle, dont il n'avait aucune nouvelle. Le roi exigea alors la présence de sa reine bien-aimée et celle de ses enfants. Il voulut aussi sa belle-sœur Valentine pour le plaisir de son frère, et ses favoris qu'il appelait naguère ses « Plaisants Cousins », compagnons de fête et de débauche, comme le comte de Joigny, le sire de Nantouillet, Yvan de Foix, et encore Aymeri de Poitiers et le pourtant détestable Huguet de Guisay. Les oncles durent s'incliner à leur grand déplaisir, car Charles VI, au château de Creil, reconstituait sa cour avec certains de ceux qui avaient comploté à leur disgrâce, quatre ans auparavant. Le vent commençait à souffler dans l'autre sens.

Les violents orages de septembre avaient cassé la canicule, octobre commençait, le temps pressait : les princes des Fleurs de lys, rentrés à Paris, constituaient en hâte leur gouvernement avec leurs affidés.

*

Isabelle se laissa caresser la joue par un rayon de soleil qui traversait les petits carreaux de la vaste verrière de Saint-Hubert. Les deux battants du centre étaient largement ouverts sur la douceur de l'arrière-saison. Elle soupira d'aise et ferma un instant ses yeux éblouis par le kaléidoscope du panorama. L'automne faisait flamboyer les immenses forêts giboyeuses des environs, du jaune safran au brun chaud, en passant par les ocres et les carmins soutachés d'orange vif. Sur les deux panneaux fixes des côtés, les vitraux racontaient en polychromie, sur fond de ramures, l'un, l'apparition merveilleuse du cerf qui portait la croix du Christ entre ses bois et, de l'autre, saint Hubert à genoux, les mains jointes, en extase. Saint Hubert était le patron des chasseurs, le soutien des veuves et des opprimés. Par la grâce de Dieu, et par celle de l'élixir de maître Flamel, elle n'était point veuve. Le roi était en santé.

Ses deux petites filles jouaient sur l'épaisse tapisserie qui réchauffait les dalles avec leurs berceuses et leurs damoiselles. Le dauphin Charles, huit mois, tétait sa nourrice avec gloutonnerie. L'aînée, Isabelette, qui était le propre surnom de la reine en son enfance, allait avoir trois ans en novembre. Elle était une ravissante princesse, aussi brune que sa mère, et s'efforçait maladroitement d'édifier une tour avec ses cubes de bois à images. Jeanne, assise au centre d'un amoncellement de coussins, suçait un ruban de la robe de sa poupée de chiffon, tout en regardant œuvrer sa sœur avec la gravité de ses dix-huit mois. Dès que la tour chancelante s'écroulait, elle avait un éclat de rire franc et clair, et battait des mains, ce qui provoquait une crise de colère chez son aînée. Pour calmer cette dernière, les nounous s'empressaient de reconstruire la tour, mais Isabelette s'énervait de plus belle et repoussait ses damoiselles : elle voulait faire toute seule, et s'absorbait à nouveau dans sa tâche. La fillette avait déjà conscience de son rang et en avait les caprices. La reine, à contempler ses enfants, s'imagina femme d'un hobereau vivant la vie simple d'une châtelaine. Papillon d'éphémère, elle saisissait ce moment de bonheur.

Des cris et des éclats de rire montèrent du fossé d'enceinte en contrebas. Le roi et ses courtisans jouaient à la balle de terre. À l'aide d'un bâton recourbé, il s'agissait de pousser une grosse bille de fer et de la faire choir dans des trous creusés dans le sol. Charles suivait les prescriptions d'Harcigny et d'Ozanne : délassement et doux ébattements. Le château de Creil était bien une maison de plaisance, plantée sur l'île Saint-Maurice dans le cours de la rivière de l'Oise, au sein de la ville fortifiée.

Doux ébats étaient aussi les nuits qu'ils passaient ensemble. Charles lui faisait l'amour avec une tendresse émouvante, attentif à la féconder. Elle en éprouvait un trouble qu'elle n'avait jamais connu, une délicieuse jouissance à offrir son ventre à la semence royale. Tous deux voulaient encore des fils, car le dauphin était un fragile nourrisson. Ozanne ne participait plus à leurs étreintes, elle jugeait ces joutes passionnées et sensuelles trop épuisantes pour le roi, et contraires à sa santé.

Mais leur attente était encore une fois déçue. Elle fit une grimace de souffrance alors que la fleur vénéneuse de sa défaite naissait au creux de ses reins, qu'une douleur sourde gagnait son ventre, tordait son estomac, et lui montait au cœur alors qu'elle se couvrait d'une fine sueur. Cette nuit, elle ne dormirait pas avec son époux ; ses menstrues, qui la rendaient impure, ne le permettaient pas. Depuis qu'elle avait mis le petit Charles au monde, elle souffrait toutes les lunes, d'autant plus que ses règles annonçaient qu'elle n'était toujours pas grosse. Le spasme de douleur passa. Elle expira lentement et se tortilla sur son lit de repos. L'étoupe, enveloppée d'une fine toile, encombrait son entrejambe, et la ceinture qui maintenait sa protection lui cisaillait la taille.

Elle se consola en songeant à Valentine Visconti qui restait stérile, ce qui n'empêchait pas le dépit qu'elle avait de sa fâcheuse présence. Elle n'était pas la seule, Ozanne elle-même prenait ombrage de l'omniprésence de la duchesse auprès du roi. La chambellane soignait Charles avec tout l'amour qu'elle lui portait, lui pratiquait les massages qu'il aimait tant, et surveillait ses boissons et ses mets. Mais Valentine, depuis son arrivée à Creil, accaparait les loisirs du souverain qui se plaisait en la compagnie de sa « chère sœur ». La duchesse d'Orléans avait apporté avec elle un nouveau jeu qui faisait fureur en Italie : le jeu de cartes. Ces vignettes, richement enluminées, étaient assemblées à l'image du roi, de la dame, du valet et du bouffon, et comportaient dix cartes à numéros. Il y avait quatre assemblages comme il y avait quatre saisons ; chaque saison affichait le même emblème guerrier : le cœur était la pointe de l'arbalète, le carreau celle du fer de lance, et ils étaient vermeils ; le pique, la pointe de la hallebarde, et le trèfle, la garde de l'épée, étaient noirs. Charles VI s'était pris de passion pour ce nouveau divertissement aux multiples combinaisons, auquel l'initiait la Lombarde. Cette dernière prétendait également pouvoir prédire l'avenir « en tirant les cartes », ce qui enchantait Charles. Isabelle comme Ozanne étaient exaspérées de leur complicité.

Pourtant, la reine elle-même avait retrouvé avec Louis d'Orléans leur connivence d'antan. Ils ne se quittaient plus, ils chevauchaient, chassaient, jouaient ensemble à la paume, toutes activités interdites au roi car elles remuaient trop les humeurs. Isabelle n'avait pas oublié Bois-Bourdon, et la blessure de son absence était toujours vive, mais elle ne pouvait s'empêcher de ressentir auprès de Louis un émoi qui n'avait rien de fraternel. Contrairement au sombre sire de Graville, Orléans était léger, toujours enjoué, et elle retrouvait son insouciance, son appétit de vivre. Elle avait aussi découvert chez son beau-frère un goût de l'étude, de la culture, des belles choses, bien qu'il aimât un peu trop l'art italien. Mais davantage encore, il l'aimait, le lui disait, et elle aimait être aimée. Pourtant, malgré le désir qu'elle en avait, elle ne se résolvait pas à franchir l'interdit.

— Ne joue pas avec moi, lui avait-il dit un jour, alors qu'elle s'échappait après un baiser.

— C'est ce que nous faisons de mieux ensemble, rit-elle, jouer.

Elle savait cependant que, à ce jeu, elle pouvait se perdre.

Des cris stridents brisèrent la sérénité de la galerie de repos : la tour échafaudée par Isabelette s'était encore écroulée, et la fillette se roulait par terre de rage, tandis que Jeanne hoquetait de son rire irrésistible.

À ce moment, une chambrière du château surgit, et après une courbette devant la reine, elle haleta :

— Pardon, madame, on m'envoie pour vous dire que nous avons recueilli des pèlerins…

Elle s'interrompit pour reprendre son souffle.

— Bien, dit la reine, cela ne vaut pas tant d'alarmes.

— C'est que, madame, l'une des pèlerines dit se nommer Catherine de Fastavavin, qui désire vous entretenir d'urgence. Il s'agirait de vie et de mort.

— Catherine ? dit Isabelle en se levant d'un bond. Où est-elle ?

— Dans la salle des cuisines, madame, où madame Ozanne leur prodigue des soins car ils ont triste état.

Catherine, sa Catherine était là. Isabelle se mit à courir. La chambellane de la reine n'avait pas suivi celle-ci en sa Bergerie de Saint-Ouen. Avec Etzel d'Ortembourg, elle s'était rendue au castelet sis sur les hauteurs du faubourg Montmartre, offert par Charles VI pour son futur mariage, afin d'y suivre les travaux de rénovation.

Depuis juillet, son amie d'enfance lui avait manqué. Quelles nouvelles lui apportait-elle ? Il s'agissait de vie et de mort, Catherine était en triste état… Isabelle courait, folle d'inquiétude.

13

Saint Georges

Vers l'an de N.S. 287, le président Dacien menait une violente persécution contre les chrétiens. Georges de Cappadoce s'élança au milieu des martyrs et s'écria : « Tous vos dieux sont des démons, c'est le Seigneur qui a fait le ciel. »

Dacien ordonna qu'il fût suspendu à un chevalet, où ses membres furent déchirés avec des ongles de fer, et les entrailles lui sortirent du corps. Mais le lendemain, Georges fut retrouvé parfaitement sain, alors Dacien le fit jeter dans une chaudière de plomb fondu. Georges fit le signe de croix, et fut comme dans un bain. N'en venant à bout, Dacien lui fit trancher la tête.

Comme Dacien revenait du lieu du supplice à son palais, le feu du ciel descendit sur lui et le consuma avec ses gardes.

D'après *La Légende dorée*
de Jacques de Voragine[1]

1. *La Légende dorée* a été écrite au XIIIe siècle. Cette compilation de cent soixante-dix vies de saints était très populaire.

Dans la vaste salle des cuisines, sur un banc s'adossant à la longue table chargée d'aiguières et de gobelets, plusieurs visiteurs, en robe de bure retroussée sur les genoux, étaient assis en enfilade, les pieds mijotant dans des petits cuveaux fumants. Isabelle ne vit que sa chambellane et ses grands yeux marine, qui pétillèrent de bonheur en apercevant la reine, tandis que son fin visage de furet se fendait d'un grand sourire. Isabelle se jeta sur elle et l'enlaça, balbutiant de soulagement. Dans son geste, elle buta contre le cuveau qui éclaboussa le dallage et le bas de sa robe.

— Doucement, Isabelle, tu vas tout mouiller, rit Catherine.

— Sans compter que c'est du gâchis, ce n'est pas rien de faire de l'eau de plantain, s'exclama Arégonde, la corpulente et ronchonneuse cuisinière de la mesnie de la reine, qui l'avait rejointe à Creil.

— Mon Dieu ! que j'ai eu peur, dit Isabelle en reprenant son souffle et son équilibre.

Puis elle s'avisa de ses compagnons, qui, debout dans leur baquet, troussant leur pèlerine à pleines mains sur leurs mollets poilus, saluaient leur reine en s'inclinant bas, comme dans une révérence de demoiselle.

— Pardonnez-nous, madame, si nous ne pouvons venir jusqu'à vous, mais nous sommes condamnés à tremper dans cette eau de plantain, bonne pour les inflammations, paraît-il, lança l'un d'eux.

— Seigneur Etzel d'Ortembourg ! Je n'aurais pas reconnu le fiancé de Catherine avec tous ces poils qui vous mangent le visage.

— Un passage aux étuves, un bon barbier, et je serai présentable, madame.

— Mais il faudra trouver de quoi nous vêtir décemment, rétorqua un autre qui semblait inquiet.

— Mais que vous est-il arrivé ? Pourquoi cette allure de loqueteux ? Où est Ozanne ? (Elle s'interrompit, et renifla avec dégoût. Une odeur nauséabonde de cuir brûlé, venant de la chambre aux fourneaux, envahissait la salle.) Quelle est donc cette horrible odeur ?

— Ozanne surveille des godillots qui flambent, expliqua la cuisinière. Les cendres de chaussures crevées sont souveraines pour les excoriations des pieds, par antipathie.

— Par antipathie ? s'exclama Isabelle, effarée, à bout de questions.

— Mais asseyez-vous donc, vous autres ! intima Arégonde aux hommes toujours debout dans leur baquet. Et que font ces fainéantes de servantes ? cria-t-elle plus fort. Où sont-elles passées ? Donnez donc du vin à ces cassés des chemins. Pardi ! répondit-elle enfin à la reine en s'agenouillant devant Etzel d'Ortembourg, tout en déployant un linge propre sur ses genoux, on soigne par sympathie ou par antipathie. Quoi de plus antipathique pour les pieds que de vieux godillots percés, alors on les brûle, et les cendres sont frottées pour rendre justice aux blessures qu'ils ont infligées.

Isabelle était tout à fait interloquée en entendant ce jargon, et regardait trois femmes qui entraient, remplissaient les timbales et les distribuaient.

— On peut pas être partout, râla l'une d'elles, aux fourneaux à préparer des brouets réconfortants, et ici à enivrer vos pèlerins.

Arégonde ne répondit pas, elle sortit un pied d'Etzel du cuveau et le posa sur le linge.

Isabelle poussa un gémissement en voyant le pied du fiancé de Catherine, couvert de plaies.

— Bah ! ce n'est pas si grave, sourit Etzel avant de vider le godet qu'on lui tendait.

— Vous disiez pas ça quand on vous a tous lavé les pieds avec de l'eau-de-vie. Ça gueulait, ça, je peux le dire.

Ils éclatèrent de rire tout en buvant, ce qui irrita la reine.

— Mais enfin, va-t-on me répondre ? Pourquoi êtes-vous venu si mal chaussés qu'il faut brûler vos souliers ?

Les rires redoublèrent. Les timbales de vin qu'ils vidaient n'étaient sans doute pas les premières, ils en semblaient fort ragaillardis. Catherine reprit son sérieux la première.

— Non, Isabelle, pas *mal* chaussés, mais pas chaussés du tout. Ceux qui brûlent viennent des cours basses. Nous sommes venus pieds nus, comme tout bon pèlerin. Mais nous n'avons pas les pieds aussi encornés que les pénitents.

— Va-t-on cesser de me parler de pieds et de godillots ! cria Isabelle exaspérée.

Elle tira une escabelle près de Catherine, s'y assit résolument, et dit d'un ton courroucé :

— Tu m'as fait une belle peur, Catherine, il s'agissait de vie ou de mort, et vous, vous riez ! Peux-tu m'éclairer au lieu de ricaner comme une nigaude.

— Pardon, ma reine, mais la route a été rude pour venir jusqu'ici. Et le vin aidant, cela nous soulage de toutes nos peines. Car il fallut bien des ruses et des tortures pour vous atteindre dans votre isolement.

Les hommes acquiescèrent et se mirent à parler tous en même temps, d'où il ressortait que des hommes d'armes patrouillaient sur les chemins, et que le château de Creil était surveillé par les sbires des oncles qui faisaient régner la terreur…

— Pas tous à la fois, je n'y comprends rien, s'écria Isabelle.

Ils se turent, tous en même temps. Catherine prit alors la parole :

— Dès que Etzel et moi avons su le malheur de la forêt du Mans, nous nous sommes précipités à Saint-Ouen pour te retrouver, Isabelle. On disait le roi mort. À la Bergerie, nous avons appris que la reine était partie sous bonne garde bourguignonne pour Paris, où on la tenait au secret à l'Hôtel, mais aussi que le roi n'était point mort, même s'il ne valait guère mieux. Nous avons repris espoir, mais il y avait partout des hommes d'armes qui contrôlaient les voyageurs, surtout les nobles équipages et les courriers. Nous avons regagné Paris, déguisés en marchands, et nous nous sommes dissimulés incognito au sein de la cour germanique de ton frère, dans la maison mitoyenne de Pont-Perrin, car personne ne pouvait entrer à l'Hôtel royal sans montrer patte blanche. Il nous a semblé que nous te serions plus utiles à l'extérieur car il nous apparaissait que tu y étais tenue prisonnière.

— Certes, approuva la reine, prisonnière est bien le mot. La duchesse Marguerite de Bourgogne faisait bonne garde, rien ne pouvait se dire et s'écrire sans passer par elle. Je fis malgré tout bonne figure car elle fut bonne pour moi, comme une mère, à mon arrivée à la cour de France. Mais Valentine prit de très haut cette surveillance, dit-elle avec un petit sourire de satisfaction.

La duchesse d'Orléans revendiqua ses titres, son rang, et son époux qui était presque roi. C'était fort malhabile. « Presque, madame, ce n'est pas *être* ! lui a rétorqué Marguerite. Et vous faites un peu trop fi de la vie de notre dauphin. Comptez-vous, comme le roi, l'envenimer avec vos poisons italiens ? Ah ! la male heure où mon beau neveu d'Orléans a mis une couleuvre milanaise dans la corbeille des Fleurs de lys. »

— Une couleuvre milanaise, comme cela lui sied ! Valentine a dû en être mortifiée, s'esclaffa Catherine.

— Pis que ça, la peur la fit taire. Et, paraît-il, elle se mit à prier pour la santé de mon fils de crainte d'être accusée de la plus petite fièvre. Elle fut fort soulagée quand Charles nous libéra en nous faisant mander à Creil.

— C'est ce que nous avons appris, car des rumeurs et informations filtraient de l'Hôtel royal jusqu'à la maison de Pont-Perrin.

— Mais que veux-tu dire à la fin en parlant de vie et de mort ? insista la reine.

— J'y viens, Isabelle. Il s'agit bien de vie ou de mort. C'est pourquoi, avec Etzel et trois de ses chevaliers, nous nous mêlâmes à un groupe de pèlerins, qui sont nombreux à parcourir les routes en oraisons, pieds nus, pour la guérison de leur roi. C'est ainsi que nous avons gagné Creil et de cruels érythèmes plantaires. Notre aspect loqueteux n'éveilla pas les soupçons…

— Vas-tu cesser de discourir et venir au fait, s'impatienta la reine de plus belle.

— Il y avait urgence à prévenir notre bon roi, continua Catherine sans se démonter, car les nouvelles devenaient alarmantes. Nous avions une alliée à l'Hôtel solennel des Grands Ébattements : la jeune duchesse de

Berry, Jeanne de Boulogne. Elle nous fit avertir que, malgré ses supplications, les oncles avaient condamné à mort les Marmousets enfermés à la Bastille.

*

Dans la galerie de la verrière de Saint-Hubert, la table du souper avait été dressée, car un banquet était offert en l'honneur des pèlerins. Ils avaient repris figure humaine, et trouvé des atours dans les garnements[1] des courtisans. Catherine portait une robe moirée de bleu changeant, au surcot perlé, un cadeau d'Isabelle qui lui allait à merveille. Mais l'humeur n'y était pas, le silence était lourd, et les échansons et écuyers-tranchants se déplaçaient discrètement, n'osant faire tinter verres, plates ou aiguières. Les musiciens avaient été chassés. Chacun respectait la sombre méditation du roi.

Il venait de quitter le festin pour aller se planter devant le cerf merveilleux de saint Hubert, tournant le dos aux convives. Il ruminait : son connétable s'était enfui, son gouvernement démembré, ses ministres chassés et leurs biens confisqués, certains étaient emprisonnés et condamnés à mort. Comment ses oncles avaient-ils pu oublier que c'était dans les bras de Bureau de la Rivière que son père, leur frère Charles V, avait expiré ? Ils faisaient à nouveau la loi à son insu.

Il contempla le cerf de saint Hubert, il songeait à celui qui lui était apparu jadis en forêt de Senlis, portant

1. Ensemble des vêtements. Ce terme désigne aussi la chambre où ils sont entreposés.

au cou la médaille de César. Sa vie avait été semée de prodiges, aujourd'hui, Dieu l'avait abandonné.

— Et que dit le pape Clément, en Avignon ? demanda-t-il soudain.

— Que Dieu est courroucé contre le roi de France qui avait juré sur sa foi de détruire l'antipape de Rome, répondit Etzel d'Ortembourg du bout des lèvres.

— Et Boniface, à Rome ?

— Que Dieu avait brisé la raison du roi pour avoir soutenu l'antipape d'Avignon.

— Ainsi, Dieu me punit de quelque côté que je me tourne, répondit Charles d'une voix sourde.

Il sentit comme une vague de fièvre lui embrouiller le cerveau et la vue, et des picotements dans tout le corps. Son esprit s'égarait, il en connaissait les symptômes, les prémices. Il passa une main lasse sur son visage. Au plus profond du brouillard qui s'épaississait autour de lui, une voix insistante disait : « Tu es Georges, tes armes sont un lion transpercé d'un glaive. » Charles se sentait sombrer. Allait-il rechuter ? Mon Dieu, pourquoi m'avez-Vous abandonné ?

Ozanne échangea un regard inquiet avec Guillaume de Harcigny, il ne fallait pas de contrariétés au roi, et ces révélations avaient été rudes. Le dos de ce dernier s'affaissait, vacillait, comme sous le poids d'une immense douleur. Isabelle se leva et s'approcha doucement de son époux.

— Venez vous asseoir, mon doux sire ! dit-elle en tendant les mains.

Charles eut alors une réaction d'une violence inouïe.

— Qui me parle ? hurla-t-il alors qu'elle le touchait.

Il se retourna, les yeux fous et emplis d'une haine meurtrière. La reine recula avec un cri de terreur, repris en écho par les assistants. Chacun crut que Charles allait frapper Isabelle. Son frère Louis de Bavière était déjà debout, prêt à la défendre. Mais Valentine fut plus prompte, elle s'élança et se jeta au cou du souverain.

— Mon cher frère, mon tendre seigneur, restez quiet. Vous êtes le roi de France.

Le brouillard se dissipait. Le regard de Charles s'adoucit lorsqu'il baissa les yeux sur le visage tendu de Valentine.

— Ah ! c'est vous, ma chère sœur. C'est vrai, je suis le roi de France.

Il lui caressa la joue d'un revers de la main, empreint d'une grande douceur.

Isabelle reculait pas à pas en considérant le couple enlacé, le visage ravagé de peur et d'humiliation. Catherine la recueillit dans ses bras, elle se tourna vers elle et enfouit son visage dans son épaule.

— Vois l'outrage, ma bonne amie.

— Isabelle, chuchota sa chambellane, fais bonne figure, tu es la reine.

Elle se reprit, se redressa et se contraignit à sourire en regagnant sa place sous le dais royal. Elle s'y tint en majesté, contrôlant sa fureur : Valentine n'était plus sa rivale, elle était son ennemie, c'était la guerre. En intervenant, elle était responsable de son humiliation publique.

*

Le malaise avait été si bref, que chacun n'y vit qu'un mouvement d'humeur, sauf Isabelle. La violence et le regard terrible de son époux lui avaient rappelé le retour de Charles du Languedoc, et comment il l'avait repoussée méchamment sans la reconnaître. La reine avait peur, ainsi, à chaque instant, à la moindre contrariété, Charles risquait de rechuter, la laissant désarmée face à ses ennemis.

Le roi lui-même ne fit aucune allusion à sa faiblesse passagère, et c'est en roi qu'il fit partir le soir même des courriers à Paris, ordonnant de suspendre toutes les décisions, interdisant les exécutions capitales, et commandant à ses oncles de préparer son retour à Paris avec tous les honneurs qui lui étaient dus.

Le retour se fit dans la liesse populaire. Des éclaireurs dégageaient les chemins à grands coups de trompe et de voix : « Place, place à notre roi Charles le Bien-Aimé, et notre reine vénérée. Place à nos souverains ! » La nouvelle mit les cloches en branle, jeta les gens hors de leurs logis, de leurs échoppes, les tira de leurs champs. Ils avaient cru le roi mort, et ils voyaient passer Charles VI qui caracolait sur son cheval blanc en tête de cortège, escorté de ses chevaliers. La reine suivait dans une litière avec ses enfants. Pour la circonstance, elle s'était fait un visage de madone, le teint éclairci, l'œil charbonneux et les lèvres rougies, elle arborait un long voile de samit bleu qui l'enveloppait, retenu sur sa tête par une fine couronne de diamants, et attaché sous la pointe de son menton par un fermail de saphirs. Elle tenait haut dans ses bras son fils, le dauphin Charles. Elle était l'image de la Vierge à l'enfant, de façon saisissante. Cette vision fit exulter le bon peuple. « Noël ! Noël, vive la reine, vive le dauphin de France ! » Autour de sa litière, les dames chevauchaient sur leur haquenée, notamment Valentine Visconti sur Alcoboçanne, en grands atours de velours et coiffée d'un impressionnant escoffion à double corne. Mais le monde n'avait d'yeux que pour la reine et son fils. Isabelle, souriante, triomphait. L'entrée à Paris fut un délire, les princes des Fleurs de lys se portèrent à la rencontre du roi, quelque peu inquiets. Lorsque Charles mit enfin pied à terre à l'Hôtel solennel, il refusa tout net les agapes et les festivités qui l'attendaient. Il voulait sans tarder faire une retraite au cloître des Célestins, pour faire pénitence des navrances qu'il avait fait subir à quatre de ses écuyers dans la forêt du Mans. Mais, surtout, il voulait immédiatement s'entretenir avec son ancien précepteur, le sage Philippe de Mézières.

Le vieux célestin avait été l'un des premiers à recevoir un message de Charles, aussi l'attendait-il. Il lui avait fait préparer une cellule, le roi voulait faire retraite, et sollicitait de son ancien précepteur un entretien. Mézières était inquiet, la crise de la forêt du Mans était l'aboutissement d'une détérioration cérébrale dont il avait été le témoin ces derniers temps. Il en avait suivi les signes, qui étaient allés en s'aggravant. Mais comment faire comprendre au roi qu'il sombrait dans la folie ? Mézières craignait que son retour en santé ne fût qu'une rémission, et que le trône et la France même ne fussent en danger. Le pouvoir avait trop d'attraits pour que la discorde des princes n'entraînât le royaume au bord du gouffre.

Philippe avait plus de soixante-cinq ans, il s'était retiré au couvent des Célestins, n'intervenant dans les affaires de l'État que comme conseiller. Il était un politique avisé, connaissant tous les arcanes du pouvoir sans en avoir le goût. Comme il l'avait dit à la charmante princesse de Bavière, son bonheur était dans la solitude et l'écriture. Il ne sortait de sa réserve que par nécessité.

Et il y avait urgence, il fallait mettre un frein à l'avidité de Berry et de Bourgogne. À ce jour, il pensait que cela avait été une erreur de les avoir totalement exclus du gouvernement, ils en étaient devenus les pires et les plus puissants ennemis, et, ses ennemis, il fallait les tenir au plus près. En cas de rechute, ou de la mort de Charles VI, que Dieu nous en garde, les princes allaient s'entre-déchirer. En attendant le roi, il avait rédigé des ordonnances pour parer à l'éventualité d'une nouvelle « absence ».

Les ordonnances proposaient de donner la régence au duc d'Orléans, entouré d'un conseil composé, entre autres, des oncles et de Louis de Bavière, frère de la reine. Car il fallait quelqu'un au gouvernement pour protéger Isabelle, s'il devait advenir qu'elle soit à nouveau l'épouse d'un mort-vivant. À celle-ci, il donnait la tutelle, garde et ministère des enfants royaux et ceux à venir. Elle serait pensionnée et apanagée comme il convenait pour soutenir son état et le nourrissement de sa progéniture.

Ces principales dispositions seraient assorties de serments jurés sur les saints Évangiles. Louis d'Orléans, régent, sur sa foi, devrait défendre de toute sa puissance les intérêts du royaume, la reine et le dauphin. Isabelle, jurerait amour, enseignement et bonne doctrine aux enfants de France. Les membres du gouvernement devraient respecter lesdites ordonnances et la volonté du roi.

Philippe de Mézières savait équilibrer les choses, si Louis d'Orléans avait le pouvoir sur ses oncles, de même le conseil de régence l'aurait sur le frère du roi.

Ainsi, ils se surveilleraient les uns les autres, limitant mutuellement leur voracité.

Mais, pour faire admettre ces dispositions en cas de vacance du trône, il allait falloir faire admettre à Charles son état, et les risques de rechutes.

Mais comment dire à un fou qu'il est fou ?

Charles trouva son maître dans sa cellule, envahie de feuilles de vélin, de plumes et d'encrier, assis à son pupitre, en pleine écriture. Mézières l'accueillit avec chaleur et lui donna l'accolade. Il l'avait connu enfant, et leurs relations tenaient du père à un fils.

— Je t'attendais, mon roi.

Charles se laissa tomber sur un tabouret, la tête basse, tout à son accablement.

— J'ai commis de grands crimes.

— Je les connais.

— Je m'en suis confessé à mon aumônier, frère Pierre de Foissy. Il m'a absous, et m'a donné des pèlerinages en pénitence auxquels je me soumettrai sous peu.

Mézières s'assit en face de lui, et lui prit les mains.

— Voilà qui est bien, mon prince.

Charles releva les yeux, ils étaient embués de larmes.

— Las, je ne lui ai pas tout dit. Foissy n'aurait su l'entendre.

— Que veux-tu dire ? demanda le patriarche avec une sourde inquiétude.

— J'ai tué quatre écuyers innocents de mes mains, que Dieu les prenne en pitié, et me pardonne. Mais, si ce sont mes bras qui ont frappé, ce n'était pas ma volonté…

— Je le sais, noble roi.

— Non, vous ne savez rien, ce n'était pas moi, c'était Georges.

Philippe resta un instant interloqué, puis fourragea dans sa barbe, l'air tourmenté. Il demanda avec douceur :

— Qui est Georges ?

— Un démon qui me possède parfois, sans que j'y puisse rien.

Mézières resta à nouveau songeur.

— Je ne suis pas fou, s'emballa le roi en se levant. C'est ce démon, ce démon qui me commande et qui fait tout le mal.

— C'est impossible, répondit Philippe avec encore plus de douceur, inquiet de l'agitation de Charles. Je ne connais aucun Georges dans la cohorte démoniaque.

— Il faut bien qu'il y en ait un, puisqu'il tue et me torture !

— Aucun démon ne saurait tenir ton âme, tu es l'oint du Seigneur, le saint chrême les écarte irrémédiablement et te protège.

— Je sais bien, moi, que parfois je suis Georges ! lança le roi plus agité que jamais.

— Je te crois, Charles. Mais puisque cela ne peut être un démon, ce ne peut être qu'un saint. Et s'il s'appelle Georges, c'est le grand saint Georges.

Charles s'arrêta pile.

— Celui qui terrassa le dragon ?

— Celui-là même. Mais assieds-toi, et écoute-moi avec calme.

Mézières souriait dans sa barbe blanche, il venait de trouver comment faire accepter au roi ses promulgations. Charles vint se rasseoir en face de lui avec mauvaise grâce.

— Il se peut que ce soit un grand prodige, sourit encore Mézières.

— Un prodige, dites-vous ? Un prodige qui me fait lever l'épée contre mes serviteurs ?

Comme Charles se relevait avec indignation, Mézières cessa de sourire et usa de son autorité comme il l'aurait fait pour un enfant.

— Je t'ai dit de t'asseoir. Tu veux m'entretenir, mais tu pleurniches sans cesse, et tu ne m'écoutes pas !

Le roi reprit sa place, plus morose que jamais.

— Ne m'interromps plus, et laisse-moi te conter l'histoire de saint Georges, elle est édifiante.

— Je la connais, messire, grommela Charles.

— Tu la connais, mais est-ce que tu l'as comprise ?

— Qu'y a-t-il à comprendre ?

— Bien plus que tu ne l'imagines. Alors écoute-moi attentivement : en Orient, il y a fort longtemps, les habitants d'une ville étaient terrorisés par un dragon pernicieux. Non seulement il se nourrissait de leurs agneaux et brebis, mais il exigeait chaque année deux jeunes gens en sacrifice. Un chevalier chrétien, Georges, vint à passer par là et fut ému de l'affliction de ce peuple. Georges défia le dragon et engagea avec lui un combat acharné, et, avec l'aide du Christ, il triompha.

— Je sais ! C'était un chevalier de grande vaillance, dit le roi avec amertume, alors que moi…

— Alors que toi, tu es le roi ! coupa Mézières avec fermeté. Il faut vaillance et courage pour mener un royaume sur le chemin de l'unité de la foi, de la paix et de la prospérité, et ne pas combattre des chimères. Tu prends tout au pied de la lettre, mais cela n'est qu'une allégorie, ce n'est pas cet exploit qui fit de lui un saint, mais son martyre.

— Certes, mais c'est cet exploit qui fit de saint Georges l'idéal chevaleresque que vous nous prêchez tant ?

— Et que je prêcherai toujours. Mais il y a plus : sa bannière était d'argent à la croix de gueules[1]. Bien après son martyre, c'est ainsi qu'il apparut aux premiers croisés qui assiégeaient en vain Jérusalem. Il se proclama le général des croisés et leur ordonna de monter vaillamment à l'assaut sous sa bannière, et le Christ leur donnerait la victoire sur les Sarrasins. Ce qui fut fait. Et désormais, c'est sous la bannière blanche à croix rouge de saint Georges que l'on fait croisade, qui symbolise la victoire de la Foi sur le Mal.

La croisade, Sa croisade. Lors de sa crise en forêt du Mans, il lui restait des images violentes : dans la touffeur du désert, il était Georges, un soldat du Christ en route pour Jérusalem, environné de traîtres qu'il combattait avec bravoure. Mais il avait tué des innocents.

— Pourquoi m'avoir fait tuer ces quatre jeunes gens ?

— Pour te rappeler ceux que tu sacrifies à tes guerres vaines. La guerre est un dragon qui terrifie le peuple et mange ses enfants.

— Ainsi, si je suis possédé, c'est par un saint qui me rappelle à mes devoirs ?

— Je le crois.

— Mais, quand je suis Georges, j'ai pour écu un lion transpercé d'un glaive, et non un dragon comme sur les iconographies de ce saint.

1. Rouge en termes héraldiques.

— C'est encore une allégorie, le dragon et le lion sont des mangeurs d'homme, ils sont le mal, ils sont la guerre. Et quitte à troquer tes Fleurs de lys pour un lion, lève plutôt la bannière de saint Georges. Dieu le veut !

Charles resta un moment bouche bée. « Dieu le veut ! » : telle était la voix céleste qui l'avait ramené à la vie lors de sa grosse fièvre après la course avec son frère. C'étaient son idéal courtois et sa mission chevaleresque que lui rappelait encore le Seigneur. Un idéal qu'il allait gaspiller avec sa campagne de Bretagne. Il avait été rappelé à l'ordre par l'ermite dont il avait peu de mémoire, qui le suppliait de retourner, mais il ne l'avait pas écouté. Alors Dieu lui avait envoyé saint Georges qui, lui, l'en avait détourné. Tout devenait limpide et son visage s'éclaira enfin.

— Vous avez raison, mon maître, cela est grand prodige. Dieu ne m'a pas abandonné.

Le roi s'était rendu, mais, à le voir si radieux, Mézières soupira, il se sentait très las tout à coup. Il se leva lourdement.

— Va maintenant, mon noble roi, va te reposer et méditer dans ta cellule. Nous te ferons porter du vin et de quoi te restaurer. Nous verrons demain comment satisfaire saint Georges, mais aussi comment limiter les pouvoirs des princes des Fleurs de lys si ce saint te possède à nouveau. Va, mon fils, va en paix.

Charles se leva, tout ébloui de cette révélation.

— Je vais prier ardemment saint Georges. Je suis si heureux de m'être confié à vous. Pierre de Foissy s'en serait si épouvanté qu'il m'aurait fait exorciser d'un démon. Je suis bien aise que ce soit un saint, et que Dieu me parle à travers lui.

— Et au cas où saint Georges te reprendrait, demain nous verrons ensemble comment mettre de l'ordre dans ce gouvernement, insista Mézières.

— Certes, il en a bien besoin à ce que je me suis laissé dire.

Charles donna l'accolade à son ancien précepteur, et sortit, tout rasséréné.

Philippe de Mézières resta longtemps songeur, puis alla s'agenouiller sur le prie-Dieu, devant la croix de simple bois qui ornait le mur. Il se signa et joignit les mains.

— Pardonnez-moi, Seigneur, d'abuser de la naïveté de votre royal serviteur, mais mieux vaut être possédé du divin, que de se savoir fou. Épargnez-le, mon Dieu, épargnez-lui les souffrances de la démence, ce n'est qu'un enfant.

Durant trois jours pleins, personne ne vit Charles VI. La reine, en revanche, était partout, elle multipliait les donations aux abbayes, faisait abondance de charité, ordonnant des neuvaines, priant elle-même pour remercier le Ciel de la guérison du roi. Elle n'oublia pas de proclamer que Dieu avait sauvé le souverain d'empoisonnement et d'ensorcellement. Chacun entendit magie et poisons italiens, et la rumeur se gonfla à nouveau. Isabelle n'oubliait pas sa propre guerre avec Valentine, et, avec son entourage, l'appelait sans vergogne la Couleuvre milanaise, en espérant bien que la rue reprendrait cette appellation venimeuse lancée par la duchesse de Bourgogne. Enfin, elle fit porter un hanap d'or et de cristal à Nicolas Flamel, ce qui amusa ce dernier en voyant dame Pernelle s'extasier. Ses yeux pétillèrent de malice sous ses sourcils broussailleux.

— Bien ! laissons faire. Puisque tu aimes tant les cadeaux, qu'importe le breuvage. Nous ne pouvons rien contre la rumeur, alors servons-nous-en, et, comme c'est la foi qui sauve, donne à qui réclame.

— À ce jeu, nous allons finir par pourrir dans les geôles ecclésiastiques, et périr sur un bûcher.

— Bah ! Qui mettrait en prison une mine d'or où chacun espère puiser ? répondit-il avec ce sourire édenté qui lui rendait l'innocence d'un nouveau-né. (Il réfléchit un instant.) Mais précise toutefois, pour tes remèdes, qu'il faut avoir le cœur pur pour une totale efficacité.

— Mais mes potions sont efficaces, protesta dame Pernelle.

— Tu as connu des revers, tu n'es pas Dieu, et on attend un miracle de tes potions. Ce qu'ils veulent, c'est l'Élixir parfait, celui de la distillation de la Pierre philosophale qui donne santé et immortalité. Le cœur pur sera le garant d'éventuels déboires de tes médications. Qui peut prétendre n'avoir rien sur la conscience ?

— Je t'entends, mais que cherches-tu avec mes préparations ?

— Mais la fortune, ma bonne Pernelle, une fortune accrue aux dépens des riches pour nos pauvres. J'ai dans la tête de faire peindre une vaste danse macabre dans la galerie du charnier des Saints-Innocents. (Il s'enflamma, dessinant dans les airs la fresque imaginaire de son rêve.) Une farandole menée par de sinistres squelettes, où les hommes, qu'ils soient pape, nobles, marchands, paysans, voleurs ou mendiants, suivraient pareillement le branle avec la Grande Faucheuse. (Il éclata de rire.) Voilà de quoi mettre en garde les puissants, et consoler les miséreux : car il est dit que le plus gras sera le premier puant. Et telle que j'espère cette grande représentation, cela coûtera, tu peux m'en croire.

— Comme tu y vas, mon ami, la reine a tenu parole et garde le secret. Nul à cette heure ne réclame ton fameux élixir.

— Elle n'est pas seule dans le secret, aussi ce n'en est pas un. Comme je te l'ai déjà dit, il n'y a pas de secret qui tienne avec le temps.

Dame Pernelle approuva avec un sourire. Si de riches demandeurs se présentaient, elle vendrait ses potions à bon prix, mais elle les donnerait toujours aux indigents.

*

Lorsque le roi daigna enfin se montrer, ce fut avec toute la gravité de sa majesté. Il décréta un lit de justice où tout fut rondement mené. Après avoir gracié les Marmousets, et qu'il leur fut rendu biens et demeures qui leur avaient été confisqués, il promulgua les ordonnances suggérées par Philippe de Mézières.

Le plus dur, pour le sage Célestin, avait été de faire accepter le limogeage d'Olivier de Clisson. Il lui fit valoir qu'il y aurait incompatibilité entre Bourgogne et le connétable. Il lui fallait choisir. Et n'était-ce pas le Boucher borgne qui l'avait entraîné dans cette folle campagne de Bretagne ? Charles tergiversa, puis, à regret, il fit envoyer un courrier à Clisson pour lui demander de rendre l'épée de la connétablie, et accepta Philippe d'Artois, comte d'Eu, déjà nommé à la charge par Philippe le Hardi. Ayant accordé cette faveur à Bourgogne, il fallait faire un geste pour Berry, Charles lui rendit la lieutenance du Languedoc. Les Languedociens en furent consternés.

Enfin, estimant qu'il avait satisfait tout son monde, vint le moment du serment sur les Évangiles. Ils jurèrent tous solennellement, avec bonne grâce, de se conformer à la volonté du roi en cas « d'empêchement ».

Puis, avec la reine, il fit pénitence en faisant les pèlerinages ordonnés par Pierre de Foissy. Il commanda d'élever une chapelle expiatoire à l'endroit de la tragédie de la forêt du Mans, pour conjurer le maléfice du lieu. Il la fit dédier à saint Georges. Partout sur son passage, le peuple était en liesse, heureux de voir son roi en si bonne santé.

Charles VI fut de retour à l'Hôtel début décembre. Après avoir ordonnancé l'avenir et fait contrition, il voulait la fête. Il était temps d'organiser les noces de Catherine de Fastavavin avec son chevalier germanique, Etzel d'Ortembourg, prévues pour le mardi précédant la Chandeleur, le vingt-huitième jour de janvier de l'an 1393. Les réjouissances se tiendraient en l'hôtel de la Reine Blanche, sis faubourg Saint-Marcel, près de Paris.

Il avait dit qu'il voulait que ce mariage fût inoubliable, même l'Histoire ne l'oublierait pas.

14

Le charivari des ardents

> La sexualité n'est pas pour le plaisir, mais pour la reproduction de l'espèce. La copulation est interdite pendant la gestation et pendant la menstruation, autre souillure. Toute femme qui se livre à l'acte sexuel pour y prendre plaisir et non procréer est en état de péché mortel. Le coït interrompu, l'onanisme, le lesbianisme, la bestialité sont des perversions sévèrement punies. Au sein du mariage, la fornication entraîne une souillure. Vingt jours de jeûne sont infligés à ceux qui ont eu des rapports conjugaux pendant le carême.
>
> Jonas d'Orléans[1]

Les communs du château de la Reine Blanche étaient en fièvre, presque trois cents queux s'activaient aux cuisines, à la saucerie, l'échansonnerie, la paneterie ou l'épicerie. Une centaine de chambellans et maîtres d'hôtel, tous en livrée vert et or, organisaient le ballet des services.

Taillevent, ceint de son tablier de cuir orné d'un écu

1. Évêque français de la ville d'Orléans, IXe siècle.

aux trois marmites et bordé de six roses, seigneur des cuisines, tonitruait des ordres, son large visage luisant de sueur sous son chaperon. Il était assisté d'Arégonde, non moins gueularde, toujours insatisfaite, dont la figure rubiconde luisait. Les varlets, qui tournaient inlassablement les broches près des monumentales cheminées, ceux qui touillaient les chaudrons suspendus aux crémaillères, ou encore les souffleurs qui activaient les feux étaient, quant à eux, écarlates. L'air, sous les vastes plafonds voûtés, était saturé des vapeurs graisseuses, des effluves des épices et des viandes grillées ou bouillies, que les fenêtres basses, pourtant largement ouvertes, évacuaient avec difficulté. Il régnait une activité de fourmilière, où une fourmi elle-même aurait eu le tournis.

À l'étage supérieur, une salle spéciale, appelée chambre des Ménestrels, était réservée aux baladins de tout crin, trompettes, musiciens, histrions, jongleurs et même un montreur d'ours. Ils y avaient leurs quartiers, et ils buvaient, festoyaient, se grimaient, ajustaient leurs décors et accessoires avec fébrilité, car il n'y avait pas moins de douze services, entrecoupés d'entremets. Leurs interventions dans la grande salle du banquet nuptial étaient ordonnées par un maître de cérémonie aidé de dix assistants. L'un des entremets avait été commandé par le roi lui-même, c'était la représentation de saint Georges et du dragon. Le maître de cérémonie avait réglé en personne le tableau qui devait être le clou des exhibitions.

Le banquet se déroulait dans la grande salle du château, dite la chambre d'Ulysse, située au dernier étage, qui occupait toute la surface du bâtiment principal entre les deux énormes tours cornières. Elle pouvait contenir trois cents personnes à l'aise. La nef de la salle, couverte d'une charpente en bois apparent dont chaque chevron était taillé en arceau brisé, faisait penser au squelette d'un bateau renversé. Elle était soutenue par des colonnades en grès ouvragé derrière lesquelles courait un déambulatoire, et deux cheminées centrales se faisaient face et chauffaient la salle de leurs grands feux. Elles étaient encadrées de hautes fenêtres en ogive, et les murs, tendus de tapisseries de hautes lisses, contaient en images vives les aventures mythiques de l'Odyssée. Ce dégagement faisait le tour sur trois côtés et communiquait avec le double portail d'entrée merveilleusement sculpté. Sur un pan, on voyait Ulysse attaché au grand mât de son navire, afin de résister à l'attraction du chant des sirènes qui surgissaient joliment des flots, sur l'autre pan figurait Pénélope, travaillant à son interminable tapisserie, entourée des visages grimaçants de ses prétendants. Pénélope était l'exemple parfait de l'épouse fidèle et patiente malgré la longue absence de son époux, elle l'attendait obstinément alors qu'on le disait mort. Elle avait promis de se remarier quand son ouvrage serait terminé, mais, la nuit, elle défaisait ce qu'elle avait fait le jour.

La salle proprement dite était drapée, à divers endroits plaisants, de voiles d'or, qui renvoyaient les feux des centaines de chandelles fichées sur trois couronnes de lumières en suspension. Au haut bout d'une estrade, dans la largeur, la table d'honneur était surélevée de cinq marches couvertes d'un tapis. De chaque côté, contre les colonnades, de longues tables délimitaient un vaste espace réservé au service, aux entremets, et bientôt au bal.

Catherine de Fastavavin était éblouie par l'apparat de ses noces. Le chemin avait été rude et les larmes abondantes depuis qu'elle et Isabelette avaient quitté le bonheur de l'enfance pour la grandeur de la cour du plus puissant royaume d'Occident. En ce jour faste, Catherine voulait croire que, enfin, leur vie allait s'ensoleiller de joie ; les princes étaient apaisés, le roi en santé, radieux, serein. Elle connaissait un tel bonheur, qu'elle ne pouvait plus imaginer le malheur.

Le festin avait été somptueux. Au son des trompes, elle avait fait une entrée solennelle dans la chambre d'Ulysse, la main posée sur le poing du roi. La reine suivait avec Etzel d'Ortembourg, puis venaient le duc et la duchesse d'Orléans, qui avaient la préséance sur le duc de Berry et sa jeune épouse, Jeanne de Boulogne, suivis du duc et de la duchesse de Bourgogne. Les convives s'étaient tous agenouillés à leur passage, elle s'était sentie comme une souveraine dans sa robe d'écarlate à longue traîne, aux manches crevées et crantées en barbes d'écrevisses. Charles VI, pour son mariage, lui avait offert une couronne de saphirs qui s'accordaient si bien avec ses yeux bleu marine. Il l'avait conduite à la table d'honneur, sous le dais royal, où elle avait pris place au côté de son nouvel époux, entourés du roi et de la reine, un insigne honneur. Elle avait pour elle seule un écuyer-tranchant, le sire de Nantouillet, et, pour échanson, le seigneur Yvain de Foix, bâtard de Gaston Phébus. Il était d'usage que les preux servent leurs suzerains dans les festoiements d'importance. Les chevaliers germaniques, italiens, bourguignons ou de la maison de la reine et les Plaisants Cousins du roi s'affairaient autour des tables, tranchant les viandes, servant les vins, tendant les aiguières d'eau parfumée au-dessus des bassins pour l'ablution des mains, et faisaient rire l'assemblée de leurs facéties. Sans compter Capucine, le nain de Louis d'Orléans, qui lutinait sans vergogne toutes les dames et rivalisait en acrobaties avec les jongleurs et acrobates des entremets. L'humeur était joyeuse, détendue, insouciante. Mais Catherine ne fut pas sans remarquer une dame qui semblait s'ennuyer avec un sourire contraint : la Couleuvre milanaise. Le roi, qui avait à sa gauche la ravissante Jeanne de Boulogne, duchesse de Berry, ne cessait de la taquiner, et celle-ci riait fort à ses plaisanteries. Isabelle avait à sa dextre le duc d'Orléans, qui n'avait d'yeux que pour elle et délaissait à son côté son épouse, Valentine. Mais il y avait plus, la reine avait exigé que les oiselets de Chypre et les cornes de licorne, censés contrarier le pouvoir des poisons en touchant les aliments, soient multipliés autour du roi, et deux goûteurs faisaient « l'essay » avant que Charles ne touche au moindre mets. Ces précautions ostensibles visaient la réputation d'empoisonneuse de Valentine, qui ne s'y trompait pas. Catherine avait presque pitié de la duchesse italienne, surtout depuis que le roi, lors d'une assemblée plénière, au début de l'an 1393, avait annoncé à coups de trompe que sa reine bien-aimée était grosse à nouveau. À cette bataille des nourrissons entre les deux branches des Valois, Isabelle continuait de triompher.

Le clou des entremets arriva le dernier, celui de saint Georges. Un dragon en cuir bouilli, couvert d'écailles verdâtres, fit une apparition saisissante. Animé par un cracheur de feu, il soufflait des flammes par la gueule de l'animal, aux dents monstrueuses et dégoulinantes de sang. Alors un chevalier, tout armuré de blanc, surgit à sa rencontre. Il s'ensuivit un combat, si bien réglé et tant applaudi, qu'il se prolongea contre toute mesure pour le plaisir de l'assistance et celui du roi, qui exultait. Enfin, Georges perça la poitrine du dragon qui s'affala, les pattes en l'air, raide mort. Alors le chevalier blanc mit son épée au fourreau et se saisit d'une enseigne enroulée sur sa hampe que lui tendait un assistant. Il monta sur le ventre du monstre, déploya l'étendard à la croix écarlate et déclama : « Je suis le grand saint Georges, général des croisés. Au nom du roi de France, je réunirai sous ma bannière tous les chrétiens unis à nouveau ensemble, et je conduirai victorieusement Charles le Bien-Aimé jusqu'à Jérusalem. »

Alors l'histrion s'avança vers le roi, gravit les marches de l'estrade, s'agenouilla, et lui tendit la hampe de sa bannière à travers la table, comme l'on se passe un flambeau. Toute l'assemblée se leva, et applaudit Charles VI qui salua à son tour, brandissant l'oriflamme sacrée avec exaltation.

Le message était clair, le souverain renouvelait sa promesse de faire sa Grande Croisade, sous la protection de saint Georges.

*

Isabelle, épuisée, après branles, caroles ou sarrasines, se reposait sur une banquette tandis que le bal se poursuivait. La duchesse de Berry vint s'affaler près d'elle.

— Quelle fête, ma reine, souffla-t-elle, il n'y a qu'en cour de France que l'on en voit de telle.

— Vous semblez heureuse, madame.

La reine n'oubliait pas que cette dernière avait été mariée à douze ans à un vieux barbon quinquagénaire, le duc de Berry. Aujourd'hui, la duchesse ne devait guère avoir plus de quinze ans. Sa propre expérience, lors de sa nuit de noces à treize ans, avait été désastreuse, et pourtant le roi était jeune et beau.

— Je le suis, madame, d'avoir été si heureusement mariée, c'est pourquoi je suis si reconnaissante au seigneur Bureau de la Rivière d'en avoir été l'artisan, répondit Jeanne.

— Vous lui avez sauvé la vie en faisant prévenir ma chambellane qu'il était condamné à mort, avec d'autres. C'est tout à votre honneur.

— C'est le moins que je pouvais faire, je lui serai éternellement redevable de ma nouvelle position, dit la jeune comtesse de Boulogne avec un soupir d'aise en se laissant aller contre le dossier.

Isabelle remarqua alors son petit ventre rond.

— Madame, sourit-elle, ne me cachez-vous rien ?

— Ah ! fit cette dernière en suivant le regard de la reine. Certes non, je ne suis pas grosse, mon époux n'est guère conquérant en ce domaine. Le seigneur de Berry m'adore comme une œuvre d'art, et je dois figurer sur ses miniatures, ses tableaux, ses tapisseries. Je pose actuellement pour son tailleur de pierre, Jean de Dammartin, il veut que ma statue orne la cheminée de la grande salle de son palais de Poitiers. Et je dois dire que les ciseaux de cet artisan me font déjà avantageusement sortir de la pierre. Il veut rendre hommage à ma beauté, dit-il.

Jeanne de Boulogne était ravissante, le teint mat, des yeux de mauresque, une taille de guêpe, des petits seins haut plantés, et une chevelure de pain brûlé ; sa beauté juvénile avait de quoi séduire. Isabelle avait aujourd'hui vingt-deux ans, elle se sentit vieille d'un seul coup, fatiguée. En six ans, c'était sa cinquième grossesse.

— N'avez-vous pas remarqué, madame la reine, combien de belles dames portent le ventre en avant, et le renforcent avec un coussin ? continuait Jeanne de Boulogne. Enfin, pour celles qui en ont besoin, ajouta-t-elle avec malice.

Non, Isabelle n'y avait pas pris garde. Elle observa la carole qui se déroulait sous ses yeux, c'étaient d'abord les coiffures extravagantes des femmes qui sautaient au regard : des cornes de toutes formes étaient d'une hauteur invraisemblable. Les voiles se portaient élevés, retombant en cascade, comme la propre parure de tête qu'elle avait adoptée ce soir. Les maîtres de l'Université stigmatisaient cette mode outrancière, Nicolas de Clamanges[1] avait écrit : *« Ignorez-vous que le Diable est représenté souvent sous la forme d'une femme cornue ? Les dames mènent grands et excessifs états, et cornes merveilleuses, hautes et larges ; et ont de chaque côté, au lieu de bourrelets, deux grandes oreilles si larges que, quand elles veulent passer l'huis d'une chambre, il faut qu'elles se tournent de côté et se baissassent. »*

Il est vrai que les atours étaient à l'outrance. Les robes et les manches étaient traînantes, les poulaines exagérément longues et retournées et leur pointe tenait par une fine chaînette d'or attachée à la cheville.

Isabelle remarqua en effet que certaines courtisanes avaient la taille étranglée sous les seins, qui s'en

1. (Vers 1360-1437.)

trouvaient augmentés et prêts à jaillir de leur corselet, et sous laquelle leur giron rebondissait. À croire que la plupart des femmes étaient enceintes.

— Vous êtes l'étoile de la Cour, madame, à vous voir grosse si souvent, et, depuis l'annonce du roi, la mode est venue des ventres ronds, tant vous êtes enviée.

On m'envie ? Des ventres ronds affichés ? Isabelle avait lancé une mode à son insu. Il est vrai que Charles avait annoncé la nouvelle espérance royale avec un orgueil non dissimulé. Il était fier d'avoir une épouse si féconde. Elle le chercha du regard mais ne le vit point, comme ses Plaisants Cousins, comme Orléans, tous avaient mystérieusement quitté le bal. La reine accrocha du regard Valentine qui menait le branle. Elle avait aussi adopté cette nouvelle mode. Comment savoir si c'était pour de vrai ou pour de faux ? Faux, sans doute, car sa rivale l'aurait annoncé sans tergiverser. Isabelle ressentit un sentiment de jubilation, elle n'était pas vieille, elle était l'étoile de cette cour, ses grossesses à répétition rendaient les femmes envieuses au point d'en faire une mode.

Jeanne de Boulogne rejoignit la danse, dans un grand éclat de rire insouciant, sur l'insistance de Jacques Thibaut, un ancien valet, disait-on, faiseur de chausses, devenu homme de cour par le bon plaisir du Camus. Thibaut était un homme du vulgaire, sans conseil, ni nul bien, que le duc avait enrichi de joyaux et d'or comme s'il l'avait dans le cœur. Isabelle songea à la rumeur qui disait que le duc de Berry préférait, en son vieil âge, les jeunes garçons, après avoir préféré les fillettes[1]. En

1. D'après les *Chroniques* de Froissart.

regardant Thibaut danser, elle vit aussi qu'il était un magnifique spécimen malgré sa roture. Berry n'était pas un pervers, préféra-t-elle penser, mais un bâtisseur infatigable et aussi un collectionneur d'œuvres d'art. Grand mécène, il aimait la beauté, qu'elle soit de chair ou représentée. Jacques Thibaut était un modèle, comme Jeanne de Boulogne.

Elle sursauta, tirée de ses réflexions par l'entrée de bateleurs aux couleurs criardes, coiffés de bonnets à triple cornet terminés par des clochettes. Ils envahirent la salle, tapant à louche déployée sur des chaudrons, des casseroles, des bassines, repoussant les danseurs sur les côtés. Le maître de cérémonie les précédait et fit un geste en direction du balcon où se tenaient les musiciens, aussitôt, ceux-ci firent grincer leurs cordes et soufflèrent faux, dans un horrible tintamarre. À cette cacophonie, les courtisans se bouchèrent les oreilles, tout en riant. Une armée de valets, munis de longues perches coiffées d'un éteignoir, mouchèrent les bougies des couronnes de lumière. Malgré les centaines de chandelles, bientôt il ne resta plus que celles du déambulatoire, et la chambre d'Ulysse fut plongée dans une inquiétante pénombre.

Isabelle se leva, elle vit Catherine de Fastavavin et Etzel d'Ortembourg qui se tenaient par la main, se frayant un passage jusqu'à elle.

— Il est l'heure, souffla la chambellane en riant, je crois qu'il va nous en être compté.

— Je le crois aussi, sourit la reine. Voyons quel charivari on nous réserve cette fois.

Le charivari était une tradition païenne à l'occasion du remariage d'un veuf ou d'une veuve, et Catherine, qui l'était trois fois, s'y attendait. Ces manifestations étaient généralement fort licencieuses, souvent obscènes, formellement interdites par l'Église. À l'origine, elles avaient pour but d'apaiser l'âme du défunt, mais la raison s'en était perdue dans la nuit des temps.

Bientôt, la salle assombrie se vida des bateleurs et des valets. Les musiciens se turent, un silence inquiétant s'installa, percé par des rires d'excitation étouffés.

Des beuglements de bêtes, atroces et inarticulés, éclatèrent soudain en provenance du portail dont un seul pan se trouvait ouvert. L'assemblée aussitôt se mit à crier de surprise. Et bientôt l'on vit une procession de sauvages gesticulants et braillants se glisser par l'ouverture. De la tête aux pieds, y compris le visage, ils étaient couverts de poils d'une façon horrible et avaient la taille ceinte d'un énorme phallus en bois sculpté qu'ils maniaient de façon déshonnête. Les musiciens entamèrent alors un branle trépidant, et les sauvages suivirent le rythme dans une danse contrefaite, menaçant les dames de leur fausse verge. Ils étaient attachés ensemble à des chaînes qu'ils secouaient bruyamment comme le font les fantômes.

Le tohu-bohu était à son comble. Les rires et les hurlements de terreur le disputaient aux rugissements des sauvages.

Catherine, qui tenait toujours la main de la reine, lui glissa à l'oreille :

— Reculons-nous, Isabelle, ils sont tous si insensés qu'ils pourraient vous bousculer, et, dans votre état…

— Tu as raison, allons dans le déambulatoire. Je ne m'étonne plus de la disparition du roi et de Louis d'Orléans qui font sans nul doute partie de ce branle.

Mais, avant de se retirer à l'abri, l'attention d'Isabelle fut attirée par des lumières vives qui trouaient l'ombre près de l'entrée. Elle reconnut, entourés de porteurs de torches, le duc de Berry accompagné de son beau-frère. Ce dernier n'était donc point du charivari. Elle le vit rire, prendre une torche des mains d'un valet, et s'approcher de la mascarade. Il parla à un des sauvages, se pencha vers son visage qu'il éclaira de sa torchère. Une flammèche s'en échappa pour se prendre dans une touffe de poils.

Louis d'Orléans s'esclaffa et tapota sur la flammèche pour l'éteindre, mais il retira vivement sa main avec une grimace de douleur. Il s'était brûlé. Et loin d'étouffer la flamme naissante, il l'avait éparpillée, le feu se boutait sur le corps du sauvage et, bientôt, sur les autres enchaînés.

Sur l'instant, elle ne comprit pas la tragédie qui s'annonçait, elle voyait, incrédule, les flammes grandir et se propager avec vélocité.

Puis, tout alla très vite, les protagonistes de la mascarade furent bientôt tous en feu et se mirent à se contorsionner d'affreuse façon, se tapant sur tout le corps ou se roulant par terre en hurlant de douleur. Ils ne faisaient qu'activer les flammes ou se calciner les doigts. L'horreur et la panique gagnèrent l'assistance.

Soudain, un petit homme maigre, tout de noir vêtu, si gesticulant que l'on pouvait penser qu'il était de la mascarade, se mit à hurler des imprécations :

— Vous avez raison de croire à l'enfer, s'égosilla Pierre de Foissy, chapelain du roi. Brûlez, brûlez, démons ! Dieu vous a atteint de la foudre de Sa sainte colère !

Jean la Grâce, qui venait d'arracher la nappe de la table d'honneur, sans souci des hanaps, gobelets précieux ou mets qui volèrent et s'éparpillèrent sur le sol, lui donna une violente bourrade au passage.

— Rendez-vous utile au lieu de brailler, prédicateur du Diable.

— Toi aussi, moine débauché, couina Pierre de Foissy en reprenant de justesse son équilibre, tu finiras sur un bûcher et je danserai en te regardant rôtir !

La Grâce ne l'écoutait plus, il jeta la nappe sur l'ardent le plus proche et tenta d'étouffer les flammes, mais, ce faisant, on voyait bien qu'il se brûlait lui-même. D'autres l'imitèrent, arrachèrent les tentures, certains jetèrent sur eux tout ce qui pouvait contenir de l'eau, mais rien n'y faisait, les hommes sauvages brûlaient vifs dans une odeur qui croissait, devenait d'une atroce pestilence. Une voix s'éleva de l'un des ardents, terrible : « Sauvez le roi ! » Elle reconnut la voix d'Yvain de Foix. Ainsi, Charles en était bien, et ardait aussi.

La reine n'en vit et n'en entendit pas plus, elle s'évanouit. Etzel d'Ortembourg la recueillit dans ses bras et l'emporta loin du sinistre, en passant par le déambulatoire où fuyaient des courtisans affolés. Le feu faisait partie des grandes terreurs du temps, un incendie pouvait brûler des quartiers, voire des bourgs entiers pendant des jours, sans que l'on puisse rien y faire. Les maisons, collées les unes aux autres, comme l'étaient les sauvages liés ensemble, étaient faites essentiellement de bois et de torchis, les flammes se propageaient avec voracité.

Catherine ouvrait le chemin à son nouvel époux en bousculant les gens, et criait : « Place, place à la reine ! » Mais le sauve-qui-peut embouteillait déjà le portail à demi ouvert, et à tous vouloir passer, personne ne passait plus. Le pan d'Ulysse et des sirènes était toujours fermé, et la sortie était comme un goulet d'étranglement. La porte ne se rabattant que sur l'intérieur, il aurait fallu faire reculer la foule pour l'ouvrir, mais les courtisans, dans leur affolement, n'avaient plus de raison. Hallucinée, Catherine voyait des poings marteler les visages des sirènes au sourire enjôleur, elles semblaient narguer tous ces humains qu'elles avaient pris dans leurs nasses. Elle se tourna et vit avec désespoir Etzel, portant Isabelle, écrasé contre le chambranle du portail pourtant ouvert, mais dont il ne pouvait passer le seuil. Soudain, le pan des sirènes céda et s'aplatit à grand bruit sur le dallage du corridor, nombreux furent ceux qui chutèrent avec lui et se firent piétiner par la débandade, arrachant et cabossant les coiffures à cornes et à grandes oreilles. Catherine se sentit aspirée à l'extérieur avec soulagement. Dehors, elle comprit que les valets avaient brisé les gonds de la porte close à coups de hache. Ils s'affairaient à présent à en dégager le passage, repoussant, tirant, relevant les courtisans à terre. Elle vit qu'Etzel n'avait toujours pas réussi à se dégager, il protégeait Isabelle, inconsciente, comme il pouvait dans la bousculade qui l'empêchait d'avancer. Catherine hurla à nouveau : « Sauvez la reine ! » Certains laquais virent le danger et se portèrent au secours de leur souveraine, n'hésitant pas à faire le coup de poing, sans discernement de sexe.

Enfin Etzel d'Ortembourg fut extrait du piège, il n'avait pas lâché son précieux fardeau.

15

Les temps de la contrition

> Des quatre qui ardaient, il y en eut là deux morts éteints sur la place. Les deux autres, Yvain de Foix, bâtard de Gaston Phébus, et le comte de Joigny, furent portés à leurs hôtels et moururent dedans deux jours à grand martyre. Ainsi se dérompit cette fête de noces en tristesse, quoique l'époux et l'épouse ne le pussent amender. Car on doit supposer et croire que ce ne fut point leur coulpe, mais celle du duc d'Orléans, qui ne pensait pas à mal quand il bouta la torche. Jeunesse lui fit faire. Quand il vit que la chose allait mal, il dit : *« Entendez-moi, tous ceux qui peuvent m'ouïr. Nul ne soit inculpé de cette aventure, car c'est moi qui en suis cause. Mais me pèse ce qu'il advint, je ne pensais jamais la chose ainsi tourner ; car si je l'eusse pensé et su, jamais je n'y aurais pourvu. »*
>
> Les *Chroniques* de Froissart

Le long cuvier de cuivre, garni à l'intérieur de molleton qui l'adoucissait et le réchauffait, était surmonté de tentures de brocart posées sur des arceaux d'osier, formant une alcôve qui protégeait les baigneurs des courants d'air. Le lieu préféré de la reine était la chambre des étuves, elle s'adonnait longuement à ses ablutions, par plaisir mais aussi par souci de sa santé, car s'immerger et oindre son corps nourrissaient la chair et purifiaient l'âme[1]. Après les émotions terribles de la nuit dernière, sa tension se relâchait, elle s'abandonnait à la douceur de l'eau, elle souriait.

Elle souriait à Jeanne de Boulogne, la duchesse de Berry, assise en vis-à-vis comme elle, sur un petit tabouret de fer, tous deux étaient garnis de molleton. Elle l'avait conviée à se baigner avec elle, car cela était coutume pour honorer une personne, et Isabelle avait toutes les raisons de hautement honorer la jeune duchesse.

— Il semblerait, belle dame, que Dieu vous a créée tout exprès pour sauver la vie de vos semblables, dit-elle.

— Je ne sais, madame la reine, mais c'est moi qui suis flattée d'avoir eu l'honneur de sauver le roi, répondit-elle en pressant une éponge végétale entre ses seins menus.

Une mousse blanche et crémeuse se forma, répandant des fragrances de violette, la senteur de la reine. La cuve, échancrée sur le côté, permettait d'atteindre une tablette garnie de dragées, pignolats, cotignacs[2], oublies[3] et autres sucreries, et des hanaps de moretum, ce vin de mûres miellé chanté par les poètes, dont

1. À la fin du XVe siècle, ce qui était purification devient souillure, et le bain un danger pour l'âme comme pour le corps.

2. Pâte de coings.

3. Beignets au sucre, aux œufs et au miel.

raffolait Isabelle. Elle en but une gorgée qui lui rougit les lèvres, elle avait la tête qui tournait un peu, la laissant dans un sentiment d'irréalité. Car la tragédie de la nuit restait inimaginable et par trop atroce, mais était aussi miraculeuse. Elle avait peu dormi et encore moins mangé depuis son retour, de nuit, à l'Hôtel solennel, comme tous les convives, qui avaient fui le château maudit de la Reine Blanche pour se terrer dans leurs demeures, écrasés par l'horreur de l'événement.

Il était none passée, au mitan de l'après-midi, et Isabelle commençait seulement à se remettre de sa grande peur.

Jeanne jouait toujours avec son éponge, elle attrapa du bout de ses doigts mouillés un cotignac, qu'elle enfourna avec un plaisir non dissimulé et enchaîna, la bouche pleine :

— Chi moncheigneur n'était pas venu à moi, je nc cherais pas venu à lui, dit-elle en chuintant, voilà qui fait toute la différenche.

Isabelle éclata de rire. Jeanne lui faisait irrésistiblement penser à Catherine l'Églantine, sa petite belle-sœur, la cadette des Valois, morte à huit ans. Comme cette adorable enfant tant regrettée, la duchesse de Berry était gourmande et bavarde comme une pie. Si ce n'étaient les yeux de biche couleur d'antimoine de Jeanne, la petite Catherine lui aurait ressemblé au même âge. Isabelle avait plaisir à l'entendre pérorer.

— Videz votre bouche, madame, et racontez-moi encore.

— Che l'ai fait trois fois décha !

— Je ne m'en lasse pas, peut-on se lasser d'un miracle ? Et vous avez toujours un petit détail qui enjolive votre récit.

Jeanne prit le temps d'avaler sa pâte de coings.

— Il faut commencer par dire que, comme tout le monde, ces sauvages m'ont fait grande frayeur, car c'est ainsi que je me représente les démons. Et puis l'un d'eux vint droit sur moi. Il n'était pas attaché comme les autres. D'abord, j'ai crié à le voir ainsi gesticuler et me peloter de ses mains pleines de poils. Puis je me suis fâchée : « Nommez-vous, messire le satyre », lui ai-je dit sévèrement. « Vous m'avez nommé vous-même ! Je suis un satyre qui rêve de trousser la nymphette que voilà. » (Elle jeta un coup d'œil inquiet à la reine, mais celle-ci riait.) Pardonnez-moi, madame, mais c'est ce qu'il m'a dit avec force grimaces. Je vis bien là que tout n'était que plaisanterie, et, en dépit qu'il avait travesti sa voix, je reconnus le roi à ses manières. Et puis, il se fit d'étranges lueurs dans la salle, il dit en les voyant : « Quelles sont ces jolies flammes bleues qui dansent sur le bal ? » Je les vis aussi, et bientôt je compris que les sauvages brûlaient et que ce n'était pas par plaisanterie. Monseigneur le comprit aussi, il tomba à genoux et dit : « Seigneur, ayez pitié de nous ! » Et il se mit à pleurer. Je vis bien comment le feu se boutait aux poils avec célérité et ampleur. Alors Dieu m'a inspirée, je recouvris le roi de mes jupes et de ma houppelande, et le serrai fort contre moi car il faisait mine d'en vouloir sortir. « Tenez-vous quiet, sire, sinon vous arderez comme les autres. » C'est alors que je vis que l'on vous emportait, privée de sens.

La voix de Jeanne s'étrangla. Elle ne pouvait raconter la suite, la fumée noire et poisseuse, l'odeur abominable de chair et de poils grillés, les hurlements de douleur, les sauvages qui se convulsaient sur le sol, les efforts pour les éteindre, l'épouvante de l'assemblée qui fuyait.

Ne pouvant bouger, tenant le roi fermement, la jeune duchesse avait assisté, impuissante, à toute cette horreur, le visage baigné de larmes. Quand enfin on était venu à bout du feu, quatre corps gisaient, contorsionnés, noirâtres, affreux, un seul se tenait debout, ruisselant d'eau, figé, contemplant ses compagnons.

— C'était le sire de Nantouillet, reprit Jeanne, poursuivant son récit à voix haute. Il avait réussi à se délier des autres et avait eu la bonne idée de se jeter dans un cuveau où l'on rinçait les hanaps et les tasses. Alors, je fis sortir le roi et lui dis d'aller prestement se nettoyer, se changer et de remettre son garnement, afin de ne pas vous effrayer davantage, avant d'aller vous rassurer sur sa vie.

Isabelle resta pensive, le visage pâle et défait. Une chambrière cria : « Gare à l'eau ! » et attendit que les dames remontent les jambes avant de verser dans la cuve un seau d'eau fumante pour réchauffer le bain. Elles battirent aussitôt des pieds pour échapper à la morsure de la chaleur et la répartir au plus vite.

— Tu veux nous faire cuire, Nicolette, lança la reine à la jeune fille.

— Que nenni, vous êtes ainsi trop belles à croquer toutes crues ! s'exclama celle-ci, quittant la chambre des étuves en riant.

L'impertinence de Nicolette avait tiré la reine de ses pensées moroses, elle voulait effacer de sa mémoire le cri terrible : « Sauvez le roi ! » qui l'avait fait sombrer dans un gouffre noir. Quand elle avait recouvré ses esprits, dans la chambre où on l'avait portée, elle avait appris que le comte de Joigny avait expiré dans les bras de ceux qui l'emportaient, qu'Yvain de Foix, Aymeri de Poitiers, Huguet de Guisay étaient tenus comme agonisants tant ils étaient cruellement ardés. Du roi, personne ne pouvait rien dire, elle le pensait mort, quand il avait fait son apparition. Elle en avait eu un nouveau malaise de saisissement. Il lui avait demandé pardon à genoux, lui avait embrassé les mains, avait pleuré et fait son *mea culpa*. Il avait expliqué, la voix entrecoupée de sanglots, que l'idée en était venue à Huguet de Guisay. Ses Plaisants Cousins en avaient été tout excités et s'étaient esbaudis, dans la chambre des Ménestrels, à se grimer de si fâcheuse façon : une toile cousue à même le corps nu, enduite de poix et de glu pour coller des poils de lin. Le lin, en s'enflammant, avait fait fondre la poix comme huile bouillante, c'est elle qui avait fait tout le mal en pénétrant les chairs et qui avait rendu le feu si difficile à éteindre, les sauveteurs s'y échaudaient aussi.

« Pourtant, je connaissais le danger, n'avait cessé de répéter Charles pendant le retour à l'Hôtel. J'avais ordonné aux huissiers de moucher les chandelles de peur qu'une étincelle ne tombât sur nous. Mon pauvre frère est si marri, il ne savait pas. »

Outre les sauvages, il y avait eu des blessés, certains avaient de méchantes brûlures aux mains, d'autres avaient été contusionnés ou s'étaient brisé un membre dans la panique.

Le roi était indemne, pensait la reine, était-ce l'élixir de Nicolas Flamel qui protégeait l'intégrité du corps de Charles ? Ou son divin pouvoir avait-il mis sur le chemin du roi la jeune duchesse de Berry de façon si providentielle ? Elle se plaisait à le croire, car enfin, s'il était grandement affligé de ce cruel événement, sa santé ne paraissait pas en avoir été ébranlée, et il avait gardé tous ses esprits.

Isabelle tendit les mains à Jeanne et les étreignit :

— Belle dame, le royaume tout entier vous sera éternellement reconnaissant de votre courage.

— Madame, lança Ozanne de Louvain en surgissant dans la chambre des étuves, il faut vous apprêter en hâte. Il y a foule aux grilles de l'Hôtel. Ils réclament le roi, qu'ils croient mort encore une fois, et menacent de tout envahir et de nuire, s'ils ne le voient vif de leurs yeux. Charles vous veut à ses côtés, madame, ainsi que son frère.

La nouvelle de la tragédie du Bal des Ardents s'était propagée dans Paris. Elle avait soulevé une juste indignation, et, comme d'habitude, les rumeurs allaient bon train. Il se racontait que le souverain avait péri dans les flammes et que son frère y aurait mis le feu. Et Charles le Bien-Aimé était mort en état de péché mortel, car il se jouait, ce soir-là, un charivari impie où moult chevaliers déguisés en bêtes[1] étaient décédés.

La révolte grondait, les Parisiens se disaient las des débordements de la Cour, ils accusaient les courtisans d'entraîner leur souverain dans une ruineuse débauche, et menaçaient de massacrer tout le monde. L'Hôtel royal tremblait.

Charles, revêtu en majesté de sa houppelande fleurdelisée, apparut enfin à une haute fenêtre qui donnait sur la rue Saint-Antoine, envahie d'une multitude vociférante qui brandissait le poing, dont beaucoup étaient armés d'outils. Charles apaisa la fureur du peuple en le

1. Suivant les préceptes de l'Église, la fourrure se portait reversée, c'est-à-dire le poil à l'intérieur, afin de ne point ressembler aux bêtes. Ainsi, le Bal des Ardents était doublement hérétique.

saluant longuement, puis il baisa la main de la reine et serra longuement contre lui le duc d'Orléans. Par ce geste, il montrait à tous que son frère était innocent et qu'il avait plus que jamais son amitié. « Noël ! Noël ! » cria la foule, qui fut bientôt en liesse.

Quand le roi se retira, les bonnes gens regagnèrent leurs pénates, non point satisfaits, mais rassurés. L'Hôtel soupira de soulagement, particulièrement Louis d'Orléans, qui avait retrouvé dans cette fâcheuse manifestation populaire la terreur de ses dix ans. Mais il savait que ce n'était pas fini, il resterait toujours le doute qu'il eût intentionnellement bouté le feu aux sauvages. Après les poisons et la sorcellerie, voilà qu'il se dirait ouvertement qu'il avait voulu assassiner le roi. Il avait quitté le bal avec le duc de Berry pour se rendre chez son trésorier régler une dette de jeu que son oncle lui réclamait avec insistance. Son oncle prétextait qu'il devait quitter Paris tôt le lendemain pour Poitiers, et qu'il fallait régler cette affaire d'urgence. Maudite soit la rapacité de ce mauvais duc qui l'avait distrait de la fête ! Alors, il aurait su qu'ordre avait été donné de ne point approcher une flamme du charivari. Et le départ de son oncle n'était pas si pressant puisqu'il l'avait différé après la tragédie.

Le prince marchait à grands pas dans le froid vif de janvier, sa main droite était bandée et lui faisait un mal de chien, car la chair était à vif. Tout en se glissant par la porte dérobée qui communiquait avec les jardins des Célestins, il songeait à la douleur effroyable des courtisans, brûlés ainsi sur tout le corps. Personne ne pouvait y survivre. Il se dirigea vers le cloître, où il passerait une couple d'heures dans la solitude de la cellule qui lui était réservée.

Débauché autant que croyant, Louis subissait le champ de bataille de ses contradictions. Pourquoi Dieu avait-Il créé la jouissance s'il fallait s'en abstenir ? Il songea à Isabelle. Lui garderait-elle rancune de sa mortelle maladresse ? Allait-elle mettre fin à son courtisement alors qu'elle était prête à se rendre ? Du moins le croyait-il, tant elle se plaisait à se laisser mignarder. Il la désirait plus que jamais, c'était son obsession, sa frustration. Il violait là le commandement de Dieu : « Tu ne commettras pas d'adultère. » Fallait-il qu'il se fasse moine à vingt et un ans ? Isabelle attendait à nouveau un enfant, alors que Valentine s'aigrissait dans son attente stérile. Il était vrai qu'il la délaissait, il était fatigué de ses crises de jalousie, de la violence de leurs accouplements, et il était peu pressé de la voir ce jour d'hui car elle le presserait d'aigres questions pour savoir pourquoi, ou surtout pour qui, il avait quitté le bal. Après avoir fait oraisons, il ne se rendrait pas à son hôtel, mais directement chez le roi qui l'avait convié après complies. Il n'y aurait de convives que le duc de Berry et le duc de Bourgogne. C'était un conseil de famille qui se tiendrait à ce souper.

*

— Tu appelles ton chien et il tarde, alors tu le corriges. Tu l'appelles encore, il tardera bien davantage sachant ce qui l'attend.

À l'hôtel de la Pute-y-Muse, Capucine, assis en tailleur dans le vaste lit où se désolait Valentine, tentait de la consoler alors qu'elle ne cessait de pleurer.

— Je t'entends, Louis est un chien ! lança-t-elle avec emportement en tordant son mouchoir.

Dans le chauffedoux où le fou d'Orléans étouffait, elle gisait en chemise, les cheveux emmêlés, comme toujours pendant ses crises de désespoir. Elle avait chassé ses dames italiennes qui l'épuisaient à ressasser le drame du Bal des Ardents, et l'imprudence de son époux.

— Mais, quand le chien te rejoint, poursuivit Capucine, si tu le caresses et lui donnes récompense, même s'il a bien tardé, il sera plus prompt alors à te revenir, sachant toujours ce qui l'attend.

— Que veux-tu me faire entendre avec tes histoires de chien ?

— Que Louis n'est guère pressé d'essuyer tes fureurs, belle dame. Et qu'il va chercher ailleurs les douceurs que tu lui refuses.

— Mais je l'aime, sanglota-t-elle de plus belle.

— Mais tu te gardes bien de le lui dire.

— Faut-il que je m'humilie davantage ?

— C'est toi qui t'humilies à vouloir qu'il te punisse alors que tu jouis. Si l'enfant tarde, c'est qu'un enfançon ne veut pas être le fruit de la punition.

Valentine ouvrit de grands yeux noyés de larmes. Elle semblait ne pas comprendre.

— N'est-ce pas ce que mon époux désire ? Que désirent tous les hommes ?

— Et comment le sais-tu, s'aventura le nain avec précaution, as-tu connu charnellement tant d'hommes que cela ?

Le visage de la jeune femme se ferma.

— Comment oses-tu ?

— Il faudrait plutôt dire, comment a-t-il osé ?

— De qui parles-tu ? répondit-elle en se mettant à trembler.

— Je ne t'oblige en rien à me révéler ton secret, douce dame, mais Louis d'Orléans n'est pas Jean-Galéas Visconti.

Valentine cacha son visage entre ses mains en poussant un long gémissement. Le nain n'avait pas eu de mal à deviner, la duchesse n'était pas vierge au jour de ses noces, et les atermoiements du seigneur de Milan à consentir à la marier en disaient long, il ne l'avait cédée qu'à contrecœur, dans l'espérance qu'elle fût reine de France ; et sa détestable notoriété avait fait le reste. Capucine s'approcha et noua ses bras courtauds autour du cou de Valentine, il ne s'était pas trompé. Il se mit à la bercer tout en lui parlant doucement.

— Tout lui était prétexte à te punir, n'est-ce pas ? Alors qu'il n'assouvissait que son odieux désir pour sa fille. Il savait bien que c'était mal, mais tu étais si gracieuse jouvencelle. Tu étais la tentation, et il t'en corrigeait dans son acte abominable pour s'en absoudre.

Valentine secouait la tête en gémissant toujours, horrifiée de ce que Capucine avait compris.

— Il y a pis, se lamenta-t-elle.

— Que peut-il avoir de pis dans l'inceste ?

— En grandissant, j'y pris plaisir.

— Et tu ne sais du plaisir que la violence qui te fut faite.

— Le plaisir est péché.

— Dieu a dit : « Croissez et multipliez. » Sans la jouissance, ce ne serait qu'un vœu pieux.

— Tu déparles, Capucine !

— Eh bien, ne jouis plus, duchesse, répondit-il en plaisantant. Mais laisse ton époux jouir de toi dans la douceur et la tendresse. Il est des jeux ineffables, n'aie crainte de les lui prodiguer sans réserve. Alors il te fera un fils, et ce sera l'enfant de l'amour.

— Me désire-t-il encore seulement ?

— Comment ne pas te désirer ? Tu es belle et je te sais être délicieuse, quand tu oublies d'être possessive.

Elle était aussi arrogante et ambitieuse, et cela lui attirait bien des inimitiés parmi ceux-là mêmes qui l'étaient tout autant, si ce n'était pire.

— Tu sembles bien au fait de… de… ces choses, sourit enfin Valentine en s'exprimant avec difficulté.

Il était étonnant qu'elle fût si prude et si sensuelle en même temps. Il était certain qu'elle ne conversait jamais de ces « choses » avec ses femmes, et encore moins avec ses messieurs.

— Tu serais surprise de savoir combien de belles dames me font l'honneur de leurs faveurs, lui répondit-il. Les nains ont une étonnante réputation.

— Et quelle est-elle ?

— Je ne te le dirai point, de peur de tenter ta sourcilleuse morale.

— Mais… comment dois-je faire ?

Il lui parla alors longtemps des doux plaisirs de la chair, jusqu'à la remplir de confusion.

— Et maintenant, lève-toi, belle dame, arrange ta figure et tes cheveux, et atourne-toi. Il faut te sentir belle à recevoir ton époux, et accroche un suave sourire à tes lèvres en même temps que ton baume vermeil.

Valentine se leva, essuyant ses yeux. Il lui semblait qu'un poids venait de lui être ôté.

— Laisse-moi seule à présent, Capucine. Tu es de bien vilain conseil, mais je crois qu'ils sont bons. Dis à mes chambrières que je les attends.

Capucine la quitta en faisant un double soleil, avant d'atteindre la porte qu'il franchit en chantonnant :

— *Elle savait se faire belle, si belle,*

Comme nulle autre belle pareille.

Elle sourit. Le fou lui avait fait prendre conscience qu'elle avait soif de tendresse, d'en donner comme d'en recevoir de son époux. Elle saurait l'attendre, apprêtée et plaisante, le temps qu'il faudrait, et lui prodiguerait consolations en place de récriminations. Qu'importait la raison pour laquelle il avait quitté le bal, mieux valait ne pas le savoir. Elle saurait le caresser et ne plus se montrer contraire, afin qu'il lui revienne plus promptement que chien battu.

*

Ce soir-là, il fut délibéré avec le roi et les princes des Fleurs de lys comment effacer le scandale et le mécontentement populaire. Dès le lendemain, Berry, Bourgogne et Orléans firent une procession expiatoire de la porte de Montmartre à la cathédrale Notre-Dame pour y entendre la messe. Ils avançaient, pieds nus, et l'on vit combien ils souffraient tant la température était glaciale. Ils en seraient quittes pour de cruelles engelures. Ils marchaient de front en priant, suivant l'évêque de Paris en grand accoutrement de crosse et de mitre, et les chantres en aube blanche. Catherine de Fastavavin aurait pu en sourire à les voir : n'était-ce pas le juste retour des choses ? Car c'étaient les oncles qui l'avaient contrainte, avec ses compagnons, à s'écorcher les pieds sur les cailloux et les ronces du chemin qui menait à Creil. Mais la chambellane faisait retraite dans un couvent, en grande contrition, la nouvelle mariée ne pouvant se consoler dans le monde de la tragédie de son mariage.

Dans les jours précédant la Chandeleur, le roi décréta que le château de la Reine Blanche serait détruit et rasé, et il se rendit en pèlerinage à Saint-Denis, avec les princes. Il commanda une châsse pour la dépouille de Mgr Saint Louis et la voulut couverte d'or, surmontée d'un chapiteau de cuivre ouvragé de pierreries. Berry et Bourgogne devaient y contribuer de leurs deniers. Louis d'Orléans annonça qu'il ferait construire, en repentance, l'église des Célestins, qui serait érigée à ses frais et dépens, non loin de l'hôtel de Saint-Paul et du cloître du même nom. Il engageait, pour ce faire, les revenus de Porchefontaine qui venaient des biens, confisqués à son profit, du sire de Craon.

La reine ne fut pas en reste, outre moult oraisons et actions de grâce, elle fit des dons aux églises et aux congrégations. En mai de l'année 1393, elle fit un pèlerinage à la fontaine miraculeuse du prieuré de Saint-Santin de Chuisnes et à Chartres, où elle pria devant le reliquaire qui contenait un linge blanc ayant appartenu à la Vierge, et la remercia avec ferveur d'avoir protégé le roi. Puis elle offrit du vin et du pain à la léproserie du Grand-Beaulieu-lès-Chartres. Enfin de retour, elle fit fabriquer des *Agnus Dei*, pendentifs d'or et d'argent où l'on mettait une hostie consacrée que portaient les femmes grosses, qu'elle fit distribuer généreusement aux dames.

Pour le roi, la tragédie du Bal des Ardents était sans conteste un rappel sévère de Dieu. Il avait une mission sacrée, et il l'avait encore une fois dévoyée par des galéjades. Pierre de Foissy n'était pas sans le harceler pour ses fautes, son chapelain ne cessait de le tancer vertement à propos de cette mascarade impie, indigne d'un roi de France, qui avilissait la gloire de son sacre, et, s'il n'en avait réchappé, il aurait été aussitôt précipité dans l'abîme des enfers. Foissy, qui aimait à se faire prédicateur, invectivait aussi son auditoire en prêchant la réforme des mœurs sous peine d'Apocalypse. Charles VI subissait les foudres de son confesseur avec patience, il pensait avoir trahi saint Georges en ne consacrant pas toute son énergie à la paix avec l'Angleterre, à la réunion des chrétiens, pour en venir à l'apothéose de son règne : sa Grande Croisade.

Dès lors, il ne ménagea pas sa peine.

Charles VI avait appris, à la fin de l'année précédente, que des chartreux, dom Pierre et dom Barthélemy, étaient retenus contre leur gré par le pape d'Avignon. Ceux-ci, disait-on, étaient porteurs d'une lettre du pape Boniface de Rome au roi de France, en faveur de la réunion de l'Église. Les deux saints hommes étaient passés par Avignon pour obtenir de la bonne volonté du pape Clément un écrit de même sorte. Mais Clément avait exigé de lire la lettre de son rival, ce qui était impossible. Charles avait alors envoyé une estafette à Avignon pour exprimer son courroux : « Très Saint Père, vous osez différer mon courrier. » Clément avait alors relâché les chartreux, en protestant qu'il ne souhaitait que l'union, quand bien même cela devait lui coûter sa tiare.

Dès février, le roi avait reçu les bonnes paroles prononcées par Clément VII et la missive de Boniface. L'encre de ce dernier devait être de l'eau bénite, tant il assurait au souverain français son amour, son respect, sa bénédiction, et le souhait qu'il n'y eût qu'un seul pape, pasteur de tous les chrétiens. Mais Rome ne disait rien sur les moyens d'y parvenir. Par les chartreux encore, il apprit que le pape d'Avignon avait composé une messe pour la fin du schisme, dans laquelle il se plaisait à prier : « Dieu tout-puissant, unissez Votre Église, mais dans le respect de mon trône pontifical acquis. »

Si les temps étaient à la contrition, les papes s'en tenaient à l'orgueil. Les deux rivaux se moquaient-ils du roi de France ?

Charles prit alors langue avec l'Université de Paris, laquelle Université vitupérait en vain depuis longtemps contre le schisme. Les docteurs en théologie lui suggérèrent deux recommandations pour y parvenir : la voie de cession proposait de les démettre simultanément et d'en élire un autre, ou la réunion d'un concile qui aurait pour but de trancher entre les deux. Puis ils proposèrent de faire lire publiquement un mémoire sur les grandes nuisances du schisme faites à la très sainte Église catholique.

Pour l'entendre lire, Charles VI reçut solennellement l'orateur désigné, frère Guillaume Barrault, personnage d'une rare éloquence, dans sa salle Charlemagne. Il y avait là les princes des Fleurs de lys, de doctes théologiens, d'éminents ecclésiastiques des deux obédiences et le cardinal Pierre de Luna, de retour à Paris.

Le mémoire, comme il se devait, commençait par un panégyrique du roi très chrétien, Charles VI. Puis il exposait comment les deux compétiteurs devaient faire sans regret le sacrifice de leurs prétentions, pour faire cesser cette désunion sacrilège, cette hérésie, car un seul pasteur pouvait conduire le troupeau de Dieu. Il en développait longuement les raisons, au nom du Père, de

Jésus-Christ et du Saint-Esprit. Puis frère Guillaume passa aux choses sérieuses, sa voix s'éleva, tonna :

« Ô calamité effroyable ! Ô prodige horrible du schisme ! c'est la brebis qui défend à présent le troupeau contre l'oppression violente du pasteur. Ô siècle de honte et d'infamie ! Ô sainte Église plongée dans cet abîme de maux par l'impiété criminelle de tes enfants ! Oui, la postérité sera frappée de stupeur, d'étonnement et d'horreur, en apprenant ce scandale monstrueux[1] ! »

L'orateur tint ainsi son auditoire en haleine trois heures durant. Il accusa les cours pontificales du crime de simonie, fustigea les prélats qui n'avaient rien de saint, de juste, d'équitable, d'honnête, qui méprisaient le mérite, se repaissaient de crimes, de divertissements, de débauches, de leurs femmes qui étaient celles des autres, mais des enfants qui étaient bien les leurs.

« On a peine à reconnaître aujourd'hui l'Église de Jésus-Christ, même les pierres jettent des cris de détresse, faut-il alors que nous restions muets ? Criez, dit le prophète, ne cessez point, et ne vous en effrayez pas, je suis avec vous ! Comme les disciples de Jésus, assemblés et unis par la concorde le jour où le Saint-Esprit descendit dans leur âme, où Il les a emplis des trésors de Sa grâce, comme nous croyons qu'Il a assisté cette assemblée si unanime dans ses sentiments ! » conclut enfin Guillaume Barrault.

La salle éclata en applaudissements et en huées. Le libelle fit grand bruit, fut jugé par les uns diffamatoire contre le Saint-Siège apostolique, ou, par d'autres, le reflet d'une vérité accablante connue de tous. La

1. *Chronique du religieux de Saint-Denys.*

concorde n'était pas pour demain. Si le roi avait écouté jusqu'au bout avec ferveur, car il était du parti de la cession, ce ne fut pas le cas du duc de Berry qui étouffait d'une folle colère. Il en tenait pour le pape Clément VII avec lequel il entretenait d'étroites et gratifiantes relations, notamment dans le commerce des indulgences. Et l'Université ne cachait pas dans sa diatribe qu'elle était pour la destitution des deux papes, qu'elle accusait ouvertement de corruption et de dépravations. Bourgogne, comme le roi, était pour la cession. Ces deux obédiences empoisonnaient depuis trop longtemps ses États, les Flandres étaient romaines, la Bourgogne avignonnaise. Louis d'Orléans était pour un conclave en faveur du pape Clément, il pensait toujours à ses terres pontificales italiennes. À son côté, Pierre de Luna se taisait. Depuis son retour, il avait à nouveau inondé de libéralités tous ceux qu'il pouvait corrompre en faveur de Clément VII, Berry et Orléans étaient les premiers servis. Ces deux puissants princes apporteraient la contradiction au Conseil du roi. Il fallait à tout prix empêcher la cession. Luna avait du génie pour embrouiller et faire traîner les choses.

Charles fut profondément déçu par les violentes dissensions qui éclatèrent au sein de sa cour et de son Conseil, mais plus encore dans sa propre famille. Déstabilisé, tiré de tous côtés, il finit par convenir que le mémoire distillait le poison de la calomnie. Il pria l'Université de s'en tenir là et déclara qu'il avait autre affaire urgente à s'occuper. Les docteurs et les maîtres, en protestation, suspendirent leurs leçons, prédications et les actes d'école jusqu'à ce que l'on fît droit à leurs justes réclamations. L'Université ferma ses portes.

Charles VI avait bien une autre affaire urgente, rappelée par la venue d'un inspiré, Robert l'Ermite. Ce dernier, qui revenait de Syrie, lui assura qu'il avait vu dans les cieux une figure pure comme le cristal, qui lui avait ordonné de se rendre à la cour de France pour supplier le roi de faire la paix avec l'Angleterre, et tous ceux qui s'y opposeraient le payeraient cher et fort cruellement.

Charles, qui avait déjà échangé des courriers avec son cousin Richard II Plantagenêt, pressa ce dernier plus encore, soucieux d'écouter dorénavant tous les inspirés qui lui étaient envoyés : il n'oubliait pas sa fâcheuse négligence de l'homme de la forêt du Mans. La rencontre entre les deux belligérants fut fixée à Lelinghen, aux frontières du comté de Boulogne, en juin.

Il emmena avec lui les princes, Orléans traînait dans son sillage le cardinal Pierre de Luna, qui assista avec lui aux conférences. Il fut convenu que les oncles représenteraient les souverains : le duc de Bourgogne et le duc de Lancastre.

La rencontre fut faite selon un savant protocole, dans un camp tendu de draps vermeils dans un pays en ruine, résultats de décennies de guerre. Les pourparlers se passèrent dans une chapelle couverte de chaume, aux murailles lépreuses et lézardées. On y accrocha des tapisseries de batailles pour cacher la misère des murs. Le duc de Lancastre en voulut de plus attrayantes. Au lieu de batailles, ce fut la représentation de la passion du Christ, en images sanguinolentes, qui distrairait la noble assemblée.

Charles VI, déçu par l'impasse du règlement du Grand Schisme, comptait que celle de la paix avec l'Anglais serait menée à bien. Mais les conférences butèrent de nouveau sur la question de Calais que réclamaient les Français, et le solde de la rançon de Jean le Bon, exigé par Lancastre. Encore une impasse qui fit tomber l'exaltation de Charles. Il espérait tout, mais n'obtint qu'une prolongation de la trêve d'un an.

Avant de se quitter, les Anglais, qui en tenaient pour le pape Boniface de Rome, avaient reçu le cardinal Pierre de Luna qui leur avait demandé audience. Le prélat avait plaidé sans vergogne en faveur du pontife Clément. La délégation anglaise considéra sa plaidoirie comme une provocation insultante. Une fois rentré à Londres, Lancastre envoya un courrier impérieux, exigeant la destitution du faux pape d'Avignon, condition à toutes futures négociations. L'avisé Pierre de Luna avait sapé l'équilibre entre les deux forces.

Les deux empêchements à la Grande Croisade se télescopaient, il n'y avait rien qui pouvait se régler l'une sans l'autre, ni l'une avec l'autre.

La cour de Charles VI se tenait à Abbeville. Ce fut dans cette ville qu'Olivier de Clisson, avant de mourir, fit parvenir au roi son épée de connétable, brisée en deux. Charles fut fort contrit de la méchante humeur du Boucher borgne pour qui il avait tant d'attachement, et de sa mort, alors que les échecs du schisme et de la paix l'avaient déjà abattu.

Début juillet, il rechuta tragiquement. Sa crise de délire fut inouïe, une démence furieuse lui fit arracher ses vêtements et les draperies, briser les vitres et vitraux, et tout ce qui lui tombait sous la main. Chacun fuyait devant cette frénésie dévastatrice. Une accalmie permit de le transporter en hâte au château de Creil, où sa rage le reprit, ne lui laissant guère de répit.

Il fut formellement interdit d'en informer la reine qui était fortement enceinte, sous peine de châtiments exemplaires, et ce, jusqu'à ses relevailles.

Ainsi fut-elle tenue dans la totale ignorance de la santé de son époux, auquel elle espérait donner un deuxième fils. Près de son terme, Isabelle réclama pour la deuxième fois le Saint Prépuce de Jésus pour l'assister. Mais l'abbaye de Coulombs fit valoir à la reine, avec grand regret, que « le pape Clément VII avait su, par la malignité d'un rapporteur, la sortie de la relique au profit de Sa Hautesse, et que Sa Sainteté interdisait dorénavant tous déplacements de telles reliques en d'autres lieux, sous peine d'excommunication ». Isabelle accoucha, à son grand désespoir, d'une fille, le 22 août 1393, au château de Vincennes.

16

L'Élixir parfait

Qui me garde en prison sans fermer ni ouvrir ?
Ni ne me gardant sien, ni ne me laissant libre,
Ne me veut pas vivant, sans me laisser mourir.
Je vois et n'ai point d'yeux et, sans langue, je crie
Et je désire mourir et j'appelle au secours.
Pour moi je n'ai que haine et pour autrui qu'amour,
Je goûte ma douleur et en larmes, je ris.

Pétrarque

Des bourdonnements d'oraisons résonnaient sous les voûtes de l'austère église Saint-Paul, en provenance des fonts baptismaux. La voix du prêtre se singularisa des répons de l'assemblée en lançant :

— Marie, je te baptise au nom du Père, du Fils et du Saint-Esprit !

— Amen ! répondirent les marmonnements.

— Amen ! murmura à son tour Isabelle, agenouillée dans l'ombre de la chapelle latérale dite de Saint-Louis.

— Amen, dit Jean la Grâce à son côté, vêtu pour la circonstance d'une dalmatique immaculée.

La reine ne pouvait les voir, mais elle imaginait sans peine le prélat entouré de ses officiants, les trois parrains, les trois marraines et les autres nobles personnes qui se recueillaient près des fonts baptismaux d'un caractère singulier. De forme ovale, taillés dans un bloc de pierre commun, sans ornements autres que des rayures cylindriques, ils dataient, lui avait-on appris, de la chapelle primitive érigée par le roi Dagobert.

Elle était habillée d'une simple gonelle dont elle avait rabattu le capuchon bas sur son visage, sans artifices, ni joyaux. La gonelle était une cape à chevaucher, guère appropriée pour suivre la cérémonie d'un baptême. Ainsi vêtue, la reine était méconnaissable. Il n'était pas d'usage que les mères assistassent au baptême de leurs enfants qui se faisait durant le mois de leurs relevailles. Sa fille avait été ondoyée dès sa naissance. Mais la reine avait fait repousser le baptême solennel, car elle attendait le roi, en vain. Son entourage le disait toujours à Abbeville avec les Anglais. Depuis sa délivrance, son époux ne s'était aucunement manifesté. Charles était-il si fâché de la venue d'une nouvelle princesse au lieu d'un petit prince ? Cette attente lui avait été insupportable. Oisive et confinée dans ses appartements de l'hôtel de la Pissotte, dans une atmosphère oppressante, elle avait maudit ce mois de l'accouchée qui la tenait prisonnière.

Dans l'église Saint-Paul, le nouveau-né se mit à hurler soudain, son cœur de mère se serra, cette enfant venait sous de bien tristes auspices. Le bébé protestait sans doute de l'eau glacée sur son front qui la bénissait, et du sel sur ses lèvres qui éloignait les démons.

Catherine de Fastavavin était sortie de l'isolement de sa retraite pour le terme d'Isabelle. Elle s'était inquiétée de sa mauvaise toux et triste mine. L'époux de sa chambellane, Etzel d'Ortembourg, l'avait attendue pour l'emmener en son castel de Bavière, il disait la France maudite depuis le Bal des Ardents. Catherine refusa, c'était elle qui était maudite, et elle ne voulait point quitter sa souveraine. Las de supplier, Etzel avait fini par quitter la Cour, seul. C'en était fini de leur mariage.

Ozanne de Louvain avait aussi apporté son assistance lors des couches d'Isabelle. Elle ne l'avait guère quittée les jours qui avaient précédé la délivrance. Isabelle était grosse à pleine ceinture et souffrait beaucoup de ses jambes, qui étaient si gonflées qu'elle ne tenait pas debout. Ozanne les avait massées de ses huiles, lui apportant soulagement, et avait enduit chaque jour son ventre distendu d'un emplâtre pour éviter les rides de la peau après l'accouchement. L'odeur en était désagréable, il était fait, lui avait dit Ozanne, de térébenthine de Venise, de lait d'asperges et de fromage de vache aigri.

Mais, après l'enfantement, sa fidèle dame d'honneur avait de fréquentes absences, qu'elle expliquait fort maladroitement. Enfin, Valentine Visconti lui avait rendu visite avec de prestigieux cadeaux. Il s'était opéré un subtil changement chez la duchesse d'Orléans, et sa conversation était tout en rondeur. Toutefois, elle lui avait dit en s'apitoyant : « Ce que c'est, tout de même, que cette semence femelle. » Une perfidie qu'elle n'avait su retenir. Isabelle ne la revit plus, on disait la duchesse accaparée ailleurs, réconciliée avec son époux. La reine en avait ressenti un pincement de jalousie.

Et pendant tout le temps de ses relevailles, Isabelle eut le sentiment que ses femmes lui cachaient quelque chose : sourires contraints, visages défaits, conversations furtives qui s'éteignaient à son approche, tout concourait à l'angoisse qui lui faisait pressentir un malheur.

Ce fut Catherine de Fastavavin qui finit par le lui révéler, elle n'avait cure de l'interdit. D'ailleurs de quels châtiments pouvait-on l'accabler encore, elle qui était si désespérée depuis le tragique charivari de ses noces ? La reine apprit l'état du roi avec accablement. Ainsi, il était de nouveau à Creil, voilà pourquoi Ozanne s'absentait si souvent.

— Mais moins encore que la Couleuvre milanaise, avait précisé la chambellane avec ressentiment, le roi la fait mander sans cesse, il semble que seule *sa très chère sœur* arrive à le tranquilliser.

— Il faut qu'Ozanne retourne chez Nicolas Flamel.

— Elle l'a fait, mais la potion est restée sans effet.

— Cela ne se peut !

— Cela se pouvait, avait prévenu dame Pernelle, quand le cœur du malade n'était pas pur.

— Le roi n'aurait pas le cœur pur ? s'était indignée Isabelle. Au Diable dame Pernelle, c'est maître Flamel qu'il faut solliciter !

Ozanne, sur les ordres d'Isabelle, était retournée à l'enseigne de la Fleur de lys, rue des Écrivains, mais dame Pernelle, rougissante, lui avait donné une potion, et avait dit le maître absent.

L'épouse de Nicolas ne savait pas mentir.

À la fin de ses relevailles, la reine avait fait convoquer les princes des Fleurs de lys. Ceux-ci avaient déjà composé leur gouvernement ainsi qu'ils l'avaient juré en cas « d'empêchement » du roi : Orléans serait régent de France, les oncles et Louis le Barbu au conseil de régence. Elle-même avait la tutelle des enfants royaux. C'est à ce titre qu'elle réunissait ce Conseil restreint. Le duc d'Orléans en était absent. Elle s'était informée de lui d'un ton courroucé.

— Le prince est à Creil avec son épouse, lui avait expliqué le duc de Bourgogne, auprès de son frère le roi. Il vous demande le pardon par ma voix.

« Avec son épouse ! » songea-t-elle avec amertume. Alors qu'elle-même avait tellement besoin de lui.

— Dites-lui, messire de Bourgogne, que je veux l'entendre de sa bouche.

Philippe le Hardi la salua en signe d'acquiescement.

Elle leur avait alors fait part du prénom de sa fille : Marie. Elle serait vouée à la Vierge pour la guérison du roi son père. Les princes avaient approuvé, et on avait fixé la date du baptême officiel. Enfin, ils avaient débattu des parrains et des marraines. La reine avait des exigences : l'une des marraines serait Marie de Bourbon, la supérieure de l'abbaye de Poissy, célèbre couvent qui ne recevait que les filles de grande noblesse. L'un des parrains serait maître Nicolas Flamel. La discussion avait été âpre à propos de ce dernier, jugé indigne, par sa condition, de parrainer une fille de France. Isabelle n'en avait pas démordu. C'était la seule façon de faire venir à l'Hôtel solennel cet insaisissable alchimiste. Ce dernier ne pourrait s'y soustraire, car refuser cet honneur aurait été une grave insulte au roi et à la reine.

C'était lui qu'elle attendait en ce jour, dans l'ombre de la chapelle de Saint-Louis.

Les cloches sonnaient à la volée, saluant l'entrée d'une nouvelle brebis dans le troupeau de la Chrétienté. La nef se vidait, les nourrices ramenaient Marie dans les appartements des enfants royaux. Personne n'avait aperçu la reine, sauf Flamel qui se savait attendu et ne pouvait se dérober.

Jean la Grâce chuchota à l'oreille d'Isabelle :

— Sais-tu que c'est ta fille que tu donnes en sacrifice pour sauver le roi ?

— Ne sommes-nous pas toutes sacrifiées ? Je la sauve plutôt d'un monde par trop cruel.

— Promise dès ses cinq ans à vivre enfermée dans un couvent, aussi prestigieux soit-il, c'est ainsi que tu la sauves ?

— Abraham était prêt à sacrifier son fils Isaac sur le commandement de Dieu. Il me semble, frère Jean, que Marie aura sous le voile meilleur sort que bien des femmes.

Il était coutume de vouer des filles à la vie religieuse dès leur naissance. Isabelle en voulut à son confesseur de le lui reprocher, comme d'autres lui faisaient grief de ne pas aimer ses enfants. Pourtant elle passait de longs moments en leur compagnie. Elle adorait quand la remuante et exigeante Isabelette l'appelait « madame ma mère ! » de sa voix flûtée. Jeanne était plus calme, elle aurait trois ans en janvier, elle zézayait gravement, observait tout, voyait tout, et posait sans cesse des questions que personne ne comprenait. Quant au petit Charles, le dauphin qui n'avait pas un an, il était encore dans ses langes qui le transformaient en momie. Il pleurait beaucoup. Isabelle ne le supportait pas, il lui semblait qu'elle se rappelait sa détresse de nourrisson à se sentir ligotée, la douleur qui montait dans ses petits membres qui s'ankylosaient dans leurs entraves. Les nourrices lui rétorquaient que ses os étaient encore trop fragiles, et qu'ils allaient se corrompre. Mais la reine avait trop de plaisir et de soulagement pour lui en le voyant gigoter hors de ses bandelettes et gazouillant de contentement, et se traîner à quatre pattes. Elle aimait ses enfants, comment pouvait-on oser dire le contraire !

La colère qui la gagnait fut distraite par un trottinement léger sur les antiques dalles de la chapelle latérale. Isabelle releva la tête, jamais son confesseur ne lui avait vu un visage aussi dur. Nicolas Flamel avait fait toilette pour la circonstance, ses rondeurs étaient engoncées dans une houppelande de bon drap des Flandres, sa barbe avait été soigneusement peignée, et un prodigieux chaperon à deux queues s'enfonçait sur son front, d'où émergeaient ses yeux pétillants d'intelligence. Il s'inclina devant la reine, la main sur le cœur.

— Pardonnez-moi, madame, de ne point vous saluer comme il se doit, à deux genoux. Ils sont si rouillés que, pliés, ils refusent de se déplier. L'âge nous ronge de même que vieille carcasse de fer.

Jean la Grâce sourit, le rusé Flamel annonçait la couleur : il était vieux, perclus de douleurs. Le serait-il s'il possédait la panacée ?

— Savez-vous que j'ai toujours rêvé de visiter cette église, poursuivit l'écrivain public. Elle est dite l'église des rois. Son donjon haut et massif, surmonté d'un clocheton, se voit de fort loin. Et j'ai pu admirer son parvis en plein cintre en arrivant, flanqué de ses célèbres lions sculptés à l'air si terrible. Ils sont du temps de Dagobert[1], je crois.

La reine se leva, plus dure que jamais.

— Croyez-vous que je vous ai attendu pour parler histoire ?

— Las ! dit l'écrivain, en s'inclinant de nouveau, une vie pousse l'autre. Il ne reste de nous que l'histoire. Connaissez-vous la chanson qui dit que Dagobert mettait tout à l'envers, et que le bon saint Éloi remettait tout à l'endroit ?

— Je connais mes comptines, répondit Isabelle exaspérée. Sortons, ces lieux m'étouffent.

— Il est vrai, continua Flamel, que le caractère de ce saint lieu est austère, l'architecture est d'un gothique sévère et aussi dépouillé que l'était notre Seigneur Jésus-Christ. (Il trottinait derrière la reine, ne cessant de jacasser.) C'est feu notre bon roi Charles V qui fit, de la chapelle primitive, l'église d'aujourd'hui. Savez-vous que les corporations de fouleurs et tondeurs de draps, dont le marché est sis place Beaudoyer, ont donné des sommes considérables pour son érection ? D'ailleurs, il y a des vitraux en leur honneur.

Jean la Grâce, qui suivait le train, ne put s'empêcher de pouffer, tant la reine qui avait ouvert la marche se raidissait au fur et à mesure du discours de Nicolas. Elle se faufila par une porte latérale, évitant le portail d'entrée.

Dehors, un timide soleil d'octobre les accueillit. Flamel respira à pleins poumons l'air humide, chargé des odeurs de feuilles mortes et de mycélium.

1. La chapelle de Saint-Paul, fondée en 633 par saint Éloi, ministre du roi Dagobert.

— L'hiver sera rude, dit-il en expirant avec volupté, les hirondelles sont parties tôt cette année.

— Maître Nicolas Flamel, après l'histoire, la pluie et le beau temps. Vous abusez de ma patience ! lança Isabelle au bord de l'explosion.

— Pardonnez-moi, ma reine, si je parle à bâtons rompus. Je sais que vous avez à m'entretenir, mais souffrez que nous le fassions loin des oreilles indiscrètes.

— Je ne vois que les arbres et bosquets des jardins de l'Hôtel, répondit-elle en regardant autour d'elle.

— Justement, nous sommes à l'Hôtel, même les arbres et les bosquets ont des oreilles.

— Bien, soupira-t-elle, où allons-nous ?

— J'ai à faire au port de Saint-Paul tout proche, car je voudrais savoir où en est ma commande de charbon. Oui, pour mes chariots de braises, je préfère le charbon à celui du bois, il dure et chauffe plus.

— Mais il y a foule, si j'en crois ce que l'on dit, car je n'y suis jamais allée.

— Alors, allons-y, il n'y a que dans la foule que l'on puisse parler, et vu votre accoutrement, personne ne vous reconnaîtra.

Isabelle se détendit, il lui plaisait de marcher et de visiter les bords de la rivière de Seine où s'activait le trafic des barges et des chalands.

Il y avait bien foule sur les quais, les barcasses étaient tirées par des chevaux pour les faire accoster plus avant dans le limon des berges. Aussitôt, les débardeurs aux bras noueux et dénudés s'y précipitaient en pataugeant dans la boue, chargeant sur leurs épaules les sacs et barils qu'on leur passait des bateaux. Ils couraient alors en chancelant sous leur charge, vers des charrettes attelées qui attendaient sur le quai des

Célestins, en surplomb. Ils étaient payés à la pièce et se hâtaient jusqu'à l'épuisement. Le port Saint-Paul déversait chaque jour quantité de froment, seigle, pois, fèves, avoine, charbon et bois. Il était aussi le port parisien des vins venant de Grèce, de Grenache, de La Rochelle, de Gascogne ou encore de Bourgogne. En aval, près de la place de Grève, étaient le port au Blé et le port au Foin qui connaissaient la même effervescence. Nobles et grands bourgeois ne s'y aventuraient jamais, sauf la nuit, pour s'esbaudir dans les tavernes douteuses environnantes.

Isabelle et ses compagnons se tenaient sur un terre-plein à plusieurs mètres de l'agitation, sur lequel se dressait une minuscule chapelle qui dominait le port. Elle restait debout, fascinée par le ballet des débardeurs vociférants, qui faisaient comme une marée humaine montante et descendante, et se demandait comment, dans leur hâte, ils ne se télescopaient pas. Et il y avait grand tapage, gonflé par celui de la multitude des mouettes rieuses qui bataillaient autour des sacs crevés. Près des charrettes, les acheteurs comptaient, écrivaient furieusement sur des tablettes, tout en hurlant et en pressant le mouvement. Une odeur écœurante de vase mêlée de sueur montait jusqu'à eux.

Autour de la minuscule chapelle aux ex-voto en mémoire des marins morts en rivière se tenaient des acquéreurs qui se prenaient de gueule avec les patrons des chalands et discutaient les prix avec acharnement. Puis ils concluaient en tapant avec force dans leurs mains, avec des éclats de rire et des protestations d'amitié.

Jean la Grâce, qui ne s'étonnait pas du dur travail de la plèbe, attira Isabelle vers un banc où elle ne manquerait rien du spectacle qui la laissait bouche bée. Elle en avait oublié le but de la présence de Nicolas Flamel, et frère Jean se doutait que celui-ci avait proposé cette promenade dans le but de l'apaiser. Nicolas s'assit près d'elle et cita en regardant les laborieux :

— Méditer la mort, c'est méditer la liberté ; celui qui sait mourir, ne sait plus être esclave.

Elle se tourna vers lui, cherchant à recouvrer ses esprits.

— C'est de Sénèque, renchérit la Grâce.

— Bravo ! frère Jean. Il dit aussi que la mort nous obsède alors que nous en ignorons tout, tout en croyant en savoir assez pour la craindre. Ce qui n'a aucun sens.

Isabelle les regardait tour à tour, il semblait qu'à ergoter, les deux hommes l'avaient oubliée.

— Ce qui n'a aucun sens, maître Flamel, c'est que je suis ici pour vous parler du roi, *votre roi*, et non pour écouter vos échanges d'érudits, dit-elle en retrouvant sa colère.

— Et je suis impatient d'entendre de ses nouvelles. Quelles sont-elles ?

— Navrantes ! Et vous devriez en être navré.

— Je le suis, madame, il est dans toutes mes prières, comme nous tous en ce royaume.

— Mais vous seul pouvez le sauver.

— Vie et mort se succèdent comme nuit et jour, car les cycles de l'éternelle Nature ne cessent pas un seul instant.

— Il est des vies pires que la mort ! s'écria-t-elle, reprenant les avertissements de Zizka.

Nicolas laissa errer encore son regard sur le fourmillement de la grève où peinait la masse pour son pain.

Mais Jean la Grâce, saisissant la pensée de Flamel, le prit de court en répondant :

— Certes, il est des vies pires que la mort. Tantôt les gens fuient la mort comme le pire des maux et tantôt ils l'appellent comme la fin de leurs maux. Mais si elle vient, ils rechargent leur fardeau et s'en éloignent vivement. Comme ceux-ci, dit-il en désignant le port.

La reine se leva et se mit à parler avec véhémence, marchant de long en large, en se tordant les mains.

— Veux-tu me dire, Jean la Grâce, qu'il y a des personnes plus à plaindre que le roi ? J'y consens, et ils sont la multitude ! Mais le roi est le roi, l'oint du Seigneur, et il ne se reconnaît plus. Il erre dans les couloirs du château royal de Creil en hurlant, gémissant, se contorsionnant d'une façon indigne de sa personne, en proie à une douleur sans pareille. Si l'on tente de l'habiller, il déchire ses vêtements, et il n'y a rien à faire pour le laver. Il bat les serviteurs qui se dévouent pour lui. Il gratte de ses ongles toutes les représentations des fleurs de lys, sur les murs ou la vaisselle, et veut les effacer avec rage jusqu'à ce que ses doigts soient en sang. Il a pris les fleurs de lys en exécration jusqu'à le rendre furieux. Il ne sait plus qu'il est le roi de France, qu'il est marié et a des enfants ; il dit qu'il est Georges, et que ses armes sont un lion percé d'un glaive. Et puis, soudain, il s'écroule, pleure et supplie que l'on cesse de le tourmenter, qu'on le fasse mourir plutôt. Croyez-vous alors que le roi souhaite recharger son fardeau ? Et vous, l'alchimiste, n'aurez-vous pas pitié ?

Le mot était lâché, Nicolas l'attendait comme Jean la Grâce qui se mit à déclamer :

— Je parle à toi, sot fanatique,
Qui te dis et nommes en pratique
Alchimiste et bon philosophe :
Pauvre homme tu t'abuses bien,
Par ce chemin ne feras rien.

— C'est ce que dit Jean de Meung dans sa *Complainte de Nature à l'alchimiste errant*, du *Roman de la Rose*, intervint Nicolas.

— Cessez de m'en faire accroire, l'alchimie existe ! s'exclama-t-elle.

— Que sais-tu, Reinette, de l'alchimie ? lui demanda Jean la Grâce.

— Ce que tout le monde en sait ! s'exaspéra-t-elle. Nicolas Flamel en est, et il a découvert la Pierre philosophale ! Il possède la Panacée, l'Élixir parfait. Il peut régénérer la santé de notre roi, mais il ne veut en distraire une goutte pour la sauveté de Charles et du royaume. Il a corrompu son épouse Pernelle qui distribue ses propres potions en guise de l'élixir qu'il garde pour lui !

Isabelle leur tourna le dos, le visage dévasté par les larmes de sa révolte. Elle regardait sans les voir les hommes au labeur, elle ne pensait qu'à Charles, elle le voyait sans cesse comme elle l'avait vu à la seule visite qu'elle lui avait faite, juste après ses relevailles. Comment il était sale, hirsute, en loques, les yeux tourneboulant dans les orbites. Elle s'était approchée malgré les mises en garde des valets. Alors il l'avait regardée avec aversion et avait dit : « Que me veut cette femme qui m'obsède ? Qu'on lui donne ce qu'elle demande, et tenez-la hors de ma vue. » Puis, soudain, il s'était détendu comme un ressort et l'avait violemment frappée à la tête. Sans l'intervention musclée de plusieurs serviteurs, qui en vinrent à bout avec difficulté, il l'aurait sans doute tuée.

Elle sursauta en sentant la main de Nicolas Flamel se poser sur son épaule.

— Que sait le monde sur l'Hermétique, madame ? Rien, car, comme son nom l'indique, c'est hermétique. Venez, madame, venez près de nous, je vous dirai ce que j'en sais et quelle est ma religion.

Elle se laissa ramener sur le banc, Jean la Grâce était debout, l'air ému. Il lui prit les mains, les baisa et la fit asseoir avec douceur.

— Le pire n'est pas qu'il ne me reconnaisse pas, reprit-elle, inconsolable, d'une voix étranglée. Ce n'est pas que je ne puisse le voir, qu'il me haïsse, qu'il me batte, mais c'est que je suis la seule femme, moi, la mère de ses enfants, qu'il ne connaît plus. Il admet les soins d'Ozanne de Louvain, et l'appelle « mes yeux d'aigue-marine ». Il fait encore davantage quérir Valentine Visconti, sa très chère sœur, dont il ne peut plus se passer. (Elle renifla et s'essuya le nez d'un revers de manche.) Et vous, maître Flamel, qui avez tout pouvoir, vous ne ferez rien pour sa grande souffrance, prisonnier du secret des alchimistes. C'est ça votre religion, jamais de compassion ?

— J'ai plus de compassion que je ne puis en tenir, madame, lui répondit Flamel d'une voix sourde. J'appelle religion ce qui concourt à la délivrance de l'esprit et du corps. C'est la mort qui délivre le corps, c'est l'illumination de la conscience qui délivre l'esprit.

— Je ne vous entends point, dit-elle en reniflant de plus belle.

— Quand la clarté du haut savoir occupe l'esprit développé, débarrassé de l'obscurantisme, des vulgaires idolâtries et doctrines, il voit tout, et il n'est rien d'aussi secret qu'il puisse être au monde, car c'est entre soi et soi.

— Et vous le possédez ce haut savoir ?

— Si je ne l'ai pas, que je l'acquière, si je l'ai, que je le garde.

— Comme c'est commode ! lança Isabelle en s'énervant de nouveau.

— Il n'y a rien de plus ardu, au contraire. Les alchimistes se disent les philosophes de l'Absolu. Ils sont les conquérants et les gardiens de la Science supérieure, qui englobe les principes de toutes les autres sciences, passées, présentes et futures. La Science universelle explique la nature, la source et la raison d'être de toute chose, de l'origine de l'univers à sa destinée, de ce qui est invisiblement petit jusqu'au cosmos.

— En somme, les alchimistes qui fabriquent de l'or ne cherchent ni la richesse ni le pouvoir ? ricana-t-elle.

— Ceux-là ne le trouveront jamais. Comme Jean de Meung le dit : *Pauvre homme tu t'abuses bien, par ce chemin ne feras rien*. Le plomb est la lourdeur et la vulgarité, poursuivit-il, l'or est l'élévation et la connaissance. La transmutation des vils métaux en or pur est la représentation de la transmutation de l'âme à son éveil. C'est là que se trouve l'immortalité, celle de l'âme.

Il se fit un grand silence que rompit Jean la Grâce avec bonhomie :

— Moi qui croyais que les alchimistes étaient des charlatans, des bonimenteurs ou des insensés à la recherche du Saint-Graal, voilà qu'il s'avère que ce sont de grands philosophes. Pourtant je pense, quant à moi, que l'homme qui s'attache à vivre pour atteindre le paradis après sa mort oublie trop souvent d'être heureux ici-bas.

— Qui vous dit que l'alchimiste cherche le paradis ? C'est la conscience et la science qu'il cherche. La Connaissance !

— Dieu seul *est* la Connaissance, renchérit Isabelle. Pensez-vous, messire Flamel, que Dieu est alchimiste ?

Les deux hommes s'esclaffèrent.

— Dieu, dit enfin le maître, a mis la Connaissance en chacun de nous. Savez-vous, madame, pourquoi vous avez une petite dépression juste sous le nez, sur votre lèvre supérieure ?

La reine secoua la tête.

— Ce n'est pas de moi, mais de l'un de nos grands maîtres, Platon. Quand l'enfant sort du ventre de sa mère, il possède la Connaissance, mais un ange se penche vers lui, presse un doigt sur sa bouche et dit : « Chut ! » L'enfant garde la marque de l'ange, mais oublie tout.

— C'est un bien vilain ange, grogna-t-elle.

— C'est ce difficile chemin solitaire que nous avons à gravir afin de retrouver ce que nous avons perdu. Quel mérite aurions-nous à chercher l'illumination si tout nous est donné par avance ?

La reine se leva. Elle avait séché ses larmes, et son regard sombre exprimait de nouveau la fureur.

— À vous entendre, Dieu est jaloux ! Dieu n'a pas créé l'homme à Son image, certes non, Il s'amuse trop à faire de Ses créatures des êtres inférieurs, imparfaits, ignorants, et Il se plaît à les laisser le prier, supplier, souffrir, comme il vous plaît de me laisser vous prier et vous supplier, et laisser souffrir le roi ! Il se fait tard, messire Flamel, une seule et dernière question : possédez-vous l'Élixir parfait ?

— Ceux qui l'ont se tairont, ceux qui ne l'ont pas s'en vanteront !

— Encore votre art de l'esquive, rétorqua-t-elle avec humeur. Rentrons, frère Jean !

Déjà elle s'éloignait. Nicolas se leva et lui cria :

— Il n'y a que l'âme, madame, qui puisse se régénérer ! Il n'y a que l'âme qui soit immortelle. Ceux qui prétendent le contraire sont des menteurs !

Isabelle se mit à courir. Jean la Grâce renonça à la poursuivre, il soupira en levant ses mains en signe d'impuissance. Nicolas remarqua qu'il gardait sur les paumes les stigmates des brûlures de la poix vive, quand il avait tenté d'éteindre un sauvage d'une simple nappe.

— Laissons-la, dit frère Jean, son espérance était grande, sa déception est plus grande encore. La reine est la femme la plus entêtée que je connaisse. Elle ne vous lâchera pas, maître Flamel.

— Je sais, sourit ce dernier.

17

L'heure éblouissante

> Le quartier des juifs fut pillé d'une quarantaine de maisons remplies de meubles précieux et de toute espèce de marchandises, et objets de valeur mis en gage par des emprunteurs. Certains de ceux-ci en profitèrent pour retirer les promesses ou reconnaissances qu'ils avaient souscrites. Plusieurs de ces juifs furent massacrés chez eux, d'autres parvinrent à se sauver et à gagner le Châtelet, où ils demandèrent à être enfermés pour se trouver en sûreté. On leur enleva leurs enfants que l'on fit baptiser à Notre-Dame.
>
> *L'Histoire de Paris*[1]

Elle hurlait, appelait, tirant obstinément sur la chaîne de la cloche du monumental portail qui s'ouvrait sur le quai des Célestins. Elle s'était pourtant montrée, capuche rabattue, aux grilles de la porte qui s'incrustait dans le renfoncement de la barbacane de la muraille d'enceinte qui fermait l'Hôtel. Les gardes refusaient de la laisser entrer. Certes, cette femme ressemblait à la

1. Ouvrage collectif, édité en 1879.

reine, mais jamais la reine ne se montrerait en si petits atours, hors d'elle-même, et sans escorte. Ils n'étaient pas tombés de la dernière pluie. Isabelle les entendait rire de l'autre côté, se gaussant d'elle. Jamais elle ne s'était sentie aussi abandonnée, si démunie, perdue. Le soleil était à son coucher, allait-elle rester seule dans les rues en pleine nuit, dans ce quartier de coupe-gorge ? Elle se retournait sans cesse pour voir si Jean la Grâce se décidait à la rejoindre ; son confesseur était un familier des gardes car il passait souvent, et certains se confessaient à lui. Ils l'avaient salué à leur sortie, sans prêter attention à la femme encapuchonnée et à l'homme qui l'accompagnaient, un couple de petits-bourgeois sans importance. Elle hésitait à retourner, elle prenait conscience de son imprudence en s'aventurant ainsi sans escorte.

Soudain les rires cessèrent, et une voix coléreuse lança : « Vous ne reconnaissez pas votre reine, manants ? Ouvrez ou je vous ferai bastonner ! »

C'était la voix du duc d'Orléans. Les battements du cœur d'Isabelle s'emballèrent. La grille de la barbacane s'ouvrit enfin. Elle la franchit en courant, sans prêter attention aux gardes qui tombaient à genoux, elle ne voyait que lui. Il venait de la sauver de l'humiliation et de la peur, et elle le voyait tel qu'il était, jeune, beau et bien découplé, planté dans ses heuses avec cette autorité naturelle aux Valois. Il était moulé dans un justaucorps de velours bleu nuit, ses cheveux châtains moussaient autour de son visage avenant, aux traits fermes, sous un chaperon à plumes. Elle se jeta dans les bras de son beau-frère.

— Gentil frère, gentil frère, te voilà enfin revenu ! balbutia-t-elle dans son cou.

Louis était abasourdi, il avait reconnu les cris d'Isabelle alors qu'il venait de se faire annoncer à l'hôtel de la Pissotte, mais il n'avait pas été introduit, et il lui avait été répondu que nul ne savait où la reine se trouvait. Il avait pensé plutôt qu'elle ne voulait pas le recevoir, pourtant il venait, à sa demande, présenter ses regrets pour son absence au Conseil restreint. Il avait décidé de s'en consoler chez son trésorier Poulain, d'une pinte de vin, et avec ses dames, à la Croix-du-Trahoir non loin du port Saint-Paul, et il s'apprêtait à quitter l'Hôtel par la sortie de Seine.

Isabelle s'accrochait à son cou comme une naufragée. Il fut tenté de la serrer contre lui, une chaleur ineffable envahissait déjà son ventre. Jamais encore elle ne l'avait étreint avec une telle force.

— Viens, lui souffla-t-il à l'oreille, on nous regarde.

Il la prit par la main et l'entraîna dans une allée bordée de buissons de roses, aux feuilles rongées par la rouille de l'automne. La sente menait à un boqueteau qui dérobait aux regards une tonnelle couverte d'une vigne vierge aux couleurs flamboyantes.

Isabelle ne lui laissa pas de répit, à peine à l'abri, elle lui prit le visage entre ses mains et l'embrassa à pleine bouche, affamée d'amour. Louis essaya de se dégager.

— Cesse, murmura-t-il, ou je vais te prendre sur-le-champ, là, debout.

Elle émit un tel gémissement qu'il n'y tint plus. Elle paraissait avoir perdu toute raison, il en perdit la sienne. Oubliant qu'ils pouvaient être surpris, il retroussa ses jupes et la renversa sur une table basse aux pierres moussues entourée de bancs, et dégrafa sa brayette avec fébrilité. Animée de la même fièvre, elle ouvrit les jambes pour les nouer autour de sa taille, l'attirant à elle, haletante, gémissante d'un désir fou, offerte.

Quand il pénétra profondément sa moiteur, il n'eut plus conscience de son existence ni de celle d'Isabelle, ils étaient une même entité, ils se boutaient si intimement qu'ils ne faisaient qu'un. Renversée sur la table, elle se mordait les lèvres pour ne pas crier, et il étouffait ses propres gémissements, la bouche enfouie entre ses seins. Le temps n'existait plus, les autres n'existaient plus. Rien ne comptait que cet instant de grâce pure, de jouissance divine. Il rugit sourdement quand il sentit les spasmes qui secouaient Isabelle et compressaient sa verge. Mais il n'en avait pas encore assez, il l'avait attendue si longtemps, il voulait la besogner à en mourir, à la faire mourir. Elle eut un nouvel orgasme, et là, elle cria sans retenue. Enfin il s'abandonna et jouit d'un dernier coup de reins en mordant les plis de son surcot.

*

Isabelle, l'œil brillant, tint le soir même un véritable conseil de guerre seule avec son frère Louis le Barbu, qu'elle invita à souper. Elle était sans remords, Dieu avait créé des êtres imparfaits, elle l'était. Nicolas Flamel avait dit de chercher l'illumination, elle l'avait trouvée dans la jouissance de cette heure éblouissante. Elle aimait et était aimée, elle avait besoin de cet amour vivifiant, elle ne voulait pas être une poule pondeuse à la merci d'un dément qui la repoussait avec haine. Elle était vivante, le roi était un mort-vivant.

Elle se sentait combative, une nouvelle puissance l'habitait, celle du frère du roi, régent de France, et celle de son frère qui siégeait au Conseil. Ils seraient sa voix au sein du gouvernement.

Pour commencer, elle lui conta avec colère son entretien avec Nicolas Flamel, tandis que Louis le Barbu, affamé, engloutissait à grands coups de cuillère le brouet aux choux de Sainte-Lucie, qu'Isabelle dédaignait. Elle était trop exaltée pour manger.

— Nous n'en tirerons rien de cette manière, conclut-elle en prenant sur ses genoux Perldemay qui grattait ses ongles sur sa cathèdre. Il ne sait que m'embrouiller avec ses philosophies.

Voyant qu'elle ne mangeait pas et se contentait d'agacer sa petite chienne qui lui mordillait les mains en grognant, il plongea les doigts dans le brouet et en retira une saucisse confite qu'il lui tendit. Elle refusa de la tête.

— Mange, ma princesse ! insista-t-il. Cela te calmera. Tu as l'air bien excitée ce soir ?

Elle ouvrit la bouche avec mauvaise grâce, mais Perldemay happa la saucisse avant sa maîtresse et sauta de ses genoux avec son butin. Ils éclatèrent de rire, tandis que la voleuse se réfugiait derrière un coffre pour dévorer à son aise. Louis le Barbu prit la parole tout en touillant à nouveau dans la soupière.

— Il nous reste la ruse. Je vais faire surveiller ton alchimiste par deux gardes, de nuit comme de jour. (Il retira avec contentement la saucisse convoitée, et l'agita en soulignant ses propos.) Je les changerai fréquemment afin qu'il ne puisse les reconnaître. S'il possède quelque part une chambre à fourneaux et à cornues, il finira bien par nous y conduire.

Il offrit enfin une autre saucisse à Isabelle, qui s'en empara du bout des doigts avec une grimace.

— Il est fort rusé lui-même, dit-elle. Recommande-leur de se rendre invisible. Il faut aussi l'épier de l'intérieur, et n'aurais-tu pas quelques jeunes secrétaires qui auraient bien besoin de se parfaire en calligraphie ?

— J'en ai à revendre, dit-il en éclatant de rire.

Perldemay était déjà de retour et faisait des bonds, louchant sur les doigts d'Isabelle. Amusée, sa maîtresse suspendit la saucisse au-dessus de son long et fin museau, la chienne fit alors un bond prodigieux et la saisit dans sa gueule, puis trottina de nouveau vers sa cachette pour la déguster, agitant avec triomphe sa queue en forme de point d'interrogation.

— Tu vas lui gâter le corps, gronda Louis.

— C'est la dernière, je te le promets. Mais arrête aussi de me forcer à manger !

Ils se turent comme entraient des chambrières, apportant des nefs de brochettes d'anguilles, de boudins aux marrons, et de desserts multiples et colorés.

— Du vin ! commanda Louis.

L'échanson, devançant les désirs du Bavarois, apportait déjà une carafe pansue de vin des coteaux de Vauvert. Deux autres valets suivaient avec un bassin d'argent, une aiguière d'eau, et des touailles pour laver les mains des convives. Louis en fut heureux, il en avait besoin.

Quand ils furent servis, Isabelle leur fit signe de les laisser seuls.

— Nicolette, appela toutefois la reine, prends Perldemay et fais-lui faire une promenade. Je ne la tiens plus.

— Où qu'elle est ? demanda sa première chambrière.

— Derrière le coffre à nappes, précisa Isabelle.

Nicolette s'y rendit et prit la petite chienne sous son bras. Celle-ci se mit à gronder, les babines retroussées sur des crocs blancs et luisants, sans lâcher son butin qu'elle mâchonnait avec précipitation.

— Tout doux, ma belle, je ne vais rien te prendre ! lui dit Nicolette en sortant. C'est qu'elle me mordrait si elle n'en avait pas plein la gueule !

— Elle est bien délurée, cette Nicolette.

— Nicole de Cholet, précisa Isabelle. Elle m'a été recommandée par le duc de Berry.

— Et fort jolie, dit le Barbu avec un claquement de langue approbateur. Prends garde toutefois qu'elle ne soit pas une oreille du Camus.

Nicolette, âgée de dix-huit ans, était une fille bâtarde du duc de Berry qu'il avait eue avec une villageoise. À sa naissance, il avait alloué à sa maîtresse une petite pension et ne s'en était plus préoccupé. Nicolette avait treize ans quand sa mère mourut. Elle vint d'elle-même au palais d'Angers pour revendiquer sa bâtardise auprès de son illustre père. Celui-ci la trouva aussi délicate que la dentelle de Cholet, où elle était née, et c'était sous le nom de Nicole de Cholet qu'il l'avait prise dans sa mesnie et lui avait donné une bonne éducation. Puis, il l'avait recommandée au titre de première chambrière à la reine, titre envié par les dames. Nicole avait cependant gardé le franc-parler de son enfance villageoise.

La reine sourit, but un peu de vin. Sans doute Nicole de Cholet était-elle une des oreilles de Berry, mais au moins elle la connaissait. D'ailleurs, Louis le Barbu n'était-il pas l'espion de leur père Étienne de Bavière à la cour de France ? Des oreilles, il y en avait partout, et de tous les horizons. Elle se jura d'être d'une prudence extrême avec Louis d'Orléans, d'éviter toute manifestation publique ou regard équivoque. Louis de Bois-Bourdon l'avait initiée à ce jeu de totale dissimulation. Pourtant, Craon n'avait-il pas « senti » leur amour ? Elle se rembrunit en se souvenant d'avoir perdu l'homme qu'elle aimait.

— Tu sembles bien rêveuse, ma princesse ? remarqua son frère qui l'observait.

— Je pensais à Nicolas Flamel, mentit-elle. Pour l'épier, choisis le plus malin, à l'aspect le plus angélique.

Louis s'empara d'une brochette d'anguilles, réfléchissant.

— Gustaff ! s'exclama-t-il en brandissant sa brochette. C'est lui qu'il nous faut ! Il a une gueule d'ange, mais des dents de requin. Il marcherait sur sa mère s'il le fallait pour se pousser sur les plus hautes marches.

— « Gustaff » trahit son origine germanique. Disons…

Isabelle mordit dans un petit boudin aux marrons, parfumé au gingembre, tout en cherchant un nom de remplacement.

— Daniel de Chevreuse ! proposa-t-elle en se souvenant d'un court pèlerinage en la chapelle Saint-Daniel à Chevreuse, qui était censé posséder la mâchoire du prophète, alors que le roi souffrait d'une dent gâtée. Voilà un nom qui sonne français.

— Daniel de Chevreuse ?… Vendu ! Ce nom devrait sacrément lui plaire.

— Nous lui inventerons des père et mère, et toute une histoire qu'il devra connaître comme si elle était la sienne. Il faudra aussi le doter honorablement en paiement de son apprentissage auprès de Flamel. Mais que Gustaff, ou plutôt Daniel, soit toujours sur ses gardes, qu'il n'oublie jamais que son maître est intelligent.

La reine parut si satisfaite de ces dispositions qu'elle prit une bariole[1] fourrée de crème et d'amandes, et la mordit avec gourmandise.

1. Sorte de chausson.

Puis ils parlèrent stratégie : qui était responsable de l'état du roi ? Qui pouvait avoir discrédité Isabelle auprès de son époux pour qu'il la repoussât avec horreur ? Qui faisait tout le mal ? Valentine Visconti, à n'en pas douter. Ensemble, ils mirent au point une campagne de calomnie visant la duchesse. Elle songea à Louis et à leur étreinte avec un frisson de plaisir. Que penserait-il de ses menées contre son épouse ? Qu'importe, il ne saurait jamais que cela venait d'elle. Elle voulait abattre sa rivale, doublement rivale aujourd'hui.

— Faisons circuler des libelles dans Paris peints aux armoiries des Visconti, proposa Louis le Barbu, qui achevait sa troisième brochette d'anguilles.

— Il faut dire qu'elles sont affreusement cruelles, s'esclaffa-t-elle. Nous ne les connaissons que trop bien, c'était le blason de notre mère, Thadée Visconti, il est d'argent au serpent d'azur ondoyant, couronné d'or, engloutissant un enfant de carnation, récita-t-elle en utilisant les termes héraldiques.

— Bien, c'est parfait, rien ne saurait mieux nous servir. Qui douterait que cet affreux serpent engloutisseur est la Couleuvre milanaise ? Et faisons dire que l'innocent avalé tout vif est le roi. Même ceux qui ne savent pas lire le verront, et en seront horrifiés.

— Il faut en faire une chanson !

— J'en parlerai à mes ménestrels, répondit le Barbu qui semblait enchanté de la farce, et il attaqua de bon cœur les boudins aux marrons.

Après avoir gaussé un moment sur Valentine, Isabelle songea à sa propre réputation. Il fallait montrer combien la bonne reine Isabelle était affligée. Il fallait faire valoir le sacrifice de sa fille Marie, vouée à la guérison du roi, et combien sa mère en était dolente.

D'ailleurs, ce n'était pas faux. Il fut décidé également qu'elle payerait de ses deniers, outre de multiples messes et dons aux églises de Paris, un quéreur de pardon pour le salut du souverain, lequel ferait au nom de Charles VI un pèlerinage à tous les grands sanctuaires du royaume. De plus, Isabelle ferait le vœu très officiel que, dès le rétablissement de son époux, ils feraient ensemble un pèlerinage au Mont-Saint-Michel.

Pour apaiser le courroux de Dieu, et celui du peuple, ils s'employèrent à trouver des moyens ostensibles pour purifier le royaume. Certains noms portaient malheur, ainsi la porte de l'Enfer de l'enceinte de Philippe-Auguste porterait désormais le nom de porte Saint-Michel. Isabelle proposa de faire expulser les juifs, porteurs d'une terrible malédiction, destructeurs des temples du Seigneur, empoisonneurs des puits et des âmes. Enfin, la population serait exhortée, au son des trompes et des hérauts, d'amender ses mœurs.

Louis de Bavière était chargé, au nom de la reine, de faire valoir ces mesures au Conseil des princes. Isabelle l'assura que le régent le soutiendrait en tous points.

Puis ils parlèrent affaires. Louis le Barbu avait appris que le sire de Montaigu voulait vendre son hôtel Barbette, et il pensait l'acquérir pour sa sœur. Isabelle connaissait cette grosse bâtisse, située entre l'enceinte de Philippe-Auguste et celle de Charles V, au bout de la rue Vieille-du-Temple. L'hôtel donnait sur la Culture Sainte-Catherine et Saint-Gervais. Elle fut immédiatement séduite par le projet. Bien sûr, il y aurait à faire des travaux d'embellissement dignes d'une reine, mais Louis se faisait fort d'en faire supporter les frais par le Trésor royal.

Isabelle était lasse de l'Hôtel solennel des grands Ébattements, de la division qui régnait à la Cour entre les Germaniques et les Italiens, des querelles et des rivalités, et de se sentir sans cesse guettée. La perspective d'y échapper l'enchantait. Dans un hôtel bien à elle, proche de la résidence royale mais suffisamment éloigné et isolé, elle mènerait son train à sa guise, elle en ferait son nid d'amour avec le duc d'Orléans. L'hôtel Barbette s'ouvrait sur de vastes espaces et des champs où s'éparpillaient de grosses fermes, elle y sentit le souffle d'une liberté retrouvée, de l'amour renouvelé. Ce qui lui donna une faim soudaine et elle se gava de barioles et de bouchées à l'avoine[1].

— Tu as des étincelles dans les yeux, ma princesse, lui dit son frère avec un sourire. Si je ne te connaissais pas, je dirais que tu as un coquin.

Elle éclata de rire.

Isabelle dormit cette nuit-là d'un sommeil de plomb. Quand ses chambrières vinrent la réveiller pour les prières des laudes, il lui sembla qu'elle venait juste de s'endormir. Elle prit machinalement la touaille dans le bassin d'eau tiède qu'on lui tendait, se la passa sur le visage, les mains et les avant-bras, reconnut la senteur légère de son parfum à la violette. Elle se laissa habiller et conduire à sa chapelle privée pour suivre la messe. Elle ne sortait pas de sa torpeur, refusant l'éveil.

Elle frissonna alors qu'elle s'agenouillait sur son prie-Dieu, face à l'autel, face au grand crucifix. Elle leva les yeux vers le Christ de douleur, et une culpabilité terrible déferla alors en elle. Qu'avait-elle fait ? Elle

1. Boules de gruau mêlées à du beurre parfumé à la vanille, et roulées dans de la cassonade.

frémit de l'accouplement sauvage avec son beau-frère, qui lui revenait à l'esprit avec une crudité horrible. Pourtant, ses entrailles se convulsèrent, mémoire de sa jouissance renouvelée. Son ventre impudique, qui ne connaissait pas le remords, se mouillait. Elle enfouit de honte son visage entre ses mains. Elle était sous le regard du Seigneur, il la voyait telle qu'elle était, une fille folle de son corps, une fille des rues, une fille de rien, pécheresse, adultère et incestueuse. Une femme qui s'était damnée.

L'heure éblouissante s'éteignit, engloutie dans les abysses de sa culpabilité.

*

Durant les jours qui suivirent, elle évita Louis d'Orléans. Ce dernier avait mal dormi après leur étreinte. Il ne pensait qu'à elle, la voulait nue entre ses bras, pour dormir ensemble dans un grand lit et faire l'amour en toute liberté, en dépit de son épouse et de son étrange revirement. Deux jours après le Bal des Ardents, alors qu'il s'était résolu à rejoindre ses pénates, prêt à subir les foudres de sa femme, elle l'avait accueilli sans récriminations, puis, avec une grande compassion, elle avait soigné elle-même sa main toujours à vif. Elle n'était pas en négligé en son intimité, comme à son habitude, mais délicieusement apprêtée. Elle lui avait fait servir du vin, puis l'avait déshabillé elle-même, lentement, amoureusement. Quand il fut nu, elle avait effleuré tout son corps, des lèvres et des paumes, comme on touche la statue d'une idole pour en prendre possession. Enfin, elle s'était agenouillée devant lui, humblement, pour le prendre dans sa bouche. Jamais elle ne lui avait prodigué une telle caresse, elle aimait se faire violenter, sans se préoccuper du plaisir de l'autre. Il s'était tendu dans la tiédeur humide de sa gorge, prêt à livrer sa semence sous la succion. Elle avait alors cessé et l'avait entraîné vers le lit.

— Attends-moi, lui avait-elle dit en se déshabillant avec lenteur, sans le quitter des yeux. C'est moi qui vais te faire un fils.

Et elle l'avait chevauché.

Il mit ce nouveau comportement sur le compte de sa blessure. Certes, il ne pouvait l'empoigner comme elle le désirait. Mais, lorsqu'il ne resta de sa brûlure qu'une vilaine cicatrice rouge, elle garda le même souci de lui, fut douce, excitante, attentive à son plaisir. « Les femmes, s'était-il dit, restent un mystère. Contrairement à ce que croient les hommes, ils s'abusent, les femmes sont impénétrables. » Et il avait ri de sa boutade, amer et frustré.

Capucine était ravi de voir les époux réconciliés. Louis ne négligeait plus sa femme, qui s'épanouissait, plus belle que jamais.

Isabelle, de son côté, n'en pouvait plus. Elle s'était confiée à Jean la Grâce qui n'avait pas manqué de l'absoudre comme de coutume, mais elle ne se pardonnait pas sa transgression, il fallait que le Diable l'ait possédée. Il la possédait toujours, elle était éprise de son beau-frère et le désirait charnellement.

— Tu lui dois une explication, lui avait dit frère Jean. Tu ne peux l'éviter toute ta vie.

Elle le reçut dans son petit retrait – quoi de plus naturel que d'accueillir son beau-frère ? Quand elle le vit, elle ressentit un déchirement insupportable qui la jeta dans ses bras. Ils s'étreignirent à en perdre le souffle.

— Non, lui dit-elle enfin en se dégageant. Dieu nous voit. Nous serons maudits. Offrons notre sacrifice à la guérison du roi, comme j'ai sacrifié ma fille Marie.

Il comprit son dilemme, et n'insista pas.

— Je t'ai attendue pendant toutes ces années. Je t'attendrais encore puisqu'il le faut. Je ne te chercherai plus, parce que je sais que tu me reviendras.

Il la laissa à sa solitude, elle aurait voulu qu'il la presse, qu'il supplie, qu'il la force. Mais il l'avait quittée sans combat. Un vide terrible la terrassa.

*

Bientôt, à tous les carrefours de Paris, on entendait cette chanson :

La Couleuvre milanaise,
Fait poisons et sortilèges,
Mais le roi a survécu.
Voulu le manger tout cru,
Comme serpent fait sur son écu.
Mais par le Dieu qui la vit faire,
Elle s'en étrangla
Trala lalaire,
Elle s'en étrangla.

Les libelles circulaient, faisant découvrir aux Parisiens les éloquentes et parlantes armoiries des Visconti. Ils grondèrent contre la Milanaise. Mais bientôt, une autre rumeur circula, qui disait les étreintes de la reine vénéneuses. Le clan italien rendait les coups. Les Bavarois firent circuler le bruit que la duchesse d'Orléans, trop souvent au château de Creil, était la maîtresse de Charles VI qu'elle empoisonnait tout à loisir. Les Parisiens grondèrent de plus belle. Valentine dut espacer ses visites à Creil, malgré les suppliques de Charles : « Demeurez, chère sœur, vous seule m'apportez soulagement. »

Quant au gouvernement, il avait adopté les mesures d'assainissement du royaume sans mesure.

Les juifs furent traqués, massacrés, certains chassés hors du royaume, d'autres condamnés au bûcher. La reine mit toute son opiniâtreté à s'y opposer. Le roi eut alors trois bons jours et signa la grâce des condamnés, avant de sombrer de nouveau dans ses ténèbres. Les malheureux juifs furent condamnés à recevoir le fouet dans les rues, nus, tous les samedis. Ils finirent par payer une fortune pour être quittes de leurs tortures hebdomadaires, et fuirent le pays.

Isabelle, cependant, était horrifiée de savoir qu'on allumait un peu partout des bûchers, car la chasse aux sorcières était ouverte. Un vent de mysticisme soufflait sur le royaume. Il se disait qu'en Languedoc, un colossal homme de cuivre était apparu dans le ciel et qu'il s'était battu avec une grosse étoile avant de disparaître. Des vents violents se déchaînèrent, arrachant arbres et toits. Du moindre orage à une statue qui se brisait, tout était la manifestation de la colère de Dieu. Les flagellants allaient en cortège, gémissants et saignants par les chemins. On sortait les châsses contenant toutes sortes de reliques des églises et des abbayes, et les villageois processionnaient à n'en plus finir. Il en était de même à Paris, on brûlait, pendait, écartelait tous les supposés sorciers et sorcières, pour la guérison du roi. Sur toutes les places, des prédicateurs sortis de nulle part haranguaient et terrorisaient les chalands. Et Pierre de Foissy, confesseur du roi, en était. Il vitupérait et désignait nommément frère Jean la Grâce, aumônier de la reine, comme un suppôt de Satan.

La reine s'en inquiéta et recommanda à son confesseur de se tenir coi, et même de partir pendant quelque temps pour se faire oublier.

— Bah ! lui répondit-il, si un bûcher m'attend, il me trouvera où que je sois. Et ce n'est pas ce fanatique de Pierre de Foissy qui me fera taire.

Elle vit bien qu'elle n'en viendrait pas à bout, et garda ses craintes pour elle.

Malgré la chasse aux sorcières et la contrition du peuple, le roi ne se portait pas mieux, la crise durait. La reine reçut un certain Arnaud Guilhem. Il détenait un livre aux pouvoirs miraculeux, appelé *Smagorad*, et prétendait qu'il avait appartenu à Adam. Les princes le convoquèrent. Cet homme allégua toutes sortes de choses, et même qu'il commandait aux astres. Il affirma que, sur un seul mot magique de lui, le roi serait guéri. On le conduisit à Creil, où il prononça un mot inconnu, rien ne se passa. On l'en blâma. « Mais je n'ai pas dit quand ! » rétorqua ce mauvais homme. Il fut alors chassé après une bastonnade. Cependant, on abandonna le roi à deux moines qui s'étaient engagés, eux aussi, à le guérir, sous peine de mort s'ils échouaient. Ils lui firent boire toutes sortes de breuvages ignobles, lui firent des scarifications dans la tête qui éprouvèrent Charles, hurlant de douleur, et l'épuisèrent d'opérations occultes qui restèrent sans effet.

Or donc, suivant ce qu'ils avaient dit, ils furent décapités à la hache et coupés en quartiers qui furent suspendus aux portes de Paris. Cela ne découragea pas les imposteurs de torturer le pauvre dément. La Cour et les médecins ne savaient ni à quels saints ni à quels charlatans se vouer.

Alors que l'on se désespérait, vers la mi-décembre de l'an 1393, la santé du roi s'améliora, il se reconnut et réclama la reine. Elle s'y rendit en tremblant, faisant promettre aux valets de lui porter secours en cas de violence. Charles accueillit son épouse avec une sorte de frénésie qui l'inquiéta, il n'était pas vraiment remis. Pourtant il la reconnaissait fort bien, et il chassa ses serviteurs en disant qu'il voulait sa femme en sa puissance sur-le-champ. Isabelle se soumit à son devoir, emplie de dégoût. Charles empestait, et il se vautra sur elle comme un affamé. Ce fut grand supplice quand il la prit, elle était sèche et crispée, elle se sentait violée à nouveau, comme au soir de ses noces. Après l'avoir forniquée en grognant, il s'endormit d'un coup sur elle, l'étouffant malgré sa maigreur. Elle se dégagea au bord de la nausée. Cet homme sale et ronflant n'était pas son époux, elle l'avait en horreur. Elle ne voulait qu'une chose, se baigner, se brosser tout le corps, se débarrasser de l'ignominie de cet accouplement grossier.

Elle appela, afin de se faire immédiatement ramener en son hôtel à Paris, et houspilla les serviteurs :

— Comment osez-vous le laisser dans une telle saleté ?

— Hélas, dit l'un, à moins de lui faire violence, il refuse le bain, il dit qu'il va fondre.

— Alors faites-lui violence, et qu'il fonde ! hurla-t-elle aux valets médusés. Je ne veux plus jamais voir le roi dans cet état, ou je vous fais tous pendre !

Elle ne le revit plus dans cet état car, à la Noël, Charles était redevenu lui-même, affable, tendre, et dans ses atours royaux. Il reprit les affaires du royaume là où il les avait laissées.

Ils firent ensemble, au début de 1394, le pèlerinage au Mont-Saint-Michel dont elle avait fait le vœu. À leur retour, en avril, elle déclara une nouvelle grossesse. Ce qui la consola quelque peu de son grand dépit, car Valentine était enceinte depuis janvier.

La reine gardait rancune à son beau-frère, comme s'il l'avait trahie. Et il gardait tant ses distances avec elle, froid et poli, qu'elle ne pouvait plus l'endurer. Il n'eut pas une parole ni un geste de compassion quand Perldemay fut tuée par la ruade d'une mule acariâtre. La turbulente petite chienne trouvait plaisant de mordre les paturons de Roussette, lorsque celle-ci était entre les ridelles, à tirer la charrette du service de la voirie de l'Hôtel. Les mules ont grande mémoire et rancune, disait-on. Ce jour fatal, Roussette était libre de ses entraves quand Perldemay eut l'imprudence de trottiner à portée de ses sabots. La petite chienne fut propulsée dans les airs et ne s'en releva pas, les reins brisés. Isabelle en fut tant affligée que les gens des cours basses décidèrent d'une bastonnade à mort pour châtier Roussette de son crime. La reine fit savoir qu'elle s'y opposait et donna l'ordre que la mule fût mise en sécurité dans ses propres écuries, sans qu'on lui fît aucun mal. Et, comme les larmes n'arrivent jamais seules, Autan mourut de vieillesse, à moins que ce ne fût du chagrin d'avoir perdu sa compagne de chasse.

— À mon prochain séjour en Bavière, ma princesse, je te rapporterai une autre Perldemay, lui dit son frère pour la consoler. Et Autan est le géniteur d'une lignée de vaillants éperviers.

— Il n'y en a point d'autres, gentil frère. Et ne veux plus pleurer ce qui m'attache si fort.

*

Par contre, elle se réjouit sans repentir, vers la fin de septembre, lorsque la nouvelle arriva à Paris : Clément VII était mort, le 16 septembre 1394, à Avignon. Ce mauvais pape qui l'avait privée du Saint Prépuce, et d'un fils. Il avait reçu de l'Université la sommation de réunir un concile, accompagnée du mémoire virulent qui avait été lu devant le roi. Après en avoir pris connaissance, il avait eu le temps de déclarer : « C'est mauvais, c'est venimeux ! » et il était tombé d'un coup de sang. C'était l'opportunité de mettre fin au schisme. Charles envoya aussitôt deux missives successives, demandant aux cardinaux avignonnais de surseoir au conclave afin qu'il eût le temps d'en délibérer avec ses ministres. Mais, à Avignon, les missives royales ne furent pas décachetées avant que ne soit élu pape l'Aragonais Pierre de Luna, sous le nom de Benoît XIII. Charles VI et l'Université furent consternés. Le frère du roi jubila.

Pour calmer la colère du roi de France, Benoît XIII lui écrivit qu'il était prêt à travailler sur la réunion de la Chrétienté, même s'il lui fallait déposer sa tiare.

Valentine approchait de son terme. Il se disait que le futur père ne quittait plus la parturiente, et l'entourait de sa sollicitude.

Orléans était perdu pour Isabelle qui se sentit abandonnée.

18

Du sexe de la semence

Que Jésus nous donne des maris dociles, jeunes, actifs au lit, et la grâce de pouvoir surenchérir.

Veuille Jésus, aussi, raccourcir la vie des maris rebelles au règne de leur femme.

Quant aux vieux grincheux, lents à la dépense, que Dieu leur fasse vite attraper la peste.

Les Contes de Cantorbéry,
Geoffrey Chaucer (XIVe)

— Les hommes sont interdits dans la chambre d'une parturiente ! hurla une Milanaise en italien.

— Moi pas comprendre ! répondit Capucine en se faufilant sous les bras qui lui barraient la porte.

Les femmes qui entouraient Valentine se mirent à piailler d'horreur. Elles tentèrent de le saisir, mais Capucine leur échappa d'une pirouette.

— Du calme, mesdames, je ne suis pas un homme, je suis un nain !

— Pas un homme ? cria une autre. Ce n'est pas ce que certaines racontent.

— Elles se vantent, lança-t-il en bondissant sur la

colonne du baldaquin en tête du lit, s'y accrochant des bras et des jambes comme un singe. Tous mes compliments, madame, dit-il à la jeune accouchée.

Valentine riait des facéties du fou et de l'affolement de ses dames qui tentaient de le décrocher. Elle était encore pâle, l'accouchement avait été long, mais elle rayonnait de bonheur. À l'aube, à l'heure des laudes, le 24 novembre 1394, elle avait mis au monde un gros garçon braillard[1].

— Je te le dois, Capucine.

— Voulez-vous bien vous taire ! Que vont imaginer ces dames qui ont si mauvaise opinion de moi ? dit-il en se cramponnant de plus belle, sous les efforts des femmes pour le dépendre.

Certaines se mirent à lui taper dessus.

— Doucement, s'esclaffa Valentine. Vous allez le tuer ! Puisqu'il est là, laissez-le donc une minute, il est mon ange gardien.

— C'est trop d'honneur, répliqua le nain en se laissant glisser le long de son perchoir sur le lit, quand, enfin, les furies le lâchèrent en protestant. Charles est superbe, vous avez bien travaillé, belle dame.

— Je ne savais pas que je pouvais être si heureuse. Tu m'as grandement éclairée, même si parfois je dois me contenir. J'ai appris à souffrir en silence.

— En silence ? dit une ventrière. Vous avez tant crié cette nuit que j'en ai les oreilles bouchées.

La duchesse éclata encore de rire.

— C'est le beau mal ! dit-on.

---

1. Charles d'Orléans, futur poète (1394-1465).

Capucine l'embrassa sur le front, ce qui fit hurler de plus belle les Italiennes.

— Je me sauve, dit-il, je crains des crises d'apoplexie.

Il trottina jusqu'à la porte et se retourna avant de disparaître. Il était ému aux larmes.

— Je suis aussi heureux que vous, belle dame.

Valentine soupira de plaisir. Elle songea à Isabelle : son astrologue Aghinolfo lui avait vu encore une fille, alors qu'elle-même avait un garçon.

*

La reine était tourmentée. Certes, elle avait appris la naissance du petit Charles d'Orléans avec déplaisir, mais elle avait bien plus le souci de Jean la Grâce. Ce dernier n'avait pas écouté ses conseils de prudence, Pierre de Foissy avait tant harangué la foule contre lui que son confesseur se trouvait dans les geôles ecclésiastiques de la Cité. Elle se battait de toutes ses forces pour l'en faire sortir, mais l'Église ne relâchait pas facilement ses griffes. Frère Jean était convaincu d'hérésie et serait jugé par le tribunal de l'Inquisition. Elle ne pouvait compter que sur le roi pour le sauver, comme il avait sauvé les juifs, mais celui-ci était encore en crise, et gardé au Louvre. Les oncles, qui n'aimaient guère Jean la Grâce et son franc-parler, disaient qu'ils ne pouvaient rien faire. Louis d'Orléans était intervenu, mais l'Église lui avait fait savoir que ce n'était pas l'affaire du séculier.

— Qu'il abjure ses convictions ! avait tonné son frère, Louis le Barbu. C'est une hérésie de clamer que

Dieu veut le bonheur des hommes, qu'Il ne Se réjouit pas du carême et des pénitences, et qu'Il tient en horreur les flagellants !

Mais Isabelle savait que son confesseur n'abjurerait jamais. Il n'avait d'ailleurs pas fui quand il avait appris qu'on allait l'arrêter, malgré les supplications de la reine. Il fallait un miracle, il fallait que le roi se rétablisse promptement. Elle avait songé à solliciter à nouveau Nicolas Flamel, mais celui-ci lui avait fait parvenir récemment un courrier pour la remercier de lui avoir envoyé un élève si doué. Daniel de Chevreuse avait, disait-il, fait des progrès en calligraphie en quelques mois, là où d'autres mettaient des années. Il songeait à faire du jeune homme un maître enlumineur, car il avait la main et l'ambition. Quant aux Germaniques qui gardaient si bien son échoppe, il les réconfortait de brouet chaud car le froid était mordant. Ce diable d'alchimiste avait tout déjoué.

— Cet homme est un sorcier ! s'était-elle exclamée, folle de rage.

— Cesse de le harceler, ma princesse, lui avait répondu son frère. Tu t'humilies pour rien. Et qui te dit qu'il possède ta potion magique ?

Isabelle, elle-même, se mit à douter. « Tu cherches une clef qui n'ouvre aucune porte », lui avait dit Zizka qui lui parlait de moins en moins. Elle mettait ce silence sur le compte de son grand péché d'amour.

« Il n'y a pas de péché d'amour », lui répétait souvent Jean la Grâce. Et c'était pour cela qu'il risquait le bûcher.

Le 11 janvier 1395, Isabelle accoucha d'une fille qu'elle appela Michelle en l'honneur du grand saint Michel. Elle ne douta plus du sexe de la semence. Elle avait vingt-trois ans et avait eu sept enfants déjà, cinq filles et deux garçons, dont l'un de Bois-Bourdon, l'autre du Saint Prépuce de Jésus.

À la fin du mois de ses relevailles, elle apprit que son confesseur était condamné comme hérétique. Il avait subi la question, mais n'avait pas abjuré. Elle ne pouvait se résoudre à imaginer son jovial aumônier, les jambes prises dans des brodequins qui faisaient éclater la chair et les os.

Elle obtint de l'Église l'autorisation de le voir une dernière fois dans sa cellule, par faveur pour son rang. C'était tout ce qu'elle avait pu obtenir.

Elle le trouva dans un état si misérable qu'elle tomba à genoux près de sa paillasse, où il était allongé dans son cul-de-basse-fosse, et éclata en sanglots. Il était pouilleux et hâve, il avait considérablement maigri, sa barbe avait poussé en une broussaille jaunâtre, ses cheveux fauves étaient si gras qu'ils collaient à son crâne comme une peinture. Des croûtes de sang marquaient ses pieds et ses mollets, certaines étaient purulentes. Elle supposa qu'il en était ainsi sur tout son corps, vêtu de sa bure en loques. Il avait résisté à la torture. L'air de la geôle, chargé des miasmes de l'humidité et de la souillure des corps, était irrespirable. Elle aurait voulu le supplier d'abjurer, mais elle savait que ce serait en vain, car il était au bout de son chemin, comme il le lui confirma dès ses premiers mots.

— Ne pleure pas, Reinette. Je serai bientôt à la droite du Seigneur. Dieu est bon, et personne ne pourra me faire dire autre chose.

— Pourquoi tant d'obstination ? Pourquoi en mourir ? hoqueta-t-elle.

Il resta un moment silencieux, puis se mit à parler avec difficulté et lenteur tant il était épuisé.

— Je vais te dire un secret, ma jolie reine. J'ai bien connu ta mère, Thadée Visconti. C'était la plus belle femme que je connus, tu es bien sa digne fille. J'étais alors un jeune tonsuré, à la foi pure et naïve, avide de connaissances et je pérégrinais dans toute l'Europe, dit-il, cherchant sa respiration. Oui, reprit-il, Thadée était belle à couper le souffle, comme celui qui me manque en ce jour, et sa beauté me retint en Bavière plus que nécessaire. Elle était dévote, à couper le souffle aussi, celui de sa propre vie. Il n'était nulle pénitence qu'elle ne s'infligeât, elle faisait carême jusqu'à l'inanition, se flagellait, portait le cilice à s'arracher la peau, faisait oraison à outrance et se serait fait crucifier avec jouissance en bénissant le nom de ses bourreaux. Ainsi se fana l'éclat de la fleur de sa jeunesse, ainsi détruisit-elle l'œuvre parfaite du Créateur, à en profaner ce Dieu qu'elle adulait, jusqu'à prier le Diable même pour le conjurer.

La Grâce se redressa sur son grabat, avec une grimace de souffrance.

— Elle est morte à la fleur de l'âge, murmura-t-il. Un jour de décembre, elle s'était étendue à plat ventre, bras écartés, sur les dalles glacées de la cathédrale de Munich devant le maître-autel. Elle y resta des heures, pour je ne sais quelle mortification. Elle ne s'en releva que pour s'aliter, agitée d'une toux opiniâtre qui l'emporta en trois jours. Elle n'avait pas trente ans, tu n'avais que dix ans. Voilà pourquoi je prêche le bonheur terrestre, la jouissance des corps et les estomacs rassasiés.

— Frère Jean la Grâce, j'ai besoin de vous. Savez-vous qu'il m'a encore été donné une fille ? Le roi ne sait faire que des filles, son frère que des garçons.

Le supplicié resta un moment silencieux. Il souffrait de tout son corps martyrisé, et la fièvre le tenait, il lui fallait du temps pour assembler ses idées. Devait-il pousser la reine dans les bras d'un infanticide, alors qu'elle avait tant pleuré la mort de son fils aîné ? Avant qu'elle ne se pende, il avait recueilli la confession déchirante de la nounou Laudine, qui avait été contrainte à ce crime[1]. Il savait quel rôle avait joué l'infâme Craon dans cette abomination, Louis n'avait alors que quatorze ans, il était vulnérable, si jaloux de la reine et si malléable entre les mains démoniaques de son favori. Le duc d'Orléans ne savait pas ce qu'il laissait faire, car, si on pouvait lui reprocher bien des travers, il n'était pas cruel. Le prince, depuis, avait beaucoup mûri. Il avait chassé Craon, son mauvais génie, et était aujourd'hui un homme fin et cultivé, d'esprit curieux, aimant l'art et la beauté, à l'esprit prompt, éclairé, porté sur l'étude. La violence et le sang lui faisaient horreur, il ressemblait à son père, le sage Charles V. Il ne rêvait que de la gloire d'une croisade. Certes, il aimait à outrance les plaisirs de la vie, mais était-ce à lui, Jean la Grâce, de lui reprocher son appétit de vivre ? Louis ne pouvait que servir la reine. Et, à bien y réfléchir, il devait un fils à sa belle-sœur en réparation.

— Qu'attends-tu pour te faire faire un petit mâle ? souffla-t-il enfin. Le beau duc d'Orléans n'attend que ça, et je sais que tu es amoureuse.

---

1. Voir *La Reine violée*, tome 1 : *Éclose entre fleurs de lys.*

— Tu déparles, frère Jean, comme toujours ! C'est plus qu'un adultère, c'est un inceste !

— C'est de l'amour ! Il n'est pas ton frère et c'est un Valois ! Je gage qu'il aura dans sa descendance des rois de France[1], alors pourquoi ne pas commencer tout de suite si ton petit Charles ne dure pas ?

— Veux-tu que je sois damnée ?

— Pas question, j'y veillerai. N'oublie pas que je serai à la droite du Seigneur et qu'il ne veut que ton plaisir. Serais-tu belle comme ta mère, et tout aussi rigide ? Te complais-tu à te faire souffrir ? Tu es belle et sacrément sensuelle, une double grâce qui te fut donnée par Dieu, et tu agis comme ta mère, tu détruis Son œuvre !

— Je ne dois plus t'écouter ! lança-t-elle en se levant et en se détournant.

— Alors, va ! Et il se pourrait qu'il n'y ait pas à attendre bien longtemps, peut-être Louis sera-t-il lui-même le futur roi. Pourtant tu as besoin de soutien, Reinette, d'un soutien puissant. Veux-tu des fils d'un dément ? Veux-tu pourrir ta propre descendance ? Sacrifier tous tes enfants ?

Il haletait, la sueur perlait sur son front, sa plaidoirie le vidait de ses forces.

Isabelle gémit des tourments de son aumônier, elle était horrifiée d'être ébranlée par ses arguments, d'être convaincue. Elle voulait être dans les bras du jeune duc, contre son torse musclé et délié, contre un corps sain et vigoureux qui sentait bon la bergamote. Elle se voulait rassurée, protégée, elle était avide de jouissance.

---

1. Louis XII, son petit-fils, et François Ier, son arrière-petit-fils.

Elle baissa les bras, signe de sa défaite.

— Je suis si effrayée par tous ces pauvres gens que l'on traîne à une mort ignominieuse, dit-elle avec lassitude. Le gouvernement m'a accordé la promulgation d'un décret qui donne un confesseur à tous les condamnés, afin que, lorsqu'on navre le corps, l'âme soit sauvée. Vous pourrez ainsi vous confesser de m'avoir séduite.

— Bien ! sourit-il dans sa barbe sale. Je me confesserai donc d'avoir fait la dernière bonne action de ma misérable vie. Reinette, reprit-il avec son sérieux, affichant le masque de sa douleur, Orléans a la tête chaude des Valois, veille à ce qu'il n'affronte pas la maison de Bourgogne, il n'en sortirait rien de bon, ni pour lui, ni pour toi, ni pour le royaume. N'oublie pas cette dernière volonté, sois vigilante, souffla-t-il d'un ton si exténué qu'elle eut du mal à l'entendre. Et ne m'oublie pas dans tes prières, ma douce et jolie reine. Bientôt je ne souffrirai plus.

Isabelle éclata à nouveau en sanglots et s'enfuit.

Le lendemain, Jean la Grâce, qui ne pouvait marcher, fut hissé sur le bûcher, lié au poteau de l'ignominie, embronché d'une cagoule, avec un panneau sur la poitrine : apostat. Isabelle avait fait payer le bourreau, qui l'étrangla, dérobé aux regards par les premières fumées alors que ses aides mettaient le feu. Il y avait foule en place de Grève, et Pierre de Foissy dansa devant les flammes, ainsi qu'il l'avait dit au soir du Bal des Ardents.

La nuit de l'exécution de Jean la Grâce, Pierre de Foissy, aumônier du roi, fut retrouvé dans une ruelle, la gorge tranchée d'une oreille à l'autre.

Et, trois jours trop tard, le roi revint en santé. Cela devenait une habitude qu'il reprenne les affaires où il les avait laissées, et il fut fort marri des événements en son absence : l'exécution du confesseur de la reine et l'assassinat du sien. Si Jean la Grâce relevait du tribunal ecclésiastique, le crime était l'affaire de la justice du roi. Il diligenta une enquête dans le quartier de la place de Grève où l'on avait retrouvé le corps. Il s'avéra que le prude Pierre de Foissy avait été vu dans un bordeau, rue de la Commanderesse, se soûlant en compagnie de deux hommes, levant son verre à la santé de Jean la Grâce, se vantant de l'avoir fait harder. L'un des hommes était un colosse au large visage grêlé, l'autre, de belle taille mais plus petit, était un chevalier au regard sombre et dérangeant. L'enquête s'arrêta là, l'esprit du roi sombra de nouveau dans les ténèbres.

Isabelle resta dans l'ignorance de ces informations. Elle aurait sans nul doute reconnu Pascal le Peineux et le sire de Bois-Bourdon, sire de Graville, sénéchal du Berry.

Son beau-frère était absent, ce qui lui donna grand soulagement à ses désirs, et à languir de le voir si distant. Charles VI avait envoyé une très noble ambassade à Benoît XIII, en les personnes des seigneurs de Bourgogne et de Berry, et de doctes maîtres de l'Université. Orléans avait demandé à en être, Pierre de Luna était son ami.

Le séjour à Avignon fut long. Et les querelles entre les trois princes des Lys fréquentes. Louis se faisait fort de déposer le pape de Rome en levant une armée avec son beau-père, Jean-Galéas Visconti. « Il n'est pas besoin d'aller si loin, discutons avec Benoît d'abord, puisqu'il a proposé d'abandonner la tiare s'il le fallait », lui répondit Bourgogne. Berry était de son côté, sa source de revenus s'était tarie avec la mort de Clément, et le nouveau pape tenait les cordons de sa bourse serrés. Benoît XIII profitait de leurs dissensions et faisait lanterner les négociations. Pape, il avait le grand art de tout embrouiller, de répondre à côté et de remettre toujours au lendemain.

L'ambassade du roi de France n'était pas logée au Palais des Papes, mais sur la rive opposée du Rhône, à Villeneuve-lès-Avignon. Pour en finir, Benoît fit brûler le pont. La traversée en bateau était lente et dangereuse. L'ambassade, lassée de ses vains efforts, rentra à Paris. Les princes et les éminents docteurs rentrèrent très courroucés. Louis était amer, le pape Benoît n'était plus Pierre de Luna.

À leur retour, le roi était empêché. Le régent Orléans avait fort à faire et ne savait plus où donner de la gueule, contrarié sans cesse dans ses ambitions par son oncle Bourgogne. En mars, les nobles Génois, qui avaient obligé leur dernier doge à abdiquer, lui avaient fait parvenir un courrier lui proposant la seigneurie de leur ville et sa protection contre les prétentions de Visconti qui poursuivait sa conquête de l'Italie. Ce dernier venait d'acheter le titre de duché pour sa seigneurie de Milan, cent mille florins or, à l'empereur du Saint Empire romain germanique, Wenceslas l'Ivrogne. Philippe le Hardi fit remarquer que le gendre du nouveau duc de Milan n'était pas le mieux placé pour défendre Gênes contre les attaques milanaises. Il valait mieux céder la ville à Charles VI. La joute avait été rude au Conseil entre Orléans et Bourgogne, finalement ce dernier l'emporta, et le Conseil royal fit savoir aux Génois que le roi de France acceptait leur offre. Louis, qui possédait déjà le comté d'Asti, et qui lorgnait sur les États d'Italie, en eut grande colère. Et Valentine sortit pour la première fois de sa réserve, son époux ne servait pas son père en laissant Gênes sous la protection du roi de France. Elle retrouva à cette occasion le ton querelleur qui exaspérait tant Orléans.

Puis, le roi d'Angleterre, qui se trouvait veuf, demanda au régent la main de la princesse Isabelle, fille aînée de Charles VI : il avait trente ans, elle en avait sept. La reine fut horrifiée et s'y opposa. Orléans et Berry la soutinrent, alléguant que la princesse n'était pas en âge de défendre la politique française. Bourgogne, lui, voyait là le moyen de faire une paix qui arrangerait tant ses États de Flandre et son commerce avec la perfide Albion. Il confirma, dans la même foulée, la promesse de mariage entre Jeanne de France et le fils du duc de Bretagne, qui avaient tous deux quatre ans, promesse faite avant la campagne de Bretagne. Philippe le Hardi avait le beau rôle, par ces alliances, il apaisait les conflits, et l'Angleterre proposait vingt-huit ans de trêve. Charles eut une éclaircie, trancha, et répondit favorablement aux deux mariages.

Puis ce fut une ambassade hongroise qui vint solliciter Orléans. Les Turcs progressaient et empiétaient sur leur pays, elle suppliait le régent de France de les sauver. Louis d'Orléans interpella le Parlement, mais ce fut à nouveau Philippe le Hardi qui accapara l'affaire. Il promit dix mille hommes qui payeraient de leurs deniers leur équipement, et l'ost de Bourgogne se rassemblerait sous la bannière de son fils, Jean de Nevers. Orléans ne pouvait en proposer autant. La gloire lui échappait encore, et Nevers triomphait.

Louis était amer, car Bourgogne décidait, lui démontrant avec morgue que son titre de régent était bon à jeter aux orties. Et, pour comble, il fut contraint d'exiler dans ses états d'Orléans son épouse et son fils sous la poussée du populaire. La rumeur sur la Couleuvre milanaise devenait menaçante, la duchesse d'Orléans était grosse, il fallait la protéger. Si le départ de sa rivale n'était pas pour déplaire à la reine, elle enragea de cette grossesse. Elle venait d'emménager dans son hôtel Barbette, et goûtait à l'ivresse de la liberté. Elle appelait cette maison de maître son « Petit Séjour ». Deux vastes salles occupaient le rez-de-chaussée, s'ouvrant sur d'admirables jardins plantés de nombreux arbres fruitiers, et des parterres de fleurs. Isabelle n'avait pas manqué d'y faire bâtir une immense volière pour ses oiseaux. À l'étage de la bâtisse, il y avait une salle, avec des chambres, un grand et petit retrait. Le bâtiment principal était flanqué de deux ailes comportant d'autres chambres, deux chapelles, des bains, des étuves, et une haute tour à tourterelles. Tout avait été aménagé à grands frais et grand luxe. La reine pouvait s'y ébattre à l'abri des yeux indiscrets, derrière les hauts murs qui protégeaient son Petit Séjour : c'était bien le nid d'amour dont elle avait rêvé. Mais pour qui ?

Pas pour elle, car son frère Louis de Bavière y convia bientôt sa nouvelle conquête, Anne de Bourbon, femme du fils du Camus, le duc de Montpensier. Bientôt, ce fut la propre épouse du duc de Berry, la jeune Jeanne de Boulogne, qui vint en compagnie du chaussier Jacques Thibaut sous le prétexte de rendre ses hommages à la reine. Les deux femmes de la maison de Berry étaient amies, tante et nièce par alliance. Elles avaient quinze et dix-huit ans, et il se trouvait que c'était la cadette qui était la tante. Elles étaient également ravissantes, aimables, pétillantes de joie de vivre. Leur complicité en cette affaire de double adultère était grande. Il faut dire que le duc de Berry était vieux, et que son fils, épais et souffreteux, avait la face camarde et furonculeuse.

Vieux, laid ou fou, n'était-ce pas aiguillonner les femmes à être infidèles ? Isabelle s'inquiétait, car, si le scandale éclatait, les dommages seraient grands, et elle en serait elle-même salie. Et pourtant elle les enviait de les voir si heureuses, sa propre abstinence lui devenait intolérable. Elle ne rêvait qu'à d'autres heures éblouissantes, mais son orgueil hésitait à faire le premier pas, craignant l'humiliation d'être rejetée depuis tout ce temps. Louis l'aimait-il encore ? Il lui fallait pourtant savoir si elle l'avait perdu.

L'occasion se présenta quelques jours après l'exil de Valentine. Orléans avait décidé d'une chasse au sanglier de grand matin, il avait besoin d'action pour décharger sa colère et ses contrariétés gouvernementales.

Les fleurs de mai faisaient exploser de couleurs la nature. Le temps s'annonçait magnifique. Isabelle fut de la chasse, qui n'avait pas, pourtant, sa préférence. Elle se présenta au grand portail de la rue Saint-Antoine, où la place grouillait d'un monde d'enluminures. Les prélats de l'église Saint-Paul bénissaient les chasseurs et les chiens. Ces derniers menaient grand vacarme, les vautres et les dogues étaient des animaux puissants, plus dressés à l'ours et au sanglier qu'au chevreuil. De nombreux valets tenaient les chiens par couples et avaient bien du mal à les contenir, ils emmêlaient leurs laisses, tiraient avec force, s'entrecroisaient, piétinaient sur place, s'exaspéraient en aboiements et gémissements impatients, la langue pendante.

Après les oraisons, les sonneurs cornèrent l'appel au départ en de longs mugissements successifs qui excitèrent davantage les chiens et firent piaffer les chevaux. Isabelle, montée sur Alezane en tenue de cavalière, se dirigea vers son beau-frère. Elle portait la même gonelle que le jour de leur première étreinte.

— Dieu vous garde en ce beau jour, messire d'Orléans.

— Dieu vous garde pareillement, madame ! Que nous vaut l'honneur de votre présence ? s'étonna-t-il d'un air maussade.

— Mais ce beau jour, précisément, dit-elle avec un léger sourire.

Le duc la suivit des yeux un bref moment, alors qu'elle faisait effectuer une volte à Alezane, et rejoignait ses compagnons à l'arrière de la suite. Elle était satisfaite, elle s'était fait voir du beau duc.

Éloignés de la presse, Louis de Bavière et Anne de Bourbon l'attendaient. Près d'eux devisaient Jeanne de Boulogne et son fringant amant, le chaussier Jacques Thibaut, admirable de séduction dans ses atours.

Les veneurs, en pourpoint bleu, lancèrent la sonnerie qui ouvrit le grand portail, précipitant la chasse dans la rue Saint-Antoine qu'elle envahit de son tumulte, en direction de la forêt royale de Vincennes.

Les aboiements brefs des vautres résonnaient sous les frondaisons, indiquant qu'ils avaient trouvé la voie du vieux solitaire, au sud de la forêt, où les avait conduits le grand veneur de Louis d'Orléans. La chasse au sanglier était sauvage et violente, elle nécessitait des chiens courants, nombreux et courageux, car il n'était pas rare qu'ils se fassent éventrer par les défenses de la bête noire, plaies qu'il fallait recoudre promptement si le chien vivait encore. Parfois, au ferme, des chasseurs se faisaient blesser aussi en voulant plonger leurs pieux dans le flanc de l'animal encerclé, acculé, qui se défendait avec puissance.

Le prince d'Orléans se trouva isolé dans l'ardeur de la poursuite, ce qui arrivait souvent dans ces immenses forêts primaires ; une sonnerie particulière cornait alors pour rassembler les égarés à la fin de la chasse. Il tourna bride dans la bonne direction et se trouva nez à nez avec Louis le Barbu qui venait de sauter par-dessus un taillis sur le chemin forestier.

— Messire, appela-t-il, nous avons perdu la reine !

— Comment ça perdue ?

— Elle a voulu suivre une biche avec son faon, nous l'avons laissée faire, et puis elle a disparu. Nous avons eu beau crier, appeler, rien ne répond ! Seule Alezane nous est revenue, les étriers vidés.

— Elle est tombée ! hurla le duc. Comment avez-vous fait pour la laisser seule ?

— Il faut que toute la chasse se mette à la chercher !

— Pas le temps, hurla-t-il encore. Conduisez-moi où vous l'avez vue pour la dernière fois.

C'était ce que le seigneur de Bavière attendait.

— Suivez-moi, mon prince, lui lança-t-il en voltant.

Les deux hommes partirent au galop et obliquèrent dans une sente qui s'enfonçait dans les profondeurs végétales.

Elle pouvait s'être blessée dans sa chute, ou pire encore… Tout pouvait arriver en forêt, Isabelle risquait de se trouver sur la route du sanglier forcé et de se faire charger, ou d'être attaquée car il y avait toutes sortes de bêtes féroces dans les bois. Et les hommes des forêts étaient les plus dangereux, ils tuaient pour une paire de bottes, capturaient pour une rançon, violaient avec cruauté.

Dans sa panique, Orléans avait pris la tête, il cria en apercevant une nouvelle sente sur la droite :

— Faut-il prendre à dextre ? Est-ce tout droit ?

Voyant qu'on ne lui répondait pas, il regarda derrière lui, il n'y avait plus personne. Il était impossible que Louis le Barbu l'ait perdu. Le duc restait perplexe, et son cheval ralentissait sa course sans qu'il y prenne garde. Si le frère de la reine l'avait perdu, c'était pour le laisser seul. Et soudain il comprit alors que son destrier s'arrêtait pour souffler. Il hésita entre une grande colère et le rire, et éclata d'hilarité.

— À ce jeu, lança-t-il avec force, sûr d'être entendu, tu ne t'étais jamais risquée !

Il la vit arriver, au détour de la sente.

— Il me semble, beau-frère, que le danger mortel que je cours t'amuse fort.

— As-tu mis ton frère dans la confidence ?

— Et qui fallait-il que j'y mette ? Le roi ? Je n'ai nul secours à attendre de lui désormais. Et il me plaît de savoir que je puis encore en attendre de toi, mon beau prince.

— Tu m'as fait une belle peur. Tu voulais que je vienne à toi, et tu as gagné. Tu mériterais un soufflet comme celui que tu m'as donné naguère.

Les chevaux, flanc contre flanc, étaient tête-bêche. Elle lui sourit.

— Je le supporterai volontiers, si après tu me donnes un doux baiser d'amour.

Il la regarda profondément.

— Tu ne joues plus ?

— Non, messire, j'ai trop le désir de vous. Je me rends.

— Tu ne crains plus de te damner ?

— Il est trop tard ! T'aimer, c'est déjà me damner.

Ils ne pouvaient se quitter des yeux, elle le trouvait magnifique dans sa cotte de chasse, les jambes bien prises dans ses heuses où s'attachaient ses éperons d'or. Un cor d'ivoire, délicatement sculpté et incrusté de joyaux, pendait sur sa poitrine. Il portait des gants en daim épais, montant haut sur ses poignets. Son coutelas, dans son fourreau précieux, pendait à sa large ceinture qui soulignait sa taille. Il la trouvait tout aussi désirable, le visage rosi par le grand air et par son émotion, dans sa simple gonelle qui lui rappelait leur unique et fol enlacement. Ce souvenir fouetta son désir.

Il ôta ses gants et attacha sa monture, qui se mit à brouter. Puis, il saisit Isabelle par la taille et la tint un instant contre lui ; ils étaient graves, bouleversés de sensations trop fortes pour parler, ou même sourire. Enfin, il lui prit la bouche avec avidité. Ils auraient continué ainsi, se goûtant l'un l'autre sans pouvoir en finir, si Alezane, sur le ventre de laquelle ils s'appuyaient, n'avait regimbé. Louis l'attacha à son tour et prit Isabelle dans ses bras. Elle noua ses mains derrière son cou, la tête nichée contre son épaule, tandis qu'il l'emmenait derrière les fourrés, comme un loup ravit sa proie.

En juillet, la reine annonça qu'elle était grosse à nouveau.

Personne ne douta de la paternité, car elle rendait de fréquentes visites à son époux, tout en s'en gardant. Même le duc d'Orléans pensait avec déplaisir qu'elle faisait son devoir conjugal. Et Charles VI, dans sa nuit, n'aurait pas su dire s'il l'avait prise.

19

Nicopolis

> Je vous parle d'un pèlerinage d'enfants vierges de plusieurs pays, qui se fait spontanément et volontairement au Mont-Saint-Michel. Plus de mille y sont allés avec bannières, où sont peints d'un côté l'ange saint Michel, et d'autre les armes de France. Celui qui n'a pas vu la soudaineté de ce mouvement ne pourrait le croire ; et ces innocents de huit à quinze ans qui s'échappent de leurs père et mère pour aller à ce pèlerinage ! Et les pères et mères qui n'ont pas voulu, ont vu mourir leurs enfants.
>
> Christine de Pisan

L'ost de Jean de Nevers, gonflé en route des contingents polonais et hongrois, s'était massé à Nicopolis, sur la rive droite du Danube en Bulgarie, non loin des forces de Bajazet l'Éclair. Fatigués de leur longue route, les croisés dressèrent leur camp, festoyèrent, se soûlèrent, jouèrent aux jeux de hasard et forniquèrent les filles de joie plusieurs jours et nuits durant. Les présages étaient bons, et Nicopolis signifiait en grec ancien : ville de la victoire.

La guerre sainte s'offrait comme une orgie

chevaleresque à la jeunesse désœuvrée, une promenade d'agrément. Des musulmans s'étaient glissés dans le camp en grand désordre, et ce qu'ils en rapportèrent était édifiant. Les Ottomans se tordirent de rire à la description des vêtements grotesques des chrétiens : leurs manches traînantes et leurs pieds démesurés dans les poulaines ; la profusion de leurs parures et ornements plus que femmes ne pouvaient en porter ; le ridicule des clochettes qui les rendaient tintinnabulants telles des mules de cérémonie. Ils s'offusquèrent du luxe de leurs tentes, de leurs ripailles, s'indignèrent de leur débauche et de leurs mœurs. Bajazet ne pouvait en croire ses oreilles ; où était la sobre cuculle à la croix écarlate qu'arboraient les anciens croisés ? Même s'il était vrai que celle-ci était réservée aux preux engagés en Terre sainte à la reconquête du tombeau du Christ, leurs atours étaient immodestes et leur comportement sacrilège. Offusqué par ces débordements, Bajazet jugea ce peuple si peu respectueux de leur Dieu, qu'il sentit son bras vengeur au service de l'imminence du châtiment. Il ne ferait aucun quartier, ces chrétiens n'étaient que des porcs à égorger.

Ces derniers parlaient cependant de stratégie. Le roi Sigismond de Hongrie prêchait la cohésion de ses alliés, car il connaissait l'habileté guerrière de son ennemi, Bajazet l'Éclair. Il s'inquiétait aussi du côté velléitaire des Français. Il pensait qu'il avait mené trop habile campagne : « À tous preux chevaliers et écuyers qui désireraient accroître leur gloire et leur vaillance, moult honorable sera le voyage. » Et ils prenaient cet appel au pied de la lettre. Le duc de Nevers et ses chefs de guerre rejetaient l'idée de l'unité et de la solidarité, ils ne recherchaient que leurs propres lauriers. Ils prétendaient qu'ils ne pouvaient trahir l'immense honneur brigué par tous les bacheliers[1], et qui leur était accordé par le duc de Bourgogne : celui de chausser les éperons de chevalier pour marcher sur les impies, adversaires du Christ. Et le bouillant Nevers haranguait ses troupes en ces termes martiaux : « Faisons tant en cette besogne qu'elle sera de tout temps grand renom pour nous ! »

Ils étaient si sûrs de leur fait que le maréchal de Boucicaut châtia cruellement plusieurs soldats. Ceux-ci avaient osé prétendre que des Arabes avaient infiltré leur camp et disaient les avoir reconnus à leur langage. Le maréchal s'en offusqua, les Ottomans étaient trop couards pour prendre de tels risques, et il fit trancher d'un revers de poignard les oreilles trompeuses.

Enfin, le 25 septembre 1396, les chevaliers s'armèrent de leur cuirasse rutilante, tout armoriée et empanachée, jusqu'à la queue tressée et enrubannée de leur destrier. Gonfanons, étendards et enseignes se déployèrent. La racaille de mécréants, les valets de pied et les archers, furent relégués : les preux revendiquaient l'honneur de l'avant-garde. Ils faisaient face au champ de pieux qu'avait fait dresser Bajazet, destiné à briser l'assaut de la cavalerie ennemie, et derrière celle-ci se tenaient les janissaires à pied. Le choc fut rude. Les chevaliers chrétiens durent abandonner leurs montures, déstabilisées par la barrière mortelle. Les croisés, supérieurs en nombre, s'y faufilèrent et massacrèrent avec ivresse. Ils triomphaient déjà quand le gros de l'armée ottomane surgit des collines qui la dissimulaient. Une nuée de cavaliers sur des chevaux arabes, légers et rapides, grossie de

1. Jeunes aspirants à l'adoubement, l'intronisation du chevalier.

leurs alliés serbes, fondit sur les croisés, comme essaim de mouches en été. Surpris, épouvantés, les croisés à l'arrière se débandèrent, sans porter secours à leurs nobles cavaliers pris au piège de leur arrogance. C'était grande pitié de voir Jean de Vienne, amiral de France, combattre désespérément seul, environné de Sarrasins, et succomber.

Ce fut un massacre, un désastre lamentable. Le lendemain de la bataille, Bajazet fit trancher la tête de trois mille croisés, en représailles de la lourdeur de ses propres pertes. Leurs chefs prisonniers furent contraints de regarder l'horrible carnage : Jean de Nevers, Enguerrand de Coucy et Henri de Bar son gendre, Boucicaut, Philippe d'Artois, comte d'Eu, connétable de France, et d'autres encore.

Bajazet n'épargna que trois cents soldats parmi les plus jeunes, pour les mettre en esclavage, et ne garda parmi les nobles prisonniers que les vingt-huit plus fortunés. Le duc de Bourgogne se vit réclamer la somme colossale de dix mille florins pour la libération de son fils. D'autres atteignirent deux cent mille ducats. Le connétable Philippe d'Artois et Enguerrand de Coucy moururent en captivité.

*

Le royaume de France était en fête en octobre 1396.

Le roi, de retour en santé, mena lui-même sa fille Isabelle de Valois à Richard II Plantagenêt. La rencontre se fit en pays neutre, en rase campagne, entre Calais et Ardres. Un camp fastueux y avait été dressé, des pavillons tendus de draps d'or rivalisaient d'aménagements luxueux. La fiancée fut conduite par une brillante escorte de barons et de chevaliers, de chars et de litières. Les deux rois, dès qu'ils se virent, s'embrassèrent et se saluèrent devant une grande assistance à genoux, qui pleurait d'émotion. Ils banquetèrent ensemble, les ducs de Berry, Bourgogne, Lancastre et Gloucester les servirent. Le deuxième jour fut versée la première annuité de la dot de huit cent mille francs or. Puis fut signé un traité de paix et d'alliance pour vingt-huit ans, et enfin, les deux grands rois se jurèrent bon amour et se firent de luxueux cadeaux.

Le troisième jour, Charles mena sa fille aînée de sept ans au roi d'Angleterre. Les étoffes les plus précieuses, l'or, l'argent, les perles et les pierreries avaient été employés avec profusion pour sa robe de mariée.

— Mon fils, c'est ma fille promise à vous. Je vous la livre et délaisse en vous priant de la tenir comme épouse.

— Je le promets, mon père, répondit Richard avec grande solennité.

L'enfant tourna un compliment à son époux avec raideur :

— Sire, s'il plaît à Dieu et à Mgr le roi de France que je sois reine d'Angleterre, je le vois volontiers aussi, car il est dit que je serai grande dame.

Charles et ses oncles embrassèrent la petite Isabelle et la laissèrent emmener par les dames anglaises. La nouvelle reine d'Angleterre se mit à sangloter, et beaucoup se lamentèrent en la voyant ainsi partir.

Une autre Isabelle pleurait des larmes amères en son hôtel Barbette. La reine, enceinte, n'était pas du voyage, jugé trop éprouvant pour elle. Elle n'avait pu s'opposer au mariage de son enfant avec un homme de trente ans. Elle avait tenté de la garder par-devers elle jusqu'à ses douze ans, mais Richard II s'y était opposé, il voulait son épouse près de lui, élevée selon les us et coutumes de la cour d'Angleterre.

La tutelle des enfants royaux n'était qu'un bout de parchemin, elle n'avait aucun pouvoir sur leurs destins, hors ses devoirs de mère. Elle n'avait jamais pu se consoler de son dénuement lors de son propre mariage, aussi lui avait-elle fait constituer un fabuleux trousseau : joyaux à profusion, couronnes d'or, vaisselle précieuse, livres enluminés et riches étoffes. Une munificence qui remplit plusieurs coffres, dans lesquels Isabelle n'avait pas manqué de faire déposer les poupées d'Isabelette et son jeu de cubes qui avait si fort passionné l'enfant.

Dans sa désolation, elle n'espérait nulle consolation. Le duc d'Orléans quitta Calais pour ses États, où son épouse en exil approchait de son terme. Isabelle apprit la naissance d'un deuxième garçon, Philippe, comte de Vertus, un nouveau fils. La semence de Louis était bien celle qu'il lui fallait.

La nouvelle du désastre de Nicopolis arriva à Paris durant les fêtes de l'Avent, en décembre. Le peuple préparait la venue du Messie dans la liesse et le recueillement. Il remerciait le Ciel de la santé du roi qui durait, de la paix avec l'Angleterre, priait pour les croisés chassant les infidèles, et pour la fin du schisme. C'était le temps de l'attente du renouveau. La venue du Christ mettrait fin à la noirceur du passé.

Charles VI s'esbaudissait avec sa cour, confiant en l'avenir, heureux de se retrouver et de retrouver la reine grosse d'espérance.

Le récit de la bataille de Nicopolis par les estafettes fut un coup de tonnerre prodigieux dans un ciel serein. L'armée tout entière avait péri. De ces milliers d'hommes, il n'en restait que vingt-huit parmi les grands seigneurs qui étaient saufs, et gardés pour rançon. Il n'y eut guère de familles qui ne prirent le deuil, les églises ne résonnaient plus que de la messe des morts.

En entendant battre les cloches, Mézières, dans la solitude de sa cellule des Célestins, pleura : « N'avais-je pas dit que notre chevalerie n'était pas prête. Elle ne le sera jamais. »

Les courriers racontèrent que, après les combats, les charognards ne touchèrent pas aux corps des chrétiens gisant sans sépulture, alors qu'ils déterraient des fosses les cadavres ottomans. Le sultan avait osé dire que les bêtes dédaignaient les chrétiens en raison de leur impureté. En France, on y dit bien autre chose : l'inviolabilité des croisés était la grâce de Dieu.

Mais l'on s'émut davantage en apprenant que des corps, gisant à découvert, pourrissaient sans être enterrés en terre chrétienne. Les victimes de Nicopolis furent élevées au titre de martyrs.

Après la stupeur et l'accablement, ce fut la colère, car enfin il fallait bien qu'il y eût trahison pour expliquer une telle défaite. La honte était trop grande pour le royaume. On s'empressa de mettre la débâcle sur le compte du roi hongrois, Sigismond, ou sur les alliés qui avaient lâchement fui la bataille.

À l'inverse, il se disait que le Seigneur avait puni les chrétiens à Nicopolis pour leur débauche et leur avait envoyé un avertissement en la personne de Bajazet, afin qu'ils reconstituent l'unité de l'Église détruite par le schisme.

Pendant ce temps, Benoît XIII se cramponnait à son siège pontifical, et Charles VI passa sa colère sur ce pape sans parole, qui avait outragé sa délégation des princes de sang et les docteurs et, avec eux, sa personne royale. Avec le soutien du vote de l'Université, il prépara et signa une ordonnance de soustraction d'obédience. La décision était grave pour Benoît, les bénéfices ecclésiastiques de la France versés à la papauté d'Avignon le seraient désormais au roi, qui deviendrait par défaut le chef de l'Église de son royaume.

Mais bientôt, les Parisiens furent à nouveau en réjouissances et allumèrent des feux de joie à tous les carrefours de Paris. Ils firent de la musique, dansèrent dans les rues, burent toute la nuit, et l'allégresse gagna les faubourgs et tout le royaume.

Le 22 janvier 1397, la reine avait donné le jour à un garçon, Louis d'Aquitaine. Isabelle avait retrouvé l'amour et le bonheur. Le duc d'Orléans lui fit envoyer de riches présents, il ne savait pas de qui était l'enfant. Il aurait été fort étonné de savoir qu'il se barrait lui-même le chemin d'un trône tant convoité.

Bourgogne exulta, le frère du roi venait de descendre d'une marche dans l'ordre de la succession. Il fit aussi envoyer des cadeaux à la reine, encore plus luxueux, en outre, il lui alloua les terres de Clichy qui jouxtaient son domaine de Saint-Ouen.

Était-ce là le prix de l'inceste ? Ou Jean la Grâce, à la droite du Seigneur, intercédait-il pour elle sans désemparer ?

Les feux de joie étaient à peine éteints qu'ils se rallumèrent en mars pour le retour des chevaliers rescapés, leurs rançons payées. Celle de Jean de Nevers avait presque ruiné son père. Ils furent accueillis en héros, et l'on criait « Noël ! Noël ! » sur leur passage.

Malgré cette défaite déshonorante, le futur duc de Bourgogne, âgé de vingt-cinq ans, fut surnommé Jean sans Peur tant il était dit qu'il avait été vaillant. Il semblait que les Bourguignons tenaient leurs surnoms glorieux de leurs déconfitures, comme le jeune Philippe de Bourgogne, à la défaite de Poitiers, aux côtés de son père le roi Jean le Bon : « Père, gardez-vous à droite, père, gardez-vous à gauche ! » qui lui avait valu le titre de Philippe le Hardi.

Louis d'Orléans étouffa de colère alors que le rechigné Jean de Nevers devenait populaire dans le cœur des Français. Refusant de saluer son cousin, le frère du roi rejoignit à nouveau sa femme et ses fils au château Saint-Pol, près d'Orléans.

Isabelle, délivrée de sa grossesse et du mois de ses relevailles qui lui interdisait l'acte de chair, espérait alors son amant. Elle connut les affres de la maîtresse, torturée de jalousie envers l'épouse légitime. Elle vivait avec Louis une passion houleuse et clandestine. Leurs querelles étaient fréquentes, mais surtout politiques, parfois au sujet de Valentine. Ils ne s'entendaient sur rien. Dans le secret de son âme, comme tous les Wittelsbach, elle en tenait pour le pape de Rome, mais Orléans s'obstinait à soutenir ce faux pape de Pierre de Luna en Avignon. Les discussions étaient non moins âpres à propos de Jean-Galéas, le duc de Milan, qui avait empoisonné naguère Bernabo, le grand-père maternel d'Isabelle et de Louis le Barbu, et qui harcelait la seigneurie de Florence, liée par un pacte d'alliance à la Bavière. Elle songeait aussi aux derniers vœux de

Jean la Grâce, Louis devait s'accommoder avec son oncle de Bourgogne. Elle se sentait d'ailleurs de plus en plus proche du gouvernement de Philippe le Hardi, même si elle le craignait, et voyait en lui une figure paternelle d'expérience, elle exhortait son amant à s'accommoder avec lui. Leur dernière dispute avait été mémorable.

— Tu n'as que ton titre en ta puissance, le Hardi a un empire et l'âge de la raison ! lui avait-elle lancé.

Louis le Barbu s'en était mêlé en soutenant sa sœur, et lui avait jeté à la figure que l'on ne pouvait s'occuper des affaires de l'État et courir les jupons. Il lui avait reproché ses nombreuses maîtresses et son train de vie dispendieux qui faisait murmurer le peuple et jetait la reine dans le discrédit.

— J'ai bien vu comment tu regardais Jeanne de Boulogne qui ne vient plus céans avec son amant ! avait renchéri Isabelle.

— Bah, le Camus est vieux, il faut bien quelqu'un pour faire le travail.

La reine lui avait lancé à la figure tout ce qui lui tombait sous la main. Louis ne niait même pas qu'il voyait la belle duchesse de Berry en un lieu secret, il en riait même, tout en évitant avec adresse les projectiles dont Isabelle le bombardait.

— Ma propre épouse, lui avait-il crié, s'en accommode pourtant !

— Je ne suis pas Valentine, je suis la reine ! avait hurlé Isabelle en se jetant sur lui, toutes griffes dehors.

Le Barbu avait dû intervenir et séparer les combattants. Orléans, du sang sur le visage, avait quitté les lieux en colère.

Quand Isabelle avait recouvré son calme, son frère l'avait morigénée :

— Il est ainsi, ma princesse, et tu le savais. Tu tiens le cœur du prince depuis le premier moment, mais, de corps, il est volage. Il hennit comme un jeune étalon auprès de toutes les belles dames, comme on le disait du roi naguère. Et tu t'en arrangeais bien alors.

Isabelle n'avait jamais avoué à son frère le viol de sa nuit de noces, ni le désamour qu'elle en avait ressenti.

Louis était resté fâché, et, sur cette dispute, il avait rejoint Valentine Visconti, puis sa forteresse de La Ferté-Milon, près de Soissons, que lui avait offerte Charles VI. Il voulait en faire une résidence princière. Son absence avait duré. Une fois encore, la reine crut l'avoir perdu. Il revint le 24 juin, alors que les feux de la Saint-Jean et la liesse embrasaient de nouveau les carrefours.

À l'hôtel Barbette, une grande fête se donnait aussi pour le solstice d'été, et ce fut à travers les flammes cérémonielles qu'ils se revirent. Les courtisans, se donnant la main deux par deux, sautaient par-dessus le foyer, encouragés par des roulements de tambour. Les jongleurs menaient les divertissements et s'envolaient au-dessus du foyer en pirouettes acrobatiques, l'assistance éclatait en cris d'admiration et en applaudissements. Dans les jardins, des tables avaient été somptueusement dressées, surchargées de mets. Aux fontaines coulaient le lait et le vin.

Déjà, on apportait des cages remplies de chats noirs, crapauds, serpents et autres bêtes maléfiques, qui brûleraient dans le feu de la purification, puis ce serait au tour d'une sorcière, un affreux mannequin de paille au nez crochu, qui mettrait fin à la cérémonie expiatoire.

Et on danserait jusqu'à l'aube. C'était la nuit de tous les sortilèges, où la rosée du petit matin serait recueillie dans un drap blanc où on se roulerait, tant ses vertus étaient magiques. C'était le temps de la cueillette des herbes de la Saint-Jean qui possédaient des pouvoirs particuliers, pour les remèdes comme les talismans.

Ils se voyaient, immobiles, silhouettes vacillantes au gré des flammes. Isabelle s'éleva par-dessus le feu, Louis la rattrapa de justesse dans ses bras alors qu'elle allait tomber, emportée par son élan, prétexte à rester enlacés plus que de raison. Les vivats explosèrent à sa performance. Isabelle prit la main de Louis, les feux de la Saint-Jean avaient aussi un pouvoir fécondant, et ils sautèrent ensemble, main dans la main, puis, sans se lâcher, ils se fondirent dans la presse.

Louis le Barbu, au côté de la duchesse de Montpensier, sourit en voyant disparaître les amants terribles si bien réconciliés.

Ils avaient tous deux vingt-cinq ans, le sang vif, la beauté du Diable. Isabelle entraîna Louis dans son petit retrait où personne n'entrait jamais sans se faire annoncer. Elle y avait sa librairie et ses écritoires, et aussi un large lit de modeste ornement, où elle passait parfois la nuit. Ils y passèrent celle de la Saint-Jean.

Une fois la porte fermée, hors d'haleine, elle se jeta sur lui et lui bourra la poitrine de coups de poing.

— Comment as-tu pu me faire languir si longtemps ?

— J'ai langui autant que toi, rit-il en la maîtrisant. Il m'a fallu encorner plus d'un seigneur pour me réconforter. Nul doute que j'aie dû laisser moult bâtards à La Ferté-Milon tant j'étais en mal de toi.

— Tu es un monstre, dit-elle en s'abandonnant à la bouche qui la bâillonnait.

Comme à l'heure éblouissante, ils ne prirent pas la peine de se dévêtir. Ils avaient le temps de jouir de leur nudité, leur envie était impérieuse. Elle l'attira sur le lit sans le quitter des lèvres, tandis qu'ils se troussaient mutuellement. Pourtant il se fit attendre, il voulait goûter son amante, respirer son odeur intime comme les chiens se reniflent. Jupes rabattues, il lui ouvrit les cuisses, enfouit son nez dans sa toison, puis sa langue entre les lèvres secrètes. Il la savoura à loisir, buvant son désir avec des gémissements. Isabelle perdit le sens du réel, s'abandonna à son amant sans réserve, et se soumit quand il la retourna sur le ventre, car il aimait la prendre ainsi. Elle dressa haut les reins, sans aucune pudeur, la tête enfouie dans les bras. C'est alors qu'elle cria de douleur et de surprise quand elle sentit qu'il forçait sa petite entrée. Il lui semblait se faire dépuceler pour la deuxième fois. Elle hurla alors qu'il triomphait de l'étroitesse de la voie et s'y engloutissait tout entier. Il avait tant rêvé d'elle, qu'il voulait la posséder dans sa totalité, lui arracher tous ses mystères, ouvrir toutes ses portes. Elle ne cessa de gémir de douleur alors qu'il œuvrait dans ses reins à coups de boutoir, jamais elle n'avait été prise ainsi, c'était là bougrerie, mais, malgré le mal, elle en éprouvait un plaisir intense et inconnu, alors qu'elle aurait dû se sentir avilie.

Elle n'était pas au bout de ses péchés. La vie lui réservait encore des ravissements sublimes et interdits.

20

Le siècle à son crépuscule

> Quand on ne peut trouver aucun remède à une maladie, c'est que cette maladie est causée par le Diable.
>
> Toute maladie inconnue et incompréhensible est digne de sorcellerie et toute sorcellerie vient des désirs charnels qui sont insatiables chez les femmes.
>
> La femme est un temple bâti sur un égout.
>
> *Malleus Maleficarum*[1],
> de Heinrich Kramer et Jacques Sprenger

Le 30 juillet 1397, au Louvre, Jeanne de France, cinq ans, épousait solennellement Jean, sept ans, fils du duc Jean IV de Montfort, devant une brillante assemblée de ducs, de barons et de chevaliers. On banqueta pour les jeunes épousés, espoir d'apaisement entre la France et la Bretagne. Puis la reine, en larmes, embrassa l'enfant et dut la laisser partir loin d'elle. Jeanne était restée obstinément silencieuse, son petit visage fermé par une moue crispée, derrière laquelle elle retenait tous ses sanglots.

---

1. *Le Marteau des sorcières* deviendra le code de l'Inquisition dans sa chasse aux sorcières du XVe siècle.

Le jour de la nativité de la Vierge, le 8 septembre, le roi et la reine conduisirent leur fille Marie en grande cérémonie, au couvent de Poissy. Elle n'avait pas cinq ans. Le sire d'Albret portait l'enfant dans ses bras, comme une offrande, vêtue d'une robe tissée d'or, empierrée de joyaux et couronnée d'un diadème de diamants, prêté par l'abbaye de Saint-Denis pour la cérémonie. L'évêque de Bayeux engagea la fillette à renoncer aux pompes de ce monde et à faire vœu de chasteté. La prieure, la très noble Mme de Bourbon, belle-sœur du feu roi Charles V, lui récita les règles de l'ordre et lui demanda la promesse de s'y soumettre. Le sire d'Albret jura à chaque fois à sa place, à voix haute, il ne réussit à obtenir de l'enfant que de vagues hochements de tête. Marie, arrachée à ses berceuses et à ses nounous, ouvrait des yeux ébahis sur tout ce monde qui l'entourait et ne comprenait pas un mot de ce qu'on lui disait avec tant de gravité. Alors que les chants religieux s'élevaient, d'Albret donna Marie à la prieure, qui la dépouilla de ses parures et la revêtit de la robe et des voiles blancs des novices. Isabelle suffoquait de chagrin, il lui semblait qu'on ensevelissait sa fille dans un linceul. Jean la Grâce avait raison, elle sacrifiait son innocente enfant.

Après ces épreuves, la reine s'alita, accablée par une grande faiblesse. Et elle ne se mêla pas de l'absurde différend qui opposa le roi et Mme de Bourbon.

Outre la dot, la prieure garda les dépouilles de la novice selon l'usage, y compris la couronne de Saint-Denis. L'abbaye porta l'affaire devant le roi. Ladite couronne ayant été prêtée sur son ordre, Charles VI dut la racheter six cents écus d'or, afin de la rendre.

Pendant ce temps, la reine restait si affligée que le duc d'Orléans ne la quittait plus. Il la consola avec une tendresse si grande, qu'une éclaircie de sérénité vint embellir leur liaison. De cette éclaircie naquit Jean, duc de Touraine, le 31 août 1398. Dès qu'elle s'était doutée de sa grossesse, Isabelle s'était rapprochée de son époux et avait partagé son lit sans déplaisir. Charles connaissait une si longue rémission qu'il se croyait guéri, il était doux, charmant, aimant. Isabelle pensa alors que le sacrifice de Marie n'avait pas été vain. Quand elle avertit le souverain de cette nouvelle espérance, il en éprouva un tel bonheur qu'elle n'eut plus aucun remords. Amour et devoir étaient réunis, la reine sans pouvoir faisait à la France ce qu'elle devait, des petits Valois.

*

La fin de ce siècle connut de grands désastres. Le Ciel, irrité par l'odieux schisme, déchaîna ses foudres sur le pays par des ouragans, tempêtes et inondations extraordinaires. Au printemps 1399, les fleuves débordèrent, la rivière de Seine, en crue, monta jusqu'à l'Hôtel solennel des Grands Ébattements, endommagea l'île de la Cité et ses palais. Et chacun crut à la fin du monde. Il y eut partout de terribles dégâts, les grains pourrirent, entraînant la disette et le retour de la peste. Les gens mouraient par milliers et, en juin, le fléau fut aux portes de Paris. Isabelle s'affola et craignit pour ses enfants. La Normandie semblait être épargnée, elle y fit envoyer des chevaucheurs et, pour en être certaine, elle exigea des curés un certificat attestant que les paroisses étaient indemnes. Sur leur foi, elle fit partir ses enfants et ses dames au château de Vernon. Elle-même rejoignit Charles VI à Rouen où la Cour s'était réfugiée.

Pendant ce fléau, Orléans était à Blois avec Valentine et ses enfants. Il mena des tractations secrètes avec l'empereur du Saint Empire romain germanique, Wenceslas l'Ivrogne, afin d'acquérir le duché du Luxembourg. Wenceslas avait de gros besoins d'argent, il avait déjà érigé la seigneurie de Milan en duché pour remplir sa bourse. L'Ivrogne gagea le Luxembourg au bénéfice du prince de France, contre cent mille ducats or et une rente viagère de dix mille ducats.

À la fin de l'année, la Cour était de retour à Paris où l'épidémie était passée. Philippe le Hardi était alors dans sa capitale de Dijon avec sa mesnie, c'est là qu'il apprit les menées de son neveu d'Orléans. Il en eut un coup de sang tant sa colère fut grande. Le Luxembourg était comme un coin enfoncé dans la continuité des États bourguignons jusqu'à sa Flandre. À peine remis, il en appela au roi qui s'en désintéressa. Bourgogne, ne pouvant compter que sur lui, travailla de toute sa puissance à faire destituer l'empereur[1].

Le roi, qui recevait les doléances de tous, se fatiguait de nouveau. Ce fut dans cet état qu'il reçut la visite de son cousin germain, Louis d'Anjou. Celui-ci avait vingt-deux ans, était grand et dégingandé, et il avait gardé de son enfance une timidité qui ne s'accordait pas avec son arrogance, une dualité qui le rendait souvent maladroit. Sa mère, Marie de Châtillon, une maîtresse

1. L'Empire assurait la stabilité politique, religieuse et économique des États du centre et du sud-est de l'Europe. L'empereur était élu par la Diète, composée des princes électeurs.

femme, tenait son fils sous sa coupe depuis la mort de son époux en 1384, tout en l'entretenant de la haute noblesse de sa lignée. Le frère aîné de feu Charles V, Louis Ier d'Anjou, lui avait laissé à sa mort un empire à conquérir. Le jeune Louis II d'Anjou était par héritage comte de Provence, roi de Naples et de Sicile, roi de Jérusalem. On l'appelait le prince des trois royaumes. Mais il était plus facile d'en être titulaire que de s'asseoir sur ces trônes étrangers, et plus encore de s'y maintenir. Son père Louis Ier y avait laissé la vie. Les Italiens avaient le sang chaud, et les Turcs tenaient la lointaine Ville sainte.

Charles VI n'avait pas revu son cousin depuis ses douze ans, âge où il l'avait adoubé chevalier lors des fêtes de Saint-Denis, et fait sacrer roi de Sicile par le pape Clément pendant le voyage du Midi. Le roi reçut le jeune duc dans son privé avec son frère d'Orléans. Les retrouvailles furent chaleureuses, mais elles allaient vite tourner court. Louis d'Anjou venait aussi en solliciteur, les Siciliens l'avaient chassé de son royaume, un certain Ladislas occupait son trône par trahison. Le prince demandait réparation en des termes qui fâchèrent Charles VI.

— Me rendras-tu justice, noble roi, ou m'abandonneras-tu comme mon père naguère[1] ?

C'était rappeler très fâcheusement au roi le triste sire de Craon.

---

1. Louis Ier d'Anjou, mort en Italie lors du siège à Bari en 1384. Les princes français lui avaient envoyé du secours par l'intermédiaire du sire de Craon. Mais l'argent, dilapidé par Craon avec les putains de Venise, n'arriva jamais. L'armée d'Anjou mourut de faim et d'épidémie.

Louis d'Orléans vit le danger et intervint en toute hâte. Il mit de la colère et de l'enthousiasme là où Anjou mettait de l'exigence et du reproche.

— C'est une injure au roi de France ! s'indigna-t-il. C'est inacceptable. Levons la bannière de Saint-Denis, renversons cet usurpateur de Ladislas, renversons du même coup l'antipape de Rome.

Orléans tenait là un nouveau prétexte à sa guerre d'Italie. Gagné par son enthousiasme, Louis II d'Anjou proposa, après cette vaste campagne italienne, de prendre la croix et de passer la mer à la conquête de son glorieux trône en Terre sainte. Orléans fut d'accord et lui tapota l'épaule, qui était d'une minceur proche de la maigreur.

— À tant guerroyer, tu vas te remplumer, beau cousin.

Charles VI avait écouté leurs fanfaronnades d'une mine dangereusement assombrie. Voilà maintenant que ses cousins prenaient de graves décisions à sa place, et il n'était guère bon de lui rappeler le mirage de sa Grande Croisade. Il se leva en fulminant, et tout fut dit en quelques mots :

— Que me parles-tu des trônes, mon cousin, alors que tu laisses tes États de Provence tomber en quenouille[1] ? On ne t'a point tant vu à ma cour, et voilà que tu as besoin.

Le roi resta fâché, et la querelle dégénéra quand les oncles s'en mêlèrent à leur tour. Pas question d'en appeler au ban et à l'arrière-ban pour le royaume de Sicile, et encore moins pour destituer Boniface de

1. La duchesse d'Anjou, Marie de Châtillon, était la régente.

Rome, car rien n'allait plus au royaume d'Angleterre. Jean de Lancastre, oncle du roi Plantagenêt, était mort au début de l'année. Son héritier, Henri, n'avait pu revoir son père : il était en exil sur l'ordre de Richard II. Les deux cousins se haïssaient de toujours. Pendant son exil, Henri de Lancastre avait comploté contre le roi d'Angleterre et son despotisme, les partisans s'étaient agglutinés autour de lui comme le sable en mer. Il avait alors débarqué dans le Yorkshire avec ses mercenaires et avait marché sur Londres, ne trouvant sur sa route que des ralliements enthousiastes. Le peuple était las des impôts exorbitants et de la cruauté du roi. Cette armée en marche avait terrorisé et fait déguerpir l'entourage de Richard II, qui se retrouvait abandonné dans son palais où seul son chien était resté fidèle, disait-on. Le roi s'était rendu sans résistance. Il avait été conduit dans une geôle de la Tour de Londres où son cousin Henri l'avait contraint à reconnaître son incapacité de régner, et l'avait désigné comme son successeur. Puis, il l'avait laissé croupir et mourir de faim.

Henri de Lancastre s'était fait couronner roi d'Angleterre le 13 octobre 1399, à Westminster, sous le nom d'Henri IV. La face du monde s'en trouvait changée, le nouveau roi, d'obédience romaine, était du puissant parti de la guerre à outrance avec la France. Tous les efforts qui avaient sacrifié la petite Isabelle de Valois à la paix avaient été vains.

La reine d'Angleterre était ainsi une vierge, veuve, de dix ans. La France dépêcha de nombreuses escortes de chevaliers français afin de la ramener à ses père et mère. Mais Henri IV s'y opposait et interdisait aux Français de l'approcher et de s'entretenir avec elle. Les ambassadeurs rapportèrent que la jeune souveraine était tenue en très petit état.

Isabelle de Bavière voyait en sa fille la représentation de ses propres peurs de déchéance et de dénuement. Ainsi, un roi pouvait être renversé, et même assassiné. Elle se désolait de ne point la voir et lui écrivait des lettres toutes ainsi tournées : *« Ma très chère et très aimée fille, pour le grand désir que nous avons de savoir l'état de votre personne, comme d'avancer votre retour par de ça. »* Et elle harcelait son époux pour qu'on leur rende leur malheureuse enfant, tenue en otage par la traîtresse Albion.

Il y eut des échanges de courriers peu amènes, dans lesquels Charles s'adressait au « soi-disant roi d'Angleterre », et Henri répondait au « soi-disant roi de France ».

Philippe de Bourgogne proposa de reconnaître Henri IV par souci du maintien de la paix. Louis d'Orléans, à l'opposé, se posa en vengeur de la jeune reine détrônée et envoya défi sur défi à l'usurpateur d'Angleterre. Celui-ci ne s'en émut guère et ne prit pas la peine de répondre à ce qu'il appelait les « rodomontades du prince français, et l'épée d'un roi ne se croise pas avec celle d'un duc en combat singulier ».

Louis d'Anjou était si effaré de tant de dissensions qu'il en avait le vertige, et, voyant qu'on l'oubliait, il retourna dans sa Provence. Sa mère, ulcérée du peu de cas que l'on avait fait d'un tel prince, envoya une missive virulente à son neveu Charles VI.

La discorde qui déchirait la famille de Charles VI gagnait l'étranger comme une épidémie de peste. Il y avait de quoi rendre fou. Le roi, pressé de toutes parts, mécontentant tout le monde, fit une rechute plus violente que jamais : il se disait en verre, se faisait barder d'attelles pour ne point se briser. Il hurlait d'une souffrance sans pareille, la résidence royale fut désertée, la Cour fuyait le calvaire du souverain. Et l'on mura les portes de l'hôtel de Sens, de peur qu'il ne s'échappe.

Isabelle était de nouveau l'épouse d'un mort-vivant, qu'elle ne pouvait approcher sans provoquer sa violence. Cependant elle veillait à son bien-être. Elle tenait avec son trésorier un livre de comptes, où tout ce qu'elle remplaçait ou faisait réparer était noté, quand son époux brisait tout à nouveau ; les riches vêtements qu'il déchirait et souillait de ses excréments, et les frais de bouche de sa table bien garnie de mets qu'il mangeait avec gloutonnerie étaient aussi comptés.

Ce jour-là, quand le trésorier la quitta, Isabelle se mit à la recherche de Catherine de Fastavavin qu'elle n'avait pas vue de la journée. La santé de son amie d'enfance se détériorait et cela ne cessait de la tourmenter. Les chambrières lui dirent qu'elle n'avait pas quitté sa chambre. Alors qu'elle entrait, Catherine, enfouie sous des couvertures derrière les courtines, eut une quinte de toux qui lui fit cracher du sang. Ozanne était à son chevet, lui faisant respirer des fumigations, elle leva sur la reine des yeux désolés.

— Catherine, supplia Isabelle en s'asseyant sur le lit, tu ne peux te laisser dépérir. L'air de ce quartier des marais ne te convient pas, surtout après tous ses débordements d'eau croupie encore un peu partout.

— Je ne cesse de le lui dire, dit Ozanne.

— Elle a raison, et je te le demande encore, Catherine. Rejoins Etzel d'Ortembourg en son castel en Bavière, il y vantait l'air si vivifiant. Tu l'aimes, et tu vas en mourir.

— C'est parce que je l'aime que je veux en mourir. Tu le sais, toi, combien je porte malheur à mes époux. Je ne serai pas veuve de celui-là.

Le roi fou, son amie d'enfance malade, Isabelle songea tout naturellement à l'Élixir parfait de Nicolas Flamel. Elle ne pouvait se résoudre à renoncer à une potion qui soulagerait tant de souffrances. Plus entêtée que jamais, elle demanda audience à Philippe de Mézières et le trouva dans sa cellule. Le vénérable vieillard paraissait fatigué.

— Comment se porte votre santé, messire ?

— Mieux que celle de notre roi, si ce n'étaient mes vieux os.

— Il y aurait bien un remède pour vos vieux os, comme pour la tête folle de mon pauvre époux, sans compter ma fidèle Catherine de Fastavavin qui se laisse mourir.

— Penses-tu toujours à Flamel ? lui demanda-t-il avec ironie, car il connaissait sa ténacité.

Isabelle apportait un argument qui lui semblait de poids :

— L'art de l'alchimie est fort ancien. Dans le livre de la Genèse de l'Ancien Testament, ne parle-t-on pas de la prodigieuse longévité de nos anciens ? Noé mourut à neuf cent cinquante ans, et le célèbre patriarche Mathusalem vécut neuf cent soixante-neuf ans.

— Et tu penses qu'ils avaient découvert l'élixir de jouvence de la Pierre philosophale ?

— Et quoi d'autre ? Comme je le répète, l'alchimie vient du fond des âges.

— Et au fond des âges, comment comptait-on les années, le sais-tu ?

— Ma foi, n'avons-nous pas le calendrier julien[1] ?

— Certes, celui de Jules César, depuis 45 avant Jésus-Christ. Mais il n'en fut pas toujours ainsi, et tu me parles de temps plus anciens encore. Imagine un instant, noble reine, que nos lointains ancêtres comptaient en lunaisons ?

— En lunaisons ? c'est-à-dire en mois ?

— Un an représente douze lunaisons. Ainsi, si Noé avait neuf cent cinquante lunaisons, il serait mort alors à soixante-dix-neuf ans, et notre Mathusalem, selon la même division, à quatre-vingt-deux ans. Âges vénérables, je te l'accorde, mais qui restent du domaine de l'humain.

Isabelle restait muette de dépit. Elle n'avait jamais imaginé que l'on puisse compter les années autrement qu'elle le faisait. En la voyant si déçue, il lui prit les deux mains et les serra doucement :

— Ne vous obstinez pas, madame. J'ai, en ma jeunesse, taquiné l'alchimie et les livres abscons. Je me suis vite lassé des creusets et des fourneaux, et des formules cabalistiques. La recherche de la Pierre philosophale est un long labeur patient et méticuleux de purification de la matière et de l'officiant. J'y ai acquis la sagesse que l'or n'est rien et que seule la mort nous donne la vie éternelle. C'est toujours, ce jour d'hui, ma philosophie.

— Comme Nicolas Flamel, vous m'embrouillez avec vos philosophies. Je ne suis pas aussi sage que vous, laissera-t-on le roi à la souffrance et Catherine à la mort ?

— Ils sont entre les mains de Dieu ! Qui es-tu pour t'y opposer ? la sermonna Mézières. N'as-tu pas appris,

1. Le calendrier grégorien sera adopté à la fin du XVIe siècle.

dans tes palais, la mort de dame Pernelle ? Elle dort aujourd'hui au cimetière des Innocents dans un tombeau digne de l'amour que lui portait son époux, et à la mesure de sa douleur. S'il n'a sauvé son épouse, il ne sauvera personne, qu'il possède ou non la Pierre philosophale.

Alors seulement Isabelle renonça. Son maître avait raison : nous sommes entre les mains de Dieu, et tout le reste n'est qu'orgueil.

*

Si la crise du roi durait, Catherine de Fastavavin sembla se rétablir. Ozanne se consacra alors entièrement à Charles VI. Seul son dévouement était en mesure de lui apporter le soulagement. Le roi réclamait toujours, dans ses lueurs de conscience, sa chère sœur Valentine Visconti. Mais le duc d'Orléans refusait le retour de sa femme à Paris, de peur qu'elle ne fût à nouveau accusée d'empoisonnement et de sorcellerie, car sa propre popularité n'était déjà pas si bonne.

Pour soigner Charles VI, Ozanne devait avoir recours à la ruse, il était l'oint du Seigneur et ne pouvait être brutalisé. Mais comment le laver et le changer alors qu'il se disait de verre ? Il le fallait pourtant, il était si crasseux et couvert de poux que de vilaines pustules lui étaient venues sur le corps et le défiguraient. C'était indigne de sa personne royale.

Elle s'entremit avec les chambriers qui se déguisèrent en Barbaresques, le visage et les bras enduits de la suie la plus noire. Ils surgirent soudainement, vêtus de longues tuniques blanches. Le roi, dans son immense stupeur, se laissa dételer, déshabiller et plonger dans un cuveau d'eau chaude. Il était mou comme une poupée de chiffon, l'œil hagard, seule sa virilité se dressait. Ozanne demanda à rester seule, elle se dévêtit à son tour et entra dans le bain. Tout en le lavant et l'épouillant d'un onguent de sa composition, elle apporta un soulagement à cette tension intime. Il en eut un grand apaisement de tous ces bons soins. Ozanne ne répugnait jamais à dormir avec lui et à soumettre son corps à ses désirs, même au pire moment de sa dégradation. Elle avait grande pitié de son amant, il était et resterait à jamais l'amour de sa vie. Elle s'était initiée aux jeux de cartes qui le distrayaient tant et, quand son état le permettait, elle faisait venir des ménestrels pour l'égayer. Le Hardi avait donné à son neveu l'un des fous de sa cour de Bourgogne, un nain de vingt ans, qui se nommait Cerise. Charles le prit pour un enfant et joua avec lui comme jouent les enfants. Cerise, qui le disputait en facéties à Capucine, s'attacha au pauvre fol, comme ce dernier s'attacha à lui. Il fut nommé le Grand Organiseur des menus plaisirs du roi, une charge fort bien payée et qu'il remplissait à merveille.

Le roi empêché, Bourgogne s'imposa de nouveau au gouvernement, et décida de régler l'affaire du schisme. Soutenu par l'Université, il fit promulguer l'ordonnance de soustraction d'obédience à Benoît XIII, signée par Charles VI au temps où il était en santé. Mais ce dernier avait atermoyé à la publier, tant il était tiraillé d'un côté par son frère et, de l'autre, par son oncle. Philippe le Hardi le fit à sa place, à l'insu d'Orléans. Puis il ordonna que tous les cardinaux quittassent sur-le-champ Avignon pour s'installer en face, à Villeneuve. Benoît se retrouva seul. Le Hardi envoya le maréchal de Boucicaut, héros de Nicopolis, faire le siège du Palais des Papes. Benoît fit savoir qu'il résisterait jusqu'à la mort.

Le duc d'Orléans ne décolérait plus.

— Que t'importe ton Pierre de Luna, lui dit Isabelle qui tentait de le calmer. Tant qu'il était cardinal, il distribuait à pleines mains l'or du pape Clément. Maintenant qu'il est élu, il ne veut plus en distraire une pièce. Même Berry, qui en profita tant, s'est détourné de lui.

— Bourgogne gouverne à sa guise en l'absence du roi. Ce n'est pas l'union de l'Église qu'il cherche, c'est l'abaissement du régent.

— Certes, quand tu lèves des impôts, Bourgogne les abolit par décrets à chaque fois. C'est la popularité qu'il veut, et toi tu ne cesses de déplaire, et je déplais avec toi. N'oublie pas l'opinion publique : après le roi, elle est la deuxième force de ce royaume, et bien plus dangereuse.

— Je n'ai que faire du jugement de la populace ! s'écria-t-il, oublieux de ses terreurs d'enfant. Le Trésor royal est vide, il faut bien le remplir !

Isabelle, qui se faisait coiffer, resta ébahie quand Nicolette intervint avec son audace coutumière.

— Ma foi, et pourquoi qu'il est vide ? Ce n'est pas que vous autres, les princes, vous y puisiez sans vergogne, c'est que chacun veut être le seul à se servir ! Voilà d'où viennent toutes vos empoignades !

— Il ferait beau voir qu'une chambrière nous donne la leçon !

— La leçon, c'est la rue qui vous la donnera, c'est moi qui vous le dis !

— Nicole ! intervint sévèrement Isabelle.

Orléans sortit en claquant violemment la porte et en hurlant :

— Je ne reviendrai que lorsque tu auras châtié et chassé cette effrontée !

Isabelle éclata de rire tout en songeant qu'il y avait là matière à une future dispute. Elle ne renverrait jamais Nicole de Cholet, elle aimait trop l'impertinence, et la jeune chambrière lui apportait son rude bon sens, comme Jean la Grâce savait le faire.

Cependant, elle pensait que la fille bâtarde de Berry était l'oreille de ce dernier à la cour de la reine, elle ne se doutait pas qu'elle était bien plus celle du sire de Bois-Bourdon, seigneur de Graville, sénéchal du Berry.

*

L'église de Notre-Dame-des-Blancs-Manteaux portait le nom de la tenue des moines mendiants appelés « Serfs de Marie ». L'ordre avait été établi par le grand Saint Louis.

Les Blancs-Manteaux étaient à quelques pas de l'hôtel Barbette.

Deux Serfs de Marie, capuche rabattue, s'entretenaient dans les allées du jardin du prieuré. L'un était immense dans son accoutrement, l'autre, plus mince, de taille élancée.

— Paris grogne contre la reine, souffla de sa voix rocailleuse Pascal le Peineux. La rumeur qui dit « ses étreintes vénéneuses » va bon train de nouveau. Et elle a grand tort de faire des fêtes avec Orléans, alors que notre sire croupit en son Hôtel.

— Je sais, répondit le sire de Graville. La colère du peuple ne peut s'arranger de la démence de leur bien-aimé roi. Ce malheur laisse la reine à découvert, et elle est mal conseillée. J'ai tant le regret que nous n'ayons pas égorgé ce maudit Pierre de Foissy à temps. Jean la Grâce était un grand homme, son bon sens assurait sa protection.

Bourdon songea à sa dernière rencontre secrète avec le duc de Berry. Le Camus était le seul prince à connaître le retour du sire de Graville. Le vieux duc se disait las d'être le sermonneur de son frère de Bourgogne et de son neveu d'Orléans. Il ne voulait que la paix, jouir de ses œuvres d'art et de ses magnifiques châteaux qu'il avait fait ériger. Grand mécène, il protégeait aussi les artistes et soutenait les vocations. Berry avait présenté à Bois-Bourdon l'un de ses pupilles, jeune docteur en théologie, un franciscain nommé Pierre aux Bœufs. Ainsi qu'il avait recommandé Nicole de Cholet à la reine, le Camus voulait lui recommander le franciscain comme confesseur et aumônier. Bois-Bourdon le jugea droit et de commerce agréable, mais, avant tout, le franciscain avait un regard qui paraissait voir au-delà des apparences, et il y avait tant d'apparences autour de la princesse de Bavière. Le sire de Graville l'agréa, d'autant plus que Pierre aux Bœufs était bourguignon.

Les deux Serfs de Marie, parvenus dans la galerie du prieuré, étaient restés silencieux sous les élégantes voûtes à huit arceaux, peintes de magnifiques enluminures bibliques.

— Ça sent mauvais, mon maître, reprit Pascal le Peineux. Le monde devient aussi fol que son roi. Notre dame ferait bien de faire revenir la Couleuvre milanaise. Quand les gens s'en prenaient à elle, ils ne s'en prenaient pas à notre reine.

— Nicole de Cholet s'entretient souvent avec elle du mauvais air de la capitale. Nicolette me rapporte tout ce qui se dit et se fait à Barbette. Elle ne cesse de recommander à la princesse de Bavière de se mettre sous la protection de Bourgogne. Nicolette m'assure que la reine défend la politique du Hardi, mais je crains qu'Isabelle ne soit trop éprise d'Orléans, ajouta-t-il avec ressentiment.

— Que restes-tu caché ? bougonna Pascal le Peineux. C'est de toi qu'elle a besoin ! Elle se croit amoureuse, même quand ça se gâte avec son fichu amant. Mais c'est toi qu'elle aime.

Bois-Bourdon s'assombrit. Savoir la femme qu'il aimait dans les bras de ce jeune duc orgueilleux lui était une torture.

— Je la défends mieux en agissant dans l'ombre. Le moment n'est pas encore venu, mais, quand il viendra, je serai là.

*

Le soleil qui se levait à l'aurore de ce nouveau siècle était rouge sang.

III

NOUS, REINE, EN PAROLE DE REINE

21

1400

> Si tu vas au charnier des Saints-Innocents
> Où il y a d'ossements grand tas,
> Ici tu ne reconnaîtras entre cent
> Les os des gens de grand état.
> Ceux qui sont vifs, pape, empereur et rois,
> Viendront aussi à ce piteux arroi.
>
> Meschinot[1]

Profitant du timide soleil du mois de janvier 1400, Isabelle se promenait dans les jardins de l'Hôtel avec un frère franciscain, Pierre aux Bœufs, que lui avait recommandé son oncle Berry. La reine répugnait à prendre un nouveau confesseur. À qui pourrait-elle faire confiance après Jean la Grâce qui connaissait ses secrets les moins avouables ? Le franciscain avait belle allure ; mince, fort soigné de sa personne, il était tout à l'opposé de frère Jean et de sa familiarité. Il s'adressait à elle avec des rondeurs de politesse qui lui étaient naturelles. Il lui donnait du « Votre Hautesse » sans aucune affectation.

---

1. Poète breton de langue française du XVe siècle.

Isabelle observa son beau visage pâle, à la barbe blonde, bouclée et soignée. Il avait des yeux d'un bleu étrange, translucide, qui semblaient voir au-delà des êtres et des choses.

— Avec une figure pareille, frère Pierre aux Bœufs, vous avez celle du Christ.

— C'est aussi l'opinion de Mgr de Berry, très haute dame. En ma jeunesse, il me fit poser interminablement pour un triptyque sur « Jésus chassant les marchands du Temple ». Mais, avec tout mon respect, Votre honorée dame, le Christ était mat de peau et noir de cheveux, comme l'étaient les gens de Galilée.

— Si vous aviez été mat de peau et noir de cheveux, le Camus ne vous aurait même pas vu, dit-elle en souriant.

— Et je ne figurerais pas modestement dans certaines de ses enluminures, Votre Hautesse, dit-il en éclatant d'un rire franc.

Ils marchèrent un moment en silence. Isabelle songeait à Jeanne de Boulogne, Berry aurait-il acheté si cher son épouse au comte de Foix si elle avait été contrefaite ? Son oncle n'était inspiré que par la beauté.

— D'où vient cet étrange nom de « aux Bœufs » ? N'en avez-vous pas d'autre ? reprit-elle.

— Sans doute d'un ancêtre bouvier, très honorée dame. Mais on me brocarde du surnom d'Agreste, car j'ai une passion pour la pleine campagne où j'adore méditer. Je le dois sans doute à cet ancêtre.

« Voilà qui est mieux », songea Isabelle en arrachant une fougère dont elle se chatouilla la joue.

— Une *filicaria*, une plante qui ne porte jamais de fleurs, dit-il tranquillement.

— Vous semblez bien savant, frère Agreste. Vous n'aimez pas les fleurs ?

— Comment ne pas aimer les fleurs en s'appelant Agreste, redoutée dame ? sourit-il.

Elle commençait à le trouver charmant.

— Quand je contemple une rose, poursuivit-il, c'est Dieu que je vois dans son œuvre et sa perfection. Admirer la nature, c'est admirer Dieu. La fleur est la beauté sans artifice, mais elle est éphémère et elle passe pour donner le fruit. Et qu'importe le bourdon qui l'a butinée.

Isabelle s'arrêta net. Que voulait sous-entendre cet envoyé du Camus ?

— Pardon, Votre Hautesse, vous ai-je choquée ?

— Je ne le sais encore, frère aux Bœufs.

— Est-ce la beauté sans artifice ? Vous ne semblez pas en avoir besoin, madame, dit-il en dévisageant la reine dont le teint était avivé par l'air piquant de janvier.

Il parut à la reine que le regard du franciscain ne parlait pas de son apparence, mais ce fut une sensation fugitive. Elle s'enveloppa plus étroitement dans sa houppelande doublée de loutre en frissonnant et reprit sa marche, pensive. « Qu'importe le bourdon qui l'a butinée », se répéta-t-elle. Elle aurait cru entendre Jean la Grâce avec sa reine des abeilles. Elle pensa aussi tout naturellement à son amour perdu, Bois-Bourdon, à Orléans et à sa semence mâle. Elle se leurrait, le franciscain avait parlé sans y penser, son regard était singulier mais il ne pouvait lire en elle à livre ouvert. Il ne devait pas avoir trente ans, même après avoir fait de longues études, et que savait-il de la vie, hors la scolastique ?

— Croyez-vous, frère Pierre, que seul le fruit compte et qu'importe le bourdon ?

— Et quoi donc ? C'est la fleur qui donne le fruit. Il en va ainsi de la vie.

— Et que savez-vous de la vie ? finit-elle par demander.

— Qu'elle est une curiosité jamais assouvie.

— Et vous n'êtes pas assouvi ?

— Grand Dieu ! non. J'aime trop la vie, honorée dame, dit-il en éclatant de rire.

Isabelle aimait ces francs éclats de rire, Jean la Grâce disait qu'ils révélaient une belle âme. À ce moment, Nicolette déboucha d'une allée en courant.

— Madame, Christine de Pisan est ici présente, lui dit-elle, mais elle s'arrêta, regarda Pierre aux Bœufs, et lui sauta au cou. Frère Agreste, comme c'est bon de te revoir.

— Ma jolie demoiselle de Cholet, dit-il en la faisant tournoyer. Toujours aussi délicate qu'une dentelle.

— Vous vous connaissez ? demanda la reine, interloquée par ces effusions.

— Madame, dit Nicolette en lui faisant une petite révérence, vous oubliez que le duc de Berry est mon indigne père. Frère Pierre aux Bœufs est l'un de ses pupilles.

— Sans Sa Seigneurie, je ne serais jamais devenu docteur en théologie, et peut-être, ce jour d'hui, confesseur et aumônier de notre très redoutée reine, ajouta-t-il en s'inclinant.

« Policé, certes, mais effronté », songea Isabelle en le regardant.

Nicolette s'était mise à sauter de joie comme une petite fille.

— Oh ! madame, quel bonheur ! Dites, nous restera-t-il ?

— Nicole, intervint frère Agreste, on n'interroge pas ainsi une si honorée dame.

Isabelle eut un sourire moqueur.

— Cela se pourrait si *Son Éminence aux Bœufs* cesse de m'appeler Votre Hautesse ou Votre honorée dame. Gardez-les pour vos missives et les représentations solennelles. Dans le privé, madame devrait suffire.

Nicolette éclata de son rire perlé.

— Autant lui demander d'oublier de nous assommer avec ses mille et une merveilles du naturel. Il sait parler aux plantes, mais pas aux dames, alors à une reine !... Mais je le corrigerai, madame, juré.

Et sans plus attendre, Nicolette prit le franciscain par la main et l'entraîna.

— Viens, Agreste, je vais te montrer tes appartements.

Isabelle les regarda s'éloigner, les pans de leurs robes volaient au vent de leur course et s'entremêlaient, lui laissant un bref sentiment de malaise.

— Ai-je seulement dit qu'il était mon confesseur ? se courrouça-t-elle en constatant que Nicolette lui forçait par trop la main.

— Nicolette te ressemble, Basileia, comme frère Agreste ressemble à Jean la Grâce.

— Te voilà de retour, Zizka ?

— Tu m'ennuyais avec ton alchimiste, et j'avais à faire ailleurs.

— Moi aussi, j'ai à faire ailleurs, Christine de Pisan m'attend, bougonna-t-elle en se mettant à marcher d'un pas vif.

— Jean la Grâce parlait souvent par métaphores et te donnait des conseils de jardinier. Il tirait sa sagesse de Dame Nature.

Elle monta deux à deux les marches moussues du perron, en retroussant ses jupes, emportée par la colère.

— Il ferait beau voir que je confesse mes crimes à ce moinillon !

— Tu n'as tué personne, mais tu as donné la vie. De quoi veux-tu te confesser ? Ne sais-tu pas que Jean la Grâce intercède pour toi ?

Isabelle s'arrêta sous le porche de son hôtel, à bout de souffle. Elle réalisa qu'elle venait de grimper les degrés comme le faisait souvent Nicolette.

— C'est le duc de Berry qui te recommande Pierre aux Bœufs, lui souffla encore Zizka, mais c'est Jean la Grâce qui te l'envoie.

Alors qu'elle restait frappée par ces derniers mots, elle sentit qu'il était parti. Le silence ne lui renvoyait plus que le pépiement des oiseaux qui saluaient la promesse du renouveau qu'annonçait ce pâle soleil d'hiver.

*

Assise sur le lit d'apparat de son grand retrait, Isabelle tournait avec précaution les pages de vélin du dernier ouvrage de Christine de Pisan : *Épître au Dieu d'Amours*.

— Les enluminures en sont admirables, murmura la reine.

— Elles sont de Daniel de Chevreuse, dit la poétesse en rougissant de plaisir, un élève de Nicolas Flamel. Le maître dit de lui qu'il a les doigts d'un ange.

« Daniel de Chevreuse, songea Isabelle, n'est-ce pas l'espion que, avec mon frère, nous avions placé dans l'atelier de Nicolas ? » Ainsi, ce dernier opérait bien des miracles pour avoir fait de ce vaurien ambitieux un grand artiste.

— Et comment va maître Flamel ? s'enquit la reine.

— Il a bien vieilli depuis la mort de dame Pernelle, dit Christine en s'assombrissant. Il se distrait de son chagrin en faisant construire deux arcades supplémentaires dans la galerie du charnier des Innocents[1]. Il compte les enluminer d'une danse macabre de toute beauté. J'ai eu l'honneur d'en admirer les épreuves. Daniel de Chevreuse est requis, entre autres, pour ce bel ouvrage.

Isabelle referma le livre et caressa rêveusement la couverture de cuir fauve repoussé, ornée de fermoirs d'or incrustés de pierreries.

— Nous recevons benoîtement ce précieux livre, dit-elle avec une soudaine solennité. Il sera l'ornement de ma librairie.

Christine rougit à nouveau de plaisir et enchaîna avec son bavardage intempestif habituel.

— Il expose moult piteuses plaintes de par toutes dames, damoiselles, gentilles femmes, bourgeoises, pucelles, navrées par les faux amants et par ceux qui font métier de médire contre elles. Car enfin, batailles, meurtres, pillages et viols sont le fait des hommes. Tandis que nous autres, femmes, ne cherchons qu'à apaiser, consoler, soigner et réconcilier, car notre nature de femme est débonnaire. Puisse ma dite œuvre ne pas

1. Une galerie à arcades entourait le charnier, avec des boutiques, et était un haut lieu de promenade.

rester vaine, mais copiée en maints exemplaires, et demeurer sans dépérir.

— Je n'aurai de cesse de l'avoir lu pour que nous débattions ensemble d'honneur chevaleresque et d'amour courtois. Voilà qui nous passera le temps plus gracieusement que la pestilence et les tristesses du siècle qui vient de nous quitter.

Des chambrières apportèrent une crédence garnie de sucreries, une aiguière de moretum et une fontaine de lait miellé.

— *Épître au Dieu d'Amours.* Voilà un titre joliment tourné et qui fera parler, sourit Isabelle en buvant son vin préféré.

— Il fait déjà parler, répondit Christine qui buvait du lait. Messire Jean de Montreuil, sans l'avoir seulement vu, parle de moi comme d'une femme ignorante d'entendement et de sentiment léger.

— Messire Jean de Montreuil ? N'est-il pas le secrétaire-ambassadeur du roi et prévôt de Lille, qui répand ses principes aussi étriqués que sa personne ?

— Celui-là même, madame.

— Alors, j'avais raison, nous allons nous amuser.

— Messires de Berry et d'Orléans me l'ont commandé, sourit Christine avec des étoiles dans les yeux.

— Et beaucoup d'autres suivront, je n'en doute pas.

Elles devisèrent de leurs enfants tout en picorant des sucreries et en buvant. Elles avaient des points communs à foison. Ainsi, la fille de Christine avait pris le voile à l'abbaye de Poissy, où était Marie de Valois. Elles se donnèrent mutuelles nouvelles des novices. De même, la poétesse avait son fils aîné en Angleterre tout comme l'était l'aînée des filles d'Isabelle, tous deux étaient retenus par Henri IV. Le renom de Christine de

Pisan était parvenu au comte de Salisbury qui avait un fils, Thomas, du même âge que Jean de Castel. Trois ans auparavant, le seigneur anglais lui avait proposé de les élever ensemble, et de leur donner une bonne éducation de chevalier. Las, le comte de Salisbury avait été massacré par les milices de l'usurpateur Henri de Lancastre et, depuis, ce dernier disait vouloir garder à sa cour « ce bel et gracieux et bien chantant » jeune homme. Ainsi que la reine, elle se rongeait d'inquiétude et d'impatience. Puis elles parlèrent de santé, du dauphin Charles qui toussait beaucoup, du fils cadet de Christine qui dépérissait. Isabelle lui promit de faire visiter son fils par le médecin du Dauphin. Christine lui parla alors des difficultés d'être femme seulette, des ragots dont elle était victime, propagés sans doute par ses créanciers à qui elle faisait de pénibles procès depuis la mort d'Étienne de Castel.

— Imaginez-vous, haute dame, que l'on me dit de vie dissolue et que l'on me prête des amants. Moi qui n'aime que la solitude de l'écriture et qui n'aimerai que mon époux. Ainsi, ils médisent et ne remboursent pas leurs dettes.

Isabelle s'avisa de leurs destins parallèles. La reine était esseulée quand le roi était « absent » : point de timonier à la barre du bateau pris dans la tempête. Reine mal clamée, elle avait réintégré son hôtel de la Pissotte avec sa mesnie, le temps de faire taire les rumeurs qui l'accusaient de mœurs dépravées et d'avoir moult amants. Il est vrai que l'hôtel Barbette, qu'elle avait voulu comme nid d'amour, était devenu un lieu de rendez-vous galants. Les jeunes dames de Berry avaient fait quelques émules, certaines femmes y recevaient leurs amoureux, que la rumeur s'empressait d'attribuer à la reine. Isabelle avait laissé faire bien imprudemment.

Elles se quittèrent en s'embrassant avec amitié, se promettant de se soutenir l'une l'autre. Isabelle lui fit bailler deux cents écus pour l'*Épître au Dieu d'Amours*, avec la promesse qu'elle parlerait en faveur de la restitution de Jean de Castel et de sa propre fille.

*

En ce début de siècle, Isabelle avait entrepris de rénover sa réputation. Le roi était de retour en santé, une embellie qui lui permettait de se montrer souvent avec la reine, se témoignant affection et amour. De plus, Louis d'Orléans était fort occupé, bien qu'il ne fût point très loin.

La rémission de Charles avait permis à la duchesse d'Orléans de mettre un terme à son exil. Toutefois elle avait refusé de réhabiliter son hôtel de la Pute-y-Muse, elle voulait, comme la reine, avoir son « petit séjour ». Charles VI lui avait offert l'hôtel des Tournelles qui comprenait en sa plaisance des jardins, volières, arbres fruitiers et belles fontaines. Cette demeure singulière devait son nom aux multiples tourelles qui l'ornaient. Elle était sise en face de l'enceinte de l'Hôtel solennel des Grands Ébattements, dans la rue Saint-Antoine, au Marais.

Charles VI, qui était tout heureux du retour de sa chère sœur, lui avait octroyé vingt mille livres tournois pour l'aménagement dudit hôtel. Valentine revenait, triomphante, avec ses trois fils, Charles, Philippe et Jean, le petit dernier. Si par le passé elle souhaitait la couronne de France pour son époux, aujourd'hui elle voulait des royaumes pour ses enfants. Dès son arrivée, elle s'était plainte à son cher frère du peu d'apanage de Louis, alors qu'il était en charge d'héritiers.

Le roi convint qu'un prince des Lys devait tenir le train de son gouvernement. Il octroya à son cadet, en plus de ses possessions en Val de Loire, le comté d'Angoulême, du Périgord et des châtellenies en Picardie et en Champagne. Il permit aussi à son frère d'acheter la riche baronnie de Coucy, une des clefs du royaume.

Isabelle ne fut pas sans récriminer des largesses faites à la famille d'Orléans. Elle ambitionnait de créer un vaste domaine au nord de la capitale, autour de sa bergerie de Saint-Ouen. Charles lui alloua Clichy-la-Garenne avec de nombreux bourgs et îles en Seine, et de grandes étendues de labours et leurs revenus. Dans sa prodigalité, il lui acheta aussi le manoir du Val-la-Reine qu'il se disposait à rénover et embellir sur le Trésor royal.

Charles croyait avoir contenté tout son monde, c'était compter sans le duc de Bourgogne qui lui fit reproche des agrandissements d'Orléans. On ne sait si ce fut la colère du Hardi qui ébranla de nouveau la raison du roi. Toujours est-il qu'il replongea dans sa nuit, où il n'était ni marié, ni roi, mais Georges. Il usa ses ongles de nouveau en s'escrimant à faire disparaître toutes les représentations des fleurs de lys.

Philippe le Hardi avait de ce fait les coudées franches. Il relança ses efforts pour renverser l'empereur Wenceslas qui avait osé céder le Luxembourg au duc d'Orléans. Bourgogne n'était pas un prince à oublier ses rancunes, et il finit par obtenir sa destitution sans difficulté. Les mœurs bassement crapuleuses de Wenceslas l'Ivrogne choquaient fort les cours de France comme du Saint Empire, et, de par son mauvais naturel, il était ivre dès le matin, même lors des grandes assemblées. Wenceslas fut déposé par la Diète et dut se réfugier en Bohême, le seul État qui lui restât fidèle. Cette destitution mit Orléans en rage. Le conflit s'envenima encore entre le frère du roi et Philippe le Hardi lorsque ce dernier soutint l'élection de Robert de Bavière. Encouragé alors par Orléans, Wenceslas l'Ivrogne refusa de reconnaître sa destitution, et la légitimité de Robert Ier.

Le conflit gagna l'hôtel Barbette où Isabelle s'en était retournée depuis la rechute du roi. Robert de Bavière était un Wittelsbach comme Louis le Barbu, et, bien qu'ils ne se connussent guère, ils avaient l'esprit de leur caste. La position d'Orléans, en cette affaire, leur était une insulte. La querelle dégénéra quand Robert Ier, bien que très vieux, entreprit le voyage pour se faire consacrer par le pape italien Boniface, mais il trouva, pour lui barrer le chemin, Jean-Galéas Visconti et ses mercenaires. Cette rencontre coûta au nouvel empereur beaucoup d'hommes, des sommes énormes et tous ses joyaux. Il dut s'en retourner couvert de honte, avec les débris de son armée, sans avoir pu atteindre Rome. Valentine et Louis d'Orléans applaudirent Visconti, mais la princesse de Bavière et son frère en furent indignés.

Puis, il y eut un grand scandale à l'hôtel des Tournelles. Louis entretenait une liaison avec Mariette d'Enghien, épouse du seigneur de Canny, chambellan de la maison d'Orléans. Une terrible empoignade eut lieu entre les deux hommes, rapporta-t-on.

— Qu'y puis-je, souriait Louis avec morgue face à la fureur de l'outragé, si votre femme est ravissante et dansait le mieux ?

— C'est un rapt d'honneur ! avait hurlé l'époux bafoué.

— N'ayez crainte, je vous la rendrai bien un jour, avait ironisé Louis d'Orléans.

— Quand vous lui aurez fait un bâtard !

— Un bâtard d'Orléans vaut plus qu'un fils légitime d'un Canny !

— Je vous en demande raison, monseigneur !

— Mon épée est au service de Dieu, pas d'un cocu !

Ils en vinrent aux mains, il fallut les séparer, et Louis d'Orléans arbora quelque temps un œil poché du plus bel effet.

Si Valentine semblait résignée aux infidélités de son époux, Isabelle ne pardonna pas ce scandale qui consomma la rupture entre les deux amants terribles.

*

Quand le roi revint en santé à la fin de l'été 1400, il fut fort étonné de la situation : le Saint Empire avait deux empereurs, l'Église toujours deux papes et son édit de soustraction d'obédience avait été promulgué. Quant au royaume, il se scindait en deux parties de plus en plus virulentes, Orléans contre Bourgogne. Il émergea de sa dernière rechute avec une force particulière, et une indignation légitime, et décida de mettre bon ordre dans cette pagaille.

Il commença par les papes. Ne pouvant renier sa signature, il la confirma et demanda à la Castille, l'Aragon, la Savoie et l'Écosse leur approbation à la soustraction. Benoît XIII, toujours prisonnier de son palais d'Avignon, menaça ces princes de les excommunier. Le Saint-Père fit de même avec le maréchal de Boucicaut et ses hommes qui tenaient le blocus. Les assiégeants se transformèrent alors en garde d'honneur, tandis que les pays avignonnistes ergotaient sur la nécessité de la soustraction d'obédience.

Alors que la pression se relâchait autour du Palais des Papes, Orléans envoya à Benoît XIII des affidés qui lui permirent de s'évader et de se réfugier à Château-Renard, terre de Louis d'Anjou, mal servi par son roi à propos de sa Sicile perdue. Ravi de cette occasion de revanche, il fit bon accueil à Benoît XIII. Le frère du roi jubila, c'était un moyen de plus de faire enrager Bourgogne, et il avait trouvé un allié en la personne de son cousin d'Anjou. De plus, Benoît XIII lui envoya cinquante mille francs en remerciement, et une lettre où il confirmait la promesse de son prédécesseur : le duc d'Orléans recevrait les États pontificaux italiens à la chute de Boniface de Rome.

Les pays d'obédience avignonnaise reculaient, et il se dessinait un courant favorable à la restitution d'obédience. Ce qui importait au peuple, c'était d'avoir un curé pour les baptêmes, les mariages et leurs morts, et il n'y avait plus de pape pour les ordonner. Le roi ne se sentait plus soutenu, et il redoutait fort l'excommunication pour lui-même. Aussi se laissa-t-il convaincre par son frère d'Orléans de publier un acte de restitution d'obédience. Le pape d'Avignon était de nouveau le chef de la Chrétienté, avec celui de Rome. Le Grand Schisme perdurait. Pour ses bons conseils, Charles VI donna à son frère d'Orléans le comté de Dreux et le commandement de Toul.

L'Université, qui était pour la soustraction d'obédience, protesta, menaça encore de fermer ses portes et garda rancune à Louis d'Orléans. Quant à Bourgogne, il fulminait et demanda audience au roi qui entendit ses doléances sans se laisser ébranler cette fois. Il lui répondit vertement :

— Ne me parle plus du schisme et des mauvais conseils d'Orléans. Et qu'as-tu à faire des biens cédés à mon frère ? N'as-tu pas ton content ?

— Mon empire, je l'ai gagné à la pointe de mon épée.

— Ton empire, tu le dois à mon père, le roi Charles V le Sage, qui fut prodigue à ton égard, mon oncle ! Certes, il sut restaurer le royaume, avec le grand Du Guesclin en reprenant les possessions usurpées par les Anglais, mais ce ne fut point sagesse de l'écarteler en donnant des apanages fastueux à ses frères, Anjou, Berry et toi, Bourgogne. Et quant à tes extensions en Flandres, s'il t'en souvient, c'était sous la bannière de Saint-Denis, ton épée n'y aurait pas suffi.

Le Hardi avait le souffle coupé de la pertinence politique soudaine de son neveu. Comme il devenait congestionné, Charles VI se leva, lui mit amicalement la main sur l'épaule, et lui parla doucement :

— Je suis fort marri de vos querelles avec mon frère, nous sommes du même sang et nous avons grand ouvrage. Le duc de Bretagne, Jean de Montfort, est mort avec le siècle. Il nous faut reprendre notre fille Jeanne, épouse de son fils encore jeune. Que n'utilises-tu pas ta puissance et ton autorité pour nous ramener ces enfants, le duc et la duchesse de Bretagne ?

— Il est vrai, concéda Philippe, qu'il faut faire diligence, des bruits courent que la duchesse douairière de Bretagne, Jeanne de Navarre, va épouser en deuxièmes noces Henri IV de Lancastre, qui est tout aussi veuf. Il ne manquerait plus qu'avec notre petite Isabelle de France, ce soi-disant roi d'Angleterre nous prenne Jeanne, bougonna Bourgogne, dont la colère avait changé de cible.

— Henri IV a maille à partir avec l'Écosse qui se soulève contre lui, ne crois-tu pas que c'est le moment d'exiger à nouveau le retour de ma bien-aimée fille ?

— Il faut envoyer à ce Lancastre un message bien senti alors qu'il est affaibli par sa guerre d'Écosse.

— Voilà qui est bon, sourit le roi. Écrivons-le ensemble, mon bon oncle.

Le courrier envoyé à Lancastre fut ferme et menaçant. Puis le duc de Bourgogne s'en fut en Bretagne. Cette mission diplomatique calma quelque peu les humeurs du Hardi envers son neveu d'Orléans, et la Cour put s'esbaudir aux fêtes de la nativité, les premières du siècle, qui furent somptueuses.

Isabelle, trop chagrinée, n'en fut pas.

22

Des larmes et de la Rose

Toutes vous autres femmes
Vous êtes, vous serez, vous fûtes
De fait, ou de volonté, putes.

Roman de la Rose, Jean de Meung

À hôtel de la Pissotte, Catherine de Fastavavin se mourait. Depuis des jours, Isabelle ne quittait plus le chevet de son amie d'enfance, lui tenait la main, épouvantée de la sentir aussi décharnée. C'était la fin.

Frère Agreste vint lui donner les derniers sacrements alors que la reine la soutenait dans ses bras. Dans la chambre, il y avait beaucoup de monde en larmes pour prier. Le rituel achevé, Isabelle éclata en sanglots.

Catherine ouvrit les yeux.

— C'est si beau la Bavière, je m'en retourne, ne pleure pas, mon Isabelette. Je rentre chez nous.

Isabelle serra contre elle son corps émacié, la berça doucement en balbutiant des mots d'amitié et de tendresse. Catherine pleurait aussi, puis une horrible crise d'étouffement lui fit perdre à nouveau conscience. Isabelle la tenait toujours, à l'écoute de sa respiration oppressée, qui se ralentit et devint un râle insupportable à ouïr. Puis, tout s'arrêta.

La reine, incrédule, n'écoutait plus que le silence. Alors, elle se mit à hurler le nom de celle qui ne l'avait jamais quittée depuis sa petite enfance. Ozanne et les chambrières arrachèrent Isabelle à sa macabre étreinte.

— Elle est dans les bras de Jean la Grâce, lui dit doucement frère Agreste.

— Que me dites-vous là ? demanda la reine, éperdue de douleur.

— Je les vois, il l'attendait, elle est dans ses bras.

Ozanne, qui sanglotait tout autant, entraîna Isabelle hors de la chambre mortuaire.

La reine conçut de la mort de sa sœur un profond désespoir. Elle fit compter sur sa cassette de somptueuses funérailles, et acheta des messes perpétuelles à Notre-Dame. Elle la fit coucher, revêtue de ses plus beaux atours, dans un luxueux cercueil à incrustations d'or et d'argent, et toute la Cour défila devant le corps. Catherine gisait, sereine, et son visage avait retrouvé toute la beauté de la santé. Les dames germaniques la veillèrent nuit et jour jusqu'à la fermeture du cercueil, puis celui-ci fut mis dans un autre, de plomb. Dans l'une des deux chapelles de Barbette, Isabelle fit porter la dépouille de sa sœur devant le maître-autel, en attendant qu'Etzel vînt la chercher. Il voulait que son épouse repose en Bavière, dans le riche caveau des Ortembourg.

Elle apprit, dans le même temps, la mort du fils cadet de Christine de Pisan. Elle lui fit parvenir un billet où elle écrivait : « Courage, gente dame, Dieu vous a pris votre second fils, la reine vous rendra l'aîné. »

Elle-même se souciait beaucoup de la santé du dauphin Charles, qui déclinait. Il toussait sans cesse et avait pris la nourriture en dégoût, il en avait été de même pour Catherine de Fastavavin. Cette étrange épidémie s'était abattue sur l'Hôtel solennel des Grands Ébattements et ses environs. Beaucoup d'enfants et d'adultes toussaient, sans nul remède à leurs maux. Ils maigrissaient jusqu'à n'avoir plus que la peau sur les os, et ils mouraient d'étouffement. Le dauphin de France avait toujours eu une constitution fluette, et son chevalier-instructeur pensait que l'exercice était de nature à lui donner vigueur. Ce jour funeste, l'enfant, souffreteux, avait passé deux petites heures avec son précepteur, puis il s'était entraîné à la monte sur son poney Attila. Personne ne sut ce qui avait piqué le doux animal, malgré le nom qu'il portait. Attila s'était énervé sans raison et avait tiré si violemment sur sa longe qu'elle avait échappé à la poigne du chevalier. Le poney s'était emballé et enfui dans une course éperdue, le petit Charles cramponné de toutes ses pauvres forces à sa crinière, hurlant d'épouvante. L'obstacle d'une haie avait fait cabrer Attila, le Dauphin avait vidé les étriers et chuté. Quand on l'avait relevé, il avait le cou brisé.

Lorsqu'un écuyer apporta dans ses bras le petit gisant de neuf ans à sa mère, elle s'effondra d'horreur. Elle dut se coucher, ses dames autour d'elle en grande désolation. Frère Agreste était en oraison, à son chevet.

— Il n'a pas reçu les derniers sacrements, se désola-t-elle.

— Il a reçu la communion sous les deux espèces[1] à la messe de prime, honorée dame. Quel impardonnable péché aurait-il pu commettre depuis ? C'est un séraphin qui s'est envolé droit au Ciel.

1. Le pain et le vin : le corps et le sang du Christ.

« Mes petits Charles, songea-t-elle en se mettant de nouveau à sangloter, la tête enfouie dans ses oreillers. Mes deux premiers fils frappés de même, celui de l'adultère comme l'enfant légitime. »

La dépouille du dauphin Charles fut portée à Saint-Denis en grande solennité, accompagnée de l'affliction d'une noble assemblée. Louis d'Aquitaine, quatre ans, devint le troisième dauphin de France.

Le poney criminel fut jugé, condamné à mort et mené en place de Grève sous les huées, où il fut lapidé par la foule. La reine ne put s'y opposer, comme pour la mule qui avait tué Perldemay, elle n'en eut d'ailleurs pas la force, et il s'agissait d'un jugement de haute justice. Quant au chevalier maladroit qui avait entraîné le dauphin malade dans cet exercice, il fut dégradé en public de ses éperons et de son épée, dépouillé de tous ses biens, son blason effacé et couvert de cendres, et condamné à l'exil.

— Ils ont eu tort, madame, dit frère Agreste à la reine. Attila et le chevalier ont évité à votre fils la douloureuse agonie de votre servante, Catherine de Fastavavin.

— D'où vient donc cette horrible maladie qui vous dévore les poumons ?

— Des pestilences qui environnent votre palais, honorée dame. Ne les sentez-vous pas ?

— Si fait, frère Agreste, mais qu'y faire ?

— Les cochons s'en repaissent et répandent leurs excréments nauséabonds. Et les porcs iront s'engraisser ailleurs.

Isabelle trouva l'idée ingénieuse, elle était trop souvent incommodée par les odeurs du voisinage. Elle loua sur sa cassette les services d'éboueurs, avec des ânes et des tombereaux qui passaient trois fois par semaine dans les rues du quartier. Les habitants reçurent l'ordre de leur délivrer les immondices, avec interdiction de les jeter par les fenêtres, sous peine d'amendes et même de prison. Au Pré-Saint-Gervais, on dressa des bûchers pour leur crémation. Depuis, il était vrai que l'on respirait mieux à l'Hôtel royal comme dans le Marais.

Les conseils de jardinier avaient du bon, était-ce Jean la Grâce qui les avait inspirés à son présent aumônier ? Le roi fit promulguer une loi qui imposait ce service à l'ensemble de la capitale et aux grosses villes du royaume. Mais la loi fut peu suivie, il n'y eut que quelques rares seigneurs et échevins qui voulurent payer de leurs deniers ces services d'éboueurs.

Le retour du duc de Bourgogne agrandit la mesnie de la reine. Avec bonheur, elle retrouva sa fille Jeanne, duchesse de Bretagne, et son époux, le duc Jean V de Montfort, qui avaient respectivement huit et dix ans. Les deux jeunes frères de Jean de Montfort les accompagnaient, et ils furent tous confiés à la garde de la reine. Charles VI lui alloua une pension confortable pour le train, le nourrissement et l'éducation des princes et princesses.

Enfin, sa fille Isabelle lui fut rendue après plus d'un an de tractations. Le 1er août 1401, la reine d'Angleterre était à Calais. La veuve Plantagenêt de onze ans avait été contrainte sous la menace, avant son départ, de reconnaître par écrit la légitimité du roi Henri IV. Charles VI était retombé dans sa maladie habituelle, et Bourgogne s'était arrogé le droit de le remplacer. La trêve de vingt-huit ans fut confirmée, renouvelable chaque année. Dans la suite de la reine d'Angleterre se trouvait Jean, le fils de Christine de Pisan. Si Christine était à Calais, pleurant d'émotion de pouvoir serrer son aîné contre elle, la reine n'alla pas accueillir sa fille bien-aimée : elle était enceinte des œuvres de son époux. Comme la poétesse, quand elle tint enfin sa fille dans ses bras, ensemble, elles pleurèrent longtemps de bonheur.

Le 27 octobre 1401 naissait Catherine, en mémoire de l'amie d'enfance de la reine. La semence du roi était résolument femelle. Isabelle, privée d'amour, pensa à renouer avec Louis d'Orléans. Mais il s'affichait toujours avec Mariette d'Enghien.

*

La reine avait dit à Christine de Pisan qu'elles allaient bien s'amuser avec son dernier écrit : *Épître au dieu d'Amours*, elle ne s'attendait pas à une telle conspiration contre l'écrivaineresse. Jean de Montreuil, qui avait décrit Christine comme une « femme ignorante d'entendement et de sentiment léger », ne désarmait pas et rameutait contre elle les clercs de l'Université. Une femme avait osé porter la contradiction à Jean de Meung, « très dévot et très élevé théologien, ce très divin orateur et poète ».

Ce fut *La Querelle du Roman de la Rose*.

Christine de Pisan, vilipendée de toutes parts, porta l'affaire devant la reine, première dame du royaume et médiatrice toute désignée, sa cour d'amour était le champ idéal pour ces joutes en courtoisie.

Isabelle se souvenait d'avoir lu maintes fois, dans la librairie de sa mère, Thadée Visconti, le *Roman de la Rose*, avec sa sœur Catherine. Elle connaissait parfaitement le long poème de Guillaume de Lorris qui magnifiait la femme et la courtoisie chevaleresque avec finesse et élégance de style. Mais sa mère avait fait expurger la deuxième partie, écrite par Jean de Meung. Elle s'employa à combler ce manquement et en finit la lecture fort courroucée. Elle apprit que, en ce temps, les dames de la Cour avaient entrepris un jour de le dépouiller tout nu et de le fouetter. Elle en aurait fait autant.

Elle réunit donc sa cour d'amour. Il y avait foule dans la salle d'apparat dite aux Bourdons. Mézières sortit de la solitude de sa cellule pour y assister. Elle invita même Nicolas Flamel, protecteur de l'écrivaineresse, qui accepta, dit-il, « en mémoire de sa défunte dame Pernelle qui moult aima fort Christine ».

Les maîtres furent conviés à venir plaider, parmi lesquels Jean de Montreuil, Gontier Col et même Jean de Gerson, célèbre prédicateur et théologien, chancelier de l'Université de Paris.

Ce lit de justice était l'événement de l'année, le *Roman de la Rose* était connu de tous, célébré comme la bible de la littérature. Les courtisans s'y bousculèrent, atournés de leurs plus beaux accoutrements et joyaux. Une forêt de hennins, en forme de cornes ou d'oreilles, de voiles, de chaperons à plumes, en crêtes de coq, ou à longues queues, s'inclinèrent au son des trompes, quand Isabelle prit place en majesté sous le dais d'honneur, auprès de son royal époux, qui allait mieux et qu'elle espérait divertir.

Christine de Pisan, sur un signe de la reine, se leva et alla se mettre au pupitre des orateurs. Ellc fut conspuée un moment par des voix d'hommes en nombre. Les dames attendaient. Les trompes sonnèrent de nouveau, et un héraut tança la salle : « Oyez, oyez, noble assemblée en courtoisie, sans faire pis, entendre notre dame Christine de Pisan ! »

La poétesse était vêtue modestement d'un mantel violine, qui marquait son récent deuil, coiffée d'une guimpe blanche à deux ailes à voilette, et une étoffe légère enserrant son menton soulignait la finesse de son visage. Elle semblait si frêle que le cœur d'Isabelle se serra. Mais, quand sa voix s'éleva, elle était ferme et claire. Elle commença par saluer les souverains dans les termes redondants habituels, puis elle s'adressa à l'assemblée.

— Très chers sires et maîtres, très sages en mœurs, experts en sciences, en clergie et rhétorique, moi, femme ignorante d'entendement et de sentiment léger, que votre sagesse n'ait mépris de la petitesse de mes raisons, mais veuillez suppléer par la considération de ma féminine faiblesse. Éminent Jean de Montreuil, frère Gontier Col, vous m'avez interpellée par mémoires sur mon petit esprit, me reprochant d'avoir lu Jean de Meung sans rien en comprendre. Je l'ai lu, et l'ai relu, et trouvé plus encore ces dits vers extrêmement grossiers, je n'y ai vu que dissolution et vices, dit-elle, haussant la voix. Jean de Meung accuse, blâme et diffame les femmes de toutes les perversités.

Les huées couvrirent son discours. Le roi se leva avec colère et fit un signe aux trompettes, qui résonnèrent et firent taire l'assemblée.

— Nous, roi de France, voulons écouter la parole de Mme de Pisan. Si des vérités ne sont pas bonnes à dire, que ceux qui ne peuvent les ouïr sortent !

Il reprit place sur son trône dans un silence stupéfait. La reine sourit, car elle lui avait donné à lire les écrits de Jean de Meung.

— Si les femmes sont toutes perverses, cet éminent docteur de Meung devrait recommander de s'en approcher aucunement, reprit Christine. Ou serait-ce elles qui viennent, en vos hôtels, quérir, prier et prendre de force les hommes ? Jean de Meung se plaît plutôt à donner recettes pour les séduire, il encourage les faux amants à leur jurer amour mensonger, et leur faire accroire qu'elles sont plus belles que fées. Que de manœuvres et grand courage pour venir à bout d'une faible pucelle dont ils se vanteront dans les tavernes !

Il y eut un mouvement dans l'assemblée, fait de grognements d'hommes, de rires féminins et même d'applaudissements.

— L'erreur est manifeste, dit Gontier Col en dressant sa haute silhouette. Elle vient de la folie et des agitations qui te sont venues par présomption, ou comme femme ardente en cette matière.

— De quelle matière parlez-vous, dont notre oratrice serait ardente, maître Col ? intervint frère Agreste, droit dans son aumusse immaculée. Est-ce matière de sexe dont Jean de Meung dit comme vaches et taureaux en leurs champs ?

— Je dis que la pudibonderie de Mme de Pisan altère son jugement !

— Prenez votre parti, maître Col, madame est-elle folle de son corps ou prude ? lança-t-il avec ironie.

Il y eut des rires. La reine reconnaissait bien là le franc-parler de son beau confesseur. Ainsi, il levait l'ambiguïté des propos de Gontier Col : certains vers de Jean de Meung décrivaient les membres secrets qu'il condamnait, mais leur lecture était plus propre à échauffer les sens.

Jean de Montreuil, le visage sanguin, se leva à son tour, exaspéré.

— Cette femme que l'on appelle Christine ose livrer ses écrits en public, encore qu'elle ne manque pas d'esprit autant qu'une femme puisse en avoir ! (Sous les cris et les injures féminines, il haussa le ton.) Cette femme, dis-je, me fait entendre cette courtisane grecque Léontion[1], qui osa aussi écrire contre le grand philosophe Théophraste.

— Nous admirons votre érudition, dit Mézières, sans prendre la peine de se lever. Et nous voyons combien Jean de Meung a su faire des émules en courtoisie.

— Jean de Meung est un maître unanimement encensé. Il ne saurait ici être désavoué par une femme.

— Il est vrai qu'il y a de l'arrogance, pour moi, femme, reprit Christine de Pisan, de reprendre et contredire un auteur si subtil, qui entreprend de diffamer et blâmer tout un sexe.

— Je vous intime l'ordre de vous amender, hurla le longiligne Gontier Col, avec force envolées de manches. J'ai de toi compassion par amour charitable, et je te prie, conseille et requiers de corriger tes dires envers le très excellent, irréprochable, clerc profond que tu oses corriger et reprendre ! Confesse ton erreur et nous aurons pitié de toi en te donnant pénitence salutaire.

— Je confesse que l'homme raisonnable doit priser, chérir, aimer sa femme et protéger le sexe dont tout homme descend.

1. Courtisane athénienne qui fut l'élève et la maîtresse d'Épicure. Épicure et Théophraste étaient des philosophes de la Grèce antique.

Ce fut au tour de Jean de Gerson, chancelier de l'Université, de se lever. Drapé dans une chasuble dont la simplicité lui donnait de l'élégance, il était de haute stature et avait un visage impressionnant marqué de rides profondes qui accentuaient l'acuité de ses yeux. Il avait une quarantaine d'années, et ses cheveux gris et ondulés coupés droit sur les épaules. L'homme avait de la prestance, il était un prédicateur et un orateur fameux. Les clercs se frottèrent les mains, la belle poétesse allait trouver à qui parler.

— Certes, commença celui-ci, Jean de Meung est un répétiteur unanimement encensé. N'a-t-il point proclamé en son temps que « l'Université est la clef de la Chrétienté » ? Comment désavouer un tel maître ! Mais je crains que cette clef, nous l'ayons égarée. (Il y eut un murmure d'étonnement.) Comme est égarée la clef de la courtoisie et de la chevalerie.

Alors qu'un murmure d'étonnement montait, le chancelier le fit taire en prenant sa voix de tribun.

— Où en sommes-nous avec nos antipapes ? Que ne mettons-nous fin au schisme si nous en avons la clef ? Et qu'en est-il des vertus chevaleresques qui ont fait le renom du pays de Saint Louis ? Elles se ridiculisent sur les champs de batailles ! dit-il dans un silence de mort, et seul Mézières éclata de rire et applaudit. Et vous, qui méprisez les femmes, pourquoi voulez-vous tant les imiter en vous accoutrant de brocarts, de dentelles et de joyaux, plus que putains n'en affichent. Où est la virilité avec vos brayettes gonflées d'étoupe quand vous sonnez comme bourses creuses avec vos grenailles ? À vous efféminer, vous y mettez toutes vos ardeurs, mais point à la gloire du royaume dont vous portez avec arrogance le prix de la sueur et du sang !

Il sembla que le chancelier de l'Université, par sa diatribe impitoyable, avait rendu l'assemblée muette. D'ailleurs, nul homme n'osait bouger, de peur que les clochettes qu'ils portaient à leurs poulaines ne sonnent malencontreusement, comme bourses creuses.

Jean de Gerson vint saluer Christine de Pisan dans ce mutisme ébahi.

— Madame, je me fais le garant d'écrire un long traité contre le *Roman de la Rose* de Jean de Meung. Non point par galanterie parce que vous êtes femme, mais parce que vous avez raison.

Le chancelier salua l'assemblée, puis le roi et la reine, et quitta les lieux.

Alors que, avec son départ, un terrible chahut éclatait, Nicolas Flamel se leva. Les trompes rétablirent encore une fois le silence.

— Messires et gentes dames, et vous maîtres si fameux, je vous salue. Mon humble personne ose outrepasser ses droits en prenant la parole. Mais je dois ici vous faire souvenir que plus l'homme a de science et plus il sait qu'il ne sait rien. Plus l'esprit avance, et plus il se fait humble devant la Connaissance. Vous autres, grands clercs, faites fi de cette vérité, et vos dires et vos écrits tombent comme paroles d'évangile, sans humilité aucune.

Il s'approcha de Christine, lui prit la main et fixa l'assemblée.

— Faut-il que ce soit un vieillard en deuil qui vous le dise ? Dieu m'a donné dame Pernelle et me l'a reprise. La femme est un cadeau de Dieu.

La salle croula sous les cris et les applaudissements des dames, mais aussi de certains hommes. Les universitaires, eux, faisaient triste figure. Christine de Pisan pleurait dans les bras de Nicolas Flamel.

*

Louis d'Orléans, que l'on disait léger avec les dames, se piqua de courtoisie et fit en son hôtel des Tournelles une grande fête de la Rose à laquelle Christine de Pisan fut conviée. C'était le jour de la Saint-Valentin, fête des amoureux et aussi celle de son épouse, Valentine Visconti. Les chevaliers prêtèrent alors un curieux serment :

À bon Amour je fais vœu et promesse
Et à la fleur qui est rose clamée,
Qu'à toujours mais de bonne renommée
Je garderai dame de toutes choses,
Ni par moi femme ne sera diffamée :
Et pour cela prends l'Ordre de la Rose.

L'Ordre était rigoureux et prévoyait de graves punitions pour les chevaliers qui y manqueraient.

Isabelle remarqua avec déplaisir que la belle Mariette d'Enghien, « qui si bien dansait », se tenait au plus près de son beau-frère. Elle ressentit une telle morsure de jalousie qu'elle ne put s'empêcher d'en parler à sa cousine.

— Est-ce ainsi que ton époux illustre son nouvel Ordre de la Rose ? souffla-t-elle à Valentine.

Celle-ci avait une coiffure d'une hauteur étourdissante, un hennin à larges oreilles jointes, matelassées de satin bleu clouté de perles d'or, sur un bourrelet fauve tissé d'or. Elle en paraissait plus grande qu'elle ne l'était déjà. La reine regretta aussitôt sa remarque. Bien qu'elle-même fût luxueusement atournée, sa belle-sœur la dominait par la taille et par sa sérénité. Cette dernière regarda Orléans, qui devisait avec Mariette d'Enghien, et sourit.

— Ne dit-on pas qu'il faut avoir la force de changer ce qui peut l'être, et la sagesse de supporter ce qui ne l'est pas ?

— C'est sagesse, en effet, répondit la reine en souriant aussi, et se voulant légère. Il est vrai que ce beau duc ne changera jamais.

— L'important, c'est qu'il fasse de beaux enfants, ne crois-tu pas ?

Isabelle se sentit rougir. Que savait sa belle-sœur ?

— Il est vrai que tes fils sont de bonne lignée et gracieux d'apparence.

— Après trois garçons, il me vient l'envie qu'il me fasse une petite princesse. Mais, pour cela, il nous faudrait échanger la semence de nos maris, dit Valentine en éclatant de rire.

La reine, de plus en plus mal à l'aise, s'efforça de partager son hilarité, alors que Louis d'Orléans s'approchait des deux femmes.

— Pourrais-je rire avec vous, belles dames ?

— Pourquoi ? persifla Valentine. Ta petite Mariette d'Enghien ne t'amuse déjà plus ?

Et elle s'éloigna vivement dans un nouvel éclat de rire qui sonnait faux. Isabelle comprit que Valentine endurait les infidélités de Louis, qu'elle aimait. Elle était orgueilleuse et souffrait comme une damnée, sa sérénité n'était que représentation.

— Danserons-nous, très noble reine ? proposa Louis d'Orléans, avec de l'ironie dans le regard.

— Nous ne danserons pas, chevalier trompeur de l'Ordre de la Rose, lui répondit-elle en lui tournant le dos à son tour.

Elle s'éloigna, emplie de fureur. Elle avait eu une irrésistible envie de le gifler comme naguère.

*

Quelques mois plus tard, Mariette d'Enghien se déclara enceinte. Valentine annonça publiquement que l'enfant appartenait à son époux de droit et qu'elle le prendrait dans sa mesnie. Le seigneur de Canny demanda une compensation pour le grand meschef qui lui était fait, et le nourrisson à venir. La duchesse paya et demanda au mari qu'il tienne son épouse adultère hors de sa vue, jusqu'à la naissance. Louis d'Orléans se trouva satisfait de l'arrangement, il ne se souciait plus de sa maîtresse, mais de nouveau de la reine avec laquelle il se querellait plus que jamais.

Ils se chamaillèrent tant que, en juin 1402, elle se retrouva grosse à son tour de leurs égarements passionnés.

23

Le pacte abusé

> Il se fit d'effroyables coups de tonnerre. La foudre tomba sur l'Hôtel, consuma les magnifiques rideaux du lit de la reine et sortit par la cheminée. Ces bouleversements de la nature remplirent la souveraine d'un effroi mortel. Dans son épouvante, elle envoya des offrandes à plusieurs églises du royaume.
>
> *Chronique du religieux de Saint-Denys*

Si l'on fêtait la rose, ses pétales ne jonchaient pas les pavés de Paris, et les Parisiens tremblaient des humeurs de leurs princes. Il y avait menace de guerre civile, Orléans et Bourgogne s'armaient. Le frère du roi avait su attiser le courroux de Charles VI contre Philippe le Hardi : la promulgation de la soustraction d'obédience était de son fait, et le roi, contraint de se rétracter, s'était humilié à devoir la restituer. Le Saint Empire avait deux empereurs, c'était encore le fruit des intrigues de son oncle. Le chancelier du roi, l'éminent Guillaume de Cousinot, l'avait soutenu et avait fait signer à Charles VI un édit qui donnait tout pouvoir à Orléans lors de ses absences : « Par la volonté du roi, lui occupé en maladie, son bien-aimé frère le duc d'Orléans aura naturelle prééminence et autorité du gouvernement, et sera représentant de l'État royal qu'il tient en grande hautesse. »

Le duc de Bourgogne avait alors porté l'affaire devant le Parlement : « Pour Dieu, avisez que le bien public ne soit pas gouverné ainsi qu'il l'est présentement par mon neveu, car c'est grande pitié. Quant à nous, nous nous y emploierons volontiers, de bon cœur, et de toute notre puissance. » Le Parlement s'était rangé à son avis et avait fait opposition à l'édit du roi qui était encore « empêché ».

Furieux de cette révocation du Parlement qu'il jugeait arbitraire, en dépit de la volonté royale, Orléans avait massé des troupes autour de Paris qui épuisaient de leurs rapines les villageois. Bourgogne fit mieux : il entra dans la capitale et défila en vainqueur à la tête de milliers d'hommes, ses fils à ses côtés, dont Jean de Nevers, plus belliqueux que jamais. Devant ce déploiement de forces, Orléans pénétra à son tour dans la ville à la tête de son ost.

Deux mois durant, les belligérants étaient restés à s'observer, campant sur leurs positions : Bourgogne tenait le quartier des Halles, autour de son hôtel d'Artois ; Orléans, le Marais, près de son hôtel des Tournelles.

Le roi, en langueur, était incapable d'appréhender la gravité de la situation. La reine et le duc de Berry avaient sommé le Parlement de ne plus intervenir à l'avenir dans la querelle des princes et avaient multiplié leurs efforts de médiations.

Les circonstances étaient alarmantes. Mais, en réalité, Orléans et Bourgogne répugnaient à en venir aux mains, seul leur immense orgueil les empêchait de reculer d'un pas, malgré les difficultés qu'ils avaient à tenir leurs soudards qui vivaient d'abondance en pillant les Parisiens. L'affrontement risquait de se retourner contre eux et de dégénérer en une émeute populaire dont ils perdraient le contrôle. Ils étaient dans une impasse. Aussi ne firent-ils aucune difficulté à s'en remettre aux décisions d'un Grand Conseil solennel, présidé par la reine et le duc de Berry, le 14 janvier 1402.

On y lut les termes d'un long pacte de loyauté, comme le commandait leur parenté. Pour ménager les princes, il fut décidé que personne ne porterait la responsabilité de la conjoncture, car ils avaient été trompés par les mauvais rapports de calomniateurs. Il leur fut ordonné de ne pas en venir aux armes sans en avertir l'autre, et ils devraient attendre deux mois pleins afin qu'il en soit délibéré en Conseil royal pour conciliation. Et si, malgré tout, ils enclenchaient des hostilités, ils devaient s'engager à le faire hors des villes et du domaine royal, et n'auraient aucun soutien du roi et autres princes. Orléans et Bourgogne furent invités à jurer, publiquement et distinctement, de renoncer à leurs inimitiés et ressentiments, et de travailler ensemble pour le bien du royaume. Ils jurèrent et se donnèrent une fraternelle accolade.

Leurs troupes, de part et d'autre, furent congédiées, et, afin qu'on les vît bien réconciliés, ils chevauchèrent ensemble jusqu'au Châtelet, pour rassurer les Parisiens. Puis, ils soupèrent à l'hôtel de Nesle, chez le duc de Berry, en grand festoiement.

La paix étant restaurée au sein de la famille royale, Bourgogne s'en était allé tranquillement à Arras marier son fils cadet, Antoine, à la fille du comte Waleran de Saint-Paul.

L'incorrigible Louis d'Orléans en avait profité pour se faire nommer « souverain gouverneur des aides et des finances du gouvernement ». Ayant obtenu la haute main sur le Trésor royal, il leva une grande taille[1], justifiée par un soi-disant péril anglais.

Le Bourguignon entra dans une rage folle et jugea Orléans traître au pacte juré : « L'argent de l'impôt sera versé au crédit de mon neveu, pour couvrir ses largesses et ses débauches, sans qu'un seul écu n'entre en caisse royale, alors que le peuple est déjà exsangue. » Il réunit à nouveau ses troupes et marcha sur la capitale pour dénoncer les exactions fiscales d'Orléans. Il se proposait de les abolir par la force s'il le fallait.

Isabelle fut affolée de cette nouvelle menace guerrière. Elle ne doutait pas que l'oncle de Bourgogne serait accueilli comme un libérateur et que son amant en porterait tout le discrédit.

— Qui crois-tu que la population va acclamer ? Le leveur d'impôts ou celui qui les abolit ? lui dit-elle. Paris s'agite, il a fallu multiplier les hommes du guet. Veux-tu retourner contre toi la colère de la populace ?

— Et pourtant les caisses sont vides, s'irrita-t-il.

Toutefois, Louis d'Orléans l'entendit, et il fit annoncer à tous les carrefours de la capitale que, aux noms du roi, de la reine et du duc d'Orléans, le nouvel impôt ne serait pas perçu, et les hérauts engagèrent chacun à prier pour la santé de Charles VI.

Orléans se concilia ainsi un mouvement de faveur populaire, coupant l'herbe sous le pied de son oncle.

---

1. Impôt direct prélevé de façon aléatoire et particulièrement impopulaire. La grande taille était un impôt direct lourd et exceptionnel, comme en cas de guerre.

*

Isabelle respira mieux et fit enfin célébrer les noces de son frère Louis le Barbu avec Anne de Bourbon, veuve du fils du duc de Berry, Jean de Montpensier, qui était mort en 1401, dans sa trente-neuvième année. La perte de son dernier fils avait tant affligé le Camus qu'il se fit remarquer par son absence lors du remariage de sa bru. En revanche, le roi, qui vivait alors une courte trêve, honora de sa présence la cérémonie, mais l'on douta de son jugement quand il promit à son frère de Bavière la somme inconsidérée de cent vingt mille francs or. Le royaume était déjà fort endetté et menaçait ruine.

L'énormité de la dotation royale singularisa le prince de Bavière qui devint impopulaire. Il était l'Allemand venu s'enrichir dans le royaume de France, avec la complicité de sa sœur, la reine. Isabelle, lourdement enceinte, fut prise d'une grande lassitude, elle s'épuisait à faire sans cesse front.

Le 22 février 1403, la reine accoucha d'un fils, appelé Charles, en mémoire des deux premiers dauphins. Isabelle était si exténuée de ce onzième accouchement qu'elle n'entendit pas les cloches qui célébraient la naissance d'un fils de roi, ni la liesse populaire sous ses fenêtres, et elle se désintéressa des affaires de l'État qui étaient à désespérer. Charles VI était retombé en grande maladie, il avait blessé plusieurs de ses chevaliers et devait être étroitement surveillé pour ne pas attenter à sa propre existence. Depuis dix ans, la folie s'emparait de son époux avec des rémissions de plus en plus brèves, et cela allait en empirant. Elle n'avait plus aucune illusion, la chose était irrémédiable, et les retours en santé de Charles VI lui laissaient l'esprit de plus en plus troublé. Il était à craindre que ladite maladie finisse par l'emporter.

*

La vie des princes était suspendue, comme toute autre, à la volonté de Dieu. La nouvelle de la mort de Jean-Galéas Visconti, duc de Milan, arriva à Paris et plongea Valentine dans la désolation. Il laissait deux fils mineurs, peu aptes à contenir l'agitation des villes conquises par leur père.

— Il n'aura pas porté la couronne d'Italie, comme je ne porterai jamais celle de France. Il a dû expirer bien navré, se lamentait-elle.

— Qu'allait-il emporter dans son tombeau ? lui rétorqua Capucine. Nous naissons nus et nous partons de même, de quelque grandeur que nous soyons. Et je ne vous consolerai pas de ce deuil-là, belle dame, votre père était trop méchant homme.

Ces propos provoquèrent chez Valentine une explosion de larmes. Le duc d'Orléans la consola et lui promit de lever une armée au secours de ses jeunes beaux-frères. Il était surtout inquiet des risques de voir la puissance milanaise s'effriter, car son mirage italien le dominait toujours. Dans ce dessein, Louis s'allia à son cousin d'Anjou.

Louis II d'Anjou avait épousé, le 2 décembre 1400, une princesse aragonaise qui mêlait, avec beauté et audace, le sang des Valois et celui de la maison d'Espagne. Elle avait une vingtaine d'années et se prénommait Violenta, ce qui lui allait bien, mais, après son mariage, on la nomma Yolande.

Yolande d'Aragon, nouvelle duchesse d'Anjou, vint présenter ses hommages au roi et à la reine de France. Isabelle fut charmée par sa noblesse et la simplicité de sa mise. Il n'y avait nulle ostentation chez elle, elle avait de la race et méprisait ce qu'elle appelait les déguisements de cour. La reine l'invita à un petit souper en son hôtel de la Pissotte, en compagnie de ses dames les plus proches. Elle détestait de plus en plus les grands festins où l'on se perdait, elle aimait l'intimité.

Violenta ou Yolande d'Aragon avait un solide appétit en manière d'homme. Elle en avait aussi le caractère, et cela se lisait sur son visage, qui s'animait lorsqu'il était question de politique.

— Les princes de sang sont stupides, affirma-t-elle sans vergogne au cours du repas. Les chevaliers ne tiennent pas leur honneur à la pointe de leur épée, mais à celle de leur verge dressée qu'ils croient plus haute que celles des autres. Il n'y a qu'à voir leurs brayettes boursouflées d'étoupe pour comprendre qu'ils jouent encore comme des garçonnets à celui qui aura la plus longue.

Ce rude langage stupéfia les dames d'Isabelle, mais celle-ci éclata de rire, car c'étaient les propos de Jean de Gerson lors de son lit de justice pour Christine de Pisan, en sa cour d'amour. Elle en convint avec elle.

— Il est vrai que leur virilité est leur orgueil.

— Et même ils se confondent, renchérit Yolande, déchiquetant de ses dents carnassières un oison au sucre à la sauce verte.

La reine observa son visage carré, au teint mat, empreint de détermination. Ses lèvres charnues et son nez aux narines épatées trahissaient sa sensualité. Elle n'était pas belle, mais elle avait plus, un charme singulier. Violenta parlait droit, sans détour, avec rectitude. Elle n'aimait point le maniérisme de la politesse en usage, dont elle faisait fi. Ses cheveux sombres, tressés de perles et ramassés en une savante composition, étaient sa seule parure de tête. Pour elle, pas d'embarrassants escoffions à cornes dont se paraient les dames. Isabelle, voyant ces dernières outrées par les propos de l'Aragonaise, changea de sujet.

— Nous conterez-vous, madame, le prodige dont vous m'avez déjà ravie ?

La jeune duchesse d'Anjou, qui paraissait enfin rassasiée, prit le temps de laver ses mains à l'aiguière d'une chambrière.

— Volontiers, madame la reine. Il est vrai que ce fut effectivement grand prodige. C'était alors que j'étais au château d'Angers, commença-t-elle d'une voix soudain veloutée. (Elle savait se rendre enjôleuse quand elle le voulait, songea Isabelle.) Je fis un jour une promenade en campagne avec mes chiens épagneuls. Ceux-ci débusquèrent un conin qui jaillit d'un buisson et qui, loin de fuir, vint se réfugier dans mon giron. Il me laissa le prendre et caresser, oubliant son caractère sauvage, et il ne voulait plus me quitter. Trouvant le fait étrange, j'ai demandé à mes gens de fouiller et creuser le buisson d'où le lièvre était sorti. Ils trouvèrent une petite voûte de pierres enterrée, où se trouvait une statuette à l'image de la Vierge Marie tenant l'Enfant dans ses bras. Depuis, j'y ai fait construire un oratoire où maints miracles se sont déjà produits.

Les dames s'esclaffèrent et applaudirent. C'était une histoire dont elles raffolaient, bien plus que des brayettes des chevaliers.

À la suite de ce petit souper, la reine et la duchesse se lièrent de bonne amitié. Elles conversaient souvent de l'alliance du duc d'Anjou avec le frère du roi, qui tous deux étaient occupés à rassembler leurs gens pour leur campagne d'Italie. Yolande avait convaincu son père, le roi d'Aragon, d'unir un contingent aux forces des princes.

— Bien que je ne croie guère à cette campagne, soupira-t-elle, alors qu'elles devisaient ensemble. Louis d'Anjou, mon époux, veut à tout prix reconquérir son royaume de Naples, alors que feu mon beau-père y a laissé sa vie. Il a l'entêtement de sa faiblesse, et sa mère le gouverne. Mais mon heure viendra. Je lui ai conseillé malgré tout qu'il vaudrait mieux d'abord consolider sa position de comte de Provence, car ses sujets s'agitent sans cesse contre lui.

Yolande d'Aragon avait bien une tête politique, et il allait falloir compter avec elle, à l'avenir.

Il est vrai qu'Anjou espérait reconquérir Naples et la Sicile. Orléans avait secrètement dans l'idée de se rendre d'abord en Avignon, d'emmener son ami Pierre de Luna au-delà des Alpes et de mettre par la force des armes Benoît XIII sur le trône papal de Rome. Ce qui lui vaudrait les terres pontificales d'Italie.

Bourgogne avait évidemment protesté devant le Grand Conseil, et il y eut de rudes paroles. Cette expédition italienne comportait le grand risque d'indisposer les Anglais.

— Je vois bien, mon neveu, combien notre pacte juré est abusé !

— En quoi je l'abuse ? rétorqua Orléans. Je ne vous attaque point, mon oncle, et ne porte la guerre ni à vous ni sur les terres royales.

— Porter la guerre en Italie, c'est la porter en ce royaume ! avait-il tonné. Henri IV de Lancastre pourrait, avec juste raison, craindre pour son pape de Rome et rompre la trêve ! Alors ce serait la haute guerre.

Le Grand Conseil en convint encore.

— Je ne veux pour ma part, mentit Orléans, qu'apporter le soutien à mes frères milanais, comme je le dois en toute fraternité.

— Et pour ma part, surenchérit Louis d'Anjou, je ne veux que reconquérir ma couronne de Naples et de Sicile, que Mgr de France est si dolent à me rendre.

C'était une attaque directe contre le roi, qui ne protesta aucunement. Il suivait les débats avec un sourire ébahi et baveux, sans rien comprendre à ce qui se passait.

Alors que Bourgogne allait s'indigner de l'arrogance du duc d'Anjou, un de ses conseillers le tira par sa manche et lui glissa à l'oreille :

— Que ne laissez-vous faire vos neveux, mon prince ? Orléans vous propose de vous laisser le champ libre à Paris.

Philippe le Hardi jeta un coup d'œil au roi, affalé dans son trône et n'ayant plus aucun entendement.

— Vous avez raison, messire, chuchota-t-il à son tour en se rasseyant. Et je gage qu'ils n'iront pas très loin.

— Je gage aussi, pouffa l'avisé conseiller.

*

Isabelle regagna sa Bergerie de Saint-Ouen à l'été 1403, pour y retrouver le calme des bergerettes, loin des tourments et des pressions de la Cour, loin de la démence furieuse du roi. Ozanne, qui était auprès d'elle, était elle-même épuisée des soins qu'elle avait tant prodigués à Charles VI. C'était en tout cas l'avis du duc de Bourgogne qui venait de placer auprès du fol une belle, jeune et gracieuse dame, Odette de Champdivers, que l'on appelait déjà « la petite reine ». Selon certains, elle avait douze ans, et d'autres disaient vingt-cinq, elle était la fille ou la sœur d'un maître de l'hôtel du roi, Guyot de Champdivers, écuyer de la maison de Bourgogne. Philippe le Hardi savait placer ses gens tout en embrouillant les pistes. Quoi qu'il en soit, le roi la prit tant en amitié qu'il ne voulut plus s'en priver. Et, avec le nain Cerise, elle s'appliqua au soulagement de son souverain, car ils avaient de l'attachement pour le Bien-Aimé, et leur dévouement sincère concourait aussi à leur élévation. La reine avait donné son consentement et consolait présentement sa dame d'honneur de son éloignement :

— Je sais que tu l'aimes, Ozanne, et que tu l'aimeras jusqu'à ta mort, mais je ne veux point voir la Faucheuse se précipiter sur toi, car enfin, tu vas en tomber malade. Nous avons perdu Catherine de Fastavavin, je ne laisserai pas ta vie dépendre de la folie du roi, l'embrassa-t-elle en suppliant. J'ai tant besoin de toi, Ozanne, tu m'as tellement manqué, il ne me reste plus rien de mes chères amitiés d'antan, sauf toi.

— Me laissera-t-on encore le voir ? Je veux que rien ne lui manque, lui rétorqua sa dame de compagnie.

— Rien ne lui manquera, Ozanne. Mais il est fou, irrémédiablement fou. Il te faut l'accepter comme je dois l'accepter. Il ne sait par moments qui je suis, et qui tu es à présent. J'ai besoin de ta sagesse et de ta science dans ma mesnie qui moult s'agrandit. Tu es ma première dame d'honneur, tu ne peux t'y soustraire.

Ozanne se rendit aux paroles de la reine. Elle avait voué sa vie aux souverains de France, et il était temps qu'elle revienne à la reine qui avait une lourde charge d'enfants.

En ces mois rayonnants de juillet et d'août, la souveraine avait décidé que le séjour serait placé sous le signe des simplicités de la pastoure, à l'exemple de Yolande d'Aragon qui était retournée dans sa Provence auprès de son mari. Chacun et chacune se firent une joie d'endosser la vêture des bergers et des bergères : simples bliauts et cottes, chevelures torsadées ou à tresses, avec pour seuls ornements des rubans et des fleurs ; les hommes étaient en braies et vêtus d'une libre chemise, certains même portèrent des sabots en place de poulaines. Le jour de la Dormition de la Vierge, après les messes, un déjeuner sur l'herbe s'organisa avec la Cour. On festoya, se baigna nu dans les ruisseaux, on dansa des rondes au son des musiciens et joua à toutes sortes de balles.

Isabelle eut plaisir à voir les nombreux enfants de sa mesnie s'ébattre en liberté. Sa fille Isabelle avait quatorze ans et l'on voyait bien qu'elle menait la farandole avec l'autorité de son prestigieux titre de reine d'Angleterre. Le duc et la duchesse de Bretagne avaient onze et treize ans, et Jeanne disputait ce privilège à sa sœur aînée.

— Tu n'es plus qu'une veuve de rien du tout, et moi je suis la vraie duchesse de Bretagne ! hurlait d'une voix aiguë Jeanne, qui voulait prendre la menée du branle.

— Être veuve de roi est mieux que duchesse, et j'ai le droit d'aînesse, répliqua Isabelle en se jetant sur sa sœur, toutes griffes dehors.

— Les rivalités de préséances commencent tôt, dit la reine en voyant leurs damoiselles d'honneur contraintes de les séparer, alors qu'elles se battaient comme des chiffonnières. Elles n'ont jamais cessé de se quereller depuis l'enfance.

— Ne serait-il pas temps de remarier la princesse Isabelle, noble dame ? lui souffla son confesseur. La reine d'Angleterre s'en tient à son titre, il faudrait pourtant bien qu'elle en démorde.

— On y pense, frère Agreste, Mgr d'Orléans la veut pour son fils Charles.

Ils se tenaient sur un vaste tapis de haute lisse étalé dans la prairie, et des sacs de foin leur servaient d'oreillers et de dossiers. Ozanne avait sur ses genoux la petite Michelle, qui avait cinq ans. Frère Agreste jouait avec Nicolette aux osselets d'ivoire, et la reine remarqua que leurs doigts et leurs mains se touchaient et se caressaient plus que le jeu ne le nécessitait.

— Bourgogne veut aussi des mariages entre ses petits-enfants et les enfants de France.

— C'est une cousinade, honorée dame, dit-il.

Il lança un osselet que Nicolette rattrapa alors qu'il allait le retenir sur le dos de sa dextre. Ils restèrent à se tenir la main, la demoiselle de Cholet avait les yeux qui brillaient.

— Certes, ils sont cousins germains, renchérit la reine en les observant, il faut une dispense papale, mais ni moi ni Philippe le Hardi ne voulons la demander à cet antipape Benoît XIII d'Avignon, pas plus qu'à celui de Rome.

Pierre aux Bœufs rompit le jeu avec Nicolette et se tourna vers la reine.

— Il y aurait un moyen, madame, ces alliances pourraient apaiser les conflits. Puisque messire d'Orléans s'en va pour le Midi, ne pourrait-il vous obtenir ces dispenses de son ami, le pape Pierre de Luna ? Ainsi, tout le monde y trouverait son compte.

— Encore faudrait-il qu'il ne s'en aille point guerroyer trop longtemps en Italie.

— Il n'ira point, je le sais.

— Et pourquoi, frère le voyant ?

— Justement, parce que je ne l'y vois pas.

Plus Isabelle réfléchissait, plus l'idée lui semblait bonne. Nicolette, qui ne tenait plus aux accents du branle, courut se joindre à la danse, suivie des yeux avides de frère Agreste.

— Vous n'êtes pas le seul à voir, messire aux Bœufs.

Ce dernier sursauta, se tourna vers la reine et blêmit.

— Cela se voit-il tant ? se rendit le confesseur.

— Cela se voit trop. Renoncez. Si vous ne le faites pour vous, faites-le pour elle.

— Je crois à la puissance de l'Esprit, Votre Majesté. Et je crois en celle de Dame Nature. La foudre n'est-elle pas tombée sur votre Hôtel, brûlant vos rideaux ? Par bonheur, vous n'étiez point là, mais vous en avez eu grande terreur. Qui peut résister à la foudre quand elle vous consume tout le corps ?

— Vous avez fait vœu de chasteté, frère Agreste.

— Il est trop tard, honorée dame. Je n'étais point comme vous hors de la chambre, dame Providence ne m'a pas gardé de la foudre.

Qui était Isabelle pour juger les amants ? Elle savait combien les corps amoureux avaient d'irrésistibles exigences, et combien elle y avait cédé. Et les cours pontificales affichaient leurs exemples désastreux. Jean la Grâce les aurait absous de leur amour sans aucun doute. Mais elle redoutait que leurs imprudences entraînent un scandale qui les détruirait, et qui l'éclabousserait de même.

*

L'armée du duc d'Orléans et du duc d'Anjou partit pour la Provence en octobre 1403. Louis vint faire ses adieux à Isabelle en son hôtel de Barbette. Elle lui réclama alors les dispenses, et son amant les lui promit. Ils se quittèrent en larmes, comme s'ils devaient ne jamais se revoir.

Pourtant, en janvier 1404, Orléans était de retour, il n'avait pas été plus loin qu'Avignon, mais il revenait avec les dispenses de mariage. Bourgogne lui en sut gré, la perspective de ces alliances familiales les avait apaisés. Pour combien de temps ?

Au cours d'un Grand Conseil, trois promesses de mariage furent conclues : le dauphin Louis de Guyenne épouserait la petite-fille de Philippe le Hardi, Marguerite de Bourgogne ; Michelle de France épouserait le fils aîné de Jean de Nevers ; et Isabelle d'Angleterre épouserait Charles, l'aîné d'Orléans. Le duc de Bourgogne donna un brillant festin au Louvre pour fêter cette triple alliance.

Et pourtant, quelques jours plus tard, Orléans extorqua à son frère la promesse écrite que le dauphin Louis épouserait sa fille plutôt qu'une fille de Bourgogne, il en tenait pour la couronne. Une fille qu'il espérait, mais qui n'était pas née. Et les chamailleries reprirent. La réplique du Hardi fut foudroyante, il réunit le Conseil et fit révoquer cet écrit royal. Puis il fiança immédiatement Marguerite de Bourgogne et Louis de Guyenne. Isabelle était elle aussi outrée, car elle avait signé, « Nous reine, en parole de reine ». Elle prit la petite dauphine dans sa mesnie, auprès de son fils Louis. Revenu à quelques lueurs de santé, Charles VI reprocha à son frère « la surprise faite à sa volonté » et donna à la reine les villes de Saint-Dizier et de Chaumont en bailliage, pour soutenir le train et le nourrissement de sa maison qui ne cessait de s'accroître d'enfants.

*

Le printemps de 1404 fut froid et pluvieux. Une épidémie de fièvre infectieuse fit de grands ravages dans le pays. Le duc de Berry en fut atteint et son entourage crut qu'il allait mourir, mais il s'en releva malgré ses soixante-quatre ans.

Philippe le Hardi, qui revenait des Flandres, se sentit à son tour gravement atteint. Il se fit transporter en litière au château de Hal, le plus proche, où il rendit le dernier soupir, le 27 avril 1404, dans sa soixante-troisième année. Toute sa vie, il avait été en quête d'argent, car, si ses biens étaient immenses, il était souvent démuni de fonds et fort endetté par l'étalage de sa munificence. Et à force de s'opposer à la levée d'impôts, pour contrer son neveu, la mort le surprit au moment où il était le plus démuni. Ses fils durent recourir à un prêteur et engagèrent son argenterie et ses joyaux pour payer les frais des funérailles. Philippe, sur son lit de mort, voulait être vêtu de la robe des Chartreux, et ce fut un couvent voisin qui fournit ladite robe. Puis le cortège en grande pompe s'organisa par étapes jusqu'à sa capitale de Dijon, où les obsèques solennelles furent célébrées dans la splendeur de la chartreuse de Champmol, récemment érigée. Philippe le Hardi avait voulu faire de cette abbaye la nécropole des ducs de Bourgogne pour rivaliser de lustre avec celle des rois de France à Saint-Denis. Mais sa dépouille ne put reposer dans l'admirable tombeau qu'il avait commandé aux ateliers du grand Claus Sluter[1]. Le mausolée était toujours en chantier, la partie sculpturale des « plorants » d'albâtre, soutenant la dalle de marbre noir où reposeraient les statues des gisants du duc et de la duchesse de Bourgogne, restait à faire. Les fonds manquaient, il fallut se résoudre à mettre son corps dans un sarcophage de plomb, dans un caveau de la chartreuse de Champmol.

*

Isabelle eut un grand chagrin de la perte de cet oncle, en dépit de leurs différends. Elle avait plus confiance en la sagesse du grand homme disparu que dans les velléités de son beau-frère, qui, lui, se réjouissait de cette mort soudaine. Il se disait être enfin libre de son gou-

1. Sculpteur flamand (vers 1355-1405 à Dijon). C'est son élève et neveu, Claus de Werve, qui acheva l'œuvre en 1410. Le tombeau de Philippe de Bourgogne est aujourd'hui au musée de Dijon.

vernement, ce qui n'était que justice car, durant les absences de son frère, il était roi après le roi.

— Tu comptes sans ton cousin de Nevers qui te hait fort, lui fit remarquer la reine.

— Nevers ! se vanta-t-il. Je fais mon affaire de ce vilain duc.

Mézières avait appris à Isabelle qu'il ne fallait jamais minorer son adversaire, mais elle était trop excédée pour en discuter, d'autant qu'on vint la réclamer à l'hôtel du roi. Charles VI, dans son bon sens, venait d'apprendre la triste nouvelle, il était inconsolable, et n'avait point de secours en la funeste circonstance, car le nain Cerise, la jeune Odette de Champdivers et leurs proches, Bourguignons pour la plupart, pleuraient comme des enfants la perte de leur duc à qui ils devaient tout.

La détresse de son époux lui toucha le cœur. Il disait que son père était mort et qu'il voulait mourir aussi. Elle pleura avec lui, le rasséréna de ses bons soins et de son amour, et ne le quitta que lorsqu'il fut endormi.

Quand elle regagna son hôtel de la Pissotte, d'autres larmes l'attendaient. Nicolette sanglotait dans les bras d'Ozanne, et frère Agreste, assis sur une banquette, avait les mains croisées sur ses genoux, son regard bleu pâle perdu dans le vide. Isabelle en conçut de la colère, ne doutant pas de ce qu'elle allait apprendre.

— Il m'apparaît, frère aux Bœufs, que votre clairvoyance ne s'attache guère à votre personne et que, en ce qui vous concerne, vous êtes aveugle !

24

Le rapt de Juvisy

Hé Dieu ! Pourquoi désirer si cher
La joie empoisonnée de la chair
Qui corrompt tant notre nature,
Et qui, las, si courte ne dure ?
Après elle se paye si cher !

Les Vers de la mort,
Hélinand de Froimont, fin XIIe siècle

— Vous avez raison, honorée dame, j'ai cessé d'être en la grâce de Dieu, il m'a rendu aveugle en punition, murmura frère Agreste dans une grande contrition.

Il sembla à Isabelle que Jean la Grâce l'emplissait de toute son absence. Elle s'assit avec lassitude dans un faudesteuil devant la cheminée et se prit la tête entre les mains.

— Dieu n'a rien à y voir, je peux le dire, murmura-t-elle en se radoucissant. Il nous a faits de chair et non de pierre. Aimer n'est pas pécher.

Elle regardait les flammes qui dévoraient les bûches, ainsi que le feu nous consumait, et elle frissonna. Il semblait que, en ces premiers jours de mai, l'hiver ne lâcherait pas ses griffes et qu'il n'y aurait plus jamais d'été. Elle songea à tous ces pauvres gens que l'humidité et la froidure avaient fauchés, à son oncle de

Bourgogne, mort si soudainement, et à son oncle de Berry qui s'en remettait petitement.

Qu'allait-elle faire avec le Camus ? Lui rendre sa fille grosse de son aumônier ?

— Ne me rendez pas à mon père, madame, supplia Nicolette comme elle songeait de même. Il me ferait mettre dans un couvent et je n'en sortirais plus. Ou, pire, il me jetterait à la rue, en me disant : « Telle mère, telle fille. »

« Et tels sont les hommes ! songea Isabelle. Je ne la rendrai pas à Berry qui ne l'a point reconnue et ne lui a pas donné son nom, comme cela se fait avec un fils illégitime. »

— Tu es ma première chambrière, et cela est un grand honneur rendu à ton sang, car tu es une Fleur de lys, dit-elle à voix haute. Et je te garde, comme Ozanne la Bâtarde, naguère.

— Ozanne la Bâtarde ? s'effara Nicolette en levant les yeux sur elle.

— Ainsi fus-je nommée par ma marâtre, la douairière de Brabant. Mon père était puissant, et ma mère, une noble dame de cour. Aurais-je été garçon, mon enfance aurait sans doute été tout autre. Mais j'étais fille, il m'a abandonnée aux mauvaisetés de son épouse qui me fit payer l'infidélité de son mari.

— Mais vous aviez une mère ?

— Elle est morte, pour mon malheur, alors qu'elle me donnait la vie.

— Le bâtard d'Orléans est plus chanceux, il va sur ses deux ans, et l'on dit que Valentine Visconti le traite comme ses fils, dit Nicolette en oubliant ses larmes.

— Mais le sort en est jeté pour Mariette d'Enghien, ressassa la reine qui avait grande pitié pour cette dernière. Son époux de Canny l'a ramenée dans sa seigneurie après ses relevailles, en si grande souffrance que, aujourd'hui encore, elle porte le deuil de son nourrisson. Et elle est tenue, paraît-il, enfermée dans un donjon, à ne plus voir personne.

Nicolette se mit à rougir et osa dire avec difficulté :

— Il y aurait bien un moyen, madame la reine. Votre maîtresse cuisinière Arégonde est dite avorteuse.

— Jamais ! jeta frère Agreste. Après t'avoir salie, je ne veux point que tu te damnes.

— Veux-tu, la morigéna Ozanne, te retrouver tenue, écartelée sur une table de cuisine, alors que l'on te fouille le ventre dans le sang et la douleur ? Et tu pourrais en mourir.

— Ma vie m'importe moins que ma honte.

— Il n'y a pas de honte ! lança Pierre aux Bœufs. Nous allons nous enfuir ensemble. Je me défroquerai, je t'épouserai, et nous aurons notre enfant.

— Je vous l'interdis, frère Agreste ! s'exclama la reine. Le scandale serait encore plus grand, et rejaillirait sur ma maison ! Et de quoi pourriez-vous vivre ? de prières et d'amour ?

Il y eut un silence perplexe.

— Il y aurait bien un moyen, dit Ozanne de Louvain. Mais je ne sais si je dois, j'ai promis le secret.

— Nous saurons le garder, si c'est le prix de la sauvegarde de Nicolette et de frère aux Bœufs.

— Alors, que Dieu me pardonne, soupira-t-elle. Parmi les chevaliers germaniques de Louis le Barbu, il s'en trouve un que je soigne souvent, surtout quand il a chevauché.

— Et de quoi souffre-t-il ? s'impatienta la reine.

— D'un mauvais coup de lance en son intimité, lors d'un tournoi, qui a fait de lui un eunuque.

— Peste ! Je comprends ce secret, dit frère Agreste. Voulez-vous faire de cet impuissant le père de notre enfant ?

— Plutôt l'époux de Nicolette.

— N'y songez même pas, j'aime Pierre et n'en aimerai d'autre ! protesta celle-ci.

— Personne ne te demande de l'aimer. Ce chevalier souffre davantage de ne jamais avoir de descendance et que son nom se perde. Épouse-le, l'honneur sera sauf de part et d'autre.

Nicole de Cholet resta un moment silencieuse aux propos d'Ozanne, puis les larmes lui revinrent :

— Mais que faites-vous, madame, de frère Agreste ?

— Ton confesseur, pardi, comme il l'est déjà. Qui s'étonnera que tu le voies à l'abri des regards et des oreilles indiscrètes ? dit Isabelle en riant soudain.

— Quel chevalier épouserait une femme grosse d'un bâtard, et bâtarde elle-même ?

— Celui-là même, justement ! surenchérit Ozanne. Il est si marri des enfants des autres qu'il lui prend des envies de les enlever.

— Et bâtarde des lys s'il t'en souvient, Nicolette, ajouta la reine.

La demoiselle de Cholet vint s'asseoir près de frère Agreste et lui prit les mains.

— Qu'en penses-tu, mon ami ?

— Que je te perds, lui dit-il, accablé. Que ferons-nous s'il t'emmène avec lui en Germanie ?

— Nous nous entendrons sur la dot avec le duc de Berry, promit la reine. Quelques seigneuries en France, de bon rapport, devraient savoir le retenir chez nous.

— N'est-il pas laid ni vieux, au moins ?

— Jeune, beau et vaillant, lui affirma Ozanne. Moult femmes le cherchent, mais ne le trouvent pas. Il en est pour penser qu'il n'aime point les dames. Voyez comme tout s'arrange : vous lui rendez l'honneur, vous gardez l'enfant et frère Agreste, et vous assurez une lignée à ce malheureux seigneur.

*

Le soleil se leva timidement sur un été tardif, et l'hiver qui suivit fut exceptionnellement doux. La même douceur régnait à la Cour. Orléans gouvernait sans conteste avec la reine, comme les plus proches parents du roi empêché. Et le nouveau duc de Bourgogne, Jean sans Peur, était fort occupé à remettre de l'ordre dans son empire et à trouver de quoi remplir le Trésor ducal. Sa mère mourut à son tour en 1405, un an après son époux. Marguerite de Flandre reçut les mêmes honneurs à ses funérailles, mais son corps dut aussi attendre dans un caisson de plomb, car le tombeau de Champmol n'était toujours pas achevé.

Nicolette, bien apanagée par Isabelle et le duc de Berry, avait accouché d'un beau garçon qui avait comblé de joie son époux eunuque.

Mais les larmes n'étaient jamais bien loin, car Philippe de Mézières se mourait dans sa cellule des Célestins. Isabelle lui rendit visite. Le vieux sage était faible, mais avait l'entendement toujours aussi vif, et il la consola en souriant dans sa barbe de patriarche :

— Il ne faut pas pleurer, madame, ainsi s'achève une vie bien remplie. Tout s'achève ici-bas. Après mille ans, ce siècle verra de même la fin des temps féodaux. J'avais tort de vouloir restaurer l'esprit chevaleresque, il est mourant, comme je le suis, et il n'y a pas de remède. Il faut mourir pour naître. Nous vivons dans un monde en pleine mutation, et la mutation engendre le désordre.

— Mais qu'en sera-t-il demain ?

— La renaissance, ma reine, la renaissance.

Philippe de Mézières fut inhumé dans la nécropole des Célestins, accompagné de ses frères plongés en oraison. Il manqua beaucoup à Isabelle, car à qui pouvait-elle s'adresser désormais pour trouver de si bons conseils et pour l'éclairer sur la vie ?

*

Peu de temps après, Isabelle faisait part de sa peine à Yolande d'Aragon, alors qu'elle contemplait, navrée, le vieux lion Charlemagne qui se mourait aussi. Sa crinière jadis si somptueuse était miteuse, ses yeux chassieux, et ses côtes saillaient sous le pelage décrépit. Isabelle aimait ses bavardages avec la jeune duchesse d'Anjou au caractère bien trempé.

— Les hommes se prévalent de leur force, mais qu'en est-il lorsqu'ils sont chétifs nourrissons, ou quand la vieillesse les rend chenus et tremblants de faiblesse ? discourait cette dernière en regardant le roi des animaux, épuisé. Et qui appellent-ils alors ? Leur mère, comme les enfants.

— Cela est vrai, répondit Isabelle, alors qu'elles poursuivaient leur promenade et s'arrêtaient devant la cage où s'ébattaient des lionceaux. Philippe de Mézières le disait toujours : c'est la force de l'intelligence qui prime. Il disait aussi que, de toutes les bêtes, l'humain est le moins armé pour survivre. Il n'a point de crocs comme les fauves, ni la vélocité de la gazelle, ni des ailes pour s'enfuir, ni la puissance de l'éléphant. Pourtant, il domine la terre car Dieu lui a donné le jugement, pour le meilleur et pour le pire.

— Il n'y a pas d'hommes qui vaillent plus que les femmes, renchérit Yolande. Voyez, depuis que les princes ont cessé de se quereller et que vous tenez les guides de l'État, le royaume est apaisé.

Nicolette les avait rejointes devant les singes qui amusaient les deux femmes de leurs facéties. Elle portait un panier d'oublies[1] pour les animaux.

— Encore faut-il ne point savoir ce qui se passe en notre belle capitale, dit-elle avec humeur.

— Que s'y passe-t-il donc ? demanda la reine en lançant les friandises que se disputaient les chimpanzés, avec des mimiques humaines.

— Il circule des libelles infamants, madame. Ils disent que vous tenez en petit état vos enfants, et le roi en maladie, et qu'ils n'ont point suffisance.

— Qu'importe, lui répondit Isabelle, d'autres prétendent que je les tiens trop en opulence et m'en font grief. Cela fait la balance.

— Vous êtes trop confiante en vos gens, madame, intervint Yolande. Je connais quelques vipères en votre sein. Il conviendrait d'en faire le ménage.

— Madame d'Aragon a raison, marmonna Nicole de Cholet en lui tendant son panier. Je ne suis pas sourde,

1. Galettes de gruau, au sucre ou au miel.

et j'entends des personnes médire de vous alors que vous leur accordez moult bienfaits.

— C'est tout, Nicolette ? demanda Isabelle avec contrariété.

— Certes non, madame, monseigneur Jean sans Peur, que vous croyez quiet, s'entend à répandre partout le mot de « réforme » qui flétrit votre gouvernement. Il en abreuve le Parlement, l'Université et les Parisiens qui l'attendent comme le sauveur à tous leurs maux.

— Et d'où tiens-tu tout cela ?

— De monseigneur de Berry à qui j'ai rendu une récente visite. Il en parlait avec ses conseillers.

Mais c'était sur la demande de Bois-Bourdon, qui veillait sur Isabelle dans l'ombre, qu'elle en avisait la reine.

— Si le Camus le sait, que n'en informe-t-il le duc d'Orléans ?

— Il l'a fait, madame, mais « peu lui chaut ! » a-t-il répondu à son oncle.

— Le régent se croit tout-puissant, lui glissa Yolande d'Aragon. J'ai cru comprendre qu'il y avait une grande haine entre les deux cousins des Lys, plus encore qu'avec l'oncle de Bourgogne.

Isabelle en avait assez d'entendre les menaces qui se profilaient à l'horizon. Elle avait tant soif de paix qu'elle ne voulut point ouïr les sirènes.

— Eh bien, « peu me chaut aussi » ! lança-t-elle, en se dirigeant d'un pas vif vers les ours où une femelle tenait tendrement son petit contre elle.

Elle préférait ce spectacle attendrissant aux noires perspectives qu'on voulait lui faire voir. Elle eut grand tort de détourner le regard. Mais elle ne put se boucher les oreilles, le jour de la Dormition, le 15 août 1405.

Un moine augustin, Jacques Legrand, prêcha ce jour-là à l'église Saint-Paul, devant toute la Cour et le roi revenu en santé :

« Votre salut m'est plus cher que vos grâces, très redoutée reine, car voilà la vérité : dame Vénus règne seule à votre cour. L'ivresse et la débauche lui font cortège, font la nuit et le jour des danses immodestes, et efféminent les chevaliers qui ne vont point à la guerre pour se garder de blessures défigurantes. Et vous, prince d'Orléans, qui jeune étiez plein de vertus et vous êtes rempli de vices, vous pressurez le peuple et vous vautrez dans la foutrerie, sans avoir jamais combattu l'ennemi. Un si beau prince ! la honte de son siècle. Et vous, roi de France, personne n'ose parler à votre Conseil. Les impôts accablent vos sujets, vos serviteurs et vos soldats ne sont pas payés. Où va l'argent qui ne va pas au bien de l'État, si ce n'est à certains qui seuls prospèrent ? Mais il y a un maître plus grand que vous capable de punir, si, souverain d'un si beau royaume, vous ne vous appliquez pas à mettre de l'ordre à votre Cour ! »

C'était vertement dit, et Isabelle en tremblait de mortification. Les remontrances publiques de Jacques Legrand étaient un crime de lèse-majesté. Qui était ce moine qui osait ainsi les apostropher en se prenant pour Dieu ? Elle se tourna vers le roi, s'attendant à le voir courroucé, mais il souriait. À la fin de la messe, il vint féliciter l'augustin : « Je vais faire en sorte de tirer profit de vos bonnes paroles ! » Et Charles VI décida aussitôt d'un lit de justice afin de juger les excès faits à son insu, auquel il convoqua son cousin de Bourgogne. Mais rien ne se fit, car il retomba en maladie.

Orléans et la reine respirèrent. Ils ne souhaitaient guère la présence de Jean sans Peur.

À la fin de l'été, le roi revint au gouvernement et reçut les doléances de certains de ses conseillers, outrés de l'autoritarisme du duc d'Orléans qui décidait de tout à sa guise, sans en avertir personne. Une nouvelle taille venait d'être levée sous prétexte d'une guerre avec l'Angleterre, guerre sans cesse annoncée, mais jamais déclarée. Jean sans Peur avait fait savoir officiellement qu'il s'opposait à ce nouvel impôt et qu'il en dispensait ses sujets.

Le roi décida alors d'un Grand Conseil où il souhaita de nouveau la présence de son cousin bourguignon. Mais le pauvre Charles VI retomba en errance, une crise plus violente que jamais. Il semblait que, chaque fois qu'il voulait gouverner, la maladie le reprenait, et à nouveau les poisons furent évoqués.

Tant pis si Charles VI était encore empêché, le roi avait convoqué le Conseil et c'était l'occasion pour Jean sans Peur de faire son retour à Paris. Il le ferait avec des démonstrations de forces, car il représentait l'ordre, celui des réformes des corps constitués, celui qui assainirait les finances, le sauveur providentiel. Il avait préparé les Parisiens par des libelles et des prises de positions officielles, et les bourgeois s'apprêtaient à lui faire un triomphe.

La reine comprit alors combien elle avait été aveugle malgré l'alerte de Jacques Legrand. Elle constata avec son beau-frère qu'ils avaient manqué de vigilance. Et l'on disait Jean sans Peur à Louvres-en-Parisis à la tête de cinq mille lances.

À l'hôtel Barbette comme à l'hôtel des Tournelles, ce fut la panique. Ils se réunirent en urgence.

— Pars avec le duc d'Orléans, lui conseilla Louis le Barbu. En aucun cas, vous ne devez tomber entre les mains de Bourgogne !

— Ton frère a raison, admit le duc d'Orléans. Nous n'avons aucune force en dedans, il nous faut fuir afin de les regrouper au-dehors.

— Nous ne pouvons laisser les enfants !

— Vous n'avez pas le temps, il faut quérir des litières et organiser leur départ. Je m'occupe de tout avec le maréchal de Boucicaut et ses hommes. Nous vous rejoindrons à Melun.

— Je les y attends, dit Isabelle, c'est un ordre de la reine.

Alors qu'ils s'enfuyaient par la forêt de Vincennes en petit équipage, Louis le Barbu prépara en grand secret le départ des enfants. Il se fit le lendemain dans l'après-midi, alors qu'il pleuvait à torrent. La progéniture royale, épouvantée de ce désordre, de cette pluie cinglante rayée d'éclairs aveuglants et des roulements du tonnerre, fut poussée sans ménagement dans une barge qui les emmena jusqu'à Vitry. Des litières les y attendaient, sous la même pluie battante, qui les conduisirent jusqu'à Villejuif où ils firent étape.

Jean sans Peur fut averti aussitôt de la situation. Par qui ? Il fut dit que c'était un membre de la mesnie de la reine. Avec deux mille chevaux, il galopa à bride abattue et intercepta le convoi à Juvisy. Il y eut une grosse querelle entre Jean sans Peur, Louis le Barbu et l'imposant Boucicaut. Il y eut même des horions entre les chevaliers, sous les yeux terrifiés des enfants.

— C'est un ordre de la reine ! hurlait le Barbu.

— Madame Isabelle a la tutelle de ses enfants ! braillait Boucicaut.

— C'est l'enlèvement scandaleux de mon gendre le dauphin et de ma petite-fille Marguerite ! hurla non moins fort le duc sans Peur.

L'escorte des enfants royaux n'était pas de taille à lutter. Jean de Bourgogne fit tourner bride à tout l'équipage et ramena les princes et princesses à l'hôtel de Saint-Paul. Puis il conduisit, sous les acclamations des Parisiens, le dauphin et la dauphine de France, qu'il plaça sous la garde de Berry au Louvre.

Louis le Barbu, Boucicaut et ses hommes avaient continué leur chemin pour alerter la reine et son beau-frère de la mésaventure.

Le duc d'Orléans envoya tout aussitôt une lettre de protestation au Parlement, dénonçant le détournement des jeunes princes et la détention du dauphin : « La très honorée reine de France, par ordonnance royale, possède la garde et le nourrissement des enfants royaux et a donné commandement de les conduire à Melun. Il s'agit d'un rapt honteux, commis à Juvisy, où l'autorité du roi a été bafouée. En conséquence, moi, duc d'Orléans m'arme contre Bourgogne. »

Une délégation fut envoyée à Melun, la reine refusa de la recevoir ; quant à Louis, il répondit qu'il n'était pas disposé à faire la paix, l'injure était trop vive.

À Paris, Jean sans Peur avait beau jeu. Le dauphin était le symbole de la continuité du pouvoir royal, et le choc était grand de cet « enlèvement » perpétré par Orléans et la reine. En interceptant le dauphin, et en le ramenant à Paris où était sa place, le duc Jean avait fait le bien.

En septembre, les troupes d'Orléans encerclèrent Paris, et les escarmouches avec les gens de Bourgogne se multiplièrent, terrorisant la population. On voyait avec effroi le royaume tourner ses armes contre lui-même.

Christine de Pisan écrivit une *Épître à la reine*, supplique qui l'implorait d'éviter toute effusion de sang, de trouver un remède au royaume blessé, de sauver l'héritage naturel de ses nobles enfants, et qu'elle en serait honorée de perpétuelle mémoire comme Notre-Dame des Cieux.

Berry, Anjou, Navarre et d'autres grands princes encore s'en mêlèrent, conjurant les belligérants de rendre les armes et de négocier. Ils ne pouvaient se permettre la ruine d'une guerre civile.

Les fiefs, aussi vastes fussent-ils, ne pouvaient couvrir les frais de l'armement, de l'administration et de la représentation des grands feudataires. Ils dépendaient en grande partie des pensions allouées par le roi, et de son bon vouloir. Le trône vacant, qui tenait le pouvoir tenait les finances. Jean de Bourgogne, qui exécrait son cousin depuis toujours, se serait fait damner plutôt que de les lui laisser, ni même les partager. Orléans n'était pas davantage partageur.

« Le royaume de France est trop petit pour contenir la si grande haine de ces deux princes », jugeait Isabelle avec angoisse.

La reine finit par obtenir une rencontre au château de Vincennes où il y eut d'âpres discussions. Il était important que ni l'un ni l'autre n'en sorte vainqueur ou défait.

Il fut donc décidé en Conseil de confirmer l'ordonnance de 1403, signée par le roi, donnant à la reine toute autorité pour imposer son arbitrage, régler les différends des Lys et licencier leurs mercenaires.

Comme l'avait fait naguère Philippe le Hardi avec Orléans, Jean sans Peur et son cousin jurèrent sur les Évangiles de vivre en bonne harmonie, de ne point se faire la guerre, ni en ville, ni sur les terres du roi. On festoya, et les deux belligérants allèrent se coucher ensemble, marque de la plus haute considération mutuelle.

Le lendemain, les deux princes défilèrent de chaque côté de la litière où la reine était assise, entourée du dauphin et de la dauphine. Elle fut acclamée comme garante de la paix. Les princes assistèrent à un *Te Deum* à Notre-Dame, où Orléans et Bourgogne renouvelèrent leurs vœux de fraternité éternelle.

Isabelle réintégra l'Hôtel solennel des Grands Ébattements où elle retrouva tous ses enfants avec joie. Mais elle était animée d'une grande colère, car la trahison de leur fuite à Melun venait bien de sa maison, le duc Jean le lui avait confirmé avec quelque malice. Elle entreprit, comme le lui avait conseillé Yolande d'Aragon, de faire grand ménage. Elle fit mener des enquêtes et se montra sans pitié pour ceux qui furent soupçonnés de félonie et de médisance. Elle chassa plusieurs de ses dames et conseillères de son gouvernement. La garde de son sceau fut déchue et certains furent jetés en prison, comme l'écuyer Robinet ou la comtesse de Breteuil.

Sa colère n'en fut pas apaisée pour autant. Il y avait trop de divisions à la Cour, il lui fallait des alliances de toutes parts. Le vieux duc de Berry commençait à se méfier des campagnes fiscales démagogiques et de la violence de son neveu de Bourgogne. Celui-ci, en se portant garant de la fin du schisme, venait de s'acquérir les faveurs de l'Université et d'en exonérer celle-ci d'impôts de son propre chef. Orléans avait tempêté :

« L'Université est faite de plus d'étrangers que de Français, que les maîtres retournent à leurs écoles et ne se mêlent plus des affaires de l'État. » La braise couvait toujours sous la cendre.

Le 1er décembre, la reine, les ducs d'Anjou et de Berry signaient un pacte, « par foi et serment sur les Évangiles de se tenir en bonne paix et vraie union, de se soutenir mutuellement et d'intervenir en cas de besoin, pour le fait du seigneur le roi, de ses enfants, et du royaume ». Elle écrivit, suivant la formule consacrée : « Nous reine, en parole de reine », et parapha le pacte de son élégante signature.

Puis elle fit de même avec Jean sans Peur, qui lui jura respect, protection, amitié et fidélité.

Elle convoqua ses artisans et leur commanda un coffre de belle taille, en fer épais, recouvert de cuir fauve et gravé à la feuille d'or de ses armes et de sa devise : « À jamais ». Les ferrures ouvragées étaient solides, les serrures au nombre de six, énormes et inviolables. Quand il lui fut livré, elle ne fut pas satisfaite et fit ajouter quatre autres serrures. L'intérieur, molletonné de velours écarlate, était divisé en compartiments, eux-mêmes ferrés et scellés de son sceau. Elle y déposa le fruit de ses enfouissements, ses joyaux les plus précieux, des parchemins secrets, des livres de belle facture et autres trésors. Elle choisit alors une cache dans son hôtel de la Pissotte, puis se ravisa et fit emmurer le coffre dans une muraille dérobée de la forteresse de Vincennes.

Un peu rassurée sur l'avenir, la reine se préoccupa de ses problèmes domestiques : Isabelette, veuve du roi d'Angleterre, refusait d'épouser Charles d'Orléans. Elle avait seize ans, Charles onze, et elle ne voulait pas se démettre de son titre royal pour un enfant et un si petit trône ducal. Elle menaçait de se donner la mort si on l'y contraignait. En dépit de cette menace, fin décembre, la date fut fixée au 29 juin 1406, à Compiègne.

La reine d'Angleterre cessa de manger.

25

Les nourrissons de Barbette

Mort, qui jamais ne sera lasse
De renverser les rangs, les places,
Les hauts grades par toi déchoient ;
Tu réduis en cendres les rois.
Mort, tu abats en un seul jour
Le seigneur à l'abri de sa tour
Et le pauvre dans son village.

Les Vers de la mort, Hélinand de Froimont

Valentine Visconti se tenait en sa cour du château de Blois, loin des agitations parisiennes, depuis qu'elle avait mis au monde sa petite fille Catherine qui avait plus d'un an. La duchesse d'Orléans faisait certes de fréquents séjours dans la capitale lors des cérémonies officielles, comme celle de la Nativité à l'Hôtel solennel des Grands Ébattements.

C'était le jour de l'Épiphanie 1406. Valentine tirait les rois avec ses enfants. La galette, de gruau et de poudre d'amandes miellées, était spécialement faite pour ce jour. Celle-ci était impressionnante, large et longue, car il en fallait pour tout le monde.

Entourés de musiciens, de leurs nourrices et servantes, de damoiseaux et de damoiselles, les petits princes chantaient, tandis qu'un écuyer tranchait les parts.

Avisez donc ce beau gâteau
Combien délectable,
Et aussi ce beau couteau,
Qui bientôt le sabre,
Ah ! si vous pouviez
Ne pas le couper,
Car veux me bailler
Le gâteau entier.

Ils fêtaient, comme chez le bourgeois et le laboureur, l'arrivée des Rois mages : Melchior, Gaspard et Balthazar.

Trop petite pour être de la fête, Marguerite était avec ses berceuses et nourrices. Le bâtard d'Orléans était donc le plus jeune des enfants et il lui revenait de droit de se glisser sous la table et de jouer à « pour qui ? ». Il avait quatre ans et était fort vigoureux pour son âge. C'était le plus facétieux des garçons, et il ne s'en laissait pas conter par les fils légitimes. La seule concession que Valentine avait accordée à Mariette d'Enghien était de choisir le prénom de son fils. Elle avait choisi Jean. Son demi-frère, qui avait sept ans, portait le même prénom. Son père, ayant fait son fils bâtard comte de Dunois, pour les différencier, on l'appelait Dunois tout court. L'aîné, Charles, douze ans, était à l'opposé de ses turbulents frères, c'était un rêveur, et il chantait bien. Il n'en était pas moins batailleur quand il le fallait et savait rendre les coups.

Alors que l'écuyer-tranchant mettait dans un linge les parts de gâteau et qu'il en nouait les coins, Dunois était déjà sous la table et riait comme un petit fou.

Valentine prit une part et demanda :

— Pour qui ?

— Pour moi, répondit la voix aigrelette de Dunois.

— Non, pas pour toi, c'est pas comme cela qu'on commence ! hurla Jean.

— Pour Dieu ! finit par dire Dunois en pouffant de rire.

En souriant, Valentine prit une autre part :

— Pour qui ?

— Pour la Sainte Vierge, Melchior, Gaspard, Balthazar et les pauvres ! dit d'une traite le petit bâtard d'Orléans, en pouffant à nouveau.

— Madame ma mère, Dunois triche, se plaignit son plus jeune fils, alors que tous hurlaient de rire. Moi, je le faisais mieux quand j'étais petit.

Dunois passa la tête de dessous la nappe et hurla :

— Je ne suis pas petit !

— Laisse, dit Philippe à Jean, son frère cadet, ça ira plus vite comme ça.

Charles, l'aîné, ne semblait pas se soucier de la querelle de ses frères, il grattait une viole en chantonnant : *« Avisez le beau gâteau... »*

La duchesse d'Orléans soupira en regardant sa chambellane qui riait aussi.

— Nous allons y passer la journée ! Dunois, interpella-t-elle le bâtard en haussant la voix. Tu fais tout comme il faut, sinon il n'y aura pas de roi cette année !

Le son d'une trompe interrompit les cris de protestation. Les enfants se précipitèrent dans un bel ensemble à la croisée. Des exclamations fusèrent : « C'est des chevaliers !... non, c'est des courriers !... il y a des courriers qui sont des chevaliers, d'abord !... Madame ma mère, le porte-bannière est aux couleurs de Bavière ! »

— Du courrier de la reine ? s'interrogea Valentine.

*

— Depuis quand ? demanda Valentine alors qu'elle retirait ses gants.

Une chambrière la débarrassa de sa cape de chevauchée. Dès l'aube, la duchesse avait galopé avec sa suite sans désemparer de Blois jusqu'à Paris.

— Depuis dix jours ce jour d'hui, répondit Isabelle. Valentine, il nous faut renoncer !

— Jamais, répliqua la duchesse d'Orléans dont la colère était grande. Laisse-moi seule avec elle, cousine, je te la rendrai consentante.

La chambrière conduisit la duchesse à la chambre de la fille aînée de la reine. Cette dernière savait que ce serait en vain, ni les menaces, les larmes, les prières, et encore moins la force n'avaient pu réduire la volonté d'Isabelette de ne plus se nourrir.

Valentine entra dans la chambre comme la proue d'un navire qui fend les flots. La pièce était sombre, elle se dirigea droit sur les croisées et les ouvrit largement. Il faisait un beau soleil, sur son couchant en ce mois de janvier, et un air frais balaya les miasmes de la pièce. La jeune Isabelle rabattit un oreiller sur son visage.

— Dehors, dit Valentine aux damoiselles de compagnie de la princesse, et vous, dit-elle encore à la chambrière, faites-moi monter des cuisines de quoi me restaurer.

— Quoi, madame ?

— Du blanc-manger, un clairet de volaille, des dragées, du vin de Touraine… et ce que vous voulez !

Et sans plus de façons, elle arracha l'oreiller qui masquait le visage de sa nièce.

— Eh bien, madame, on ne salue plus sa tante d'Orléans ?

— C'est à vous de me saluer, madame, je suis reine, vous êtes duchesse !

Valentine sourit en prenant place sur une banquette au chevet de la jeune fille. « Aussi orgueilleuse que sa mère, songea-t-elle, c'est bien une Wittelsbach. »

— Ainsi, tu ne veux pas être duchesse ! Tu préfères rester la veuve Plantagenêt.

— Il y a plus de gloire, madame, à être veuve de roi qu'à déchoir en épousant un enfant duc !

— Et tu préfères mourir ?

— J'en mourrai, dit-elle en se redressant sur ses oreillers.

Dans cet effort, Valentine vit alors combien elle était faible et avait maigri. Elle avait les yeux cernés, enfoncés dans les orbites, les joues creuses, le teint d'une pâleur de cendre. Elle comprit les alarmes de la reine. Isabelette se laissait mourir avec un entêtement irréductible.

On toqua à la porte, trois valets entrèrent portant des plateaux qu'ils posèrent sur un guéridon, avant de l'approcher de la duchesse. Ils saluèrent et sortirent.

— Pardonne-moi, ma nièce, mais j'ai grand faim, j'ai tant galopé jusqu'à toi que je n'ai rien pris. Je suis affamée.

— Ne comptez pas me tenter, ma tante, on a déjà essayé.

Tout en se jetant sur la nourriture, Valentine se dit que la tâche allait être rude. Mais jamais elle n'accepterait que cette péronnelle refuse son fils Charles, toute reine d'Angleterre qu'elle fût. Il lui semblait que, avec cette fragile jeune fille, se jouait aussi son duel avec la reine de France. C'était une partie qu'elle ne perdrait pas.

— Eh bien, mourez, madame, qu'y faire ? Et tant pis si l'honneur dont vous festoyez en guise de nourriture risque d'être mis à mal.

— J'en serai au contraire louée comme une dame mourant pour son ami disparu.

— Voilà bien les romans à l'eau de rose ! Quel ami ? Ce stupide roi d'Angleterre de vingt ans ton aîné, qui est lui-même mort de faim dans sa geôle ?

— Justement, madame, je mourrai ainsi que lui.

— Sauf que lui ne l'a pas voulu. Pour toi, ce sera un suicide !

— Quelle différence quand on est mort ?

— Aucune, on est mort ! Savez-vous, madame la reine d'Angleterre, comment les corps des suicidés sont traités ?

— Le mien sera traité comme on traite les reines.

— Que nenni, tout le monde saura que vous avez tué la vie que Dieu avait mise en vous ! Ce crime est impardonnable aux yeux de l'Église. Et personne, même ton père le roi, ne pourra s'opposer au châtiment de la justice ecclésiastique : tu seras attachée nue sur une claie, bras et jambes écartés, traînée par deux chevaux dans les rues de Paris, exposée aux crachats, aux huées, aux pierres de la foule qui te verra ainsi, toute morte que tu sois ! Puis jetée en une fosse commune, sans sacrement, en terre non chrétienne, comme les prostituées, les ivrognes, les assassinés ou les jongleurs de foire.

Valentine parlait, même la bouche pleine, et mangeait sans regarder Isabelette. Celle-ci en avait le souffle coupé, et ses yeux étaient emplis de terreur.

— Cela ne se peut !

— Cela sera !

— Je suis reine d'Angleterre !

— Tu seras une suicidée !

Isabelle la regardait avec horreur pendant que sa tante mangeait toujours comme une affamée, sans lui jeter le moindre regard. Alors, lentement, la jeune Isabelle tendit une main tremblante :

— Donnez-moi du blanc-manger, madame.

— Je ne le tendrai qu'à ma bru.

— Elle est là, madame, devant vous.

*

Le 14 juin se fit une éclipse de soleil qui terrifia le peuple de ses mauvais auspices. Chacun savait qu'au moment de la mort du Christ, cet inquiétant phénomène s'était produit, qui demeurait depuis toujours messager de mort et de cataclysmes. L'éclipse de juin ne démentit pas sa funeste réputation. Elle fut suivie par une effroyable tempête en Île-de-France, il tomba des grêlons de la taille d'un œuf d'oie, qui anéantirent les cultures, tuèrent volailles, veaux et moutons, et défoncèrent les toitures.

Puis le soleil revint, et les princes, insensibles à cette catastrophe qui ruinait les paysans, préparèrent en grande pompe le mariage d'Isabelle, fille aînée du roi, avec son cousin germain, Charles, fils aîné d'Orléans.

Le 29 juin, jour de Saint-Pierre – Saint-Paul, Isabelette perdit son titre de reine d'Angleterre. La jeune fille de dix-sept ans fut en larmes tout le temps de la cérémonie et des grands festoiements qui s'ensuivirent. La reine ne partageait pas l'allégresse générale, elle se désolait pour sa fille encore si fluette du jeûne qu'elle s'était imposé.

— Pourtant, le jeune Orléans est charmant, la consola Yolande d'Aragon. Voyez comme il a l'air doux avec ses cheveux foisonnants et cette belle couleur châtaine qui lui vient de son père. Il a les yeux sombres des Visconti, mais le regard est rêveur.

— Ma fille a déjà vécu bien des épreuves. J'ai versé tant de larmes quand j'ai dû la laisser partir enfant pour épouser cet homme de trente ans. J'ai tant craint pour elle des ardeurs de ce roi, dans la force de l'âge, alors qu'elle n'était pas encore nubile. Le mari s'arroge trop souvent des droits interdits à l'encontre de son épouse.

— Cela est vrai, madame, mais ne soyez pas inquiète. À douze ans, ce doux prince ne risque pas de lui faire grand mal. Attendez qu'il pousse, et vous verrez combien votre fille saura s'arranger d'un si bel et jeune époux.

— Vous avez raison, sourit enfin la reine, la jeunesse ne voit que le présent. Elle ne sait pas que le temps arrange bien des choses.

« Ou les obscurcit », se dit-elle en remarquant, sur certains pourpoints de soie et houppelandes fastueuses, le bijou de la discorde.

Car, si l'on pouvait penser les princes réconciliés, ils se défiaient par la symbolique de leurs emblèmes qui en disaient long. Louis d'Orléans avait choisi le bâton noueux, avec la devise : « Je l'ennuie. » Le duc Jean avait répliqué par le rabot, avec la devise : « Je le tiens », et il offrait à qui voulait le porter la

« raboture », un précieux copeau d'argent, où s'inséraient, pour certains, quelques gemmes à la rutilance ostentatoire. Ainsi, la cour se scindait en deux, plus que jamais, et les probourguignons s'affichaient jusque dans leurs parures. La division sourdait de tous les actes et décisions des deux princes, à coups de libelles injurieux, de programmes et contre-programmes gouvernementaux. Le duc de Bourgogne rabotait sans désemparer la réputation de ce brillant et orgueilleux prince, dépravé de mœurs, dispendieux, pilleur du Trésor royal, affameur du peuple.

C'était une chose étrange de voir combien le séduisant duc d'Orléans se séduisait lui-même. Lui, qui avait depuis l'enfance si peur des mouvements de colère de la foule, faisait fi avec morgue de l'opinion publique que Jean sans Peur attisait contre lui.

Jean de Bourgogne, malhabile dans ses accoutrements comme dans son élocution, savait comment ourdir contre son ennemi. Lui, le laid, le sans faste, le sombre taureau qui chargeait aveuglément, avait appris la patience des menées souterraines. Il était le héros de Nicopolis et il jouait sur sa réputation de bravoure. Qu'importe qu'elle fût une déroute, qu'il eût conduit ses hommes au massacre, qu'il eût ruiné son père par l'énorme rançon demandée par Bajazet. Il restait que, à vingt-cinq ans, il s'était vaillamment battu contre les infidèles, alors que le frère du roi n'avait conduit aucune guerre. Bourgogne se présentait aujourd'hui en rénovateur de l'ordre et de la justice d'un royaume conduit à la dérive par le spoliateur Orléans.

Ce malaisé en cour s'était fait séducteur du peuple, et le séduisant frère du roi s'en faisait haïr.

Isabelle s'était lassée de lui, ils n'étaient plus amants, mais ils gouvernaient ensemble dans une situation incohérente.

*

Il était un lieu, dans Paris, où s'assemblaient la nuit les gueux et les mendiants de toutes sortes, situé entre la rue Saint-Sauveur, la rue de la Truanderie et de la Mortellerie. Le guet ne s'aventurait jamais dans ce quartier sombre et délabré. C'était le royaume des difformités répugnantes, qui se répandaient le jour dans les beaux quartiers pour solliciter de leurs aumônes les riches bourgeois qui les prenaient en pitié.

Bientôt, ce lieu prendrait le nom de la cour des Miracles, car, de retour, les aveugles voyaient clair, les paralytiques recouvraient l'usage de leurs membres, les boiteux s'étaient redressés, ou encore les scrofuleux arrachaient leurs faux bubons.

À l'aube de la cour des Miracles, en cette année 1407, un géant en était le chef. Certains, qui l'avaient connu naguère, l'appelaient l'Ogre, mais pour d'autres c'était Pascal le Peineux. En tout temps et en tous lieux, il était accompagné par un homme sombre et de noble allure, et dans la truanderie, nul ne savait qui suivait l'autre. Cet homme mystérieux était appelé le Chevalier.

Après les Blancs-Manteaux, le sire de Bois-Bourdon se cachait en ce lieu improbable où nul ne pouvait l'imaginer. Il avait fait des mendiants, des coupeurs de bourses, des pilleurs de maisons bourgeoises ses informateurs.

Il en sortait cependant pour s'entremettre avec le vieux duc de Berry.

La reine était à nouveau grosse depuis mars et passait tout son temps dans les larmes, car elle était épuisée par ses maternités et par la querelle des princes.

Le lundi 21 novembre 1407, le sire de Graville retrouva le Camus dans l'un de ses ateliers de sculpteur.

— Comment trouvez-vous mon nouveau modèle ? lui demanda-t-il en lui désignant un fort bel homme qui posait nu dans une attitude avantageuse.

— Mes informateurs me disent que c'est un paveur de rue que vous couvrez d'or, lui répondit Bois-Bourdon.

— Où trouver la plus belle espèce de notre race autre que dans la rue, à condition de les prendre jeunes.

— Savez-vous que l'on vous accuse de bougrerie ?

Le Camus gloussa dans son triple menton.

— À mon âge ! Cette légende me survivra moins que l'Apollon que je compte faire sortir de la pierre par les ciseaux de mes artistes.

— Il est des légendes qui ont la vie dure.

— Plus dure que l'œuvre d'art ? Elle est impérissable, et je donne à la patience de ce garçon l'immortalité, cela vaut bien quelques grammes d'or.

— Vous avez raison, sourit Bois-Bourdon. Mais ce n'est pas pour discuter de vos goûts d'esthète que je suis là. Dans la rue Vieille-du-Temple, en une maison dite à l'Image Notre-Dame, se sont assemblés des hommes de main, lourdement armés, commandés par Raoul d'Octonville. Vous le connaissez, monseigneur, c'est un ancien officier des finances destitué par Louis d'Orléans pour manœuvres frauduleuses. Depuis,

Octonville voue une haine mortelle au prince, et il est tout dévoué à Jean sans Peur.

— Comment le savez-vous, messire, par vos gueux ? dit Berry en venant caresser l'ébauche d'un muscle dans le marbre.

— Mes gueux ont plus de parole que vos princes !

— Mais ont-ils la foi ? répondit le Camus en revenant s'asseoir près du chevalier. Il se trouve que, hier dimanche, j'ai emmené nos irréductibles à la messe aux Augustins. Ils ont communié avec grande dévotion. Puis ils se sont juré bon amour et fraternité. Dans un lieu aussi saint, de tels serments sont difficiles à rompre.

D'un geste, il commanda qu'on leur serve du vin.

— Ils en ont rompu d'autres, monseigneur.

— De quoi ? dit Berry en buvant avec satisfaction.

— De serments jurés sur les Évangiles, affirma le sire de Graville sans toucher à son verre. Ils ont peut-être la foi, mais le parjure ne les effraie pas.

— Que nenni, ils ont juré, et puis ce n'étaient que querelles de roquets. Nous avons ensuite soupé en mon hôtel de Nesle. Voulez-vous savoir le menu ? Ragoût de testicules de cerf et de daguet, coq en armure, tortues frites aux groseilles, de la crème au vin et des rissoles aux raisins secs. Tout le monde les vit fort satisfaits ensemble, et, comme la nuit était avancée, ils s'en allèrent dormir nus dans le même lit. Ils y ont fait de beaux rêves de paix, vous pouvez m'en croire, et, à matines, ils m'ont avoué avoir dormi comme des anges.

— Ce ne sont pas des anges ! lança Bois-Bourdon avec colère en se levant. Moi, je vous dis que Bourgogne prépare un très mauvais coup.

— Vous fréquentez trop la gueuserie, sire de Graville.

— Cette maison à l'Image Notre-Dame est sur le chemin de Barbette qui mène à l'hôtel des Tournelles et l'Hôtel royal ! Que font ces Bourguignons armés jusqu'aux dents, pendant que leur maître jure la paix devant Dieu ?

— Bah ! Une mesure de précaution, dit le Camus en se tapant sur les cuisses, ce qui fit trembler sa graisse, avant de se relever.

Il prit le sire de Graville par les épaules pour le raccompagner.

— Vous verrez bientôt que vos… hum ! informateurs, vous apprendront que les sbires d'Octonville ont vidé les lieux, et que vos craintes étaient vaines.

Le sire de Graville connaissait Jean sans Peur depuis sa jeunesse, il savait quelle aversion l'avait toujours habité à l'encontre de son cousin d'Orléans. Il comprit que Berry, bien que prévenu, ne ferait rien. Bois-Bourdon aurait pu laisser faire, que lui importait ? Mais il songeait à son amour, elle était déjà prise dans la tourmente, près de sa délivrance, épuisée de son labeur de femme. La moindre étincelle pouvait mettre le feu. Elle serait alors au centre de cet enfer.

Il lui fallait agir seul, faire prévenir Nicolette et frère aux Bœufs, mettre Pascal le Peineux et ses hommes en surveillance autour de la maison à l'Image Notre-Dame.

*

Isabelle se sentait coupée en deux. Des arceaux d'osier, recouverts de draps, faisaient comme un chapiteau qui cachait le bas de son corps. Elle sentait, sans les voir, les ventrières s'activer entre ses cuisses et chuchoter alors qu'elle hurlait par moments de douleur. À son chevet, la duchesse d'Anjou lui tenait la main, où elle enfonçait ses ongles. Depuis de longues heures, une éternité, elle endurait cette naissance. Ce douzième enfant ne voulait pas venir au monde. Les contractions étaient de plus en plus longues, la martyrisant, sans que la délivrance vienne la soulager. Ozanne vint lui bassiner le visage, qu'elle avait en sueur, d'une touaille fraîche et humide.

— Courage, madame, lui murmura-t-elle, maîtresse Arégonde vient d'arriver, elle dit qu'elle voit sa tête.

La reine entendit nettement Arégonde s'exclamer : « C'est pas sa tête, c'est son cul, il faut le retourner. »

Isabelle se mit alors à hurler sans discontinuer, car une main s'enfonçait sans ménagement dans ses entrailles qui se révulsaient, et un mouvement lent et inexorable déchirait son ventre en un intolérable supplice.

Yolande sentait ses mains plus que jamais broyées par celle de la parturiente, ses ongles lui déchiraient la peau. La duchesse d'Anjou souffrait ainsi avec elle, les larmes aux yeux.

— Cessez, hurla la reine, ou faites-moi mourir !

Ozanne lui embrassait le front, lui caressait les cheveux, poissés de transpiration, et pleurait de sa douleur.

— Je tiens la tête, lança à nouveau Arégonde.

— Elle le tient ; encore un instant, et cela sera fini, lui murmura Ozanne avec compassion.

— Allez, madame, cria une Arégonde invisible, il n'est plus temps de geindre, il est déjà tout bleu. Bougre non ! Je viens d'accoucher un mort-né, je ne veux pas d'un deuxième ! Poussez, madame, poussez de toutes vos forces.

Yolande et Ozanne prirent Isabelle par les épaules et la soutinrent tandis qu'elle s'arc-boutait, prenait une grande respiration, et poussait dans un long gémissement guttural.

— Encore, madame, encore, il arrive ! l'encourageait la maîtresse cuisinière de sa voix de stentor.

La reine reprit son souffle et poussa à rendre l'âme. Elle se sentit brusquement vidée comme une truie et se laissa retomber sur les oreillers, épuisée : « Plus jamais, se dit-elle, plus jamais. » Puis elle s'avisa du silence, sous la toile qui lui masquait les ventrières. Mais avant qu'elle ne demande s'il était mort, des vagissements emplissaient la chambre.

— C'est une fille, dit joyeusement Arégonde.

« Pardi ! se dit la reine. Elle est de Charles. »

En mars, le roi avait eu une crise longue et violente. Suivant les conseils de Mme de Louvain, ses valets, déguisés en maures, l'avaient saisi par surprise et, profitant de son état de stupeur, ils l'avaient baigné, récuré, lui avaient taillé barbe et cheveux, et soigné les pustules dues à la crasse. Puis ils l'avaient habillé de propre. Il en était resté comme un enfant étonné et avait réclamé la reine. Il s'était réfugié dans son giron, pleurant, appelant sa mère, et elle l'avait bercé comme une mère. Puis il en avait demandé plus, elle s'était soumise sans plaisir, mais heureuse qu'il en eût grand soulagement, et il s'était endormi, comme d'habitude. De cette seule étreinte venait de naître la petite fille.

Il se fit soudain grand tapage hors de la chambre, elle entendit brailler un homme :

— Il s'arme, il arrive, il vient ! Nous faisons tout pour le retarder, mais au nom du Ciel, cachez l'enfant, il veut l'occire de son épée !

Une chambrière entra et lança tout affolée :

— Monseigneur le roi arrive. Il sait que madame la reine est en gésine et crie à la traîtrise, et prétend qu'il n'a point vu sa femme de dix mois…

— C'est pas Dieu possible ! gronda Arégonde. S'il doit tuer un nourrisson, alors qu'il soit déjà mort. Je vais quérir le mort-né de ma cuisinière !

Dans la panique générale, Yolande d'Aragon se saisit du nourrisson encore gluant, l'enveloppa chaudement d'une couverture et s'approcha d'Isabelle.

— Je m'en occupe, madame, je vais la mettre en sécurité.

— Faites, madame, sauvez la fille du roi !

Isabelle était tout étourdie du tumulte qui se faisait dans et hors de la chambre. On enleva les arceaux et les linges sanglants, on la recouvrit de la courtepointe sans lui faire sa toilette. Elle avait manqué de vigilance, songeait-elle, à se faire voir du plus grand nombre auprès de son mari lorsqu'elle se doutait qu'elle était enceinte. Ironie du sort, elle n'était plus l'amante d'Orléans et n'avait pas pensé que cela fût nécessaire. Et Charles VI, le plus souvent, ne se souvenait pas de ce qu'il avait fait la veille.

— Il faut vous reprendre, madame, lui chuchota Ozanne. Personne ne peut contenir votre époux, sauf vous.

— Qu'en est-il ? lui demanda-t-elle.

— Arégonde a mis dans la nacelle le petit mort-né. D'autres s'emploient à l'entourer aux quatre coins de cierges allumés. Le roi est derrière la porte.

Isabelle l'entendait :

— Laissez-moi entrer, que personne ne me touche, ou je vous ferai pendre ! Je suis le roi, je dois rendre justice !

Les vantaux s'ouvrirent à grand fracas. Dans les bras d'Ozanne qui tremblait, la reine se tenait assise dans son lit, pâle et défaite, mais résolue. Le roi se dressa entre les courtines du lit, l'épée haut levée.

— Vous m'avez trahi, madame ! Où est ce bâtard qui ne doit point survivre à votre honte ?

— Mon ami, n'avez-vous donc pas le respect du deuil qui vient de nous frapper ?

— Quel deuil ? demanda-t-il en regardant autour de lui d'un air égaré.

Il vit alors la nacelle, les cierges, les dames qui l'entouraient en grande affliction. Il s'approcha, contempla la petite momie au visage défiguré et verdâtre, insoutenable à voir. Il baissa son épée, sa colère tomba d'un coup, épouvanté par ce qu'il voyait. Il ne savait plus soudain ce qu'il faisait dans cette chambre.

— Où suis-je ? dit-il.

Une ventrière le désarma avec douceur, tandis que les dames l'entraînaient dans le corridor. Il ne cessait de répéter : « Où suis-je ? Que fais-je là ? Où m'emmenez-vous ? »

Elles le remirent entre les mains de ses valets et chevaliers, tandis que le glas se mettait à résonner à la chapelle privée de l'hôtel de Barbette.

26

Plus ne m'est rien

> Plus, entre les crimes, on tient un rang sublime,
> Moins aux regards publics on peut cacher son crime.
>
> Juvénal des Ursins

Le mardi 22 novembre, le fils d'une cuisinière fut porté en l'abbaye de Saint-Denis, auprès des rois de France, où il fut inhumé sous le nom de Philippe. La reine, que l'on croyait désolée de cette mort, se désolait plus encore pour sa fille. Que faire d'elle, puisqu'elle n'avait aucune existence officielle ? Elle était une princesse de Valois, fille de roi, et nul sort ne pouvait être plus cruel.

La duchesse d'Anjou, qui avait emporté l'enfant, vint lui rendre visite et n'eut pas le temps de lui en donner des nouvelles tant la reine était mortifiée de cet échange de nourrissons : « Hier, j'étais trop épuisée pour m'y opposer, lui dit-elle. J'aurais su apaiser le roi, il n'aurait pas occis sa propre chair. Avec l'aide de Dieu, j'aurais retenu son bras. »

Mais il était trop tard, et Yolande d'Aragon était une femme prompte à prendre une décision. « Mieux vaut la croire morte, songea-t-elle, qu'exilée sans remède de sa place et de son rang. »

— Madame, lui murmura-t-elle, votre fille s'est éteinte cette nuit.

— Ainsi le Seigneur l'a reprise. A-t-elle été baptisée ?

— Sans tarder, madame ! Dès que je fus à l'abri en mon hôtel. Jeanne est avec les anges.

Isabelle pleura longtemps dans les bras de Yolande d'Aragon.

Le mercredi 23 novembre, jour de la Saint-Clément, la reine, se portant mieux, invita son beau-frère à souper. Elle était en son mois de relevailles, ce n'était pas convenable, lui firent remarquer les dames de son entourage.

— L'urgence n'a cure des convenances, elles ne sont plus de mise. J'ai à m'entretenir avec le régent des choses du gouvernement.

Mais elle avait plutôt besoin de joyeuseté dans son affliction. La légèreté de son ancien amant seule pouvait y parvenir.

— Madame, lui dit Nicolette, si vous n'avez cure des convenances, dites au moins à monseigneur le duc qu'il vienne avec une bonne escorte armée, et qu'il s'en retourne de même.

— Qui crains-tu donc ? Jean sans Peur ? Je crois savoir qu'ils sont réconciliés.

— C'est ce que l'on croit savoir, madame. Mais les rues sont de vrais coupe-gorge en ce moment.

— Fort bien, Nicolette, je lui donnerai ce conseil.

— Exigez, madame, pour la sauveté du prince.

Isabelle fut étonnée de cette insistance.

— Que sais-tu donc, Nicolette, que je ne sais point ?

— C'est… c'est frère Agreste, madame, mentit-elle. Il ne cesse de voir des flots de sang sous vos fenêtres.

Isabelle soupira en souriant.

— Voilà qu'il est redevenu voyant. Bien, je l'exigerai, autant que l'on puisse exiger quoi que ce soit de mon beau-frère.

Louis d'Orléans vint en voisin, juché sur une simple mule, en toute petite escorte. Il était si souriant qu'Isabelle oublia les alarmes de Nicole de Cholet. Il lui offrit moult cadeaux, et la félicita sans vergogne de sa bonne mine, alors qu'elle se savait encore défaite.

Ils soupèrent en tête à tête, en bonne amitié. Il rayonnait de confiance en lui et en l'avenir, lui assurant que ses querelles avec son cousin étaient derrière eux. Il fit rire la reine par des anecdotes désobligeantes sur ce dernier, parlant de son piteux visage et de ses robes rapetassées.

Pendant ce temps, suivant les ordres du sire de Bois-Bourdon, Pierre aux Bœufs s'était glissé hors de Barbette pour aller prévenir Pascal le Peineux de la présence du duc d'Orléans chez la reine.

— Je mène bonne garde, le rassura celui-ci. Tout est éteint, et il semble qu'il n'y ait plus de mouvement à l'intérieur de la maison. Sans doute les sbires de Bourgogne ont-ils déguerpi.

— Je n'en suis pas si sûr, répondit l'aumônier, j'ai un mauvais pressentiment.

Il s'approcha dans l'ombre de l'huis de la maison à l'Image Notre-Dame. Tout n'était que silence. Il sentait le vide à l'intérieur. Il leva la tête vers la niche où se trouvait une statuette de la Vierge qui donnait son nom à la demeure, et se signa. Au même moment, à quelques rues, éclatèrent des hurlements et des bruits de bataille.

Pierre aux Bœufs beugla alors le cri de ralliement cher à Bois-Bourdon : « Montjoie Isabelle ! » De toutes parts, des gueux sortirent de la nuit, l'arme au poing, et dévalèrent les rues en direction du combat. Le franciscain resta cloué sur place, il savait que la messe était dite.

Il était en effet trop tard : le duc d'Orléans gisait sur le sol dans un flot de sang, le crâne éclaté, sa cervelle répandue sur le pavé, et une main tranchée à la hache traînant dans la boue. Auprès de lui gisait son page, assassiné avec lui, et des torches grésillaient encore, abandonnées par les écuyers qui avaient fui.

Un cri strident retentit derrière le Peineux, qui se rencogna dans l'ombre d'une porte cochère, alors que ses hommes se volatilisaient dans les rues adjacentes. C'était Nicole de Cholet qui accourait. L'Ogre la saisit alors qu'elle approchait des corps, éperdue d'horreur, et lui appliqua une main vigoureuse sur la bouche en la tirant sous le porche.

— Tais-toi, Nicolette ! Tais-toi ou tu me feras repérer et les gueux seront accusés d'un si grand crime.

Elle secoua la tête. Il la lâcha, elle se retourna et se cramponna à lui, hoquetant de panique :

— Je n'ai rien pu faire, le Peineux, je l'ai supplié de ne point obéir. Que c'était un guet-apens.

— Obéir ?

— Messire de Courteheuse est venu avertir le duc que le roi le faisait mander sur-le-champ à l'hôtel Saint-Paul. Il disait sans délai. Et messire d'Orléans, malgré mes suppliques, a obéi.

— Alors tu l'as suivi ?

— De loin, oui, il n'avait que cinq hommes dans son escorte, il chantonnait à son départ, alors que je mourais d'angoisse pour lui. Puis, j'ai vu des hommes encuirassés, armés de haches, de maillets et de couteaux, les environner. Messire Louis a crié : « Je suis le duc d'Orléans ! » Un des assaillants a répondu : « C'est celui que nous voulons ! » Alors je me suis cachée.

— Tu peux crier à présent, des fenêtres sont ouvertes, appelle au secours, lui dit Pascal le Peineux en s'évanouissant dans la nuit.

Elle cria au meurtre, tandis que frère Agreste la rejoignait, tétanisé d'horreur.

*

— Thomas de Courteheuse ! Un valet de la chambre du roi gagné par d'Octonville ! Ils avaient bien préparé leur coup ! gronda le sire de Graville.

Les gueux ripaillaient autour d'un grand feu, au centre d'une vaste place entourée de murs lépreux. Ils étaient assez silencieux, sachant leurs chefs très en colère. Assis sur un banc fait de souches d'arbre, le sire de Graville grattait la terre du talon de sa heuse, signe d'une profonde irritation. Son fidèle lieutenant promenait sa carcasse de long en large, donnant des coups de pied dans les gravats qui jonchaient le sol.

— C'est pas possible ! ragea Pascal le Peineux.

Il frappait dans une vieille poutre qui traînait, mais poussa un cri de douleur, il se saisit alors du madrier et le balança avec force dans le bûcher qui explosa en gerbes d'étincelles. Les festoyeurs poussèrent des cris de protestation alors que le Peineux venait s'asseoir en boitant près de son maître.

— Ils ne sont pas sortis, ni par-devant, ni par-derrière de cette damnée maison à l'Image Notre-Dame ! dit-il sombrement.

— Ils sont passés par les caves qui communiquent, et débouchent dans une cour d'un atelier abandonné. C'est là qu'ils ont attendu pendant que tu faisais le guet.

— Louis d'Orléans avait six cents hommes d'armes qui l'entouraient à tout bout de champ, collés à lui comme des sangsues ! Même au Conseil, il venait bardé de fer ! et voilà qu'il se balade quasiment seul, en robe fourrée comme un damoiseau, et trottinant sur une mule !

— Orléans a cru au serment de l'église des Augustins.

— Faut-il être mule soi-même pour être si balourd ! Même ma racaille est plus maligne !

Ils gardèrent le silence, alors que les gueux poussaient des exclamations de contentement quand des femmes en jupes bariolées vinrent apporter des tonnelets de vin et de bière.

— Et maintenant, qu'est-ce qu'on fait ?

— On attend, répondit simplement Bois-Bourdon. Et prie qui pourra ! J'ai cherché Dieu de Jérusalem à La Mecque, en revenant par Saint-Jacques-de-Compostelle, et je ne l'ai toujours point trouvé, poursuivit-il en se levant.

— Par tous les saints de la petite vérole, ne blasphémez pas, mon prince ! Bourdieu ! À quoi elle pensait la petite statue de Notre-Dame, dans la niche de cette maudite maison ? Pourtant je l'ai priée et repriée quand je faisais le guet, j'avais tout mon bon Dieu de temps !

Bois-Bourdon rejoignit les autres autour du feu, et fut accueilli avec de nouveaux cris de joie.

*

Charles d'Orléans entra timidement dans la chambre de son épouse après avoir toqué à l'huis. Elle lisait un gros volume posé sur ses genoux à la lueur des chandelles.

— Madame ma mère m'envoie, lui dit-il, elle me dit qu'il faut que je vous connaisse.

Elle était nue jusqu'à la taille, ses petits seins dressés comme deux pommes, ses cheveux noirs tressés sagement le long de son visage, à la peau si fine et blanche que l'on voyait les entrelacs bleus de ses veines battre sur ses tempes. Elle abaissa son livre, et le regarda s'asseoir près d'elle. Il traînait avec lui son inséparable viole.

— Que lisez-vous ? lui demanda-t-il avec timidité.

— Les ballades et rondeaux que m'a offerts ma mère. Ils sont de Christine de Pisan qui vient souvent visiter la reine.

— Vous aimez la poésie ?

— Comme madame ma mère.

— Et moi, comme monsieur mon père. Pouvez-vous m'en lire ?

Isabelle releva son livre :

Je vous vends le songe amoureux
Qui fait joyeux ou douloureux
Être, celui qui l'a songé.

Charles fit un accord sur sa viole et continua le sizain en chantant de sa voix éraillée par la mue, mais qui avait tant de charme :

Ma dame, le songe que j'ai
Fait cette nuit, ferez être vrai
Si je puis votre amour avoir.

— Tu le connais ? sourit la jeune fille.

— Mon père me les lisait, dit-il en baissant la tête pour cacher sa détresse. Demain, je vais à Paris avec ma noble mère la duchesse, tout habillée de deuil, et mon frère Philippe, afin d'implorer le roi de nous rendre justice.

Isabelette garda le silence. Elle voyait combien il souffrait. Un grand sentiment de tendresse l'envahit.

— Tu ne peux me connaître, dit-elle enfin, je suis impure.

— Vous ? dit-il en relevant sa tête de jeune éphèbe. Cela ne se peut.

— J'ai le sang, murmura-t-elle.

Il ouvrit ses immenses yeux sombres, bordés de longs cils comme ceux des filles.

— Voilà donc ce grand mystère des femmes ? Puis-je voir, ma dame ?

Elle lui tendit le livre qu'il déposa sur la banquette de chevet. Elle abaissa la courtepointe sur ses jambes. Il vit la ceinture qui tenait un linge entre ses cuisses.

— Ainsi, vous mettez un pansement sur cette blessure secrète. Souffrez-vous ?

— Pas ce soir, c'est la fin.

Elle le laissa faire quand il défit la boucle de la ceinture, et rabattit le linge. Il resta fasciné par la tache de sang oblongue qui l'auréolait, comme devant un prodige.

— Cela est grand mystère pour nous aussi, femmes. Crois-tu que la Vierge Marie était aussi impure toutes les lunes avant qu'elle ne porte Jésus ? Et encore après. J'ai posé la question à mon confesseur, qui a rougi et qui m'a répondu qu'on ne parlait pas de ces choses-là, et qu'il était hérétique de penser que la Vierge avait ces choses-là. Et encore, que ce n'était pas Dieu qui avait créé cette chose impure, mais le Diable.

— La Vierge était bénie entre toutes les femmes, elle est l'image de la pureté. De même, vous, ma dame que je révère, ne pouvez jamais être impure.

Charles gardait envers elle un langage révérencieux, encore impressionné d'avoir épousé une princesse de France et une reine d'Angleterre.

— J'ai posé la même question à frère Agreste, l'aumônier de madame ma mère. Il n'a point rougi et m'a répondu que la femme était comme la lune, pleine, puis elle se vide. Suivant le flux de l'Univers était le flux menstruel, lié au rythme de Dame Nature.

— J'aurais aimé être une femme. Elles donnent la vie, moi je ne sais que donner vie à mes poèmes.

Isabelette en resta médusée. Jamais un homme ne disait cela. Elle-même aurait voulu être un vaillant chevalier.

— Ma mère m'a demandé de vous connaître, reprit-il, car je dois être un homme. Je suis le chef de la famille d'Orléans à ce jour, et la mission qui m'est dévolue est de venger mon père.

Elle arracha sa protection et lui tendit les bras, tandis qu'il se débarrassait de sa houppelande de chambre. Il était nu, son sexe était inerte dans une légère toison blonde.

— Je suis puceau, lui dit-il.

— Je suis pucelle, répondit-elle en riant. Il faudra bien nous en arranger.

Il s'allongea sur elle avec précaution. Elle songea au roi Plantagenêt qui l'asseyait souvent sur ses genoux et la câlinait, en lui parlant du jour où elle serait sa femme charnelle. Ce jour et ce puissant corps la terrorisaient, elle était si petite enfant. Mais jamais il ne lui avait fait de mal. Ce moment était arrivé, elle n'avait point peur avec ce nouvel époux. Ils se donnèrent le premier baiser d'amour, mêlant leurs langues, écrasant leurs lèvres. Elle en ressentit du plaisir, et lui aussi sans aucun doute, car sa jeune virilité se dressa.

Maladroitement, il pénétra en elle.

— Comme c'est doux, ma mie, soupira-t-il.

Elle savait que l'Église interdisait tous rapports quand la femme avait ses fleurs. Charles n'en avait cure. Il l'aimait.

Quand il la perça à petits coups hésitants, elle poussa un cri de surprise, puis le sang de ses menstrues se mêla à celui de son hymen. Elle enveloppa le corps encore fluet de son époux entre ses bras et ses jambes. Elle sut qu'elle l'aimerait aussi. Elle l'aimait déjà.

*

La duchesse d'Orléans se rendit à Paris avec une suite nombreuse et en appareil de grand deuil. Accompagnée de ses deux fils aînés, elle se jeta à genoux devant le trône où se tenait le roi en pleurs.

— C'est la veuve de votre frère unique réduite au désespoir, qui vous fut toujours fidèle et dévoué, et deux orphelins qui vous supplient. Déplorez avec moi le sort cruel qui nous a ravi mon époux, mais que la douleur ne vous fasse point oublier la vengeance. Il vous faut rechercher les auteurs de cet infâme attentat. Daignez user de votre puissance pour faire justice, et ordonnez que les coupables subissent le châtiment que mérite leur crime.

Le roi vint la relever en l'embrassant, et ils se désolèrent dans les bras l'un de l'autre. Après d'amères larmes versées ensemble, Charles VI renvoya la veuve et les orphelins à leur hôtel des Tournelles en jurant que justice serait faite.

Le corps de Louis d'Orléans, tout sanglant et transpercé de coups, fut exposé d'abord à l'église des Blancs-Manteaux toute proche de Barbette. Il fallut, et ce fut pitié, retrouver le poing tranché et récolter, morceaux par morceaux, la cervelle épandue dans la boue afin qu'il fût enterré entier. Ensuite, il fut transporté en l'église des Célestins qu'il avait fait ériger et dont il avait fait la nécropole de sa famille.

Le 27 novembre, une foule immense suivit le convoi funéraire. Les ducs d'Anjou, de Berry, de Bourgogne et le roi de Navarre tenaient les coins du drap mortuaire. Tous pleuraient le crime commis sur un si bon et si beau prince. Cette mort brutale effaçait d'un coup tous les griefs qu'on lui imputait de son vivant. La reine, en dépit de ses relevailles, suivit en litière la cérémonie, en pleurs et toute de deuil vêtue.

Jean de Bourgogne se recueillit un instant seul devant le cercueil et dit : « Oncques ne perpétra-t-on en ce royaume si traître meurtre. » Du catafalque se mit à sourdre du sang jusque sur les dalles de l'église. Ne disait-on pas qu'un corps saignait face à son criminel, murmurait-on.

Le prévôt diligenta son enquête sur le suspect naturel, le sire de Canny, dont l'épouse, Mariette d'Enghien, avait été séduite et engrossée par le duc d'Orléans. Il semblait juste qu'il ait tiré vengeance de l'affront. Mais il n'y eut pas besoin d'aller quérir en sa seigneurie l'époux bafoué. Soit qu'il ne voulait point faire accuser un innocent, soit qu'il voulait avoir les honneurs de ce crime, le duc Jean avoua aux ducs de Berry et d'Anjou que le Diable l'avait possédé et qu'il était l'auteur de cet attentat. Les princes en furent atterrés et, dès le lendemain, l'entrée du Conseil lui fut refusée. Jean sans Peur jugea plus prudent de prendre la fuite et se réfugia à Lille, où il fit sonner les cloches pour remercier le Ciel de l'avoir sauvé, car, malgré son surnom, il avait grand peur des conséquences de son aveu. En mémoire de cette fuite, longtemps, à la même heure, sera sonné « l'Angélus du duc de Bourgogne ».

Ses aveux étaient d'ailleurs fâcheux pour la justice royale. Le duc de Bourgogne était pair doyen de France, il possédait le plus riche domaine du royaume, et il était le beau-père du dauphin Louis d'Aquitaine, futur roi. On ne jugeait pas un tel prince comme un simple criminel. Après en avoir délibéré en Grand Conseil avec Charles VI, il fut décidé que le duc de Bourgogne aurait rémission s'il dénonçait ses complices. Celui-ci refusa.

Alors Isabelle de Bavière vint joindre ses prières à celles de la duchesse d'Orléans, pour se jeter aux pieds de son époux.

— Mon doux seigneur, l'auteur de cet attentat est votre cousin germain, le duc de Bourgogne, par lui avoué. C'est le Judas qui, par cet acte de félonie infâme, a terni l'honneur des princes de Lys. Le Judas qui, deux jours plus tôt, donnait le baiser de paix à votre frère unique, devant Dieu et les hommes, alors qu'il fourbissait les armes de son ignominie. Daignez rendre justice à sa veuve qui ici vous implore.

Charles VI n'était pas dans ses bons jours et ne semblait plus guère affecté par ce crime. Il leur tint un discours quelque peu incohérent sur le mal qui pouvait envahir un chevalier chrétien, pourtant garanti par les sacrements et les règles de la chevalerie. Puis il les embrassa toutes deux et leur assura vaguement qu'il ferait bonne justice. Le lendemain, il était retombé dans son habituelle maladie.

La reine jura à Valentine Visconti qu'elle userait de toute sa puissance afin que Jean sans Peur soit châtié. Les deux ennemies irréductibles fraternisaient dans cette adversité.

Mais rien ne se fit. Et Valentine apprit que l'assassin de son époux inondait la capitale de libelles justifiant son crime, salissant à outrance le duc d'Orléans. Il se proposait de faire prochainement son entrée à Paris, avec tout le faste de son ost, pour venir se justifier devant le Parlement et expliquer comment il avait sauvé le royaume d'un tyran, en le débarrassant du frère du roi, traître à celui-ci. C'était curieusement renverser la situation. Paris, oubliant qu'il avait pleuré un moment le bel et bon prince assassiné, se préparait à accueillir Jean sans Peur avec tous les triomphes dus à un si grand héros. Les princes, plus discrets, se disaient cependant bien disposés à le recevoir et à l'entendre.

Valentine Visconti, qui ne voulait point voir ce retournement d'opinion qui la crucifiait, partit à Blois dans le dessein d'y demeurer. Elle fit renforcer les fortifications de la ville et du château, les approvisionna en vivres et en armes comme si elle s'attendait à un siège, et multiplia les hommes de garde à toutes les portes.

Elle prit comme devise : « Plus ne m'est rien, plus rien ne m'est. »

*

Le 25 février 1408, le duc de Bourgogne fit son entrée à Paris dans une liesse populaire indescriptible, et les bourgeois se portèrent à sa rencontre avec des présents, revêtus du costume de leurs différentes corporations. Le peuple s'agglutinait sur son passage en criant : « Noël, Noël ! » Jean sans Peur caracolait, en houppelande de velours vermeil à feuilles d'or reversée de martre et d'un chaperon fourré de petit-gris, dans une tempête d'acclamations. Jean de Nevers-le-rechigné était bien ce jour d'hui le grand Jean sans Peur, duc de Bourgogne. Il affichait sur son visage prognathe un sourire féroce.

La Cour fut plus réservée et attendit de l'entendre, ou plutôt d'entendre son orateur Jean Petit, durant quatre heures. C'était un habile homme, qui haïssait le duc d'Orléans, et il n'eut guère à forcer son talent. Après l'habituel panégyrique du prince de Bourgogne, il en vint au frère du roi : responsable de l'échec de la soustraction d'obédience par son attachement à Benoît XIII, pape schismatique et hérétique, qui laissait l'Église dans les ténèbres. Orléans félon, qui, par désir du trône, avait fait empoisonner, ensorceler, et même avait voulu brûler le roi au soir du Bal des Ardents. Orléans encore qui avait tenté le dauphin Louis de Guyenne d'une pomme vénéneuse.

Jean Petit en appela à saint Thomas d'Aquin pour faire valoir combien un tyran nourrissait le peuple de discordes, spoliait les richesses publiques, comment il gouvernait pour son bien et non pour le bien commun, et exerçait son pouvoir pour satisfaire ses passions coupables, ses bougreries et crapuleries. Ainsi, selon saint Thomas d'Aquin, il était juste de se débarrasser d'un tyran, et ceux par qui le crime était commandé étaient dignes de louanges, et que ce crime était licite, car aucune offrande ne plaisait plus à Dieu que le sang des tyrans.

Isabelle songea que Valentine Visconti avait eu raison de se retirer à Blois, et elle pleura d'indignation alors que l'orateur se faisait ovationner. Elle vit que le duc de Berry, au visage de lune, était renfrogné de colère, et Louis d'Anjou, à son côté, pleurait comme elle. L'ovation n'était pas générale, bien des princes étaient sombres. Ainsi le crime de leur noble personne était permis, selon la façon dont on le justifiait.

Vers la fin de l'année 1408, la reine reçut des nouvelles alarmantes de la duchesse d'Orléans, et de sa fille Isabelette qui lui annonçait qu'elle était grosse. Elle s'apprêta à rendre visite à l'une et à l'autre en la ville de Blois.

27

Jusqu'à la mort

Que sont mes amis devenus,
Quc j'avais de si près tenus,
Et tant aimés.
Ils ont été trop clairsemés,
Je crois le vent les a ôtés.
L'amour est morte.
Ce sont amis que vent me porte
Et il ventait devant ma porte
Les emporta.

Rutebeuf[1]

« Moi, Charles d'Orléans, envoie un défi à toi, Jean, qui te dis duc de Bourgogne, pour le très horrible crime par toi fait en très haute trahison en la personne de notre très redouté seigneur et père Louis, duc d'Orléans. »

« Toi, Charles, qui te dis duc d'Orléans, moi, duc Jean de Bourgogne, fais reproche des très horribles trahisons machinées et faites avec félonie à l'encontre de monseigneur le roi. Toi et tes frères avez menti et mentez faussement et déloyalement comme les traîtres que vous êtes. »

1. Poète du XIIIe siècle.

L'orgueil chevaleresque ne pouvait plus ignorer ces insultes redondantes, lancées dans des défis officiels.

*

— La guerre civile est inévitable, murmura Isabelle à Valentine Visconti qui reposait dans son large lit à courtines.

La chambre était ronde, comme « la grosse tour » médiévale, et donnait, par de larges verrières, sur les lacis paresseux de la Loire.

Valentine sourit, si pâle sur ses oreillers de dentelles. Ses yeux d'un bleu sombre lui mangeaient le visage et étaient cernés d'un bistre malsain. De la guimpe qui lui enserrait la tête s'échappaient quelques mèches de cheveux dont le blond fauve était passé à une couleur fade et opaline. La duchesse d'Orléans avait vieilli d'un coup, elle se laissait mourir de consomption. La voir en cette décrépitude était insupportable à Isabelle.

— Tu vivras, ma cousine, pour voir le triomphe de notre vengeance.

— J'ai fait une belle chose de ma vie : mes fils. La vengeance leur appartient.

La reine se souvenait comment elles avaient été rivales à donner des mâles aux Valois, et ce qu'elle-même avait fait pour y parvenir. La duchesse s'en était-elle doutée ? Éternelle question de sa culpabilité, alors que la duchesse ajoutait pour sa plus grande mortification :

— Louis était habile à faire des fils, à moi comme aux autres. J'adore mon petit Dunois.

Isabelle se leva pour dissimuler le malaise qui la faisait rougir, Valentine avait l'art de faire penser qu'elle en savait plus qu'elle n'en disait. Lui tournant le dos, elle alla se planter devant la verrière. Un lumineux soleil de décembre faisait miroiter la rivière de Loire d'éclats verts et argent, sur ses eaux glauques.

— Il faut que je t'avoue, cousine, poursuivit la duchesse, que cette histoire de semence mâle ou femelle, je l'avais inventée pour te désespérer. J'ai fini même par y croire moi-même.

« Et ainsi tu m'as poussée dans les bras de ton époux », songea la reine. Pourtant elle avait aimé sincèrement Orléans, jusqu'à se lasser de leurs querelles, et surtout de son arrogante inconscience qui avait été sa perte.

— Et qu'est devenu ton si grand astrologue, Ambrogio de Migli, qui savait si bien prédire le sexe de nos enfants. Que ne t'a-t-il pas prédit l'assassinat de ton époux ? Je ne le vis qu'une fois, lorsqu'il nous rendit l'hommage avec tes Lombards à leur arrivée en cour. Puis, il est devenu invisible.

— Invisible, comme tous les alchimistes.

— Alchimiste ! s'exclama Isabelle.

— Il vivait bien plus à la forteresse de Vincennes qu'en ma cour, car il disait voir de près les étoiles du haut de son formidable donjon.

— Tu me parles de l'astrologue, mais qu'en est-il de l'alchimiste, a-t-il trouvé la Pierre philosophale ?

— Je ne sais, et ne le saurai jamais. Même Louis n'en a rien su, lui qui aimait la science. Il s'était toqué un temps des creusets et des alambics d'Ambrogio, dans un des soubassements du château de Vincennes. Il s'en était bien caché de peur d'être traité de sorcier. Mon astrologue est retourné depuis en Italie, pour dissimuler ses mystères. Non cependant sans me prédire que je mourrais dans les jours de l'Avent. Nous y sommes.

— Oui, mais de quelle année ?

— Il ne me l'a point dit, mais nous y sommes, répéta Valentine.

Isabelle eut un soupir d'exaspération, et la Milanaise enchaîna :

— J'ai appris que dame Pernelle avait disparu.

— Certes, confirma la reine, qui pensait à sa mort.

— Elle serait, paraît-il, en Suisse. Elle y attend son époux dans tout l'éclat de la jeunesse de ses vingt ans régénérés.

— Que prétends-tu ? s'exclama Isabelle en se retournant.

— Je ne prétends rien, c'est ce qui se raconte. Alors qu'elle était à toute extrémité, Flamel lui aurait donné à boire l'Élixir de longue vie.

L'Élixir parfait qui vous sauvait de la vieillesse et de la mort. Isabelle considérait la duchesse d'Orléans avec une intense stupéfaction :

— Tu y crois ?

— Je suis bien trop superstitieuse pour en douter. Orléans lui-même, comme je te l'ai dit, y croyait, il a voulu arracher le secret de Nicolas Flamel en lui passant toutes sortes de commandes. Mais le vieux sage est resté aussi hermétique que sa science.

Isabelle se mit à faire le tour de la vaste chambre, insensible à la beauté des tapisseries qui ornaient les murs, et s'arrêta devant la haute cheminée où pétillait un feu vif. Elle était en pleine confusion, ce maudit écrivain public s'était-il joué d'elle ? Valentine avait ravivé ses doutes, cette femme la ferait décidément toujours enrager.

Celle-ci continuait ses discours d'une voix brisée, passant du coq à l'âne, en verve de confidences.

— C'est notre lot à nous autres, les femmes, d'être trompées par les hommes. C'est la plus dure bataille que j'ai eu à livrer. J'ai mené rude combat à ma jalousie qui m'a toujours dévoré le cœur. J'ai tant été jalouse de toi qui étais souveraine. La place de seconde m'était intolérable. Mon père m'a dit, le jour de mon départ de Lombardie : « Je ne te reverrai, ma fille, que lorsque tu seras reine. » Je ne l'ai jamais revu. À ce jour, combien je sais que tout cela est insignifiant lorsqu'on se prépare à comparaître devant Dieu.

La Milanaise faisait le bilan de sa vie et sa logorrhée était odieuse à Isabelle. Elle lança un nouveau sujet de conversation :

— On m'a parlé des fêtes somptueuses de cet été, lors de l'adoubement de tes deux aînés.

— Charles et Philippe ! J'en suis si fière. Bernard d'Armagnac est leur parrain en chevalerie. C'est mon dernier bonheur ici-bas.

Elle y revenait. La reine en fut exaspérée, elle se retourna et répondit vivement :

— Ne déparle pas ! Une Visconti ne se laisse pas mourir !

Elle avait tort. Isabelle songeait à sa mère, Thadée Visconti, couchée les bras en croix dans la cathédrale glacée de Munich, comme le lui avait conté Jean la Grâce, et qui avait succombé à la fleur de l'âge à cette pénitence outrancière. Les Visconti étaient des excessifs, Valentine se laissait mourir de chagrin, son père s'était tué à vouloir conquérir la couronne d'Italie. Elle-même sentait couler dans ses veines l'ardeur de ce sang.

— Tu dois vivre pour tes enfants !

— Je les laisse en de bonnes mains, Bernard d'Armagnac s'est fait le champion de la cause orléaniste, tant qu'on l'appelle aujourd'hui la « coalition d'Armagnac ».

— Certes, c'est bien une coalition, confirma Isabelle en revenant s'asseoir à son chevet. Berry et Anjou en sont, avec d'autres grands feudataires. Mais on sait que Bourgogne s'est allié avec l'Angleterre.

— L'Angleterre ne cherche qu'à faire profit de la division du royaume de France. Demain, elle se ralliera à la coalition Armagnac.

— Je vois bien là que tu es une tête politique. Nous avons besoin de toi dans cette guerre fratricide qui s'annonce.

— Ne cherche point à me flatter. Pas besoin de tête pour savoir que la trahison est partout. Comment as-tu trouvé notre fille Isabelette ? dit-elle, changeant brusquement de sujet.

— Amoureuse, sourit la reine.

Il se fit un long silence que la reine rompit.

— Je sais comment tu as conduit ma fille aînée à épouser ton fils. Ce que tu lui as fait craindre, ne le crains-tu pas pour toi ?

— La claie, les crachats, l'inhumation en terre non consacrée ? Elle y a cru alors que je n'y croyais pas moi-même. Nous autres, gens de haut rang, nous sommes d'un autre sang, nous savons comment nous arranger avec l'Église, si sévère pour le commun et qui l'écrase de terreur pour le soumettre.

— Tu prétends que ma fille s'est soumise comme une personne du commun ?

— Certes non ! Mais comme une très jeune personne encore crédule, et qui ne voulait pas mourir.

— Elle en serait morte.

— À n'en pas douter, elle est aussi entêtée que toi ! Ne l'ai-je pas sauvée, et n'est-elle pas heureuse ? Tu pourrais m'en savoir gré, belle sœur !

Elles allaient se quereller, mais la reine éclata de rire.

— Tu vivras. Il n'y a rien que le temps ne console, et je ne saurais me passer de ma meilleure ennemie.

— Tu en auras d'autres, je ne serai pas la pire, crois-moi.

— Ne te laisse pas mourir. Dieu ne te laissera pas faire.

— Dieu me rappelle, au contraire, et mon amour aussi. Il semble que mon époux soit aussi pressé que moi.

Elle insistait, se confortant autant qu'il était possible.

— Tu l'aimais donc tant ?

— À en mourir !

Deux chambrières entrèrent, apportant des boissons et des délicatesses sucrées. Il y avait du moretum, le vin préféré d'Isabelle. Elle en fut étonnée, car elle ne savait pas ce qu'aimait Valentine, et en eut un sentiment d'indignité. Isabelle attendit que les chambrières fussent sorties avant de murmurer :

— J'ai aimé qu'une seule fois à en mourir, et pourtant je vis !

— Parce que c'est lui qui en meurt.

« Parce que c'est lui qui en meurt, se répéta Isabelle. Où était Bois-Bourdon ? Lui reviendrait-il ? » Elle saurait alors bien comment l'empêcher de mourir.

— Je suis devenue vieille, reprit la duchesse. Je suis lasse et épuisée. « Plus rien ne m'est, rien ne m'est plus », telle est aujourd'hui ma devise, lui rappela Valentine. Vois, je l'ai fait broder sur les courtines de mon lit.

La reine prit une timbale d'argent en soupirant, elle aussi se sentait vieille, exténuée, elle aurait bientôt trente-six ans. Valentine en avait quarante. Dieu que le temps avait passé vite, et pourtant la route avait été longue. Elle avait mis au monde douze enfants, elle savait qu'elle n'en aurait plus d'autres, sa jeunesse était passée, sans rémission. Elle pensa au roi dans la souffrance, à sa déchéance de corps et d'esprit. « Au diable ce Flamel et son insaisissable élixir ! » se dit-elle avec rage en s'apprêtant à boire. Valentine arrêta son geste avec une surprenante promptitude, et lui reprit le hanap des mains.

— C'est le mien, se justifia-t-elle, un breuvage de mon invention.

Isabelle prit sa timbale de moretum, but une gorgée et se rendit compte qu'elles ne parlaient que de la mort. « Parlons de la vie », se dit-elle.

— Tu vas bientôt connaître ton petit-fils, Isabelette est si heureuse d'attendre un enfant.

— À moins que ce ne soit une petite-fille. Depuis la naissance de ma délicieuse Marguerite, j'ai une faiblesse pour le sexe.

Valentine Visconti considéra son hanap un instant d'un air grave.

— Mais je ne serai plus de ce monde à sa naissance !

Et elle but d'un seul trait avec une horrible grimace.

— Assez, Valentine ! Tu es une Valois-Visconti, je suis une Visconti-Wittelsbach, à nous deux, nous tenons le monde, du nord au sud.

— Il est trop tard, ma cousine, ma si enviable souveraine belle-sœur, le doigt de Vénus[1] m'a touché, dit-elle

1. La fleur de digitale, une plante au poison violent.

en comprimant sa poitrine avec un rictus de douleur intense.

— Que veux-tu dire ?

— Que je meurs des poisons dont on m'a faussement accusée naguère. J'aimais le roi comme une sœur.

— Valentine, qu'as-tu fait ? cria-t-elle en la voyant se contracter soudain, comme si elle venait de recevoir la lame d'un poignard dans le cœur. Valentine, c'est un suicide vrai !

— Je ne voulais pas partir sans te donner le spectacle des dernières convulsions de la Couleuvre milanaise, dit-elle dans un râle.

Ainsi se concluait leur querelle, jusqu'à la mort. Valentine voulait avoir le dernier mot.

— Donne-moi ta parole que tu garderas ce secret... pour nos enfants, dit encore la duchesse dans un affreux hoquet.

Isabelle voyait que c'était la fin.

— Nous reine, en parole de reine, murmura Isabelle comme une oraison, en la voyant s'affaisser et rendre le dernier soupir.

C'était le troisième dimanche de l'Avent 1408.

La reine resta un instant stupéfaite, regardant le cadavre. C'était bien le dernier tour que cette diablesse de Couleuvre milanaise lui jouait.

— Je te hais, hurla-t-elle en se jetant sur son corps, le martelant de ses poings. Je te hais ! Valentine ! Je suis si seule, ne m'abandonne pas !

Elle hurlait tant que les chambrières et les dames de la cour de Blois accoururent. Quand elles réussirent à arracher la reine prise de furie, à son ennemie, elle balbutiait sans discontinuer : « Elle est morte, elle n'avait pas le droit, elle n'avait pas le droit. »

— C'était son choix, lui murmura Zizka, elle est dans les bras de son aimé. Tu seras bientôt dans celui que tu aimes.

— Je ne te crois pas ! rugit-elle en se débattant avec fureur contre les chambrières. Ils sont tous morts, tous ceux que j'aime, ceux que je hais, pareil, ils sont tous morts !

Isabelle s'évanouit dans les bras des dames de la duchesse d'Orléans.

Capucine, recroquevillé dans un coin de la chambre, sanglotait à en perdre le souffle.

*

La reine fut couchée dans un lit inconnu, la première ventrière de la duchesse d'Orléans lui donna à boire une potion qu'elle ne voulut pas prendre.

— Buvez, madame la reine, vous vous sentirez si légère que vous serez transportée au-delà de cette terre cruelle.

Quelle était cette boisson ? Elle ne prenait que celle d'Ozanne, elle seule avait sa confiance.

— Buvez, lui ordonna la maîtresse femme, j'ai des orphelins à m'occuper, et le petit Dunois est le plus pleurant.

Ainsi un enfant pouvait pleurer la mère qui l'élevait plus que celle qui l'avait enfanté ? se dit-elle en buvant le breuvage. Elle allait devoir s'en souvenir, se dit-elle encore, en faisant la même grimace que Valentine tant il était amer. Était-ce une décoction du doigt de Vénus, ou de ciguë ? Ou même un mélange des deux pour hâter la mort ? Que lui importait de mourir également, si c'était le dernier tour que voulait sa cousine.

Et elle mourut. Elle se sentit s'élever hors de son corps, qu'elle vit au-dessous d'elle, gisant, si touchant dans la fragilité de son abandon. Elle se dit qu'elle était encore belle et qu'elle voulait vivre. Puis elle fut aspirée, elle passa les murailles et s'éleva dans les airs. Elle voyait en panoramique la ville de Blois, et le ruban d'argent de la Loire qui étincelait sous une lune d'une brillance singulière. La terre était si belle dans la luminosité de cette douce nuit. Elle ne voulait pas la quitter, mais elle montait toujours haut, et si légère qu'elle repensa à la plume immaculée d'Innocence portée par le souffle de Pureté, la parabole que lui avait contée Philippe de Mézières. « Ne t'abaisse jamais, ma reine, garde de la hauteur, ne te laisse pas souiller par les miasmes du monde », lui avait-il enseigné. Elle sentait la présence de son maître, et flottait de plus en plus haut. Tout n'était plus que lumière de l'Amour absolu.

Sa mère, Thadée Visconti, était aussi présente et psalmodiait sans discontinuer : « Si le sang Isabelle n'a pas, qu'il se retourne au chef du suborneur, et sa tête en dedans gonfle et noue et rompt, et qu'il en demeure hors de sens. Chaos, chaos, chaos ! Et le frère versera le sang de son frère. Et le fils reniera la mère, et la mère reniera le fils. Chaos, chaos, chaos[1] ! »

— Que dit-elle ? demanda Isabelle qui sentait chez sa mère une douleur sans nom et continuait à répéter les mêmes prédictions.

— Elle te protège, car tu es si jeune enfant, lui dit la voix malicieuse de Jean la Grâce.

— Je ne suis plus une enfant !

1. Voir *La Reine violée*, tome 1 : *Éclose entre fleurs de lys.*

— Elle n'a pu te protéger de son vivant, elle a voulu te protéger d'outre-tombe. Tu es son bébé.

— Mais ce sont des malédictions !

— Elle voulait que tu sois gardée lors de ton mariage, car tu étais impubère. Mais ses malédictions n'y ont rien fait, tu fus violée encore immature. Elle ne se le pardonne pas.

— Ainsi, parce que je fus violée, le roi est fou ?

— Non, Basileia, intervint Zizka, c'est parce qu'il était fou qu'il t'a violée.

Isabelle baignait dans tant d'amour qu'elle comprenait tout et voyait tout : « Et le frère versera le sang de son frère », c'était Bourgogne contre Orléans, les cousins germains, ils étaient frères suivant la loi de Dieu.

Elle se sentait de plus en plus légère, et montait de plus en plus haut, inaccessible aux noirceurs de l'humanité. Ainsi, Thadée Visconti l'aimait. Isabelle ne se souvenait pas du moindre geste de tendresse, sa mère était rigide et sévère pour l'enfant qu'elle était.

— Je te pardonne, madame ma mère, repose en paix, murmura-t-elle.

Les incantations de Thadée Visconti cessèrent, sa fille ressentit son intense consolation.

— Tu n'es pas morte, Reinette, dit encore Jean la Grâce avec son habituelle rudesse. Cesse de nous importuner, ton enveloppe t'attend.

Isabelle se sentit aspirer en arrière.

— Je veux rester, supplia-t-elle.

Mais ainsi qu'une étoile filante, elle descendit, vit la ville de Blois sous la lune, passa les murailles et chuta mollement dans la pesanteur de son corps terrestre. Elle ouvrit les yeux dans cette chambre inconnue. Ce n'était pas un rêve.

— Maman ! murmura-t-elle en se mettant à pleurer.

Jamais elle n'avait versé de larmes pour sa mère.

*

Elle était seule devant le catafalque de Valentine, dans la cathédrale de Blois. Seule comme elle l'avait demandé. Elle tenait une fleur de lys entre ses mains, une vraie fleur. Un paysan tourangeau était venu l'offrir à la reine en disant : « C'est un miracle, en cette saison, que sa floraison. » Un miracle qu'elle voulait offrir à Valentine Visconti. Elle contempla le cœur aux grosses étamines, qui vous barbouillaient le nez de jaune si on respirait de près. Valentine avait tant rêvé des fleurs de lys. Elle leva les yeux vers la voûte en plein cintre de la nef, peinte de couleurs vives, à l'image de Jésus en majesté qui accueillait sous son manteau, les bras ouverts, toute la souffrance humaine.

— Il n'y a pas assez de place, murmura-t-elle avec ironie.

L'église sentait l'encens et la cire des nombreux cierges qui brûlaient. Quelque part, dans une chapelle adjacente, des chantres répétaient la messe de funérailles de la duchesse d'Orléans. C'était beau, c'était loin, c'était irréel. Tout était devenu irréel. Elle déposa la fleur sur le cercueil.

— Tu es reine, maintenant, au royaume des cieux.

La folie qui s'était emparée du roi s'emparait du royaume, mais Valentine s'en était échappée. Elle formula sa promesse jurée : « Nous reine, en parole de reine, jamais nul ne saura comment ta mort survint. Je t'aime ma sœur en douleur », murmura-t-elle.

Puis elle s'agenouilla sur les dalles :

— Ma sœur en douleur, nous avions tant de chemin à faire ensemble si nous avions su nous donner la main. Comme les princes qui s'affaiblissent de leur rivalité, comme l'Église coupée en deux, les empereurs rivaux du Saint Empire, nous n'avons pas su allier nos forces. Pardonne-moi comme je te pardonne.

— Cela est sage, lui murmura Zizka.

— Quel fils renierait sa mère, et quelle mère renierait son fils ? demanda Isabelle qui se souvenait mot pour mot des imprécations de sa mère.

— Je ne sais, mais le chaos est aux portes du royaume, Basileia, lui confirma doucement Zizka. Ton combat n'est pas fini, il sera plus rude encore, mais tu ne seras plus seule, laisse-toi aller, et tu seras relevée.

Accablée, elle glissa sur le sol, et le silence se fit. Il faisait si froid soudain dans cette cathédrale, ainsi était morte sa mère qui voulait tant atteindre Dieu par ses macérations. Isabelle sentait que, à présent, Thadée l'avait trouvée.

Et soudain, elle sentit une chaleur, des bras solides la soulevaient. Elle ouvrit les yeux et le vit : ses cheveux noir corbeau étaient devenus poivre et sel, son visage était marqué de rides profondes, jamais il n'avait été aussi beau, jamais elle ne l'avait tant aimé. Elle noua ses bras autour de son cou et s'abandonna contre sa poitrine.

— Tu ne me quitteras plus, gentil Bourdon ?

— Jusqu'à la mort, ma reine.

Remerciements

À l'équipe des « fonds littéraire Jean Brasier », pour leur soutien dans les moments difficiles et leur patience : Marc Pavaux, Pierre Lance, Christiane Durréchou et Mireille Paparella.

Index des personnages

ANJOU Louis, duc de : mort à Bari, en Italie, en 1384, oncle de Charles VI et de Louis d'Orléans, deuxième fils du roi de France Jean le Bon, aîné des princes des Fleurs de lys.

ARÉGONDE (née en 1353) : dame maîtresse. Accoucheuse et avorteuse.

BAVIÈRE Étienne III d'Ingolstad Wittelsbach, duc de (mort en 1413) : père d'Isabelle, époux de Thadée Visconti.

BAVIÈRE Frédéric, duc de : frère cadet d'Étienne de Bavière, oncle de la princesse Isabelle de Bavière.

BAVIÈRE Isabelle Wittelsbach Visconti d'Ingolstad, princesse de (née fin 1371-1435) : fille d'Étienne de Bavière et de Thadée Visconti, épouse Charles VI en 1385.

BAVIÈRE Louis, dit le Barbu (v. 1368-1er mai 1447 à Burghausen), frère aîné d'Isabelle, épouse le 1er octobre 1402, à Paris, Anne de Bourbon (1380-1408), veuve de Jean de Montpensier, fils du duc de Berry.

BENOÎT XIII (1334-1423) : cardinal Pierre de Luna, pape d'Avignon.

BERRY Jean, duc de, dit le Camus (1340-1416) : prince des Fleurs de lys, oncle paternel de Charles VI et de Louis d'Orléans.

BERRY Jeanne, duchesse de (1378-1423) : comtesse de Boulogne et d'Auvergne, épouse le duc de Berry en 1389, puis le baron Georges de La Trémoille en 1416.

BOIS-BOURDON Louis de (1365-1417) : sénéchal du Berry, seigneur de Graville, favori de Charles VI, grand ordonnateur des menus plaisirs du roi, puis capitaine de la garde personnelle de la reine.

BOUCICAUT, Jean II Le Meingre (1364, Tours – 12 juin 1424, Angleterre) : maréchal de France.

BOURGOGNE Marguerite, duchesse de, comtesse de Flandre (1350-1405) : fille de Louis de Maele, comte de Flandre, épouse du duc de Bourgogne, Philippe le Hardi.

BOURGOGNE Philippe, duc de, dit Philippe le Hardi (1342-1404) : prince des Fleurs de lys, quatrième fils du roi Jean II le Bon, époux de Marguerite de Flandre.

BRABANT Jeanne, duchesse de (née en 1339) : tante de Marguerite de Flandre, duchesse de Bourgogne.

BRETAGNE, Jean IV de Montfort, duc de : épouse en troisièmes noces Jeanne de Navarre en 1386.

BUREAU DE LA RIVIÈRE (né vers 1329-1400) : ancien conseiller de Charles V, le gouvernement des Marmousets.

CAMPREMY, Morel de (vers 1346-1402) : épouse Catherine de Fastavavin en 1388.

CAPUCINE (né vers 1357) : nain, fou du duc d'Orléans.

CATHERINE DE FRANCE (1378-1386) : dernière fille de Charles V.

CHARLES V LE SAGE, roi de France (Vincennes, 21 janvier 1338 – Beauté-sur-Marne, 16 septembre 1380) : fils aîné du roi Jean II le Bon, père de Charles VI, Louis d'Orléans et Catherine de France.

CHARLES VI LE BIEN-AIMÉ, roi de France (1368-1422) : fils aîné de Charles V et de Jeanne de Bourbon, couronné en 1380 à douze ans, il épouse Isabelle de Bavière en 1385.

CHASTEL Guillaume du (né vers 1364) : chambellan du roi, Plaisants Cousins du roi.

CHOLET, Nicole de, dite Nicolette (née v. 1391) : bâtarde du duc de Berry. Première chambrière d'Isabelle de Bavière.

CLISSON Olivier de, dit le Boucher borgne (1336-1407) : connétable de France, baron breton.

COURTEMAY Adémard de (né vers 1366-1385) : chevalier, ami de cœur de Catherine de Fastavavin.

CRAON Pierre de, seigneur de Sablé (né vers 1345) : baron breton, cousin éloigné du duc de Bretagne, Jean IV de Montfort, favori de Louis d'Orléans.

DUNOIS Jean, comte de (novembre 1402 – 24 novembre 1468) : fils illégitime de Louis d'Orléans et de Mariette d'Enghien.

FASTAVAVIN Catherine de (née vers 1370-1401) : Bavaroise, compagne d'enfance puis chambellane de la reine, veuve du sire de Fastavavin, amie de cœur d'Adémard de Courtemay, épouse Morel de Campremy en 1388.

FÉNIN Pierre de (né vers 1369) : écuyer et panetier du roi, Plaisants Cousins du roi.

FOISSY Pierre de (né vers 1357) : chapelain et confesseur du roi.

GERSON Jean Charlier de (Gerson, 1363 – Lyon, 1429) : prédicateur, philosophe, homme politique, enseignant et théologien français.

GUELDRE Guillaume, duc de (né vers 1353), dit l'Argenté : amant de la duchesse de Brabant.

GUISAY Huguet de (né vers 1366 – Bal des Ardents, 1393) : chevalier, Plaisants Cousins du roi.

JEAN LA GRÂCE (né vers 1351-1395) : chapelain et confesseur d'Isabelle de Bavière.

JOIGNY Milon, comte de (né vers 1367 – Bal des Ardents, 1393) : Plaisants Cousins du roi.

LANCASTRE duc de (1340-1399) : oncle du roi d'Angleterre Richard II de Plantagenêt.

LANCASTRE Henri, duc de (1367-1413) : renverse son cousin Richard II de Plantagenêt et se fait couronner roi d'Angleterre sous le nom de Henri IV en 1400.

LAON cardinal de, Pierre Aycelin de Montaigu (né vers 1347-1388) : précepteur, confesseur et confident de Louis d'Orléans, conseiller de Charles VI.

LESCART Yvain de (né vers 1367 – Bal des Ardents, 1393) : fils bâtard de Gaston Phébus, comte de Foix, Plaisants Cousins du roi.

MÉZIÈRES Philippe de (vers 1327-1405) : érudit, ancien conseiller de Charles V, précepteur du futur Charles VI, puis d'Isabelle de Bavière.

MONTPENSIER Jean, comte de (1363-1401) : fils de Jean de Berry, épouse Catherine de France en 1386.

NANTOUILLET Ogier (vers 1367) : Plaisants Cousins du roi.

NAVARRE Charles II le Mauvais, roi de (1322-1387) : fils du comte d'Évreux (neveu de Philippe le Bel) et de Jeanne de France (unique descendante de Louis le Hutin, fils aîné de Philippe le Bel). Il est le prince qui a le plus de sang capétien, mais par les femmes. La loi salique l'exclut du trône de France.

NAVARRE Jeanne de (1370-1437) : fille de Charles le Mauvais, épouse Jean de Montfort, duc de Bretagne en 1386.

NEVERS Jean, comte de (Dijon, 28 mai 1371 – Montereau, 1419) : fils aîné de Philippe le Hardi et de la duchesse de Bourgogne, cousin germain de Charles VI, futur duc de Bourgogne sous le nom de Jean sans Peur.

ORLÉANS Charles, duc d' (Paris, 24 novembre 1394 – Amboise, 5 janvier 1465) : poète.

ORLÉANS Louis, duc de (1372-1407) : comte de Valois et de Beaumont, duc de Touraine (1386) et enfin duc d'Orléans (1392), second fils de Charles V, frère cadet de Charles VI.

OZANNE LA BÂTARDE, dite de Louvain (vers 1368-vers 1425) : pupille de Jeanne de Brabant, fille naturelle de Wenceslas de Luxembourg, dame d'honneur d'Isabelle de Bavière.

PASCAL LE PEINEUX (né vers 1355) : écuyer de Bois-Bourdon et son homme de main.

PISAN Christine de (Venise, 1364 – Poissy, v. 1430) : philosophe et poétesse, première écrivaineresse à vivre de sa plume. Féministe, héroïne de *La Querelle du Roman de la Rose*.

POITIERS Aymeri de (né vers 1367 – Bal des Ardents, 1393) : chevalier, Plaisants Cousins du roi.

RICHARD II DE PLANTAGENÊT (1367-1400) : roi d'Angleterre, fils du Prince Noir. Il monte sur le trône en 1377 à dix ans. Comme Charles VI, il est soumis à la tutelle de ses oncles.

SAVOISY Charles de (né vers 1368) : Plaisants Cousins du roi.

VALOIS, Isabelle de (9 novembre 1389 – 13 septembre 1409) : fille aînée de Charles VI et d'Isabelle de Bavière, épouse le roi d'Angleterre Richard II de Plantagenêt en 1396. Veuve en 1400, elle épouse son cousin germain, Charles d'Orléans, en 1406.

Vienne Jean de (né vers 1353 – Nicopolis 1396) : grand amiral de France.

Visconti Valentine (vers 1366-1408) : fille de Jean-Galéas et d'Isabelle de France, cousine germaine de Charles VI et de Louis par sa mère, et d'Isabelle de Bavière par son père, épouse Louis d'Orléans en 1388.

Principaux ouvrages consultés

Œuvres d'époque :

Chronique du religieux de Saint-Denys, attribuée à Michel Pintouin (1380-1422), traduit du latin par M. L. Bellaguet (1842), CTHS, 1994.

Chroniques, Jean Froissart (v. 1339-1400), Stock, 1997.

Le Grand Albert des secrets, Albert le Grand (v. 1200-v. 1280), réédité à partir du XIXe siècle sous le titre : *Les Admirables Secrets de magie naturelle du Grand Albert et du Petit Albert*, Albin Michel, 1996.

Journal d'un bourgeois de Paris (1405-1449), Le Livre de Poche, « Lettres gothiques », 1990.

La Légende dorée, Jacques de Voragine (v. 1225-1298), GF-Flammarion, 1967.

Le Livre de la chasse, de Gaston Phébus, comte de Foix (XIVe siècle), Minerva, 1993.

Le Livre du jeu d'échecs, ou la société idéale, Jacques de Cessoles (XIIIe siècle), traduction de Jean-Michel Mehl, Stock, 1995.

Le Mesnagier de Paris (vers 1393), Le Livre de Poche, « Lettres gothiques », 1994.

Les Prières aux saints en français à la fin du Moyen Âge, Librairie Droz, 1983.

Le *Roman de la Rose*, Guillaume de Lorris et Jean de Meung, Le Livre de Poche, « Lettres gothiques », 1992.
Les Très Riches Heures du duc de Berry, des frères Paul, Jean et Herman de Limbourg et Jean Colombe, Seghers, 1988.

Ouvrages contemporains :

Le Château, la Chasse et la Forêt, les cahiers de Commarque, André Chastel, Sud-Ouest, 1990.
Le Cheval en France au Moyen Âge, Brigitte Prévot et Bernard Ribémont, Paradigme, 1994.
La Chevalerie et les Chevaliers brigands de la France au Moyen Âge, Thierry Ribaldone, Publitotal, 1981.
La Chronique de France et des Français, Jean Favier, Larousse, 1987.
La Chronique de l'humanité, collectif, Larousse, 1986.
Les Confréries médiévales dans le royaume de France, du XIIIe au XVe siècle, Catherine Vincent, Albin Michel, 1994.
Cuisine médiévale, Jeanne Bourin, Flammarion, 1998.
Démons et Génies du terroir au Moyen Âge, Claude Lecouteux, Imago, 1995.
Enfance et maternité dans la littérature française des XIIe et XIIIe siècles, Doris Desclais Berkvam, Librairie Honoré Champion, 1981.
L'Enfance au Moyen Âge, Pierre Riché et Danièle Alexandre-Bidon, Le Seuil – Bibliothèque nationale de France, 1994.
La Femme au temps des cathédrales, Régine Pernoud, Stock, 1980.
Fêtes des fous et carnavals, Jacques Heers, Hachette Littératures, « Pluriel », 1997.

Fleurs, fêtes et saisons, Jean-Marie Pelt, Fayard, 1988.
La France médiévale, Jean Favier, Fayard, 1992.
La Guerre de Cent Ans, Jean Favier, Fayard, 1983.
La Guerre de Cent Ans vue par ceux qui l'ont vécue, Michel Mollat du Jourdin, Le Seuil, « Points », 1992.
Histoire de la France et des Français au jour le jour, André Castelot et Alain Decaux, Librairie Académique Perrin & Larousse, tomes 2 et 3, 1979.
Histoire du Moyen Âge français, Laurent Theis, Complexe, 1995.
Histoire de la pudeur, Jean-Claude Bologne, Hachette Littératures, « Pluriel », 1997.
Histoire religieuse de l'Occident médiéval, Jean Chélini, Hachette, « Pluriel », 1991.
Les Loisirs au Moyen Âge, Jean Verdon, Tallandier, 1980.
Les Marginaux parisiens, aux XIVe et XVe siècles, Bronislaw Geremek, Flammarion, « Champs », 1991.
Monstres, démons et merveilles à la fin du Moyen Âge, Claude Kappler, Payot, 1988.
Le Moyen Âge, Jules Michelet, Robert Laffont, « Bouquins », 1992.
Naître au Moyen Âge, Sylvie Laurent, Le Léopard d'or, 1989.
Les Nains et les Elfes au Moyen Âge, Claude Lecouteux, Imago, 1997.
Nouvelle Histoire de France, tomes 8 (1328-1422) et 9 (1422-1483), NHF, 1966.
La Nuit au Moyen Âge, Jean Verdon, Perrin, 1993.
Parades et parures. L'invention du corps de mode à la fin du Moyen Âge, Odile Blanc, Gallimard, 1997.
Le Plaisir au Moyen Âge, Jean Verdon, Perrin, 1996.

Pouvoirs et Magies des plantes, Hettie Henriette Védrine, Éditions De Vecchi, 1993.
Les Procès d'animaux, Michel Rousseau, Éditions Wesmael-Charlier, 1964.
Les Rois thaumaturges, Marc Bloch, Gallimard, NRF, 1993.
La Rose et la Mandragore, plantes et jardins médiévaux, Jeanne Bourin, Éditions François Bourin, 1990.
La Rue au Moyen Âge, Jean-Pierre Leguay, Éditions Ouest-France, 1984.
Sacres et Couronnements royaux, Jean-Pierre Bayard, Guy Trédaniel, 1984.
La Selle et le Costume de l'amazone à travers les âges, Évelyne de Faucompret, Caracole, Favre, 1990.
Le Service des âmes à la cour, confesseurs et aumôniers des rois de France du XIIIe au XVe siècle, Xavier de la Salle, École des Chartes, 1994.
Le Théâtre des exclus au Moyen Âge, Jelle Koopmans, Imago, 1997.
La Vie quotidienne pendant la guerre de Cent Ans, France et Angleterre, Philippe Contamine, Hachette, 1989.
La Vie quotidienne des religieux au Moyen Âge, Léo Moulin, Hachette, 1990.

Sur Charles VI :

Charles VI, Françoise Autrand, Fayard, 1992.
Les rois qui ont fait la France, Charles VI, Georges Bordonove, Pygmalion, 2006.
Rois fous et sages, Anne Denieul, Librairie Académique Perrin, 1974.
Le Bal des Ardents, Charles VI, Pierre Gascar, Gallimard, 1977.

Le Roi empoisonné, Charles VI, Dr Jean-Claude Lemaire, SPL, 1977.

Sur Isabeau de Bavière :

Histoire des reines de France, Isabeau de Bavière, Philippe Delorme, 2003.

Les Reines de France, Paule Lejeune, Vernal-Lebaud, 1989.

Isabeau de Bavière, Jean Markale, Payot, 1982.

Isabeau de Bavière, Inès Nollier, Le Rocher, 1996.

Histoire secrète d'Isabelle de Bavière, Marquis de Sade, Gallimard, 1953.

Sur la cour de Bourgogne :

Les Grands Ducs de Bourgogne, Joseph Calmette, Albin Michel, 1979.

Splendeurs de la cour de Bourgogne, récits et chroniques, Robert Laffont, « Bouquins », 1995.

Autres biographies :

Christine de Pisan, Régine Pernoud, Calmann-Lévy, 1982.

Le Faiseur d'or, Nicolas Flamel, Léo Larguier, J'ai lu, 1969.

Olivier de Clisson, connétable ou chef de parti breton ? Yvonig Gicquel, Bibliothèque celtique, 1981.

Yolande d'Anjou, La reine des quatre royaumes, Jehanne d'Orliac, Librairie Plon, 1933.

Dictionnaires, encyclopédies :

L'Art du Moyen Âge, France Dupuis, Edita, 1996.

Dictionnaire amoureux de la chasse, Dominique Venner, Plon, 2000.

Dictionnaire de l'ancien français, le Moyen Âge, Larousse, 1994.

Dictionnaire étymologique et historique du français, Larousse, 1994.

Dictionnaire de la France médiévale, Jean Favier, Fayard, 1993.

Les Dynasties d'Europe, Héraldique et généalogie des familles impériales et royales, Jiri Louda et Michael Maclagan, Bordas, 1984.

Encyclopédie médiévale, Viollet-le-Duc, Inter-Livres, 1993.

La France médiévale : romantisme et renouveau, Jacques Tealdi, Publitotal, 1980.

Histoire de la vie privée, de l'Europe féodale à la Renaissance, sous la direction de Philippe Ariès et Georges Duby, Le Seuil, 1985.

Paris à travers les âges, Hoffbauer, Inter-Livres, 1875.

Le Petit Mourre, Bordas, 1994.

Table

I. Les enfants de Sappho

II. La Couleuvre milanaise

III. NOUS, REINE, EN PAROLE DE REINE

Composé par Nord Compo Multimédia
7, rue de Fives, 59650 Villeneuve-d'Ascq

Achevé d'imprimer par N.I.I.A.G.
en août 2010
pour le compte de France Loisirs, Paris

N° d'éditeur : 60886
Dépôt légal : juin 2010

Imprimé en Italie